ALMAS SILENCIOSAS

Si tienes un club de lectura o quieres organizar uno, en nuestra web encontrarás guías de lectura de algunos de nuestros libros. **www.maeva.es/guias-lectura**

Ann Cleeves

ALMAS SILENCIOSAS

Traducción:
Isabel Hurtado de Mendoza

MAEVA | NOIR

Título original:
SILENT VOICES

© Ann Cleeves, 2011
© de la traducción: Isabel Hurtado de Mendoza, 2019
© MAEVA EDICIONES, 2019
  Benito Castro, 6
  28028 MADRID
  www.maeva.es

ISBN: 978-84-17708-44-3
Depósito legal: M-19.162-2019

Diseño e imagen de cubierta: Sylvia Sans Bassat

Fotografía de la autora: © Gordon Terris
Preimpresión: Gráficas 4, S.A.
Impresión y encuadernación: CPi
Impreso en España / Printed in Spain

Para Tim

Los escenarios de la novela

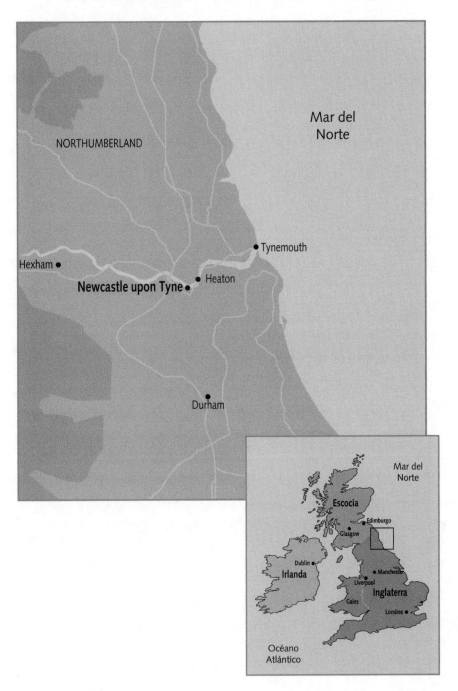

1

VERA NADABA DESPACIO. La adelantó un señor mayor que se había metido el gorro de baño como si fuera un condón a punto de reventar. No era buen nadador, pero era más rápido que ella. Vera era el caracol del medio acuático. Y, aun así, estaba sin aliento por el esfuerzo de moverse, de arrastrar por el agua todo el peso de su cuerpo.

Detestaba sentir el agua en la cara —una simple salpicadura y ya creía que se ahogaba—, así que nadaba a braza lentamente, con la barbilla a unos centímetros de la superficie de la piscina y con la apariencia, según sospechaba, de una tortuga gigante.

Consiguió sacar un poco más la cabeza para mirar el reloj que colgaba de la pared. Era casi mediodía. Pronto aparecerían las extraordinarias señoras mayores, tan en forma, para su clase de acuaeróbic. Esas mujeres con las uñas de los pies pintadas, bañadores de flores y aires de suficiencia por saber que serán la última generación en jubilarse prematuramente y vivir con cierta holgura. Enseguida pondrían la música a todo volumen, con el sonido distorsionado por un enorme sistema de megafonía y la espantosa acústica de la piscina. Ese ruido solo tendría un parecido remoto con la música. Una joven vestida de licra se pondría a gritar. Vera no quería ni pensarlo. Ya había nadado los diez largos reglamentarios. «Vale, ocho.» No podría engañarse a sí misma aunque le fuera la vida en ello. Y, en ese momento, con el corazón saliéndosele del pecho, creía de verdad que la vida le

9

iba en ello. ¡A la mierda! Cinco minutos en la sauna, un café con leche bien cargado y vuelta al trabajo.

Lo de la natación había sido idea de su médico. Vera había ido a una revisión rutinaria, sabiendo que le esperaba la típica charla a cuenta de su peso. Siempre mentía sobre la cantidad de alcohol que bebía, pero su peso era evidente y no lo podía ocultar. La doctora era joven. De hecho, parecía una chavalita disfrazada de adulto respetable.

—¿Se da cuenta de que se está matando?

Se había inclinado sobre el escritorio para que Vera pudiera ver su piel perfecta sin maquillaje, oler su discreto perfume de mujer adulta.

—No me asusta morir —había dicho Vera. Le gustaba decir frases dramáticas, pero se dio cuenta de que esa probablemente fuera cierta.

—Aunque podría no morir, claro. —La doctora tenía una voz clara, un poco demasiado aguda para resultar agradable al oído—. Al menos, no inmediatamente. —Y pasó a enumerarle los posibles síntomas desagradables que podrían ocasionarle sus excesos. Como una delegada de clase chapada a la antigua que quiere dejar claras las normas—. Ya es hora de que tome algunas decisiones trascendentales sobre su forma de vida, señora Stanhope.

«Inspectora —había querido corregirle Vera—. Inspectora Stanhope.» Pero en el fondo sabía que a aquella niña le importaría bien poco su rango.

Y así fue como Vera se apuntó al gimnasio de ese gran hotel de las afueras y casi cada día conseguía sacar una hora para nadar diez largos. Quizá ocho. «Pero nunca menos de ocho», pensó con autosuficiencia. Intentaba elegir un momento en el que la piscina estuviera vacía. Pronto por la mañana o por la tarde era imposible. A esas horas los vestuarios estaban repletos de jóvenes flacas y bronceadas, conectadas a sus iPods, que usaban todas las máquinas del gimnasio. ¿Cómo iba ella a mostrar las escamas causadas por el eccema de sus piernas, su barriga fofa y su celulitis ante esas diosas que cotorreaban entre risas? Alguna vez se asomaba a la sala que parecía una cámara de tortura moderna, con aparatos enormes y cuerpos que se retorcían y jadeaban. El brillo del sudor cubría los cuerpos de los hombres y ella se sorprendía a sí misma fascinada por ellos, por esos músculos escurridizos, esos hombros fuertes, esos pies con deportivas que castigaban la cinta de correr.

Generalmente iba al gimnasio a media mañana, cuando salía disparada del trabajo con la excusa de que tenía una reunión. Había elegido un lugar un poco alejado de la oficina. Lo último que quería era que la viera algún conocido. No les había contado a sus compañeros que se había apuntado y, aunque era posible que se hubieran percatado del olor a cloro impregnado en su piel o su pelo, todos sabían que era mejor no mentarlo. Había llegado al extremo de la piscina, así que se puso de pie y recuperó el aliento. Le habría sido imposible impulsarse desde el bordillo para salir, como había visto que hacían los jóvenes. Mientras caminaba hacia las escaleras, un miembro del personal colocó la corchera en el centro de la piscina para indicar la zona reservada al acuaeróbic. Justo a tiempo.

LA SAUNA OLÍA a cedro y eucalipto. El vapor era tan espeso que al principio no pudo distinguir si había alguien más. No le importaba compartir la sauna con otras mujeres, por lo menos allí no podían ver lo fea que era. Quizá pudieran intuir su gran tamaño, pero ningún otro detalle. Sin embargo, por alguna extraña razón, allí se sentía vulnerable si estaba a solas con un hombre. No es que temiera un ataque, ni siquiera un roce inapropiado o la posibilidad de que algún chalado se le exhibiera. Una puerta batiente era lo único que los separaba del jaleo de la piscina y un grito atraería a algún empleado. Además, los chalados nunca la habían asustado demasiado. Pero allí había cierta intimidad que la inquietaba. Tenía la sensación de que, si entablaba una conversación, quizá se mostrara como era y acabara arrepintiéndose. Prácticamente desnuda, adormecida por el calor y el olor, un encuentro en ese lugar podría llevar a un intercambio de confidencias, a terreno resbaladizo.

Vio que en la sauna había otra mujer, sentada en una esquina, con los pies en el banco de mármol y las rodillas dobladas. Tenía la cabeza inclinada hacia atrás y le pareció que estaba totalmente relajada. La envidiaba. La relajación total era un estado que ella rara vez alcanzaba. La niña que jugaba a ser médico le había recomendado hacer yoga y Vera había ido a una sesión, pero le había resultado mortalmente aburrida. Mantener la misma postura durante lo que parecían horas o estar tumbada boca arriba mientras las ideas y los pensamientos desfilaban por su cabeza, desatando la necesidad de hacer algo. En serio, ¿cómo podía nadie relajarse así? Se sentó con cuidado sobre el mármol, resbaladizo por el vapor condensado, pero no consiguió evitar ese sonido de pedo mojado. La discreta mujer de la esquina no reaccionó. Vera intentó inclinar la cabeza hacia atrás y cerrar los ojos, pero el trabajo se colaba en su mente. No había un caso concreto que la preocupara. Desde Navidad las cosas estaban inusitadamente tranquilas. Pero siempre había algo: una rencilla con algún compañero, el recuerdo de una pista que deberían haber investigado. Era en esos momentos de quietud física cuando su cerebro más se activaba.

Abrió los ojos y lanzó una mirada envidiosa a la mujer de la esquina. El vapor parecía menos espeso y Vera vio que se trataba de una mujer de mediana edad, no una señora mayor. Tenía el pelo corto y rizado, y llevaba un bañador azul liso. Era esbelta, con unas piernas largas y torneadas. Fue entonces cuando, gracias a una inesperada corriente que despejó el vaho, Vera se dio cuenta de que su vecina estaba demasiado quieta, con la piel demasiado pálida. La mujer que era objeto de su envidia estaba muerta.

2

EN LA ZONA de la piscina había comenzado la clase de acuaeróbic. Había música, aunque lo único que se distinguía era un gran estruendo de fondo. Vera miró por encima de la puerta batiente. Las mujeres que estaban en el agua se contorsionaban y agitaban los brazos en el aire. Se inclinó sobre el cadáver para comprobar si tenía pulso, aunque bien sabía que no lo tendría. La mujer había sido asesinada. Tenía petequias en el blanco de los ojos y contusiones alrededor del cuello. Las voces de su cabeza gritaron de emoción, aunque sabía que no estaba bien. Ahora vacilaba. Lo último que quería era que cundiera el pánico. Además, tampoco estaba preparada para que llegaran los sanitarios o sus compañeros de trabajo y la vieran con su bañador negro, que le daba el aspecto de un zepelín. Antes tenía que vestirse.

Una joven con un uniforme de camiseta y pantalones cortos amarillos estaba recogiendo flotadores de poliespán del borde de la piscina. Vera la llamó por señas.

—¿Sí?

La tarjeta de identificación que llevaba colgada del cuello con un cordón de nailon indicaba que se llamaba Lisa. Amontonó los flotadores en el suelo y dirigió a Vera una sonrisa profesional.

—Hay una mujer muerta en la sauna.

Había tanto ruido que no le preocupaba que la oyeran. Pero la chica la había oído. Su sonrisa desapareció. Se quedó mirándola a los ojos, estupefacta y horrorizada.

—Soy de la policía —dijo Vera—. Inspectora Stanhope. Quédese ahí. No entre y no deje que nadie más lo haga.

No hubo respuesta. Lisa seguía con la mirada fija en ella.

—¿Me ha oído? —insistió Vera.

Lisa asintió con la cabeza. Al parecer, seguía sin poder hablar.

El vestuario estaba casi vacío porque la clase no había terminado aún. La inspectora sacó el móvil de la taquilla y llamó a Joe Ashworth, su sargento. Por un instante se planteó mentir: «Me estaba tomando un café en el bar y un empleado me pidió que viniera cuando encontraron el cadáver». Pero estaba claro que no iba a colar. Había sudado en la sauna, había estornudado. Su ADN estaría allí. Al igual que el de una infinidad de socios del gimnasio. Además, ¿cuántas veces había despotricado ella por las mentirijillas que decían los testigos para ocultar su vergüenza?

Con la mano que tenía libre, Vera se subió las bragas. Cuando acabara la clase, la gente se pegaría por usar la sauna y no tenía muy claro que esa chiquilla de amarillo fuera capaz de detenerlos.

Ashworth contestó la llamada.

—Tengo una muerte sospechosa —dijo Vera. Después de todo, no era necesario entrar en detalles sobre cómo se había visto involucrada. Y pasó a relatar los pormenores—. Pon todo en marcha y vente para acá.

—¿Y no es una muerte natural? El calor, el esfuerzo… Suena a infarto. ¿Igual hay alguien en el gimnasio que ha visto demasiadas series policíacas en la tele? Puede que llegaran a la conclusión errónea.

—A la pobre la estrangularon. —Aunque sabía que no tenía razón, por algún motivo, Vera esperaba que Ashworth pudiera leerle la mente y la sacaba de quicio ver que no era así. Además, ¿de verdad creía que lo iba a llamar por un infarto?

—Estoy justo al lado —dijo él—, en ese centro de jardinería tan caro eligiendo un regalo de cumpleaños para mi madre. Estaré allí en diez minutos.

Vera colgó y siguió vistiéndose. Se le había caído la falda sobre el bañador y ahora estaba húmeda por detrás. Parecía que se había meado. Masculló un improperio y salió a la zona de la piscina evitando el lavapiés, consciente de las miradas reprobatorias de los demás. No estaba permitido pasar vestido por aquella zona. Tenía que encontrar a algún encargado, pero no quería alejarse de la escena. La clase de acuaeróbic estaba en su punto álgido. Una conga de mujeres que brincaban, junto con uno o dos hombres, se movía en círculos por la piscina. Pararon la música y los integrantes de la conga se dispersaron riendo y cotorreando. La mujer vestida de licra gritó por el micrófono que todos lo habían hecho estupendamente y que esperaba volver a verlos pronto.

Vera aprovechó el momento y le arrebató el micrófono. Se detuvo un segundo. Siempre le había gustado ser el centro de atención. Era consciente de que en algunas ocasiones era objeto de burlas, pero eso le importaba menos que el hecho de que la ignoraran.

—Señoras y señores.

Todos se quedaron mirándola, aparentemente molestos por la interrupción de su rutina ocasionada por aquella mujer que claramente estaba fuera de lugar. ¿Qué ocurría? ¿Quizá una manifestación? ¿El Frente Democrático de Personas Gordas insistiendo en su derecho a no llevar una vida saludable? Al menos así es como Vera juzgó su reacción. Pero ella estaba vestida, lo que le confería un aire de superioridad. Desde allí podía verles las arrugas del cuello y la flacidez de los brazos. También las raíces sin teñir.

—Soy la inspectora Vera Stanhope, de la Policía de Northumbria. —Cuando levantó la vista, vio a Joe Ashworth salir de los vestuarios con un hombre de traje que pensó que sería uno de los encargados del hotel. Había llegado mucho más rápido de lo que ella esperaba—. Lamento informarles de que ha habido una muerte repentina en el gimnasio y tengo que pedirles que colaboren. Vuelvan a los vestuarios. Cuando se hayan cambiado, les pediremos que esperen en la cafetería del hotel unos momentos hasta que les hayamos tomado los datos. Los molestaremos lo menos posible, pero quizá tengamos que volver a ponernos en contacto con ustedes.

Miró a Ashworth y su acompañante, que estaban al otro lado de la piscina. Ambos indicaron que también habían entendido lo que se esperaba de ellos.

La piscina se fue vaciando poco a poco. La gente estaba alborotada y sentía curiosidad. «Como un grupito de escolares», pensó Vera. Al menos no se quejarían si les hacían esperar para tomarles declaración. Tenían demasiado tiempo libre y muy pocas emociones. Era difícil creer que uno de ellos pudiera ser el asesino.

Ashworth rodeó la piscina para acercarse a ella, seguido por el trajeado. El desconocido era joven, deseoso de complacer, bajito, alegre y regordete. A Vera le había preocupado que la dirección del hotel les pusiera pegas: un asesinato podía no ser bueno para el negocio; pero aquel hombre parecía tan emocionado como los jubilados de la piscina. Estaba casi de puntillas y se frotaba las manos. A Vera le parecía que ya estaba pensando en la historia tan buena que podría contarle a su chica cuando volviera a casa por la noche. Seguro que también esperaba salir en las noticias de la televisión local. Últimamente, todo el mundo quería su momento de gloria.

—Este es Ryan Taylor —apuntó Ashworth—. Encargado de turno.

—¿Hay algo que pueda hacer, inspectora?

—Pues sí. Pida que hagan té y café. Un montón. Y que lo sirvan en la cafetería del hotel. Con galletas. ¡Ah, y sándwiches! Tendremos a todas estas personas aquí plantadas un buen rato y ya es casi la hora de comer. Mejor tenerlos contentos.

Taylor titubeó.

—Puede cobrarles —dijo ella al percatarse del problema—. Con lo que pagan por este lugar, se pueden permitir gastarse un par de libras en un buen café.

A Taylor se le iluminó la cara. La inspectora pensó que la muerte de una desconocida de mediana edad no era una gran tragedia para él. Más bien una oportunidad de lucirse. Esperó a que los dejara solos, pero no se alejó más que unos metros y se puso a hablar por un *walkie-talkie* que llevaba colgado del cinturón.

Lisa seguía de pie junto a la puerta de la sauna. Estaba pálida. Vera se preguntó si habría abierto la puerta para mirar. Pensaba que su reacción sería más similar a la del encargado. Al ser una chica joven, la muerte no sería algo real para ella. Más bien la primera escena de una serie de televisión.

—¿Ha tocado algo? —le preguntó—. No pasa nada si lo ha hecho, pero tiene que decírmelo. Ya sabe, por las huellas. —Pero pensó que la parte exterior de la puerta sería el único lugar en el que encontrarían huellas. Imposible encontrarlas dentro con todo ese vapor. El polvo para detectarlas se volvería un pegote.

Por fin, Lisa se decidió a hablar. Con una voz bajita y tímida.

—No —repuso—, no he tocado nada.

—¿Está bien, cielo?

La joven pareció recobrar la compostura y sonrió.

—Sí, sí.

—¿Ha estado trabajando todo el día?

—Desde las ocho de la mañana.

Vera se puso unos guantes de látex que Joe le había dado antes. Era como un *boy scout*, ese Joe, siempre tan preparado. Al mirarse los dedos se acordó del señor mayor con el gorro de natación. ¿Podría reconocerlo con los pantalones puestos? Igual no. Abrió la puerta de la sauna.

—Eche un vistazo —dijo—. No se preocupe, no es muy truculento. Me gustaría saber si la reconoce. Nos ahorraría bastante tiempo, la verdad.

Detrás de Lisa, Joe Ashworth fruncía el ceño y sacudía la cabeza, mostrando desaprobación e indignación. Parecía pensar que las mujeres eran flores delicadas que no podían sobrevivir sin su protección.

—Es que no me sé los nombres —se excusó Lisa—. No es habitual en la piscina. Es diferente si das una clase.

—Pero podrá decirnos si viene a menudo. Quizá asista también a alguna de las clases que imparte usted.

Lisa titubeó un momento y después miró dentro de la sauna.

—¿La había visto antes? —preguntó la inspectora. Pero ¿qué le pasaba a esa chiquilla? Vera no podía con esas jóvenes débiles y apocadas.

—No estoy segura. Todas se parecen bastante, ¿no?

Y Vera pensó que quizá fuera cierto. Igual que a ella se le parecían todas las jóvenes delgaduchas.

—¿Se puede apagar este vapor? —Vera no sabía lo que la humedad y el calor podían provocar en un cadáver, pero suponía que no ayudarían a conservarlo—. Sin tener que entrar, quiero decir.

Taylor se le acercó dando saltitos.

—Claro, ahora mismo me ocupo. —Titubeó un momento—. ¿Hay algo más que pueda hacer para ayudarlos?

—Me figuro que murió aquí esta mañana —dijo Vera—. Vamos, que habrán limpiado esto por la noche y alguien se habría dado cuenta de si estaba en la sauna entonces, ¿no?

—Sí, por supuesto.

Pero sus palabras le parecieron un tanto forzadas.

—¿De verdad? Esto es una investigación de asesinato. Me da igual su estándar de limpieza.

—Hemos tenido unos problemillas con nuestros empleados de la limpieza. Un par de las chicas habituales está de baja. Contraté a un empleado temporal, pero no es muy bueno. No quiero decir que no limpiara aquí, pero no me sorprendería que se hubiera largado pronto.

—¿Cómo lo consiguieron?

Vera intentó no parecer demasiado emocionada, pero el dato había despertado su interés. Un empleado nuevo, una clienta muerta. No tenía por qué haber una conexión, pero su vida sería mucho más sencilla si el limpiador temporal hubiera sido condenado por asesinar mujeres de mediana edad. O si la víctima resultara ser la esposa de la que estaba separándose.

—Es el hijo de nuestra recepcionista. Un estudiante universitario que está pasando las vacaciones aquí.

—Está bien. —Debería haber sabido que la vida no podía ser tan sencilla—. Tendré que hablar con él. Y con todos los miembros del personal que estaban de guardia. —Pensó que prefería hacer ella las entrevistas al personal y dejarle los alegres viejecillos a Ashworth. El sargento tenía la paciencia de un santo—. Habrá un registro de todos los socios del gimnasio que han venido hoy, ¿verdad?

Había un sistema de acceso con tarjetas de banda magnética. La inspectora dio por sentado que cada una tendría un chip individual y que no serviría solo para activar el torniquete.

—Sí —contestó. Pero esta vez tampoco mostró mucha convicción—. La informática la llevan desde la central de Tunbridge Wells. Supongo que ellos tendrán los registros.

Vera pensó que eso se lo dejaría a Holly. Sería una tarea aburrida, esperar pegada al teléfono mientras un friki demostraba sus habilidades con el ordenador. Holly, la última agente a la que había contratado, era joven, guapa y lista. Incluso sin haberla visto, el friki querría demostrarle lo inteligente que era. Además, todos sabían que la chica era un poco engreída y, de vez en cuando, Vera le daba trabajos aburridos para bajarle los humos.

—¿Hay alguna manera de que alguien de fuera pueda entrar en la zona de la piscina?

—En teoría, no —dijo Taylor—. Excepto como invitado de alguien que sí sea socio del gimnasio. En esos casos, pedimos al socio que nos muestre su carné y que firme en nombre del invitado.

Vera recordó las veces que había estado en el gimnasio. Siempre iba con prisas, pasaba el carné boca abajo, el torniquete no se abría y se le caía la toalla por el aturullamiento de hacer esperar a los que iban detrás. Pero generalmente había una mujer vestida de amarillo en un mostrador cercano que acudía a ayudarla.

—Ha dicho «en teoría» —le repitió Vera—. ¿Y en la práctica? ¿Cuánto le costaría entrar a un impostor?

—No le costaría nada. Tendría que saber cómo funciona el sistema, pero siempre hay formas de burlarlo.

—¿Como por ejemplo?

Había algo en aquel hombrecillo rechoncho que empezaba a irritarla. Era su buen humor, pensó. Parecía no perder la calma por nada. La gente alegre la ponía negra.

—Bueno, alguien podría decir que se ha olvidado el carné. La gente lo hace continuamente. Le haríamos firmar, pero nunca cotejamos las firmas con la lista de socios. Karen, la del mostrador, le dejaría entrar sin más.

—¿Así que se podría firmar con cualquier nombre?

—Básicamente.

—¿De qué otra forma podría burlarse el sistema?

—Usando el carné de un amigo. Tenemos claro que eso pasa a menudo, especialmente con los socios más jóvenes. Los carnés llevan foto, pero generalmente no las comprobamos. Más que nada, la llevan como disuasión. —Parecía que no le importaba en absoluto que la gente abusara del sistema, que les pareciera ridículo.

—Genial. Fantástico —dijo Vera. Aunque lo cierto era que ya le intrigaban las complicaciones del caso. Era buena detective, pero no siempre tenía la oportunidad de demostrarlo.

3

CONNIE ESPERABA FUERA de la guardería municipal bajo el sol de primavera. Al otro lado del camino, en el margen, crecían macizos de prímulas. En otra época le habría parecido idílico: el sol, las voces de los niños que se colaban por las ventanas abiertas del centro, el trino de los pájaros desde los arbustos que flanqueaban el arroyo y desde los árboles que delimitaban el cementerio. Tras las lluvias y las nevadas del invierno, solo ver el cielo azul ya era agradable. Pero en ese momento sentía la tensión que le provocaba siempre ir a recoger a Alice. Otras madres se paseaban por ahí y recogían a sus hijos del patio. Connie, sin embargo, siempre se aseguraba de llegar la primera. No podía enfrentarse a que le retiraran la mirada, a que de vez en cuando le dirigieran falsas sonrisas de lástima ni a ese silencio acusador que duraba exactamente lo que ella tardaba en ponerse a la cola tras pasar por delante de las mujeres que estaban esperando.

La responsable de la guardería abrió la puerta y Connie entró antes que todas las demás. Mejor recoger a su hija y salir de allí pitando. Alice estaba sentada en la colchoneta, con la espalda recta y las piernas cruzadas. Divisó a su madre y le dedicó una sonrisa radiante, pero se mantuvo en la misma posición. Connie tenía ganas de decirle: «No te esfuerces tanto, cariño. Que no te importe lo que piensen de ti». Pero Alice quería ser popular entre los otros niños y agradar a las cincuentonas que dirigían la guardería. Solo bajaba la guardia durante la noche. Y era entonces cuando se hacía pis encima, tenía pesadillas y acababa metiéndose en la cama de su madre temblando de miedo. Por la mañana, se negaba a hablar de lo que la aterrorizaba por las noches. Connie no había descubierto la causa exacta de sus miedos nocturnos, pero podía imaginársela. Ella misma estaba obsesionada por el recuerdo de un tropel de periodistas que la perseguían por la calle.

—Alice, ha llegado tu madre.

Era la tía Elizabeth. A todas las responsables del grupo se las conocía como «las tías». Elizabeth, la mujer del párroco, era rellenita y agradable. Connie creía que se moría por entrar en su casa y en su mente. Igual pensaba que su fe le daba el beneplácito para ser una fisgona y husmear en la vida de los demás. Connie podía entender ese impulso irresistible: ella también se había pasado toda su vida laboral entrometiéndose en la vida de otras personas. Pero sabía que aquella mujer se preocupaba por Alice y le estaba muy agradecida. La niña se levantó y salió disparada hacia su madre. Debía de haber estado jugando al sol, porque se le notaban más las pecas y tenía una mancha de barro en la rodilla de los vaqueros. Durante un instante, Connie dudó si la habrían empujado, se imaginó intimidaciones, a los niños canalizando los rencores y la crueldad de sus madres. Pero no podía pensar así o acabaría loca y paranoica.

Dio la mano a Alice y la acompañó hasta la mesa donde habían extendido los dibujos, las huellas de las manos y los *collages* de macarrones para que se secaran. Las otras madres se habían acercado a Elizabeth y, mientras Alice buscaba sus creaciones, sus conversaciones se colaron entre los pensamientos de Connie.

—¿Hoy no está Veronica?

Veronica no era una tía, sino la presidenta del comité de la guardería. En los sueños de Connie, era una depredadora esbelta que la acechaba con su rebeca de Marks & Spencer y sus labios de color rojo pasión. Solía estar en el centro cuando llegaban las madres, exigiéndoles las matrículas pendientes de pago o pidiéndoles que hicieran bizcochos para el siguiente rastrillo benéfico.

—No. —La voz de Elizabeth era tranquila y suave. Connie no tenía muy claro qué pensaba de Veronica la mujer del párroco—. Yo también tengo que hablar con ella. Pasaré por su casa de camino a la mía. Con este tiempo tan bueno, es posible que haya decidido pasar el día en el jardín. Creo que Christopher está fuera por trabajo ahora mismo.

Connie tomó maquinalmente los dibujos que Alice le entregaba.

—Preciosos —dijo—. Los colgaremos en la cocina cuando lleguemos a casa, ¿vale? —Su voz indicaba distracción; estaba atenta a ver si oía más noticias de Veronica y, por una vez, no le importó quedarse un rato. Pero la conversación había tomado otro rumbo: la asignación de plazas en los colegios o algún acto social en el pub. Ya se habían olvidado de Veronica, así que Connie se marchó con su niña de la mano y sin hablar con nadie.

CONNIE HABÍA ALQUILADO la casita junto al río cuando se marchó de la ciudad, desesperada por salir de allí y sin que le importara demasiado a dónde ir. Era de unos amigos de los padres de Frank. Según le explicó, les daba pereza seguir alquilándola a veraneantes. Y ellos no la usaban; ambos seguían trabajando. La habían comprado como inversión, para ahorrar para la jubilación, antes del desplome del mercado inmobiliario. Frank incluso le había ofrecido que se quedaran en su casa cuando las cosas se desmadraron. Por el bien de Alice, dijo apresuradamente para que Connie no lo malinterpretara. Él había pasado página después del divorcio y en su vida ya había otra mujer. Pero su exmujer y su hija podían utilizar la habitación de invitados hasta que los periodistas se hartaran de acampar a la puerta de la casa de Connie. Tan desesperada estaba entonces que casi aceptó la oferta. Puede que Frank se diera cuenta de que podía acabar con dos inquilinas no deseadas en casa, porque la oferta de la casita en el valle del Tyne surgió poco después. Connie se lo imaginó hablando por teléfono con todos sus colegas. «Échame un cable, anda. Seguro que sabes de algún sitio donde pueda quedarse. Vale, igual se lo buscó ella solita, pero eso no es motivo para que Alice sufra. Tendré que dejar que se acoplen en mi casa si no encuentro nada mejor.» Sí, todavía usaba palabras como «acoplarse». Era el director artístico de un teatro de Newcastle y su chica nueva era diseñadora.

La casa, conocida como Mallow Cottage, era preciosa por fuera. De piedra tradicional, con techumbre de tejas y un jardín pequeño junto a un arroyo que vertía sus aguas en el río, justo detrás de un puentecito. El interior era oscuro y húmedo, pero Connie podía soportarlo. Las primeras semanas habían sido magníficas. Había apuntado a Alice a la guardería y había empezado a hacer amigas, si podía llamarlas así. Las mujeres, al menos las que la invitaban a casa a tomar café, dejaban que sus hijos fueran a Mallow Cottage a jugar con Alice. Connie había decidido utilizar su apellido de soltera. Llevaba un tiempo divorciada, así que el apellido de Frank había perdido toda relevancia para ella. Quizá consiguiera permanecer en el anonimato e incluso volver a encontrar trabajo ahora que la atención había disminuido. Al fin y al cabo, necesitaba dinero. No podía vivir eternamente de sus ahorros ni de la caridad de Frank. Y tal vez dejara de tener pesadillas cuando volviera al trabajo.

Pero entonces publicaron un artículo en un periódico de tirada nacional para conmemorar el aniversario de la muerte de Elias, con una foto de Connie saliendo del juzgado llorosa y con aspecto de asustada. Y, de pronto, ya no vino nadie más a tomar café a la casita. Salvo Elizabeth, que tenía motivos puramente profesionales. Tampoco volvieron a invitar a Alice a merendar en casa de nadie. Comenzaron los susurros, las miradas de soslayo. Algunas mujeres intentaron ser amables, con una curiosidad malsana, pero Connie se percató de que había comenzado una campaña dirigida, como pronto pudo comprobar, por Veronica Eliot. «Si os hacéis amigas de ella, es como si aprobarais lo que ha hecho. ¿Es eso lo que queréis? ¿Queréis que la gente piense que sois como ella? No sé cómo dejan que se quede con la niña.» Sus palabras eran pueriles y malvadas, podría haberlas dicho el líder de un grupito de niños de ocho años en el patio de la escuela, pero eran eficaces. Algo así como la ley de la calle. Nadie se encaraba con Veronica. Y, desde entonces, Connie se topaba con el silencio en la cola para entrar a la guardería, con las miradas glaciales cuando iba a Correos a por su prestación por hijo a cargo.

La antigua Connie sí se habría encarado con ella. «Vale ya, estúpida, al menos deja que me explique.» Pero, después de un año de investigaciones e informes policiales y comparecencias en el juzgado, ya no tenía fuerzas para pelear. Además, resultaba inmoral que se compadeciera de sí misma. Había renunciado a ese derecho tras la muerte de Elias. Así que se limitaba a andar cabizbaja por el pueblo, sin esperar amabilidad ni contacto alguno. Adelgazó mucho y, a veces, deseaba desaparecer por completo y que solo Alice pudiera verla. Su único consuelo era la media botella de vino que se permitía tomar por la noche, mientras su hija dormía. Casi agradecía esas noches en que la niña se hacía pis en la cama y se metía en la suya; entonces, al menos, tenía a alguien a quien abrazar.

Acababan de salir al jardín cuando llegó el visitante. Quizá llevaba todo el tiempo allí, observándolas desde lo alto del puente, oculto tras el árbol. En uno de sus viajes a la casita, Frank había colgado una cuerda gruesa de una rama del manzano que estaba en la esquina del jardín que quedaba sobre un terraplén. Alice la usaba para columpiarse. En septiembre iría al colegio, pero era alta y fuerte para su edad. Intrépida desde un punto de vista físico. Agarraba la cuerda, corría, se impulsaba con una patada y ya estaba en el aire, prácticamente sobre el río. Connie sabía que era mejor no decir nada. No podía imponerle sus miedos a su hija. Pero miraba brevemente hacia otro lado, lo justo para no tener que ver cómo Alice salía volando, y se mordía la lengua para no gritar: «Ten cuidado, cariño. Te lo ruego».

Alice estaba columpiándose en ese momento. El manzano, que había echado brotes y tenía unas hojas de un llamativo verde brillante, bloqueaba la visión de la carretera. Connie estaba tomándose el café que se había preparado después de comer. Entonces la niña le gritó «¡Hola!» a alguien que Connie no alcanzaba a ver. El desconocido apareció junto a la verja, se detuvo allí y se quedó mirándolas. Lo primero que pensó Connie fue que era un periodista que las había localizado. Era uno de sus temores desde que se trasladaron al valle. El hombre era joven, con la sonrisa espontánea de un galán por naturaleza. Un periodista, sin duda. Llevaba una mochila al hombro, quizá con una cámara. Aunque el gorro de lana le daba un aspecto de excursionista, así que igual simplemente estaba caminando por la orilla del río.

—¿Puedo hacer algo por usted? —Sonó tan brusca que hasta Alice, que acababa de aterrizar, la miró sorprendida.

Él también parecía un poco asombrado. Su sonrisa flaqueó.

—Lo siento, no quería molestarlas.

Connie pensó que no era periodista. Esos no se disculpaban. Ni siquiera los encantadores. Lo saludó con un breve gesto, una disculpa a su manera.

—Me ha pillado por sorpresa. No nos visita mucha gente.

—Estoy buscando a una persona —dijo él, con tono refinado.

—¿Ah, sí? —Connie volvía a actuar con cautela. Su cuerpo se había puesto tenso, listo para ahuyentar al hombre si preguntaba por ella o intentaba atravesar la verja.

—La señora Eliot, Veronica Eliot.

—Ah. —Sintió alivio y también curiosidad. ¿Qué querría ese hombre de Veronica?

—¿La conoce?

—Sí —contestó Connie—. Claro. Vive en la casa blanca que está al final del camino. Justo pasado el cruce. No tiene pérdida.

Él se detuvo un instante antes de darse la vuelta y ella añadió:

—Si va en coche, hay un área de descanso bajando el camino y puede dar la vuelta allí. —Ya no había motivo para no ser amable y le había entrado la curiosidad. Lo cierto era que no había visto ningún coche.

—No —respondió—. No tengo coche. He venido en autobús.

—¡Qué valiente! ¿Tiene la esperanza de volver esta noche?

El hombre sonrió. En ese momento, Connie se percató de que era difícil adivinar su edad. Era claramente más joven que ella, pero lo mismo podría tener dieciocho que treinta años. Sabía que Veronica tenía un hijo mayor, un chico modélico, por supuesto, que estudiaba Historia en la Universidad de Durham. Pero sus amigos sabrían dónde vivía su madre.

—Se supone que hay un autobús a Hexham en un par de horas —comentó inseguro—. Y siempre puedo pedir un taxi como último recurso.

—¿Es usted familiar de ella? —Connie se dio cuenta de que era la primera conversación «normal» que había tenido en meses y esperaba poder alargarla. «Patético —pensó—. ¡Haber llegado a esto!»

Él titubeó. Esa pregunta tan sencilla parecía haberlo desconcertado.

—No —dijo, por fin—. No exactamente.

—Creo que no está en casa —indicó Connie—. Su coche no estaba en la entrada cuando he venido del pueblo. Y dicen que su marido, Christopher, está fuera por trabajo. ¿Le gustaría pasar y tomar un té mientras la espera? Si ha salido a comer, no tardará, y desde aquí la veremos llegar.

—Bueno, si no es mucha molestia.

Abrió la verja y entró en el jardín. De pronto, parecía menos nervioso, casi arrogante. A Connie la asaltó el pánico. Pero ¿qué había hecho? Le dio la sensación de que había invitado a entrar a la catástrofe. El joven se sentó junto a ella en el banco de madera con la pintura desconchada y esperó educadamente. Le había ofrecido té y esperaba que se lo sirviera. Pero la cocina estaba al otro lado de la casa y desde allí Connie no podría vigilar a Alice. Pensó que no era capaz de dejar a su hija sola con un desconocido.

—Ven conmigo, Alice. Puedes hacer de camarera y traer unas galletas. —Esperaba tener galletas, porque esa palabra había logrado el efecto deseado y Alice la seguía obediente, dando brincos.

Prepararon una bandeja. Tetera y tazas, jarra de leche y azucarero. Un zumo en vaso alto para Alice. «He vivido demasiado tiempo en el campo. Pronto acabaré en el Instituto de la Mujer*.» Pero no era como para reírse. La presidenta de aquella institución con solera era Veronica Eliot, así que nunca la aceptarían, aunque quisiera hacerse socia. Salieron al jardín. Connie con la bandeja, seguida de Alice, con un plato de flores lleno de galletas. Pero cuando llegaron a la zona soleada de la casa, con vistas al camino y el río, el banco de madera estaba vacío. El joven había desaparecido.

---

* La rama británica del Instituto de la Mujer se creó en 1915 con el fin de revitalizar las comunidades rurales y animar a las mujeres a involucrarse más en la producción de alimentos durante la Primera Guerra Mundial. Desde entonces, los objetivos de la organización se han ampliado y el Instituto de la Mujer es hoy la organización de voluntarias más grande del Reino Unido, con casi 220.000 miembros. *(N. de la T.)*

4

CUANDO VERA ERA niña, el Willows era un hotel magnífico, un negocio familiar famoso en todo el condado. Uno de los pocos recuerdos que le quedaban de su madre era de una vez que comieron allí, los tres juntos. El cumpleaños de su madre, quizá. Habría sido idea de Hector. A su padre siempre le habían gustado los alardes. No se acordaba de lo que habían comido. Ahora sospechaba que el menú no habría sido muy apetitoso, más bien comida británica de posguerra. Un solomillo como la suela de un zapato con verduras chafadas por una cocción demasiado larga. Pero había tenido cierto encanto. En una esquina, una mujer de largo tocaba un piano de cola. Hector había pedido champán, con una voz alta y fanfarrona, y su madre se había puesto piripi con dos copas. Obviamente, Hector se había bebido el resto.

En su día, aquel lugar había sido una mansión y aún conservaba un sendero de entrada que serpenteaba por los jardines. Se había construido en una curva que formaba el río y casi daba la sensación de que estaba en una isla, especialmente en esa época del año, cuando el Tyne estaba crecido por la nieve derretida. Las mimbreras que marcaban las lindes remojaban sus raíces en el agua. Los vecinos decían que allí había vivido uno de los arqueólogos que habían trabajado originalmente en las excavaciones del muro de Adriano y, en la biblioteca y la cafetería del hotel había fotos borrosas en sepia de aquella época: los hombres llevaban pantalón bombacho y las mujeres falda larga.

Recientemente, el hotel había pasado a manos de una cadena pequeña con sede en el sur. Habían convertido el sótano en un gimnasio y con él había desaparecido toda ilusión de que fuera un establecimiento solo para los más ricos o glamurosos. ¡Por favor, si la habían aceptado a ella! Pero todavía tenía pretensiones. En el comedor, se esperaba que los hombres llevaran chaqueta y corbata. Los muebles estaban viejos y desgastados, pero en su día habían sido buenos.

El ambiente en el gimnasio seguía siendo de alboroto y caos en aquellos momentos, pero Vera sentía que tenía el control y estaba más contenta de lo que lo había estado en los últimos meses. ¡A la mierda el ejercicio! Lo que ella necesitaba para sentirse realmente viva era trabajo que le interesara.

Billy Wainwright, el agente de la Policía Científica a cargo de la investigación, había acudido para tomar el mando en el lugar de los hechos. En la sauna ya no había vapor, pero todas las superficies estaban húmedas por la condensación.

—Te das cuenta de que es la peor escena en la que he trabajado nunca, ¿no? Imposible encontrar huellas. Medio Newcastle podría haber pasado por aquí y no haber dejado rastro.

¡Ni que fuera culpa de ella! Billy Wainwright, famoso en el Cuerpo por la belleza de su mujer y por ser un adúltero empedernido. Un genio en el trabajo, pero un capullo con las mujeres. Aunque Vera se había quitado de en medio, al mirar por la puerta abierta mientras su compañero trabajaba, pudo observar mejor a la mujer muerta. La típica socia del gimnasio del Willows. Bien vestida, de mediana edad, aunque con el cuerpo de una mujer más joven. Vio que llevaba atada al tirante del bañador la llave de una taquilla.

—¿Qué número hay en la llave, Billy?

Él la levantó con cuidado, con sus dedos gordos y enguantados.

—El treinta y cinco.

Pensaba que Taylor, el encargado de turno, se habría ido ya. Sin duda tendría cosas más importantes que hacer. Pero seguía junto a la piscina, curiosamente fuera de lugar, con su traje y sus zapatos negros lustrosos. Volvía a tener el *walkie-talkie* pegado a la oreja. Caminó resuelta hacia él y esperó impaciente a que terminara la conversación.

—Perdone —dijo—, estoy intentando cambiar algunas reuniones para dejar la cafetería libre para sus testigos. Están celebrando aquí un congreso de directores de recursos humanos.

—Me imagino que tendrá una llave maestra de las taquillas, ¿no?

—Sí.

—¿Y bien? ¿Puede conseguírmela?

No sabía por qué era tan brusca con él. Había colaborado bastante. Quizá porque se mostraba reacio a dejarlos a lo suyo. Por la emoción que claramente le provocaba participar en la investigación, aunque solo fuera como observador. «Yo tengo derecho a emocionarme —pensó Vera— porque me dedico a esto, pero él solo es un mirón.»

Por fin, Taylor se alejó de la piscina y cruzó los vestuarios hacia el mostrador que estaba junto al torniquete. Sobre sus cabezas podían oírse las conversaciones animadas procedentes de la cafetería y el ruido de las tazas de café. Ashworth había conseguido que unos cuantos agentes lo ayudaran a tomar declaraciones, pero no cabía duda de que iba a ser un proceso lento. Tal y como sospechaba Vera, la mayoría de los señores mayores consideraba la situación como un entretenimiento gratuito. No tenían prisa por marcharse. Taylor habló con la mujer del mostrador.

—¿Puedes darme la llave maestra de las taquillas, encanto?

Parecía que hablara con una niña. Vera pensó que si fuera tan condescendiente con ella, le daría un mamporro. La mujer del mostrador era mayor que él. Podría estar bien entrada en la cuarentena, aunque intentaba disimularlo. Cabello negro y pestañas repletas de rímel. Llevaba una chapa con su nombre: Karen.

—¿Es su hijo el que está de limpiador temporal? —preguntó Vera.

Karen se había vuelto para alcanzar una llave de un gancho en la pared de detrás.

—¿Por qué? ¿Qué tiene que ver con todo esto?

—Nada, probablemente. Pero tengo que hablar con él. ¿Trabaja hoy?

Karen dejó la llave sobre el mostrador.

—Hace el último turno. No vendrá hasta las cuatro.

—No hay prisa —dijo Vera con despreocupación—. Ya lo veré luego.

Había una agente de uniforme vigilando la puerta del vestuario y Vera despidió entonces a Taylor.

—No tiene sentido robarle más tiempo. Ya me ocupo yo.

Pensó que iba a discutir con ella, pero Taylor se contuvo justo a tiempo y sonrió. Vera se quedó observando el brillo de los lustrosos tacones de sus zapatos mientras desaparecía escaleras arriba.

La inspectora reconoció a la agente que custodiaba la puerta, pero no recordaba su nombre.

—¿Todo despejado?

—Sí.

—¿Ya ha echado un ojo Billy Wainwright?

—«¡Para lo que ha servido!», ha dicho.

La mujer sonrió con cariño y Vera se preguntó qué tendría ese hombre. Ni siquiera era tan guapo. Igual porque era comprensivo, porque sabía escuchar. Quizá fuera ese su atractivo.

—Ya he estado en el vestuario —le dijo Vera—, así que no hay riesgo de contaminación si me dejas entrar.

La agente se encogió de hombros. Vera mandaba y, después de todo, qué le importaba a ella.

En el interior del gimnasio, la televisión que estaba en lo alto de la pared seguía encendida. Las noticias de Sky TV con imágenes del presidente de Estados Unidos de visita en algún lugar exótico en compañía de la primera dama, niños africanos con camisas blancas almidonadas y mujeres envueltas en telas de batik de colores llamativos. La taquilla de la mujer muerta estaba cerca de la que había usado Vera ese día. Sacó un par de guantes nuevos. La cerradura se atascaba un poco y por un momento dudó si podría abrirla. Apoyó el hombro en la puerta y empujó hasta que el mecanismo cedió. La puerta se abrió de golpe.

Vera miró, sin tocar nada inicialmente. La ropa estaba doblada con cuidado. Una falda de flores, una blusa blanca casi tan tiesa como las que llevaban los niños de las noticias y un jersey de algodón azul marino. Ropa interior de encaje blanco, tan nueva como recién comprada. ¿Cómo lo hacían? La suya se quedaba grisácea con el primer lavado. Aunque nunca habría comprado nada tan glamuroso. Bajo la ropa, un par de sandalias. Tenían pinta de cómodas, de cuero suave, pero también elegantes, con tacón bajo, el cuero trenzado y atadas al tobillo. Ella, Vera, jamás habría llevado algo así.

En la tele, una joven con voz entrecortada estaba dando el parte del tiempo. Los próximos días serían excepcionalmente templados y soleados para esa época del año. «Un tiempo primaveral maravilloso.» Vera se giró un momento y vio una foto de corderos ya hermosos entre amentos de árboles. Los que tenían la granja junto a su casa aún estaban ocupados con los corderos recién nacidos. Siempre iban más tarde en las colinas que estaban tan al norte.

No había bolso. A Vera le resultó raro. ¿No llevaban siempre bolso las mujeres? Hasta ella llevaba sus cosas en una bolsa de tela. Sí que había un monedero, metido en una de las mangas del suéter azul marino. ¿Habría dejado la mujer el bolso en el coche porque era demasiado grande para la taquilla? De una esquina del monedero colgaba un manojo de llaves de un enganche metálico. Al abrirlo, encontró el carné de socia del gimnasio. La foto era pequeña y de mala calidad, pero no había duda de que era de la víctima. Llevaba su nombre.

Jenny Lister, cuarenta y un años. Vera le habría echado un par de años menos. La dirección era de un pueblo del valle del Tyne, Barnard Bridge, a unos ocho kilómetros de allí. «Muy bonito», pensó Vera. Justo lo que se había imaginado. Pero ¿por qué querría nadie asesinar a una mujer de mediana edad de una comunidad próspera de la zona rural de Northumberland?

Miró por encima lo que contenía el monedero. Un par de tarjetas de crédito al mismo nombre y veinte libras en metálico. En una de las tarjetas ponía «Sra. Jenny Lister». Así que tenía marido. O, al menos, lo había tenido. Si seguían juntos, era probable que estuviera trabajando. Vera miró la hora. Ya eran más de las tres. Podía ser que hubieran desayunado juntos y hubieran hablado del día que les esperaba. Ahora, él no tendría ni idea de lo que le había pasado a su mujer, no estaría preocupado por su seguridad. A no ser, claro, que la hubiera seguido y la hubiera estrangulado.

ARRIBA, EN LA cafetería, Ashworth y sus compañeros ya casi habían terminado con los alumnos de la clase de acuaeróbic. Estaba usando un despachito, donde les hacía entrar uno a uno para tomarles los datos y preguntarles si habían usado la sauna o habían visto algo fuera de lo común. En el cartel de la puerta ponía «Ryan Taylor, subdirector».

—¿Quién es el director? —preguntó Vera, distraída por un instante—. El jefazo, vamos.

—Una mujer que se apellida Franklin. Está de vacaciones, en Marruecos.

—¡Qué bien! —contestó automáticamente. Pero lo cierto era que odiaba viajar al extranjero. Con el calor se ponía toda colorada.

Ashworth estaba solo, repasando las notas de la última entrevista.

—Tenemos su nombre —le anunció Vera—. Jenny Lister. Vive en Barnard Bridge.

—Con pasta, entonces. —Ashworth levantó la vista del papel.

—Pensaba irme para allá. Igual tiene hijos en edad escolar. Prefiero decirles cuanto antes lo que ha pasado para evitar que llamen a sus amigos preguntando por ella y que causen un revuelo.

—Bien —dijo Ashworth—. ¿Quiere que vaya alguien con usted?

—Creo que me basto y me sobro yo solita.

Vera sabía que no le correspondía husmear en el hogar y la familia de la víctima. Evaluación tras evaluación, le recordaban que tenía un puesto estratégico. «Tiene que aprender a delegar, inspectora.» Pero ella lo hacía mucho mejor que todos los demás del equipo. ¿Qué sentido tenía delegar en un investigador menos cualificado?

—¿Qué quiere que haga cuando acabe aquí?

—Habla con los empleados —dijo Vera—. Iba a hacerlo yo, pero mejor me voy a casa de la familia. Está esa chica… Lisa. Me ha parecido un tanto nerviosa; tal vez oculte algo. La mujer del mostrador es Karen. Tiene un hijo, un estudiante que está trabajando aquí de limpiador durante las vacaciones de Semana Santa. Habla con él. Tenemos que comprobar si limpió la sauna ayer. Podría ser que el cuerpo hubiera estado aquí toda la noche. No es probable, porque lo lógico sería que alguien hubiera denunciado la desaparición de la víctima, pero hay que hablar con él de todas formas. A ver si alguien recuerda a la muerta. Taylor debería poder hacer copias de la foto de su carné. Te la sacan cuando te haces socio, así que la tendrán guardada en el ordenador.

—¿Es usted socia? —Ashworth reprimió una sonrisa burlona.

Vera pasó por alto la pregunta.

—Muestra la foto a los empleados, por si la conocen. Y pide a Holly que le pregunte a su friki informático a qué hora entró Jenny en el gimnasio esta mañana. —Sacó las llaves del coche del llavero que colgaba del monedero de la mujer—. Y, cuando hayas terminado con los empleados, mira si su coche sigue aquí. Será mejor que te lleves a un agente de la Científica. Lo considerarán como una de las escenas del crimen. Creo que el bolso de la víctima podría seguir allí. Si es así, avísame.

—Le diré a mi mujer que voy a llegar tarde entonces. —Intentaba sonar irónico, pero Vera no le hizo caso.

—Bien. Nos vemos otra vez aquí si acabo a tiempo. Si no, te pego un toque. Reunión a primera hora en comisaría. ¿Ya han montado sala de reunión para el caso?

—Se está ocupando Holly. Charlie me ha estado ayudando aquí con las declaraciones.

Vera asintió. Tenía que dejar que Holly saliera y tuviera un poco de marcha al día siguiente. No era una jefa dura. No mucho. Sabía que era importante tener contenta a la tropa. Mientras cruzaba el aparcamiento, se dio cuenta de que se moría de hambre. Antes de ir a la piscina, había comprado una empanada de queso en Gregg's, que seguía en la bolsa, en el asiento del copiloto. Un poco grasienta y reblandecida tras pasar todo el día al sol, pero, como no tenía carne, no se había puesto mala. Se la comió con fruición y salió en dirección suroeste hacia el Tyne.

Barnard Bridge estaba al oeste del hotel, de camino a Cumbria. Era una zona desconocida para Vera. Se había criado en el campo y la mayor parte de los delitos de su territorio tenían lugar en la ciudad o en los pueblos posindustriales de la costa sureste del condado. Esa era una próspera región rural. Las casitas de los pueblos y pequeñas poblaciones con mercado habían sido adquiridas por profesionales que buscaban la buena vida, defensores del medioambiente que, al parecer, conciliaban su manifiesto ecologista con el viaje diario por la A69 hasta Newcastle, Hexham o Carlisle. Era un lugar de mercados agrícolas, librerías independientes y escritores. Un pedacito del sur de Inglaterra trasplantado al norte. O eso pensaba Vera. Pero lo cierto es que estaba resentida. ¿Qué sabría ella si nunca había estado cómoda con la clase intelectual?

5

LA CASA ERA más modesta de lo que se había imaginado Vera. Estaba en una hilera de viviendas adosadas en la calle principal que atravesaba el pueblo. Aparcó en línea. Eran las cinco y la zona estaba tranquila. El supermercado de la esquina todavía estaba abierto, pero no había ni un alma. Para los niños era la hora de merendar y los adultos que trabajaban en la ciudad seguirían en la oficina o estarían de camino a casa. Llamó a la puerta aunque no esperaba respuesta. Casi al instante, oyó pasos y el ruido del cerrojo al abrirse.

—¿Has vuelto a olvidarte las llaves? —dijo alguien antes de que la puerta estuviera completamente abierta—. En serio, mamá, ya te vale. —Entonces la chica vio a Vera, hizo una pausa y sonrió—. Perdone, pensaba que sería… ¿Puedo ayudarla?

—¿Jenny Lister es tu madre?

—Sí, pero ahora mismo no está.

—Soy de la Policía de Northumbria, cielo. Creo que será mejor que entre.

Distinguió ese pánico inevitable que provoca la visita inesperada de un agente de policía. La chica se retiró para dejarla pasar. Las preguntas siguieron a Vera a lo largo de un pasillo estrecho.

—¿A qué viene esto? ¿Ha habido un accidente? ¿Ha venido a llevarme al hospital? ¿No deberíamos estar saliendo?

Vera tomó asiento a la mesa de la cocina, al fondo de la casa. Las paredes eran amarillas y el sol de la tarde resaltaba el color. De nuevo, aquello no era lo que se había imaginado. Había pensado que Jenny sería ama de casa. Una mujer ociosa a la que le gustaba el lujo, mantenida por un hombre de negocios muy trabajador. Pero esta parecía más bien una casa de estudiantes. La cocina daba a un jardín pequeño, los periódicos del domingo seguían sobre la mesa y en la encimera había una botella de vino tinto a medio beber, tapada con el corcho.

—¿Tu madre y tú vivís solas? —preguntó Vera.

En una pared había fotos colgadas en un tablero. La víctima y aquella chica, ambas sonriendo a la cámara. Así que no había duda de la identidad de la muerta. De pronto, Vera se sintió muy triste por ello. Parecía una mujer agradable. No había motivo alguno por el que las mujeres decentes no pudieran también hacerse socias de un gimnasio.

—Sí, mi padre nos dejó cuando yo era niña.

La chica era pelirroja, con la piel lechosa y opaca que solía acompañar a ese pelo. Llevaba vaqueros y una camiseta larga de flores. Estaba descalza. Era tan delgadita que resultaba difícil adivinar su edad. Unos dieciséis o diecisiete años. Pero era simpática y educada, nada que ver con el mal genio de la adolescencia del que tanto se hablaba. Seguía de pie, apoyada en la repisa de la ventana, mirando afuera.

—Siéntate, cielo —dijo Vera—. ¿Cómo te llamas?

—Hannah. —La chica eligió un asiento frente a Vera—. ¿Podría decirme de qué va todo esto?

—Cariño, la verdad es que no sé cómo decírtelo. Tu madre está muerta.

Vera se inclinó sobre la mesa y tomó las manos de Hannah. No hacía falta decirle lo mucho que lo sentía. ¿Para qué iba a servir? Ella era más joven que esa chiquilla cuando su madre murió. Pero al menos estaba Hector. Era un cabrón egoísta, pero mejor que no tener a nadie.

—¡No! —La chica la miró, casi compadeciéndola por haber cometido un error tan ridículo—. Mi madre no está muerta. Está muy en forma para su edad. Nada, hace pilates, baila... Acaba de apuntarse a una clase de flamenco. Dígame, ¿ha sido un accidente de tráfico? Pero es una conductora superprudente. Una exagerada. Seguro que se equivoca de persona.

—¿Es socia del gimnasio del Willows?

—Sí, yo le regalé la cuota. Cumplió cuarenta el año pasado. Quería que fuera algo especial, así que le hice a papá sentirse culpable y le saqué el dinero que necesitaba. —Parecía que, por fin, la niña empezaba a creer lo que había oído. Miraba a Vera aterrada.

—No murió por causas naturales. —Vera la miró para comprobar que la chica la entendía y observó que unas lágrimas silenciosas caían por sus mejillas perfectas. Parecía incapaz de hablar y Vera continuó—: La asesinaron, Hannah. Alguien la mató. Esto es difícil, demasiado duro para cualquier persona. Pero tengo que hacerte unas preguntas. Mi trabajo consiste en averiguar quién la mató. Y, cuanto antes sepa todo lo posible sobre ella, antes podré hacerlo.

—¿Puedo verla?

—Claro. Yo misma te llevaré al hospital, si quieres. Pero no podremos hasta última hora de hoy o quizá mañana.

Hannah estaba sentada frente a Vera, con la ventana a su espalda. El sol arrancaba destellos a su pelo.

—¿Quieres que le pida a tu padre que venga? —Era mejor seguir el protocolo.

—No. Está en Londres. Ahora vive allí.

—¿Cuántos años tienes, Hannah?

—Dieciocho —respondió automáticamente, demasiado aturdida para cuestionar el derecho que tenía Vera de preguntárselo.

Una adulta responsable, entonces. No necesitaba que nadie la cuidara. No desde el punto de vista legal. En cualquier caso, parecía solo una chavalita.

—¿Te gustaría que viniera alguna otra persona a hacerte compañía? ¿Algún pariente?

Hannah alzó la mirada.

—Simon. Que venga Simon, por favor.

—¿Y quién es Simon?

—Simon Eliot, mi novio. —Hizo una pausa y, al poco, a pesar de su tristeza y confusión, se corrigió a sí misma, consolándose un poco con la idea—. Mi prometido.

Vera quiso sonreír. Parecía que jugaran a mamás y a papás. ¿Quién se casaba tan joven hoy en día? Pero consiguió mantenerse seria.

—¿Vive por aquí?

—Sus padres viven en la casa grande de color blanco que está al otro lado del pueblo. Habrá pasado por delante al venir hacia aquí. Simon estudia en Durham. Ha venido a casa por Semana Santa.

—¿Por qué no lo llamas y le dices que se venga? ¿O prefieres que hable yo con él? —Vera pensaba que los padres del chico cuidarían de Hannah si no tenía a nadie más. Al menos, hasta que pudieran ponerse en contacto con el padre y volviera de Londres. Hannah ya había sacado el móvil y estaba marcando el número. En el último momento, cuando ya estaba sonando, se lo pasó a Vera.

—¿Le importa? No puedo hablar. No sabría qué decir.

—¡Hola, preciosa!

Tenía una voz más profunda de lo que esperaba la inspectora, cariñosa y sensual. De pronto, se dio cuenta de que a ella nunca le habían hablado así.

—Soy la inspectora Vera Stanhope, de la Policía de Northumbria. Ha habido una muerte repentina. La madre de Hannah.

Me ha pedido que te llame. No sé si podrías venir a su casa. Necesita a alguien a su lado.

—Ya voy. —La conversación se cortó. Así, sin más. Vera se alegró de que Hannah no estuviera con un idiota.

—Está de camino —dijo. Mientras lo esperaban, Vera preparó té. Se moría por una taza, y la empanada no la había saciado. Esa era la típica casa en la que habría galletas. Quizá hasta un bizcocho casero—. ¿A qué se dedicaba tu madre?

Había enchufado el hervidor de agua y se volvió hacia Hannah, que seguía con la mirada perdida. No había ningún indicio en la casa, ninguna pista, pero pensó que sería algo relacionado con el arte. Lo que había allí —los muebles, la vajilla, los cuadros— no habrían costado mucho, pero rezumaban estilo.

Hannah levantó la vista lentamente. Era como si la pregunta hubiera tardado horas en llegar a su cerebro y acabara de darse cuenta de que debía responder.

—Era trabajadora social. Acogidas y adopciones.

Vera tuvo que recalibrar sus ideas. Nunca le habían parecido gran cosa los de ese gremio. O entrometidos que no dejaban que la gente siguiera con sus vidas, o bien peleles inútiles. Una había ido a verla cuando murió su madre, aunque entonces utilizaban un nombre diferente… asistente de protección social infantil, eso era. Hector se la había camelado y le había dicho que claro que podría cuidar de su hija, y esa fue la última vez que la vieron. Y, aunque Hector no había sido ni de lejos lo que se dice un padre ejemplar, Vera no tenía muy claro que contar con una trabajadora social hubiera mejorado las cosas. Se ahorró la respuesta porque llamaron brevemente a la puerta principal y Simon entró sin esperar a que le abrieran. «Debe de tener llave.» El pensamiento la asaltó de pronto mientras veía cómo el joven abrazaba a Hannah. Aunque no venía al caso porque a Jenny no la habían matado en casa, de algún modo sí que hacía que Simon pareciera parte de la familia, y la idea de que los jóvenes estuvieran prometidos se volvía menos ridícula.

Era fuerte y moreno, mucho más alto que Hannah. Vera pensó que no era apuesto según el canon tradicional. Con un pelín de sobrepeso, gafas de empollón y unos pies increíblemente grandes. Pero entre ellos había una fuerte atracción, incluso en ese momento de dolor para la chica, que dejó a Vera sin aliento y le produjo una terrible punzada de celos. «Jamás he sentido eso y es probable que ya no lo haga.» Simon se sentó en una de las sillas de la cocina, se puso a Hannah en el regazo y comenzó a acariciarle el pelo desde la frente, como si fuera una niña pequeña. Era un gesto tan íntimo que, por un momento, la inspectora se sintió obligada a retirar la mirada.

Aunque le costó, el estudiante dejó de prestar atención a su novia y saludó brevemente a Vera con la cabeza.

—Soy Simon Eliot, el prometido de Hannah.

—¿Qué pensaba Jenny de que estuvierais comprometidos?

—Tenía que conseguir que se centraran en la conversación y no era capaz de pasar por alto la relación que tenían. Sin duda, a Jenny también le habría resultado imposible.

—Creía que éramos demasiado jóvenes. —Hannah se deslizó por la rodilla de Simon y se sentó en una silla a su lado, pero dejó la mano sobre su pierna—. Queríamos casarnos este verano, pero nos pidió que esperáramos.

—¿Y lo aceptasteis?

—Al final, sí. Al menos hasta que Simon se saque el máster. Un año más. Parece toda una vida, pero, mirándolo bien…

—¿Para qué casarse? —preguntó Vera—. ¿Por qué no vivir juntos como hace todo el mundo?

—¡Es que es eso! —De repente, Hannah parecía haberse olvidado de la muerte de su madre. Le brillaban los ojos—. No somos como todo el mundo. Tenemos algo especial y queríamos un gesto especial para reflejarlo. Queríamos que todos supieran que tenemos la intención de pasar el resto de la vida juntos.

Vera pensó que los padres de Hannah habrían hecho promesas similares cuando se casaron, pero su relación apenas había llegado al nacimiento de su hija. Era probable que también tuvieran grandes ideales al principio. Pero Hannah era joven y romántica y habría sido cruel desilusionarla. En ese momento, el chico era lo único que tenía a lo que aferrarse.

—Pero Jenny no tenía nada en contra de Simon, ¿verdad?

—Claro que no. Nos llevábamos muy bien los tres. Lo que pasa es que mamá era demasiado protectora. Desde que papá nos dejó, habíamos estado las dos solas. Supongo que le costaba aceptar que en mi vida hubiera alguien más.

Vera se giró hacia el estudiante.

—¿Y tus padres qué opinaban de que os casarais tan pronto?

Él se encogió de hombros y dijo:

—No estaban especialmente contentos, pero al final lo habrían aceptado.

—La madre de Simon es una esnob —añadió Hannah—. La hija de una trabajadora social no era exactamente lo que tenía planeado para él. —Sonrió para demostrar que no lo decía a malas.

Se hizo un silencio. A Vera le parecía como si todos se hubieran confabulado para no hablar del asesinato de Jenny Lister. Habían querido fingir por un momento que algo tan espantoso no podía haber ocurrido, que lo peor a lo que tenían que enfrentarse era el leve descontento de los padres por un matrimonio precoz.

—¿Cuándo fue la última vez que viste a tu madre? —preguntó Vera, manteniendo el mismo tono, el de una vecina cotilla.

—Esta mañana —respondió Hannah—. En el desayuno. Me levanté pronto para desayunar con ella. Son las vacaciones de Semana Santa, pero quería ponerme a repasar en serio para los finales. Para demostrarles a los padres de Simon que sí que soy lista, aunque tenga pensado ir a la Escuela de Bellas Artes en vez de a una universidad prestigiosa.

—¿Te dijo lo que pensaba hacer hoy?

—Sí, iba a ir a nadar antes del trabajo. Como muchas veces se queda hasta tarde, no tiene que entrar a las nueve.

—¿Sabes si tenía que ir a la oficina para algo específico? —Vera pensó que se haría una idea más concreta de la hora de la muerte si descubría cuándo había estado Jenny en el gimnasio que con lo que pudiera contarle el forense.

—Una reunión a las diez y media, creo. Era supervisora de un estudiante y tenía una reunión con él.

—¿Dónde trabajaba?

—En la oficina de servicios sociales de la zona, en Blyth.

Vera levantó la vista, un tanto sorprendida.

—¡Eso está muy lejos para ir todos los días!

—No le importaba. Decía que le gustaba poner distancia entre el trabajo y ella. Además, como cubría todo el condado, algunos días tenía visitas por aquí. —Hubo un momento de silencio y después Hannah miró a Vera a los ojos—. ¿Cómo murió?

—No estoy segura, cielo. Tendremos que esperar a los resultados de la autopsia.

—Pero seguro que lo sabe.

—Creo que la estrangularon.

—Nadie querría matar a mi madre —dijo la chica con total seguridad, la misma con la que había profesado su amor por el chico que estaba a su lado—. Tiene que haber sido un error. O algún loco. Mi madre era una mujer buena.

Vera salió de la casa pensando que la bondad era un concepto que no llegaba a entender del todo.

6

EN CIERTAS OCASIONES, Joe Ashworth se creía un santo por aguantar a Vera Stanhope. Su mujer desde luego pensaba que estaba chalado porque toleraba trabajar hasta tarde, madrugar muchísimo e ir a toda prisa a casa de Vera, en las colinas, para revisar algo urgente. «No hay razón para que lo dejes todo y acudas corriendo a su lado solo porque ella no tenga responsabilidades familiares ni vida más allá del trabajo», le había dicho una vez. Ashworth había intentado quitarle leña al asunto con una broma: «¡Al menos, no te preocupará que estemos liados!». Porque Vera tenía veinte años más que él, sobrepeso y la piel áspera por el eccema. Su mujer había arrugado el entrecejo y lo había mirado por encima del tazón de chocolate caliente que se preparaba cada noche para dormir mejor. Ella no tenía problemas de peso. Acababa de dejar de amamantar al bebé y los niños la mantenían activa. «Igual a ti no te gusta la inspectora, pero puede que ella tenga los ojos puestos en ti.» Ashworth se había reído de aquello, pero la idea había hecho que se sintiera incómodo. A veces, Vera tenía una manera de mirarlo fijamente, con los ojos entornados, que hacía que se preguntara en qué estaría pensando su jefa. ¿Se habría acostado alguna vez con alguien? No era precisamente algo que pudiera preguntarle, aunque a veces ella sí que le hacía a él preguntas personales que rozaban la mala educación.

Y AHORA LO DEJABA a cargo del gimnasio y del hotel mientras ella se largaba al valle del Tyne a curiosear en la vida privada de la víctima. Era algo que no le correspondía para nada y que podía haber encargado a un miembro de menor rango del equipo. De vez en cuando, su mujer le sugería que solicitara otro puesto, quizá no un ascenso, sino un movimiento lateral, para conseguir más experiencia. En momentos como ese, Ashworth pensaba que era una recomendación muy acertada.

Vio a Lisa, la jovencita a la que Vera había reclutado para que la ayudara. Se encontraba en la cafetería del hotel, que por fin estaba vacía: ya habían entrevistado y enviado a sus casas a todos los socios del gimnasio y habían colgado un gran cartel en la puerta del hotel, en el que se informaba de que «por circunstancias inesperadas» el gimnasio permanecería cerrado durante veinticuatro horas. En opinión de Ashworth, Vera había sido una desconsiderada con Lisa; hacerla mirar el cuerpo que yacía en la sauna solo para ahorrarse unos minutos con la identificación había sido cruel y poco profesional.

Una joven con acento polaco parecía estar a cargo de la cafetería del hotel. Llevaba un vestido negro y zapatos planos.

—¿Desean tomar algo?

El sargento preguntó a Lisa si quería un café y, cuando se lo llevaron, con unas galletitas redondas caseras en un platillo, la chica se sentó y se inclinó hacia delante, sujetando el vaso con ambas manos. Se le quedó un poco de espuma en el labio superior y debió de darse cuenta de que él lo estaba observando, porque se sonrojó y se lo limpió con la servilleta.

La cafetería estaba dispuesta como la sala de dibujo de una de esas mansiones del Fondo Nacional para la Preservación Histórica que su mujer le había hecho visitar antes de que nacieran los niños. Con el suelo de madera oscura, bien pulida, y una alfombra cuadrada en el centro. Era roja, tejida a mano y casi igual de dura que el propio suelo. Estaba tan raída que en algunas zonas ya no se veía el estampado. En las paredes había cuadros con enormes marcos dorados. Principalmente retratos: hombres con peluca y mujeres con vestido largo. Contra las paredes había grandes sofás chéster y, alrededor de unas mesas de patas frágiles, sillas tapizadas con cretona de flores. En un extremo se encontraba la espectacular chimenea, apagada en ese momento. Los radiadores, de gran tamaño, estaban fríos, así que al entrar se notaba el fresco. Un olor a polvo impregnaba el salón.

Los restos del café y los sándwiches de los jubilados aún estaban desperdigados por los platos de porcelana blanca que quedaban en las mesas. Había cafeteras y azucareros. En el suelo, migas y cortezas. Lejos de donde se encontraban, una mujer de mediana edad comenzaba en ese momento a limpiar aquel desastre.

—Gracias por quedarse —dijo Ashworth. Para entonces el turno de Lisa debería haber terminado. Estaban sentados en una esquina y sus palabras parecieron resonar por toda la habitación. Ella lo miró disimuladamente.

—No pasa nada.

—La víctima se llamaba Jenny Lister —siguió—. ¿Le suena de algo?

Ella negó con la cabeza.

—Nunca vino a mis clases. Pero suelo hacer las de gimnasia de mantenimiento para mayores de cincuenta y ella parecía un pelín joven para eso.

—Sí —afirmó—. Siento que la jefa le haya hecho mirar el cuerpo.

—Tampoco parecía muy mayor —siguió Lisa—. Puede que asistiera a la clase de madres con bebés que da Natalie. Hoy en día, no es extraño que se apunten madres primerizas de unos cuarenta años. Debería preguntarle a ella.

—¿Estuvo usted trabajando toda la mañana en la piscina?

—No —le corrigió—, solo tenemos socorristas cualificados a partir de las nueve y media, horario con menor afluencia de clientes, pero es que antes de esa hora solo vienen los fanáticos de la natación y ellos firman un resguardo de responsabilidad. Suele haber alguien por aquí, pero ahora mismo no hay suficiente personal. Entré un par de veces, pero no vi ni oí nada fuera de lo normal.

Hubo un momento de silencio y ella le dirigió una mirada sombría. Ashworth pensó que estaba dando palos de ciego. ¿Qué haría Vera Stanhope en su situación? Según ella, esa chiquilla estaba preocupada por algo y su jefa solía tener buen olfato con la gente.

—¿Le gusta trabajar aquí?

Notó que a Lisa le había sorprendido la pregunta. ¿Y qué podía importar eso para la investigación del asesinato de una cuarentona? La chica lo miró con recelo.

—No está mal, en general.

—Quedará entre nosotros —la tranquilizó Ashworth—. No le contaré a su superior nada de lo que me diga.

—Es un buen jefe.

«Puede que no esté preocupada después de todo —pensó Ashworth—. Igual solo es una joven reservada y enfadada con el mundo.» Él había tenido hermanas menores y aún se acordaba de cómo volvían locos a sus padres con sus silencios y sus cambios de humor.

—¿Hay algo que crea que debiera saber, algo raro o desagradable que pueda ser importante para nuestra investigación?

Sus palabras sonaron bruscas, pero contuvo las ganas de levantar la voz. Lisa dejó el café sobre la mesa. Parecía incómoda. Se empezó a retorcer un mechón de pelo entre los dedos.

—Últimamente han desaparecido cosas —dijo—. En las últimas dos semanas.

—¿Qué tipo de cosas?

—Monederos, tarjetas de crédito, relojes…

—¿De los vestuarios?

«¿Por qué no lo había mencionado Taylor? Podría haber sido el móvil si es que Jenny Lister había descubierto al culpable.»

—Una o dos veces —repuso ella—. Pero más de la sala del personal. Por eso Ryan no lo denunció. Prefería evitar líos, ya sabe. No quería que la gente cancelara su suscripción si se enteraban de que alguien estaba robando. Por lo menos no mientras Louise está de vacaciones. Es la directora general.

«Y ahí está el motivo de que no me lo mencionara», pensó Ashworth.

Lisa volvió a levantar la mirada hacia el sargento.

—Creen que he sido yo —dijo—. Ryan no, él no es mal tío. Es justo. Sabe que no haría algo así. Son los demás empleados. Les he oído hablar. Es porque mi padre ha estado en prisión y porque vivo en la zona oeste. Solo con dar tu dirección, ya eres culpable de algo. Pero no fui yo. Me gusta este trabajo y no voy a cagarla.

Ashworth asintió. Las viviendas de protección oficial de la zona oeste de Newcastle habían tenido cierta fama cuando él era niño y persistía su mala reputación por culpa de las bandas y los delitos, a pesar de las casas particulares que se habían construido alrededor. Pensó que Vera tenía razón respecto a la chica, como siempre.

—¿Alguna idea de quién ha podido estar robando?

Hubo un silencio. Le habrían enseñado a no ser una soplona.

—No voy a venir corriendo con unas esposas —le aseguró—. Pero usted trabaja aquí y me gustaría saber su opinión.

Ashworth observó cómo la chica asimilaba el comentario: le arrancó una sonrisa tímida. Quizá la gente no solía pedirle opinión. Ella se lo pensó.

—Empezaron a desaparecer cosas más o menos cuando Danny entró a trabajar aquí.

—¿Danny?

—Danny Shaw, el limpiador temporal. Le oí a Ryan hablar sobre él con la detective gordita. Es estudiante. Su madre trabaja en recepción.

—¿Cómo es?

Ella hizo una pausa para elegir bien sus palabras y se cruzó de brazos.

—Un poco pillo. Te dice lo que quieres oír. Y no es muy bueno limpiando. Pero es que los hombres no limpian muy bien, ¿verdad?

Ashworth estaba pensando que esa perla se la habría oído a su madre y que, de hecho, bien podría haber sido una mujer mayor la que hablaba cuando Lisa le dirigió una mirada intensa.

—Eso sí, está muy bueno. Aquí tiene loquitas a todas las chicas.

—¿Alguna ha salido con él?

Lisa dijo que no con la cabeza.

—Les sigue el juego, coqueteando con ellas y echándoles flores, pero es obvio que para él solo es una diversión. Se cree mejor que nosotros.

—¿Qué hay de usted? —le preguntó Ashworth en tono jovial, como si fuera su tío de cincuenta y cinco años—. ¿Hay algún chico majo por ahí?

Lo cierto es que esperaba que lo hubiera. Que fuera feliz. Pero ella volvió a ponerse seria.

—Aún no. ¡Con lo que le pasó a mi madre! Se casó a los diecisiete y ya tenía tres hijos antes de cumplir los veintiuno. Yo voy a ir más despacio. Tengo que pensar en mi carrera.

Se quedó sentada, con la espalda recta y las manos apoyadas en las rodillas, hasta que él le sonrió y le dio permiso para marcharse.

KAREN SHAW, LA recepcionista, estaba a punto de salir. Esperaba sentada detrás del mostrador, mirando fijamente el reloj que colgaba de la pared de enfrente y, nada más marcar la hora el minutero, se levantó de la silla como con un resorte, guardó la revista y se puso la rebeca sobre los hombros. Ashworth se preguntó por qué Taylor le habría hecho quedarse toda la tarde. Puede que se hubiera olvidado por completo de ella. O quizá Vera le había pedido que se quedara hasta acabar su turno.

—¿Puedo molestarla un segundo?

Ella lo atravesó con la mirada.

—Después de un día como el de hoy, lo único que quiero es llegar a casa, darme un buen baño y beberme una copa de vino.

—¡Ni que hubiera estado tan ocupada! Esta tarde no ha habido clientes.

—No —admitió—. Casi me muero del aburrimiento. —Se colgó el bolso al hombro—. Mire, ni en los mejores días es un trabajo interesante, pero es que hoy casi me da un ataque.

Ashworth podía ver cómo la desbordaba la energía. Le dedicó su mejor sonrisa, esa con la que su madre le había dicho que podría convencer a cualquiera.

—Le propongo una cosa: dedíqueme media hora y la invito a esa copa de vino.

Ella dudó un instante y luego le obsequió con una amplia sonrisa.

—Pero solo una, que tengo que conducir.

Lo llevó escaleras arriba hasta el bar del hotel. Estaba vacío y daba una sensación extraña e inquietante. Ashworth se acordó de una peli de terror que Sarah lo había obligado a ver una noche en la tele. A ella le gustaba lo macabro. El sargento se imaginó a un hombre con un hacha corriendo por los pasillos vacíos. Salvo que a Jenny Lister no la habían matado con un arma como esa.

El bar era más pequeño que la cafetería y lucía un estilo diferente. Ashworth se imaginó hombres con chaqueta blanca y chicas con vestidos de flecos, cintas en el pelo y cigarrillos con largas boquillas. Había estanterías con vasos de cóctel y sobre la barra curva de madera reposaba una coctelera de plata. Al otro lado de la barra había un adolescente con acné sentado en una banqueta mientras leía la sección de deportes del *Chronicle*, lo que arruinaba completamente la escena. Al parecer, habían dicho a todos los empleados que siguieran trabajando como si no hubieran asesinado a alguien junto a la piscina. Claramente, al chico le molestó la interrupción.

—Perdonen, pero el hotel está cerrado.

La recepcionista le lanzó una sonrisa.

—Yo trabajo aquí y él es poli.

Se sentaron en una mesa junto a la ventana con vistas a los jardines que acababan en el río. Karen pidió una copa de chardonnay y Ashworth un zumo de naranja. El sargento observó que habían cortado el césped, pero los bordes estaban abandonados y llenos de maleza. En otro alarde de frivolidad tan poco característico en él, se le ocurrió que quizá parecieran amantes: el hombre joven casado y la divorciada vivaracha que buscaban un poco de diversión, pasión o simplemente compañía. ¿O es que ese tipo de personas no quedaban en hoteles como aquel? Por primera vez en su vida, casi pudo comprender el atractivo de ese tipo de relaciones, la emoción de todo ello.

—No puedo entretenerme. Mi marido espera la cena sobre la mesa —dijo ella rompiendo en mil pedazos la fantasía de Ashworth. ¿Por qué había asumido que estaba divorciada?

—¿Cuánto tiempo lleva trabajando en el Willows?

Hizo una mueca antes de contestar.

—Dos años.

—¿No le gusta?

—Como le decía, es bastante tedioso. Pero no estoy cualificada para nada más. Pensaba que iba a ser una mantenida toda la vida. Creo que me habría costado un poco cualquier trabajo en el que hubiera tenido que hacerle la pelota al jefe. —Hizo una pausa, pero Ashworth no la interrumpió. Estaba claro que le gustaba que la escucharan y seguiría hablando. Y así fue—. Mi marido tiene un negocio inmobiliario. Compró varios pisos baratos en Tyneside antes del *boom*, los arregló un poco y los puso en alquiler para estudiantes. Pero tuvo que pedir un crédito para financiar una gran parte de la obra. Siempre pensó que podría revenderlos si las cosas se ponían feas.

Volvió a hacer una pausa y, esa vez, él pronunció unas pocas palabras, solo para indicar que la escuchaba.

—Pero, cuando las cosas se pusieron feas, nadie quiso comprarlos...

—Exacto. De pronto, nos quedamos sin pasta. Fue un golpe tremendo. Ya no hubo más vacaciones en el extranjero ni cochazos nuevos. ¡Hasta tuvimos que despedir a la asistenta! —Sonrió ostensiblemente para demostrarle que estaba riéndose de sí misma, de todo ese estilo de vida tan extravagante. Era evidente que no provenía de una familia acomodada. Prosiguió en un tono más serio—. Vamos, que sobrevivimos, pero no fue fácil. Luego Danny se fue a la universidad y había que pagarle la matrícula. Es nuestro único hijo y no queríamos que le faltara de nada. Jerry ya trabajaba de sol a sol, así que la única solución era que yo levantara el culo y me buscara un trabajo. Había sido socia del gimnasio y, cuando vi anunciado este puesto, pensé que valdría. Y tampoco está tan mal. Pero no contaba con el aburrimiento.

Miró por la ventana. Entonces Ashworth divisó a Keating, el forense. Llegaba, por fin, tras retrasarse con otro caso, mientras Jenny Lister seguía esperando en la sauna.

—¿Conocía a la mujer que ha muerto? —preguntó a Karen.

—De vista, pero no habría sabido decirle el nombre.

—¿Qué recuerda sobre ella?

—Que siempre iba con prisas y no se quedaba mucho tiempo. Ah, y que era educada. Siempre me sonreía y saludaba, así sin más, mientras pasaba el carné por el torniquete. Me trataba como a una persona, no como un objeto.

Ashworth tenía que sacar el tema más delicado. Una mujer siempre protegería a su hijo, ¿o no? Sin importar lo que hubiera hecho.

—¿Le consiguió usted el trabajo temporal a Danny?

—Sí. —Ya se había puesto a la defensiva, mirándolo con esos ojos que expresaban «¿Y qué? No hay nada malo en ello, ¿no?».

—¿Y a él le gusta?

—Es un chaval. Preferiría estar en la cama o de marcha con sus amigos. Pero fue idea suya. Quiere viajar en verano y sabe que no puede permitírselo, así que de él depende.

—Tendremos que hablar con él —dijo Ashworth—. Como limpió la zona de la piscina, puede que viera algo.

—No necesita mi permiso para hacerlo. Tiene casi veinte años. Es adulto. Ya habrá empezado su turno, si es que le han dejado entrar en el hotel.

El sargento sabía que le habían dejado entrar y que estaba esperando en el despacho de Taylor. Era el siguiente en la lista de las entrevistas.

—¿Qué sabe sobre los robos que han estado produciéndose aquí?

Ella apuró la copa, la dejó sobre la mesa y habló con voz relajada.

—Ese tipo de cosas pasan en todas partes, ¿no? Algún ladrón de poca monta. Aquí trabaja gente de todo tipo. No sé qué puede tener que ver con el asesinato.

—Pero habrá causado riñas, chismorreos... No es agradable pensar que un compañero pueda estar robando.

Karen se encogió de hombros.

—Intento no escuchar las habladurías. —Recogió su bolso grande y flexible—. Si eso es todo, hay un baño caliente y una copa bien fría esperándome en casa. La verdad es que una nunca me parece suficiente.

Ashworth se quedó inmóvil, observando por la ventana hasta que ella salió por la puerta principal del hotel. Sacó un móvil del bolso, apretó un botón y se lo llevó a la oreja. Se giró al llegar al coche, y el sargento pudo ver que fruncía el ceño y hablaba con furia. Se habría apostado su pensión de policía a que hablaba con su hijo.

7

EN CASA DE los Lister, Vera intentaba persuadir a Hannah para que se fuera con los padres de Simon, al menos unos días, pero la chica se negaba.

—Quiero quedarme toda la noche llorando. Es probable que me emborrache. No podría hacerlo en otra casa.

—Entonces pediré a un agente que haga guardia delante de tu casa esta noche.

—No —contestó Hannah—. Ni por el forro. No podría soportarlo.

Volvió a acercarse a la ventana y se quedó mirando el jardín, que ya estaba completamente en sombra.

—¿Te quedarás con ella? —Vera dirigió la pregunta a Simon, mientras la chica los ignoraba.

—Por supuesto —afirmó—. Haré lo que ella me pida.

Él se colocó detrás de la joven y la estrechó entre sus brazos. No parecieron enterarse cuando Vera se marchó.

Según salía del pueblo, vio la casa grande de color blanco en la que Hannah le había dicho que vivía Simon. De forma impulsiva, tomó el camino de gravilla. Seguía pensando que no eran más que unos chiquillos y que se sentiría mejor si algún adulto se ocupara de la joven o al menos estuviera al tanto de la situación. Además, podía ser que la madre de Simon y Jenny Lister hubieran sido amigas. La mujer podría tener información útil.

En cuanto cruzó el alto seto de tejo, pudo ver que el jardín estaba inmaculado. Aunque los narcisos y las campanillas habían visto días mejores, seguía habiendo un gran colorido: macizos de nazarenos, nomeolvides y eléboros de color púrpura. Hasta habían cortado ya el césped, por primera vez esa temporada. «O es una loca de la jardinería, o paga a alguien para que lo haga.» A Vera le irritaban los jardines bien cuidados y le parecía mucho más interesante plantar verduras que flores. Ella dejaba que los dientes de león crecieran en una parcela húmeda y, en las contadas ocasiones en las que le apetecía una comida sana, recogía las hojas para ponérselas en la ensalada. Sus vecinos eran unos *hippies* entrados en años a los que no les molestaba un jardín descuidado en la casa de al lado. Por un segundo, se preguntó qué pensarían de este.

Percibió un movimiento en una ventana del piso de arriba. El ruido del coche había llamado la atención de alguien. Se preguntó si la noticia de la muerte de Jenny se habría extendido ya por todo el pueblo. ¿Le habría dicho Simon a su madre antes de salir que la víctima era la madre de su novia? Puede que no. Había llegado tan rápido a ocuparse de Hannah que parecía improbable que hubiera tenido tiempo de charlar. Nadie abrió la puerta. La madre de Simon —si es que la persona de la planta superior era ella— no habría querido que la tomaran por una mujer que cotilleaba por la ventana. ¿O es que esperaba que la visitante se marchara?

La inspectora tocó el timbre. Se oyeron pasos por las escaleras y alguien abrió la puerta.

—¿Sí?

Era una mujer alta de unos cincuenta años, quizá de la misma edad que Vera, pero tan arreglada y pulcra como su impoluto jardín. Tenía el cabello negro peinado hacia atrás. Llevaba pantalones grises, una blusa de algodón blanca y una chaqueta larga de punto gris. Carmín en los labios. ¿Pensaba salir o es que lo usaba a todas horas? Vera se quedó en el umbral, meditando sobre lo raras que eran algunas mujeres.

—¿Puedo hacer algo por usted? —insistió la mujer, perdiendo la paciencia.

Estaba confundida, a Vera le parecía evidente. El coche que conducía era grande, nuevo y tirando a caro. Uno de los beneficios de su rango. La señora Eliot pensaría que era el tipo de vehículo que conduciría un hombre próspero. Y allí estaba ella, grande y desastrosa, sin medias y con la piel llena de manchas. Nunca se maquillaba. Parecía una pordiosera.

—Soy la inspectora Stanhope, de la Policía de Northumbria. —Al fondo de la bolsa tenía su placa, pero mejor no sacarla. Podía equivocarse con los restos del sándwich de beicon del desayuno del día anterior.

—¿Ah, sí?

La mujer estaba preocupada, pero no asustada como era común ante una inesperada visita de la policía. Solían decir: «¿Qué es lo que he hecho? ¿Ha habido un accidente? ¿Le ha pasado algo a mi marido, a mi hija o a mi hijo?». Mientras la madre de Simon la escuchaba, parecía como exaltada. Quizá, después de todo, sí que hubiera oído lo del asesinato de su vecina. Pero no había ningún indicio de pena, ni siquiera fingida. Le tendió la mano a la inspectora.

—Veronica Eliot. ¿Ha venido por Connie Masters? Se cambió el nombre, pero la reconocí al instante. Sabía que en algún momento presentarían cargos contra ella.

A Vera le sonaba ese nombre, pero no pensaba dejar que la distrajeran.

—He venido por Jenny Lister.

La mujer arrugó el entrecejo. ¿Confundida? ¿Decepcionada?

—¿Qué pasa con Jenny?

—Entonces, ¿su hijo no se lo ha contado? —Cuando la mujer negó con la cabeza, Vera añadió—: ¿Puedo pasar?

Veronica Eliot se retiró y dejó que Vera accediera a un vestíbulo enorme. En la pared que quedaba frente a la puerta había un cuadro que atrajo toda la atención de la inspectora. Una acuarela de tamaño reducido en la que se veían pilares de piedra y un sendero de hierba que describía una curva entre ellos. Vera pensó que el camino era tentador. Daban ganas de recorrerlo. Pero en el cuadro no parecía que llevara a ningún lado. En los pilares había tallas de cabezas de pájaros. Con cuello y pico largos. Cormoranes, quizá.

—¿Dónde es? —quiso saber Vera.

—Es el acceso a Greenhough, la casa de mi abuelo —respondió la mujer.

—Espectacular.

—Ya no lo es. Hubo un incendio en los años treinta. Ahora solo queda un cobertizo para botes. Bueno, y esa entrada.

Veronica dio la espalda al cuadro intencionadamente y dirigió a Vera por un pasillo frío hasta la cocina. «La zona de servicio —pensó Vera— ahí tenemos lo que piensa de mí.» Sin esperar a que la invitaran, la inspectora tomó asiento en la cabecera de la mesa.

—Jenny Lister está muerta. La han asesinado. Por eso su hijo ha salido pitando, para cuidar de Hannah.

El rostro de la mujer no revelaba ningún tipo de emoción. Arrugaba levemente el entrecejo, otra vez, expresando desagrado en lugar de conmoción. Ella también se sentó, lentamente. Las sillas, tapizadas de gris, eran de madera clara, igual que la mesa. Caras y con suficiente estilo si lo que se quería era una cocina que pareciera la sala de juntas de una oficina. Todos los electrodomésticos estaban en un extremo, a unos ochocientos metros de ellas. Eran muy grandes y de acero inoxidable.

—Ya —dijo finalmente Veronica—. Uno de los usuarios de los servicios sociales, supongo. Si es que yo nunca he entendido por qué alguien querría ser trabajador social. Piense en la gente con la que hay que tratar. Mire a Connie Masters.

De nuevo ese nombre. Vera anotó que debía buscarlo cuando, por fin, llegara a la oficina. Los trabajadores sociales nunca habían sido de su agrado, pero, ante la actitud de aquella mujer, no pudo reprimir el impulso de defender a Jenny Lister. Estaba formulando un comentario en su cabeza cuando Veronica retomó la conversación.

—Es una pena, claro. Pero al menos ahora podremos ponerle fin a esa idea ridícula de la boda.

—¿No le gusta Hannah Lister? —A Vera le sorprendió aquello; a ella le había caído bien desde el primer instante. «Si mi hijo estuviera con una chica como esa, yo estaría la mar de contenta», pensó.

—Bueno, no está mal, pero es que son tan jóvenes… Además, siempre he pensado que Simon podría encontrar a alguien mejor. Estudia en la Universidad de Durham. En su facultad hay unas jóvenes encantadoras —comentó con añoranza.

«¡Por Dios! —pensó Vera—. Hannah tiene razón. Es una esnob en toda regla. Creía que se habían extinguido hace mucho.»

—¿Y a la señora Lister le parecía bien el compromiso? Porque no es la impresión que me dio cuando hablé con Hannah —preguntó la inspectora.

—Con Jenny nunca se sabía. Típico de los de su gremio, eso de no tomar partido. Sí que dijo que le parecían demasiado jóvenes, pero creo que no hacía gran cosa por separarlos. En vacaciones, Simon prácticamente vive allí, aunque Hannah aún es una chiquilla. Parecía que Jenny era consciente de lo ridícula que era la relación, pero seguía alentando a Simon a quedarse en su casa.

—¿Qué opina su marido de la relación? —Porque Vera pensó que habría un marido. Alguien que ganara el dinero para mantener a Veronica, con su cosmética cara y sus muebles nuevos y elegantes.

—Christopher pasa mucho tiempo fuera por trabajo. Rara vez está en casa. Solo ha coincidido con Hannah un par de veces.

—¿Hannah y Simon se conocieron en el colegio?

—No, Hannah iba al instituto de Hexham —dijo casi con desdén—. Nosotros mandamos a Simon al Royal Grammar, en el pueblo, que es más elitista.

—Les costaría una fortuna —comentó entre dientes.

Veronica fingió que no la había oído y continuó.

—Se conocieron por la música. En el Sage hay un programa para músicos jóvenes. Simon empezó a llevar a Hannah a su casa después de los ensayos. Luego se fueron de gira por el norte de Italia y volvieron perdidamente enamorados. Desde entonces han estado como dos tortolitos.

Vera pensó en algunos de los jóvenes con los que entraba en contacto en el trabajo: los drogatas y los borrachos, los ladrones y los alborotadores. También en las madres que vivían en pisos cutres de protección oficial y estaban siempre preocupadas. En su opinión, Veronica Eliot no tenía mucho por lo que preocuparse.

—¿Alguna idea de por qué querrían matar a Jenny Lister? —preguntó súbitamente. Hasta ahora no había encontrado nada ni remotamente parecido a un móvil. Antes de que Veronica empezara otra perorata sobre los usuarios de los servicios sociales, añadió—: Al parecer, trabajaba con niños así que, de momento, no consideramos que el asesinato esté relacionado con su trabajo. ¿Qué tal se llevaba con la gente del pueblo? ¿Qué opinaban de ella?

Veronica pareció pensárselo.

—Lo cierto es que no frecuentábamos los mismos círculos. Probablemente no estuviera mucho por aquí. Estaba todo el día trabajando y tenía un trayecto largo de vuelta a casa. Creo que, si vives en una comunidad pequeña, es importante poner tu granito de arena. Ya sabe a lo que me refiero: el consejo del distrito, el comité de la guardería, el consejo escolar... Yo participo en todos ellos.

«Debe de ser fantástico tener tanto tiempo libre.» Pero Vera sabía que antes se haría el haraquiri que convertirse en miembro de unos de esos comités rurales profesionales.

—¿Es usted socia del gimnasio del Willows?

Si a Veronica le había sorprendido la pregunta, no lo dejó ver.

—No —contestó—, no es un sitio para mí, la verdad. En su día era un hotel precioso, pero claramente perdió categoría desde que lo compró esa cadena. Me llevaron como invitada cuando lo inauguraron, pero me pareció bastante chabacano. —Hizo una mueca que indicaba desagrado—. ¿Se puede creer que esperan que los socios lleven sus propias toallas?

A pesar de la antipatía que le había tomado de inmediato, Vera supuso que considerar a Veronica sospechosa era ser demasiado optimista. La inspectora estaría encantada de llevársela a comisaría, hacerla esperar junto al mostrador con los delincuentes habituales e interrogarla en una sala apestosa. Pero aquella mujer nunca estrangularía a nadie, por supuesto. Podría acabar con cualquiera, pero solo con sus aires de superioridad y sus palabras desdeñosas.

—¿Podría decirme quién conocía bien a la señora Lister? —Vera esperaba que hubiera alguien aparte de su familia directa que lamentara la muerte de Jenny, que brindara en su honor y que contara batallitas de los buenos momentos que había pasado con ella.

—No sé, inspectora, creo que no puedo ayudarla. Jenny y yo nos conocíamos porque nuestros hijos son amigos, pero no teníamos nada más en común. —Se levantó, salió de la cocina y recorrió el pasillo. Vera la siguió—. Aunque siempre puede probar con Connie Masters. Supongo que se conocerían por el trabajo de Jenny.

Esbozó una sonrisa triunfal y titubeó en la puerta, esperando alguna reacción. Al no haber ninguna, la cerró y echó la llave con cautela.

Vera estaba tan intrigada que tuvo la tentación de aporrear la puerta para exigir información sobre Connie Masters. Pero eso era exactamente lo que esperaba Veronica y no tenía la más mínima intención de darle esa satisfacción. Por el contrario, se subió al coche y se alejó lentamente, con la esperanza de que la gravilla suelta no le rayara la pintura de su ostentoso coche nuevo.

En el cruce de salida del pueblo, se detuvo para orientarse. Al otro lado de la carretera, en la casita que se encontraba agazapada en el llano junto al río, se encendió una luz del piso de arriba. Eso le hizo darse cuenta de que era más tarde de lo que pensaba. Al mirar el reloj del salpicadero, supuso que Ashworth ya habría terminado en el Willows y estaría de camino a su casa, ordenada y cuca, en esa urbanización aburrida, justo a las afueras de Kimmerston. Se pondrían al día por la mañana. En la casita, recortada contra la luz procedente de detrás, reconoció la silueta de una mujer y una niña. De pronto, le sobrevino un sentimiento de pérdida por la niñez que nunca había vivido. La mujer de la casita, de pie, rodeando con sus brazos a la niña, parecía protegerla del mundo que acechaba al otro lado de la ventana. Hector no quería ser cruel, pero no le había prestado atención, y a Vera no le había quedado otra que valerse por sí misma.

8

ASHWORTH NO IBA de camino a casa como había supuesto Vera. Estaba en la sauna, observando aún el cuerpo inerte de Jenny Lister, junto a Keating, el forense. Al doctor, procedente del Ulster y aficionado a jugar al *rugby*, solía gustarle dejar las cosas claras. En esta ocasión, sin embargo, su tono era bastante enigmático. Al parecer, había estado antes en el hotel.

—Consideramos el Willows como uno de los posibles lugares donde celebrar la boda de mi hija. Los jardines habrían sido maravillosos, pero el interior… —Hizo una pausa, distraído al echar su primer vistazo a la víctima— es un poco triste, ¿no cree? Hoy en día es imposible mantener un sitio de este tamaño.

—La jefa pensó que la habían estrangulado —comentó Ashworth.

Danny Shaw estaba esperando en el despacho de la directora y no quería que el chico se cansara y se marchara. No tenía tiempo para charlar.

—Diría que Vera está en lo cierto. Pero no lo hicieron con las manos. Mire esa marca. Una cuerda fina o un cable. Cuerda lo más seguro, porque la carne no está cortada.

—¿La mataron aquí o la trasladaron ya muerta? —Ashworth sabía de sobra qué preguntas haría Vera.

—Creo que aquí, pero tendrá que esperar a la autopsia si quiere que me asegure.

—Gracias. ¿Se las arreglará solo? Sigo intentando entrevistar a todos los posibles testigos.

Keating debió de percibir el leve tono de protesta en la voz de Ashworth.

—¿Dónde está la bonita y dulce Vera?

—Informando al familiar más cercano.

—Tenga paciencia con ella, Joe. Es la mejor detective con la que he trabajado.

Ashworth se sentía avergonzado. Ojalá Keating no creyera que le era desleal a su jefa.

—Sí, lo sé.

DANNY SHAW ESTABA sentado en el despacho de la directora. Ashworth lo observó a través del cristal de la puerta: estaba reclinado en la silla, moviendo la cabeza al ritmo de la música que salía de su iPod. Pero algo en la forma en que se movía hizo que Ashworth sospechara que se trataba de una pose. No era espontáneo. El chico estaba demasiado cohibido y mucho menos tranquilo y sereno de lo que intentaba aparentar. Llevaba unos pantalones militares y una camiseta holgada de color negro. «Clásico atuendo de estudiante», pensó Ashworth. En cuanto la puerta se abrió, Danny se quitó los auriculares y se puso recto. Amagó con levantarse, en un gesto de respeto. Ashworth tuvo que reconocer que era bastante educado. En general, no le gustaban demasiado los estudiantes. Quizá por envidia; a él no le habría importado tirarse tres años leyendo libros sin mover el culo. Entonces se acordó de lo que le había comentado Lisa sobre él: «Te dice lo que quieres oír».

—Perdone por hacerle esperar —se disculpó Ashworth—, pero su madre le habrá dicho que venía, ¿no?

El chico lo miró perplejo. Lo mismo no había sido Danny con quien había estado hablando Karen tan seriamente en el aparcamiento del hotel, tras su interrogatorio en el bar, después de todo.

—¿Conocía a Jenny Lister, la mujer muerta? —Ashworth pensó que era mejor ir al grano. Sarah lo mataría si llegaba muy tarde. No se quedaba dormida hasta que él aparecía, y el bebé seguía despertándose por las noches. A la una en punto, como un reloj suizo, y otra vez a las cinco, salvo las noches que tenían mucha suerte.

—No me dejan ni acercarme a los socios. —Danny soltó una carcajada—. Yo solo limpio.

Ashworth puso una foto ampliada de la víctima sobre la mesa.

—Pero quizá la haya visto por aquí.

Danny vaciló durante un instante al bajar la vista hacia la foto.

—Lo siento —dijo—, no puedo ayudarle.

—Dígame en qué consiste su trabajo —le pidió Ashworth—. Descríbame un día normal.

—Hago el último turno. Entro a las cuatro. Primero, estoy en el vestuario de hombres. A esa hora hay mucho ajetreo de gente que viene directa del trabajo, así que hay que mantenerlo limpio y ordenado, fregar el suelo de la zona que da a la piscina y comprobar que los retretes y las duchas estén limpios. A las diez, cuando cierran, hago la zona de la piscina y el gimnasio. —De algún modo, consiguió dar a entender que el trabajo no era digno de él.

—¿Y es eso lo que hizo anoche?

—Sí, lo mismo de siempre.

—¿Y comprobó la sauna? —Tenía que preguntárselo, a pesar de que Vera lo hubiera llamado después de hablar con la hija de Jenny y ya supieran que la mujer estaba viva a la hora del desayuno. Era imposible que su cadáver hubiera pasado toda la noche en la sauna.

—Claro. —Sonrió, desafiando a Ashworth a poner en tela de juicio su compromiso con el trabajo.

El sargento no entró al trapo.

—¿Vio algo fuera de lo común?

—¿Como qué?

—No sé. —Ashworth intentó sonar paciente—. Indicios de que hubiera entrado alguien a la fuerza o de que aún quedara alguien allí.

—¿Creen que el asesino pudo haber entrado la noche anterior?

—De momento, no tenemos una teoría concreta. Tenemos que investigar todas las posibilidades.

Se hizo otro silencio momentáneo. Al menos, esa vez, parecía que Danny se había tomado en serio la pregunta.

—Lo que tengo claro es que no vi a nadie. Vamos, que habría llamado a los de seguridad. En el hotel se organizan muchas bodas y algunas conferencias. A última hora de la noche vienen borrachos que creen que será divertido bañarse en pelotas cuando no hay nadie. Una vez pillé a un par de tíos escondidos en las duchas antes de la hora del cierre, pero siempre comprobamos meticulosamente que no quede nadie. Anoche no pasó nada de eso.

—¿Podría enseñarme los vestuarios? —A Ashworth le resultaba imposible visualizar esa zona, y el alma del gimnasio. Sabía que Vera había estado allí y había encontrado el carné de la víctima, pero no pasaría nada porque él también echara un vistazo.

—Vamos. —El chico se levantó enseguida, contento, según parecía, de moverse. Como había estado repantingado en la silla, el sargento no se había dado cuenta de lo alto que era. De pie, se convertía en un gigante larguirucho y desgarbado.

El sargento lo siguió al vestuario de mujeres. Olía a cloro procedente de la piscina y a algún tipo de cosmético. Había varias hileras de taquillas a lo largo de toda una pared, con bancos de madera debajo y también entre las distintas hileras. Los azulejos del suelo estaban limpios y secos. Por un momento, deseó no estar en esa atmósfera antiséptica y artificial. No había respirado ni una gota de aire fresco desde que Vera le había pedido que fuera a la hora de comer.

—¿Es aquí donde han estado robando?

—¿De qué habla?

—¿Me está vacilando o qué? —Generalmente cuidaba su lenguaje en el trabajo, y también fuera, pero ese chico tenía algo que lo sacaba de quicio—. Me dijeron que habían robado cosas de los vestuarios.

—Ah, ya. Creo que no se llevaron mucho. La mayoría de los socios están entrados en años. Se les olvida dónde han dejado las cosas y se creen que les han robado.

—¿Qué hay de lo que ha desaparecido de la sala del personal? ¿Lo atribuye también a la demencia senil?

—Yo de eso, ni idea. —Danny había desistido en su empeño de ser simpático y actuaba como un adolescente irritable—. No voy mucho por allí. Café malo y compañía aún peor.

Ashworth sacudió la cabeza y dejó que el chico se marchara.

No encontró a ningún agente de la Científica que lo acompañara a buscar el coche de Jenny Lister. Tenían cosas mejores que hacer, según insinuaron, que deambular con él en la oscuridad. Le dijeron que los avisara cuando lo encontrara.

Fuera, aún había luz y la luna iluminaba la bruma que se cernía sobre el río. Había unos cuantos sitios para aparcar pegados al edificio y también un aparcamiento más grande detrás de unos árboles, más cerca de la entrada. Caminó por la fila de coches junto al hotel, presionando el botón de la llave que le había dado Vera. Nada. Llevaba una linterna pequeña en el bolsillo de la chaqueta y se sintió ridículamente orgulloso de ir tan preparado. En el aparcamiento grande estaba muy oscuro. Las luces de la mansión no llegaban hasta allí y los árboles impedían que pasara la luz de la luna. Una vez más, se paseó entre los vehículos desperdigados por allí, presionando el botón y pensando que lo mismo a Jenny la había llevado alguien al gimnasio y todo aquello sería inútil. Hasta que oyó un clic y vio encenderse unos faros. Se encontraba junto al coche.

Era un Volkswagen Polo, pequeño pero bastante nuevo. Iluminó el interior con su linterna. No había ningún bolso en los asientos delanteros ni traseros, ni tampoco en el suelo, por lo que veía. Se sacó el pañuelo del bolsillo y lo utilizó para abrir el maletero. Prefería enfrentarse a la furia de los de la Científica que a la ira de Vera. Tampoco allí había bolso. No tenía muy claro lo que significaba aquello.

Mientras volvía al hotel para informar a los agentes de cuál era el coche de Jenny Lister, comenzó a sonar su teléfono: era su mujer, que quería saber si tenía la intención de pasarse fuera toda la noche.

Acababa de girar en el camino que llevaba a su casa cuando volvió a sonar el teléfono. Esta vez, era Vera Stanhope. Se quedó en el coche para atender la llamada. Sarah habría oído el ruido del motor, pero no le gustaba que hablara del trabajo en casa.

—¿Sí? —Esperaba que su voz transmitiera lo cansado que se sentía. Vera era capaz de mandarlo a otro sitio.

Su jefa hablaba alto. No había llegado a pillar lo de los móviles y siempre gritaba al dispositivo. Sonaba como si acabara de despertarse después de dormir como un lirón. Era el efecto que tenían sobre ella los asesinatos, la llenaban de energía tanto como entusiasmaban a los jubilados a los que él se había pasado toda la tarde interrogando. Una vez, después de beberse demasiados chupitos de Famous Grouse, Vera le había asegurado que eso era precisamente para lo que había venido al mundo.

—Connie Masters —dijo—. ¿Te dice algo ese nombre?

Vagamente, pero no lo bastante como para que se quedara satisfecha. Y sabía que, después de charlar con su mujer y conocer hasta el último detalle de su día, se pasaría la mayor parte de la noche con el portátil sobre las rodillas, investigando para la otra mujer de su vida.

9

CONNIE NO HABÍA vuelto a ver las noticias de la tele desde el día en que murió Elias. Siempre temía percibir fugazmente su propia imagen: pálida y falta de palabras, en la primera rueda de prensa, o bajando a toda prisa las escaleras del juzgado bajo la lluvia, al cerrarse el caso, consciente incluso entonces de que aún quedaba mucho para que acabara todo aquello. Ahora prefería ver otras cosas menos serias, algo que la distrajera. Documentales sobre famosos o programas de gente que vendía su casa o se mudaba a la playa. Cada noche, cuando Alice estaba bien arropada y dormida, se servía una copa de vino, cenaba algo que no requiriese preparación y se sumergía en la caja boba. Había sobrevivido un día más. Alice había sobrevivido un día más. Solo eso ya era digno de celebración. El aburrimiento era un precio a pagar muy razonable.

Eran casi las diez cuando llamó su exmarido. Últimamente, la llamaba tan poca gente que el sonido del teléfono la sobresaltó. Notó que estaba temblando.

—¿Sí?

En el pasado, había recibido amenazas por teléfono, pero fueron disminuyendo en frecuencia hasta acabar por completo. Quizá el artículo del periódico en el que se conmemoraba la muerte de Elias había vuelto a remover las aguas.

—Soy yo. —Y cuando Connie no respondió, el hombre añadió—: ¡Frank! —Fue un grito agudo, como si su interlocutora fuera sorda o anciana.

—Sí —contestó—, ya lo sé. ¿Qué quieres? —Supuso que deseaba hablar sobre las vacaciones de Alice. Había comentado que quería llevársela de *camping* a Francia en junio. Connie había accedido, por supuesto. No podía privar a su hija de una oportunidad así, pero algo la carcomía por dentro. Una envidia muy poco adulta. «¿Por qué no puedo ir yo también?»

—Era para saber si te habías enterado. De lo de Jenny Lister.

—¿Qué le pasa? —Jenny nunca le había parecido gran cosa. De cara a la galería, bastante amable. Comprensiva. Pero, en realidad, bastante inflexible. Implacable incluso. Entregada a sus principios.

—Está muerta. La han asesinado.

La primera reacción de Connie —verdaderamente atroz, sin duda— fue que esa mojigata de Jenny Lister se lo tenía bien merecido. Después, pensó que aquello podría complicarle bastante la vida. ¿Y si volvían a sacar a relucir el asunto de Elias? Solo entonces le sobrevino un momento de culpa: en el fondo, sabía que Jenny la había tratado igual que lo hubiera hecho cualquier otro jefe, y que la experiencia habría sido la misma si otra persona hubiera estado a cargo del caso. Frank seguía hablando.

—Siento haberte molestado, pero pensé que querrías saberlo.

—Sí —replicó ella—. Gracias, no me había enterado.

Colgó. Aún se oía el parloteo de la televisión de fondo y la apagó. Entonces se colaron todos los ruidos del exterior: el arroyo que se deslizaba sobre los guijarros al final del jardín y las ramas del manzano que arañaban la ventana de arriba. También oía las voces de su cabeza.

Empezó a tiritar. En ese momento, podía oler la humedad de Mallow Cottage. Imaginó una sustancia verde y pegajosa, como las piedras del arroyo, que rezumaba por el suelo de piedra de la casita y bajaba por las paredes encaladas. Se fue al piso de arriba, retiró el edredón de su cama y se lo llevó al salón. Se sirvió otra copa de vino, una más de las que se permitía al día.

Acurrucada en el sofá pequeño y arrebujada en el edredón, revivió sus recuerdos de Jenny y Elias, y lloró la muerte de ambos lo mejor que supo. No lo hizo muy bien, pero al menos fue un primer intento. Seguía allí cuando empezó a amanecer y, para entonces, la botella de vino estaba vacía.

Jenny Lister le había dado trabajo. Connie había entrado en el sector del trabajo social poco antes de cumplir los treinta, tras una breve temporada en un periódico local. ¡Qué ironía! Realmente no sabía qué era lo que la había atraído. Suponía que los ideales típicos. La noción romántica de que podría mejorar la vida de las personas. A lo largo de la formación, siempre tuvo en mente la imagen de una familia que se mantenía unida gracias a su apoyo: un niño con el pelo alborotado y una niña con grandes ojos tristes sentada en sus rodillas, que le agradecían que hubiera ayudado a mamá y a papá. Pura basura, claro, pero siempre había necesitado algo que la animara a seguir adelante. Jenny era bastante buena con eso de los elogios, al menos al principio.

Una vez al mes, tenían sesiones de supervisión en el despacho de Jenny. Café del bueno y galletas ricas. A veces, hasta caseras. Jenny era una de esas superheroínas que hacían repostería los fines de semana, iban al teatro y leían libros de verdad. El tipo de mujer en la que se convertiría la nueva amante de Frank. Entonces, Connie hablaba sobre sus casos. Formaban parte del equipo de protección infantil; la esfera más emocionante y dramática del trabajo social. Sin mujeres mayores con incontinencia ni esquizofrénicos malolientes. Jenny se encargaba de las acogidas y adopciones, y de la evaluación y formación de los futuros padres adoptivos, pero la mayor parte del trabajo de Connie consistía en hacer un seguimiento de los niños incluidos en la lista de «menores en situación de riesgo». Algunos de ellos acabarían siendo acogidos o adoptados, por supuesto, la diferencia era que, en sus visitas, mientras Jenny charlaba con padres adoptivos de clase media que vivían en barrios residenciales, Connie siempre acababa en los barrios más apestosos del noreste. Allí todo eran cacas de perro y grafitis, y jamás se divisaba un niño con el pelo alborotado ni una niña con ojos tristes. A veces, pensaba que Jenny no tenía ni idea de lo que era aquello.

Al principio, durante la supervisión, Jenny solía decir lo que se esperaba de una jefa: «Parece que has entablado una relación fantástica con esa madre. Muy buena idea lo de ir con ella al grupo de madres con bebés», o «Tenías toda la razón al insistir en hablar con la tutora». Así que Connie salía de allí con un subidón de cafeína y autoestima. Sin embargo, más tarde aumentó el número de casos que llevaba; las visitas se volvieron más rutinarias y, en algunas ocasiones, los usuarios se le mezclaban en la cabeza. «¿Era Leanne la de los piojos o la que vivía en el piso del Rottweiler atado en la cocina?» Entonces, Jenny empezó a fruncir más el ceño y Connie a ponerse a la defensiva. Siempre se aseguraba de anotarlo todo. No en vano había sido periodista y sabía contar historias. Pero, en algunas ocasiones, cuando visitaba el piso al que se había mudado una madre adolescente para estar con un tío agresivo que te clavaba sus ojos extraños, respiraba aliviada si nadie contestaba a la puerta. Y, aunque pensara que había visto momentáneamente la cara de una mujer tras la ventana del dormitorio, escribía «Sin respuesta» en su agenda y pasaba a la siguiente visita del día. No le pagaban un sueldo tan bueno como para aguantar tantos abusos. En aquella barriada, hasta los polis patrullaban de dos en dos.

Había sido todo un alivio enterarse de que estaba embarazada de Alice. ¿Se había quedado embarazada solo para tener una excusa para tomarse un descanso del trabajo? Frank no es que hubiera saltado de júbilo precisamente cuando se enteró de la noticia. Ella había preparado una cena especial, había puesto velas y había comprado flores, pero lo único que él dijo fue: «Pues no es que sea el mejor momento, nena». Acababa de asumir el puesto de director artístico del teatro y su sueldo había disminuido al dejar su trabajo de profesor en Newcastle College. Puede que ya estuviera acostándose con su ligue. Quizá por eso parecía tan incómodo.

Connie lo había apoyado en su decisión de dejar la docencia, aunque eso supusiera tener que mantener su puesto de trabajadora social. Pero la idea de tener que ir todos los días al trabajo, subir las escaleras de hormigón hasta esos pisos mugrientos y sin muebles, estar con madres patéticas y padres desaliñados, le daba ganas de vomitar al despertarse por las mañanas. Entendía lo que significaba para Frank hacer un trabajo que odiaba, pero no había tenido el valor de gritar: «¿Y qué hay de mí? ¿Cómo escapo yo?». Quizá por entonces ya sabía lo cerca que estaba de perderlo, y que una exigencia más lo habría empujado directamente a los brazos de esa diseñadora delgaducha, cuya obra ponía por las nubes. Al menos, con el embarazo podría disfrutar de la baja por maternidad, tomarse un respiro. Dejar el pánico a un lado durante una temporada. Podría poner orden en su mundo, comprar un cochecito de bebé y colocar todos los bodis en una fila sobre la cómoda pintada de blanco. Frank se había sentido obligado a mimarla y, muy a su pesar, se había encariñado con el bebé que daba pataditas en la tripa de su mujer.

Cuando Connie volvió al trabajo, Jenny se mostró afectuosa con ella. Se quedaba embobada con las fotos de Alice.

—¿Estás segura de que quieres hacer esto? Muchas madres primerizas lo encuentran demasiado estresante, les afecta demasiado —decía—. Hay otras ramas de la profesión que son igual de gratificantes pero exigen menos.

«Mujeres mayores con incontinencia, servicios a la comunidad», pensaba Connie. Había rechazado la vía de escape que le ofrecía. ¿Por qué? Por orgullo y porque la alternativa habría sido aún peor. Porque pensaba que ser madre le había proporcionado cierto entendimiento, una empatía de la que carecía antes.

Se lo había explicado a Jenny con la voz entrecortada y titubeante. Como recompensa, recibió una sonrisa de oreja a oreja y toda la aprobación de su jefa:

—Muy bien. Haremos lo que tú quieras.

A la semana siguiente le presentaron a la madre de Elias. Mattie era vulnerable y tenía muchos traumas. Había vivido la mayor parte de su vida en hogares de acogida, tras haber sido rechazada por su madre, una estudiante soltera. Había pasado de unos padres adoptivos temporales a otros y, por algún motivo, nadie quiso adoptarla de forma permanente. Al parecer, ninguna de las acogidas fallidas había sido por culpa de Mattie: todo el mundo decía que era muy flexible y siempre estaba deseosa de complacer. A los dieciséis años, le buscaron un piso. No en un barrio conflictivo, sino en una urbanización pequeña y nueva perteneciente a una asociación de viviendas sociales. Había sido gracias a santa Jenny, que se había puesto del lado de Mattie desde el principio. A los diecisiete, la chica descubrió que estaba embarazada. Cuando Connie la conoció, Elias ya tenía seis años. El niño era una verdadera monada. Claramente mestizo, con la piel de color café y el pelo negro. No lo tenía alborotado, pero sí muy rizado. En cualquier caso, era el niño de las fantasías de la época de estudiante de Connie, aquel al que rescataría. Sería su salvadora. El padre del chico no pintaba nada en toda esa historia.

Mattie había sobrevivido sin mucho apoyo de los servicios sociales mientras Elias era bebé. Lo llevaba a la guardería estatal Sure Start que estaba cerca de su casa y le hacían las revisiones rutinarias en el centro de salud. Lo único fuera de lo normal, según las anotaciones, era que se angustiaba demasiado por su hijo, una madre un poco neurótica. En comparación con todas esas madres adolescentes que se drogaban y se comportaban de forma irresponsable con las que solían tener que tratar los profesionales de la sanidad, Mattie era pan comido. Una joya. No era ninguna lumbrera, decían, pero sí una madre abnegada.

Más tarde, Mattie se enamoró. Connie nunca supo exactamente cómo había conocido a su pareja. Se lo preguntó, pero Mattie se sonrojó y trastabilló hasta que dijo: «Bueno, ya sabes… fue como que… nos encontramos por casualidad». El hombre, el adorado, no pasaba nunca por la casa, así que Connie no pudo preguntárselo a él. ¿Una agencia de citas quizá? ¿Los clasificados del periódico local? Poco probable; Connie nunca había visto a la chica leer, salvo un cuento ilustrado que le contaba a duras penas a Elias porque en la guardería le habían dicho que era conveniente. Igual ese tal Michael Morgan la había visto por la calle y se la había ligado. Se había convertido en una joven muy bonita, si lo que te gustaba eran las mujeres debiluchas y desamparadas. Y, a juzgar por los gustos de Frank, a muchos hombres les atraía esa apariencia.

Todos coincidían en que Michael era raro. Pero inofensivo, todo el mundo estaba también de acuerdo en eso al principio. El caso solo había caído en manos de Connie porque Jenny era muy cuidadosa y tenía un interés especial por Mattie. También porque, como dijo Jenny: «Los estudios dicen que si metes a un extraño en una familia, la dinámica se trastoca. Es mejor que estemos al tanto hasta que la situación se estabilice». Probablemente también porque pensó que a Connie no le vendrían mal algunos casos fáciles a la vuelta de su baja por maternidad.

Jenny había vuelto a fruncir el ceño cuando Connie le dijo que Michael era raro.

—¿«Raro» en qué sentido? —Quizá fue porque esa palabra estaba cargada de censura y Jenny era una liberal de tomo y lomo, o puede que siempre hiciera ese gesto cuando estaba desconcertada y realmente quería que Connie se explicara mejor. Pero a esta le resultaba difícil poner palabras a sus sentimientos.

—Es un hombre instruido y trabaja en ese centro de terapias alternativas de Tynemouth. Acupuntura. Me pregunto por qué se habrá juntado con Mattie y el bebé.

—Tal vez buscara a alguien desvalido —Jenny se echó a reír—. Los trabajadores sociales sabemos mucho de eso.

—Casi no habla. —Connie sintió la necesidad de continuar, de expresar su intranquilidad por aquel hombre. Parecía que hubiera llevado a cabo una evaluación exhaustiva, aunque solo había coincidido con él una vez—. Se queda ahí sentado, con una sonrisa en la cara. No sabía si se había metido algo, o si estaba enfermo o loco.

—No tiene historial delictivo —dijo Jenny volviendo a fruncir el ceño—, pero será mejor que estemos atentas. Fíate de tu instinto, ¿vale?

Así que Connie había seguido viéndolos, agradeciendo tener una excusa para volver, porque el piso de Mattie era como un oasis de calma en la ronda de visitas a padres malhablados, pisos que olían a orina, o peor, y bebés con unos pañales asquerosos que les quedaban demasiado pequeños. Por aquel entonces, Mattie preparaba infusiones y las servía en tazones decorados con girasoles. Su casa siempre había estado ordenada, pero ahora, además, había libros en los estantes. No novelas, sino volúmenes sobre religión y medicina alternativa. También había alfombras en el suelo y flores en un jarrón. Pero Connie se dio cuenta de que no había juguetes. Nada desordenado. En aquella época, Alice era una niña pequeña y su casa siempre parecía arrasada por un torbellino. Se lo mencionó a Mattie, pero la chica se quedó impasible.

—A Michael no le gusta el desorden —repuso.

La siguiente vez que Connie los visitó, eligió un momento en el que Elias ya habría vuelto de la escuela. Estaba sentado a la mesa haciendo los deberes. Levantó la vista cuando entró Connie, pero no sonrió. Seguía sin haber juguetes.

Frank había dejado a Connie seis meses después del segundo cumpleaños de Alice. Ella no se lo esperaba. Últimamente no se peleaban. De vez en cuando, a Frank le irritaba el caos al que había sucumbido su vida doméstica, pero sabía que ella no era la única culpable. Connie pensaba que las cosas les iban bien, incluso había empezado a hacer planes en secreto para tener otro hijo. Aunque quizá Frank había conseguido llevar una vida razonablemente armoniosa con ella porque sabía que pronto se largaría, porque la diseñadora delgaducha lo consolaba en las largas tardes de sábado mientras Connie jugaba con Alice y planchaba, esas tardes en las que él le aseguraba que tenía ensayo con los actores. Ensayo, como ahora sabía ella, para una vida de felicidad conyugal.

Connie había mantenido la compostura por el bien de Alice y para guardar las apariencias en el trabajo. De ninguna manera pensaba desmoronarse en el despacho de Santa Jenny. No necesitaba que la compadecieran. Comentó a sus compañeros que habían roto de común acuerdo. Ese mismo día fue cuando la tutora de Elias llamó a Connie para transmitirle su preocupación por el chico.

10

—Organizaron una sesión de seguimiento del caso —les informó Vera.

Ella estaba celebrando su propia sesión del caso en la sala de reuniones de la comisaría de Kimmerston. Estaba todo el equipo: Joe Ashworth, su mano derecha; su niña mimada, la preciosa Holly; y el viejo Charlie, desaliñado y con cara de sueño. También Billy, el técnico de la Científica, que tenía más sentido común, según opinaba Vera de vez en cuando, que todos los demás juntos, a pesar de ser un picaflor.

—A mi parecer, eso es lo que hacen los trabajadores sociales cuando no saben qué medidas tomar.

El tiempo había cambiado y volvía a ser más típico del invierno. Fuera, aún estaba oscuro y la lluvia se deslizaba por las ventanas. Vera volvió a centrarse en lo que ocurría en el interior de la sala. Aunque no había dormido mucho, se sentía llena de una energía que le recorría los pies, grandes y torpes, y le hacía cosquillas en los dedos de las manos.

—Las preocupaciones de la maestra eran un tanto imprecisas. Cuando Elias llegaba al colegio, estaba cansado y hambriento. Tenía arrebatos de ira, aunque no era un niño de esos. Se había hecho pis encima un par de veces. Ella sabía que los servicios sociales se ocupaban del caso, así que se puso en contacto con Connie Masters. En cualquier otra situación, lo más probable es que simplemente hubiera hablado con los padres.

—¿No había indicios de abuso? —Holly llevaba unos vaqueros bonitos y un suéter negro ajustado. Vera siempre se fijaba en la ropa de esa mujer más joven, que le despertaba una envidia irracional. Era como hurgar en una herida.

—Abuso físico, no —respondió la inspectora—. Ni cardenales ni quemaduras. Si hubiera sido más pequeño, lo habrían llamado «retraso del crecimiento». Solo era como una especie de apatía, un cambio de personalidad. —Ella creía que había muchos tipos de abuso.

—¿Y qué concluyeron en la sesión del caso? —A Joe Ashworth se le daba bien apuntarle a la jefa las preguntas que debía responder. Quería que la reunión no se estancara. Parecía cansado. Pero, claro, también se había pasado la mayor parte de la noche en vela, investigando sobre el caso de Elias Jones.

—Decidieron entre todos que no había motivos para tomar medidas drásticas. Connie Masters los visitaría un poco más a menudo, porque por entonces solo iba tres o cuatro veces al año. Hablaría con el chico a solas y con la madre. La maestra investigaría lo que estaba ocurriendo en el colegio. Podía ser que el cambio de actitud del chaval no tuviera nada que ver con lo que pasaba en casa. Igual se debía a algún tipo de acoso escolar o alguna riña con los compañeros en el patio.

Charlie tosió y escupió en un pañuelo gris que pudo haber sido blanco en el pasado. Vera contempló a sus «pupilos».

—Hasta aquí, como veis, todo según las normas. Se anotaron todas las decisiones y medidas tomadas. Una «praxis de trabajo social ejemplar». —Movió los dedos en el aire haciendo el gesto de entrecomillado. La última frase la había sacado del informe del comité de investigación.

—¿Y qué pinta la víctima en todo esto? —quiso saber Charlie.

—Jenny Lister. —Vera recalcó el nombre, clavándole la mirada para asegurarse de que Charlie lo pillaba: la mujer se merecía que la llamaran por su nombre—. Era la jefa de Connie

Masters. Presidió la sesión para tratar el caso. Conocía a la madre de Elias desde que era una cría porque también se había pasado la vida pasando de un hogar de acogida a otro.

Dirigió una mirada a Ashworth, invitándolo a seguir con la historia. Él se colocó delante de todos. «¡Eh, tú! ¿Es eso lo que quieres? ¿Deseas estar al mando y darme la patada, como un cuco que le usurpa el nido a su madre adoptiva con sobrepeso?» Vera no sabía si debía estar orgullosa de él o enojada por su chulería.

—Así que quedaron en que Connie Masters debía hacer un seguimiento de la familia. Pero en aquella época, ella misma estaba derrumbándose. Su marido acababa de dejarla y tenía que criar sola a una niña pequeña. En la investigación dieron mucho bombo a eso. Opinaban que no era totalmente objetiva cuando trabajaba con la familia de Elias.

El tono de Ashworth rozaba la superioridad moral. A veces, se ponía así y a Vera le daban ganas de darle un buen bofetón. Solo porque tenía una mujer y unos niños de revista, se creía que todo el mundo podía conseguirlo. Pero le dejó continuar.

—Connie Masters organizó una salida con Elias. Se lo vendió como algo especial: un pícnic en la costa y luego pescado con patatas fritas en el camino de vuelta. Pensó que si lo sacaba de casa y pasaban toda la tarde juntos, era más probable que se sincerara con ella.

—¿Y eso era normal? —lo interrumpió Holly, girándose en el asiento para asegurarse de que todos la vieran bien—. Vamos, eso de que una trabajadora social se pase la tarde entera con un niño si no hay un motivo real de preocupación. Por lo que dicen, están todos desbordados de trabajo.

—Este era un niño especial —contestó Ashworth—, uno de los favoritos, para entendernos. Además, como he mencionado, Mattie era conocida, casi de la familia. Puede que sintieran una responsabilidad particular por su hijo. —No mostró irritación por haber sido interrumpido y siguió como si nada—. Así que se pasaron la tarde junto al mar. En Longsands, Tynemouth, con cubo y pala, sándwiches de huevo y refrescos. Elias se lo pasó bomba haciendo castillos de arena y jugando al balón. Connie le preguntó por el novio de su madre: «¿Y Michael? ¿Te lleva por ahí?». Pero no recibió respuesta. Ni siquiera un «Me cae bien». Elias se negaba a hablar de él, sin más.

Se detuvo y, por un instante, pudieron oír el traqueteo de una impresora en otra sala, la lluvia sobre el cristal, el tráfico de la hora punta que empezaba a aglomerarse en el exterior.

—Y, entonces, justo antes de irse de la playa, Connie propuso chapotear un poco. «¡No podemos venir a la playa y no mojarnos los pies!» Elias se mostraba reacio, pero ella lo tomó de la mano y lo condujo hasta la orilla. Cuando el agua le alcanzó los pies, el niño pegó un chillido y ella pensó que el frío lo había pillado desprevenido. Pronto llegó una ola un poco mayor, que lo salpicó, y, por lo visto, se puso como loco. Se colgó de ella muerto de miedo y tuvo que llevarlo en brazos hasta la arena seca. Connie intentó entender los motivos de su ansiedad. ¿Tenía miedo de que Mattie y Michael se enfadaran porque se le había mojado la ropa? Le dijo que no se preocupara, que les diría que él no había tenido la culpa. Pero el pequeño volvió a enmudecer y se encerró en sí mismo. Cuando lo dejó en casa, la trabajadora social pensó que no había conseguido nada en absoluto.

—Y todo eso estaba en el informe, ¿verdad? —preguntó Holly con escepticismo. Era ambiciosa y su relación con Ashworth siempre transmitía cierta rivalidad.

Ashworth le sostuvo la mirada.

—Sí —confirmó—, casi al pie de la letra. Masters fue periodista antes de entrar en los servicios sociales y sabía cómo contar bien una historia.

Volvieron a quedarse en silencio, y Vera pensó que estaban todos allí, con el niño en la playa, y que se estaban preguntando

«¿Qué habría hecho yo?». Y los sinceros sabrían que ellos tampoco habrían hecho nada. Un chico que era un poco nenaza, asustado porque lo salpicara el agua… Claramente, no era motivo para separarlo de su familia. Los tribunales se reirían de ti. Hasta ella se asustaba cuando el agua le alcanzaba la cara.

Ashworth continuó relatándoles lo que había hecho Connie Masters.

—Un par de semanas más tarde, hizo una visita a la familia a última hora de la tarde. Sin avisar. Elias estaba en la cama, así que no lo vio, pero no había ido para eso. Se suponía que en la escuela velaban por él, así que Connie quería charlar con la madre y el hombre que se había convertido, de hecho, en el padrastro de Elias. Aparentemente, todo era muy civilizado. A primera vista, al menos. Michael estaba sentado a la mesa escribiendo, cosas de trabajo al parecer. Mattie estaba fregando los cacharros de la cena. Masters observó que parecía bastante servil y ansiosa por agradar.

Al oír aquello, Charlie alzó la mirada.

—En el pasado —interrumpió—, no habría tenido nada de extraño que un hombre trabajara y su mujer le hiciera la cena. —Volvió a toser y se sumió en un silencio enfurruñado. Todos sabían que su situación doméstica era un tema peliagudo, así que no le prestaron atención.

—Otra cosa que observó la trabajadora social —continuó Ashworth, como si Charlie no hubiera intervenido— fue que la tele ya no estaba. Cuando Mattie estaba sola con el niño, solía verla. Hablaba de las telenovelas como si los personajes fueran reales. Masters se interesó por el aparato. Pensó que quizá lo estuvieran arreglando o esperasen uno nuevo. «A Michael no le gusta la televisión —explicó Mattie—. Dice que atrofia la mente.» ¡Qué podía responder a eso!

Escuchando desde una esquina, Vera pensó que había ocasiones en las que eso era precisamente lo que buscábamos: algo que nos embotara la mente. Su droga preferida era el whisky, pero entendía que hubiera gente a la que la televisión le funcionaba igual de bien. Las eternas reposiciones de *Inspector Morse* o *Los asesinatos de Midsomer*, los programas de cambios de imagen y los concursos de talentos bien podían ayudar a cualquiera a dormir por las noches.

—Así que tuvieron su reunión —prosiguió Ashworth—: Mattie Jones, Connie Masters y Michael Morgan. Masters les explicó que estaban preocupados por Elias. En la escuela perdía la concentración y sufría cambios de humor. Les preguntó si habían notado algo distinto en él en casa. Y Mattie, esa belleza delicada que era poco más que una niña y no se expresaba precisamente bien, según Masters, solo negó con la cabeza y puso cara triste.

Ashworth miró directamente a Holly y añadió:

—Y esas son las palabras literales de las notas de la investigación. Michael dijo que intentaría hacerse amigo del chico. «Aunque no se me dan bien los niños —se excusó—. Demasiado egocéntrico, me temo.» Después, sorprendió a Masters, que no se esperaba un resultado tan inmediato, al añadir: «A ver, si es complicado, quizá no debería vivir aquí. No querría ponerles las cosas difíciles a Mattie y a Elias. De ninguna manera». Y Morgan era un hombre de palabra. Para el fin de semana ya se había marchado, tras prometer que seguiría en contacto con Mattie, pero volviendo al piso que nunca había llegado a dejar, encima del centro de terapias complementarias.

Vera movió el trasero de la repisa de la ventana donde lo había tenido apoyado. Era el momento de volver a tomar las riendas. Si fuera por Ashworth, se quedarían allí todo el día.

—Así que todos los profesionales lanzaron un suspiro de alivio —lo cortó bruscamente— y opinaron que el problema se había solucionado. Si realmente le pasaba algo al niño, la causa ya se había eliminado. Jenny Lister fue la única que aconsejó precaución. Dijo que Connie no podía asumir que Michael Morgan fuera el motivo de la ansiedad del pequeño y le pidió que continuara sus visitas regulares. Mattie era una persona herida que aún necesitaba supervisión y apoyo. Envió un correo electrónico para informar de aquello a todas las personas que habían asistido a la primera sesión para tratar el caso. Pero Connie se distrajo con el resto de su trabajo: familias con problemas que parecían más urgentes. Además, su vida personal era un desastre. Hizo un par de visitas breves a Mattie, que le dijo que todo iba bien, pero no volvió a ver a Elias. Parece ser que nadie habló con Michael desde aquella reunión en el piso. Durante la investigación que se llevó a cabo tras la muerte de Elias, quedó claro que el chico seguía teniendo problemas en el colegio, pero por el correo electrónico de Jenny, la maestra dio por sentado que Connie estaba trabajando con la familia y se estaba ocupando del caso. Hace un año aproximadamente, el niño murió. Ahogado en la bañera. Fue Mattie. Primero dijo que había sido un accidente, pero en el primer interrogatorio de la policía, admitió haberlo asesinado. Lo culpaba por la marcha de Michael. Y quizá pensó que, si el chico ya no estaba, su hombre correría de nuevo a sus brazos.

Vera echó un vistazo por la sala. Observó que todos le prestaban atención. Ni comentarios jocosos, ni ojos en blanco que demostraran que habían perdido la paciencia con su charla. Generalmente querían acción, pero la muerte de un menor les afectaba, les hacía callar y quedarse quietecitos.

—Los agentes que investigaban la muerte del pequeño hablaron con Michael. Por lo visto, la hora del baño siempre era traumática para el niño. En el interrogatorio, Mattie admitió que usaba el agua como castigo: mantenía sumergida la cabeza de Elias hasta que se quedaba sin aire.

Vera no alteró la voz, pero se imaginó la escena en la cabeza. A Mattie susurrando para que su amante no pudiera oírla: «A

Michael no le gusta el desorden. A Michael no le gusta el ruido. Sé un buen chico y esto no volverá a ocurrir».

—No es de extrañar que se volviera loco cuando lo mojó la ola. En el juicio, el equipo que la defendía intentó persuadir al jurado de que la muerte solo había sido un incidente y que no había tenido la intención de matar a su hijo.

Ahora el equipo de Vera se mostraba furioso y su indignación estaba justificada. «¿Y el novio no intentó detenerla? ¿Cómo podía una madre hacerle eso a su propio hijo?» Vera contestó primero la última pregunta.

—El informe de la psicóloga mencionaba el bajo coeficiente intelectual de Mattie. Michael fue el primer hombre que le mostró algo de amabilidad y ella estaba enamorada hasta la médula, loquita por él. A la doctora le sorprendía el uso del agua como forma de ejercer control sobre el chico. No es una forma habitual de castigo. Le parecía probable que a Mattie la hubiera tratado de la misma manera alguno de sus padres de acogida o alguien en el centro de menores. Era posible que a Mattie le pareciera un comportamiento normal.

En la sala, se hizo el silencio.

—Michael sostiene que no sabía que Mattie estuviera maltratando a su hijo —continuó Vera—. La Fiscalía debió de creerlo, porque nunca lo acusaron.

Todos se relajaron un poco y se escapó alguna risa sofocada. Nadie tenía mucha fe en el criterio de la Fiscalía. Vera miró a Ashworth. Ya le había robado suficiente protagonismo. Mejor le dejaba proseguir.

—La prensa culpó a Connie Masters —dijo el sargento—. Primero la suspendieron y luego le dieron la patada. Puso su despido en manos de un tribunal laboral, pero allí ratificaron la decisión del departamento de servicios sociales. Lo que decidió el caso fue la circular de Jenny Lister. En ella ordenaba a Masters que siguiera implicada en el caso y no se centrara exclusivamente en Michael.

Ashworth hizo una pausa y Vera dudó si habría hecho teatro en la escuela. Hacía las mejores pausas dramáticas que había visto en su vida. Bueno, casi. Nadie era tan bueno como ella cuando se trataba de resumir lo esencial de un caso.

—La decisión más importante, por supuesto —añadió él, mirando a su alrededor para comprobar que había captado la atención de su público—, es si todo esto tiene alguna relevancia para el asesinato de Jenny Lister o si es una mera coincidencia.

11

ASHWORTH ESTABA SENTADO en la casita de Connie Masters. Era oscura y deprimente, repleta de muebles de segunda mano, todo cutre. Aun a media mañana, necesitaban la luz de la lámpara rinconera. A la alfombra no le vendría mal una buena limpieza. Joe y su mujer amueblaban su casa con artículos de Ikea, o de Habitat si podían estirar el presupuesto familiar: madera clara y mucha luz, con un toque de color aquí y allí.

El sargento aún tenía en la cabeza toda la información de la reunión matutina. Tras hablar del caso Elias Jones, habían repasado el informe del forense y habían hecho una lista de los posibles sospechosos del Willows. A Vera le había parecido interesante el método de estrangulamiento.

—Una cuerda fina. Inteligente. No habría sido fácil esconder el arma de un crimen en un bañador, pero una cuerda podría enrollarse y llevarse en un puño cerrado y nadie se daría cuenta. Eso lo convertiría en homicidio premeditado, ¿no? Y el asesino debía de saber que Jenny siempre usaba la sauna después de nadar. Podría haber estado ya dentro, esperándola.

Entonces se detuvo. Se dio una palmada en la frente con uno de sus gestos teatrales, lo que hizo pensar a Joe que su jefa llevaba desde el principio considerando esa posibilidad.

—¿Qué me decís del cordón de nailon de la identificación que llevan al cuello los empleados? ¿Podrían haberla matado con algo así? ¿Podríamos conseguir una muestra para hacer una comparación?

En la lúgubre casita, Joe intentó dejar a un lado la reunión y concentrarse en lo que tenía entre manos. Cuando había llegado, Connie estaba sola. Por lo visto, su hija estaba en la guardería municipal.

—Solo tengo media hora —le había dicho ella en cuanto se presentó—. Tengo que ir a por Alice.

Se había puesto a la defensiva y realmente no quería dejarle pasar. Pero lo había hecho y ahora estaban sentados tomándose un café. Parecía cansada, demacrada. Ashworth se había fijado en un par de botellas de vino vacías sobre el banco de la cocina y se preguntaba si sería bebedora.

—¿Está diciéndome que es una coincidencia? —insistió—. ¿Que vino a vivir a la misma calle que la señora Lister por pura casualidad?

Generalmente, evitaba la confrontación en los interrogatorios. No era su estilo y, además, había comprobado que un enfoque tranquilo y compasivo le daba mejores resultados. Pero, en este caso, se había sorprendido a sí mismo perdiendo la paciencia: primero con Danny, el estudiante que trabajaba como limpiador, y ahora con esa mujer. Al observarla, le resultaba imposible sacarse de la cabeza las imágenes del cuerpo ahogado de Elias Jones. Ella no había cometido el asesinato, pero había permitido que sucediera. Connie lo miró, herida por su tono.

—Sí, eso es exactamente lo que estoy diciéndole. Ni siquiera sabía que vivía en el pueblo.

—¿Trabajó con esa mujer durante seis años y no sabía dónde vivía? —dijo, incrédulo, y con un tono de voz agudo y duro.

—Mire, soy una chica de ciudad. —Connie lo miró por encima del borde de su taza de café, que posó frente a ella sobre la mesa antes de continuar—. Me crie en Londres y vine a Newcastle para estudiar. Vivía en un piso en Heaton y cuando nos casamos, nos compramos una casa enana en West Jesmond. Sabía que Jenny vivía en Northumberland, en algún lugar remoto. En las pocas ocasiones en las que salimos juntas, cenas de la oficina y cosas así, siempre fuimos al centro. ¿Por qué iba a saber que vivía en Barnard Bridge? ¿Sabe usted dónde vive su jefa?

Era una pregunta retórica, pero Ashworth la contestó para sí. «Ay, sí, ya lo creo que lo sé. La de veces que he tenido que llevarla a casa cuando estaba demasiado bebida para conducir. Y tantas otras que me ha hecho ir con urgencia solo para repasar un caso.»

—¡No pensará que la maté yo!

Ashworth se percató de que a Connie acababa de pasársele aquello por la cabeza. La idea había atravesado su depresión y su resaca hasta calar en su mente. La mujer lo miraba fijamente, lúcida y aterrorizada.

—Hay quien diría que usted tenía un móvil. Si no hubiera sido por Lister, usted seguiría teniendo trabajo. No estaría atrapada en este agujero, viviendo de los subsidios y soportando los insultos de la gente.

—¡No! —Connie se levantó para dar fuerza a su argumento—. Todo eso fue culpa mía. Si hubiera cumplido con mi obligación, si hubiera hecho una simple llamada a la maestra de Elias, si me hubiera esforzado en ir por la tarde, cuando sabía que encontraría al niño con Morgan, aún estaría trabajando y mi foto no habría salido en todas las portadas. No maté a Elias. Lo hizo su madre. Y Jenny Lister no me despidió. Yo solita me encargué de acabar con mi vida profesional.

—Pero ella podría haberla apoyado un poco más, tergiversar la historia para que no tuviera problemas.

Connie esbozó una sonrisa y, por primera vez, Ashworth pudo ver que era una mujer atractiva.

—No —le contestó—, eso nunca. Jenny no era de esas.

—¿Dónde estaba usted ayer por la mañana? —Empezaba a convencerlo la versión de esa mujer, pero no iba a dejar que se diera cuenta.

—¿A qué hora?

—Entre las ocho y las once y media, más o menos.

—Estuve aquí hasta las nueve, que es cuando llevé a Alice a la guardería. Empieza a las nueve y cuarto. La llevé en coche y la dejé allí. Después estuve una hora en Hexham. Me di el capricho de pasear mirando escaparates y me tomé un buen café. No es lo mismo que ir a Newcastle, pero no tenía tiempo para eso. Después, como hacía bueno, dejé aquí el coche y fui caminando al pueblo a por Alice.

Ashworth miró por la ventana y vio que había dejado de llover. El cielo, al menos lo poco que podía verse a través de los árboles empapados, empezaba a clarear.

—¿En qué zona de Hexham aparcó?

—Junto al supermercado, nada más pasar la estación.

—Supongo que no tendrá el recibo del parquímetro, ¿verdad?

—¡No, no lo tengo! —Connie empezaba a enfadarse y al sargento le gustaba más así: exaltada y defendiéndose, en lugar de apática y sin una pizca de energía—. Aunque hay que andar un poco hasta el pueblo, hay un aparcamiento gratuito. El dinero que me ahorro por aparcar me lo gasto en el café. Ese es el tipo de cálculos que me veo obligada a hacer porque dependo de las prestaciones y de la ridícula pensión que me pasa mi marido por su hija.

—¿Se encontró con alguien conocido?

—Aquí en la Conchinchina no conozco a nadie.

—Mire —prosiguió Ashworth, calmado y razonable—, encontraron el cuerpo de Jenny Lister en el gimnasio del Willows. Eso está a medio camino entre su casa y Hexham. No muy lejos de aquí. Pasaría por delante para ir al pueblo. Aunque quizá sea otra coincidencia, ¿no?

—Sí, sargento —confirmó la mujer—. Otra coincidencia. —Hizo una pausa y añadió—: He estado un par de veces en el Willows. Si cenas en el restaurante, te dejan usar la piscina. Pero de eso hace mucho, cuando aún estaba casada. Antes de tener a Alice, cuando nos podíamos permitir el lujo de ir al campo en una noche de verano.

Se puso en pie y Ashworth pensó que iba a dar por finalizado el interrogatorio, pero entró en la cocina y volvió con la jarra de café que había dejado en la base de la cafetera de filtro para que no se enfriara. Aún estaba caliente. Connie le rellenó la taza sin preguntar e hizo lo mismo con la suya. A él le gustaba con leche y azúcar, pero ella no se lo ofreció y él no lo pidió.

—Hábleme de Jenny —la animó—. ¿Qué clase de mujer era?

—Eficiente —respondió ella—. Sincera. Reservada.

—¿Le caía bien?

Connie se quedó pensando.

—La admiraba —dijo—. No dejaba que nadie la conociera lo bastante como para saber si nos caía bien o no. Al menos, nadie del trabajo. Supongo que era su método de supervivencia. Otros trabajadores sociales hacen justo lo contrario: todos sus colegas pertenecen a ese sector y entienden el estrés y la frustración que conlleva el trabajo. Jenny siempre decía que quería despojarse del trabajo al salir por la puerta de la oficina. Igual por eso decidió vivir tan lejos de la sede. —Dejó de hablar un momento y continuó—. Jenny siempre estaba convencida de que tenía la razón. Siempre. Escuchaba los argumentos, pero una vez había tomado una decisión sobre un asunto, no había manera de hacerle cambiar de idea.

Ashworth pensó que él también tenía compañeros así. En la policía había un montón de gente a la que no le gustaba mezclar la vida profesional y la personal. La mayoría de sus amigos eran polis y así era más fácil, porque pillaban los chistes y compartían la tensión, pero algunos agentes no querían saber nada de todo eso cuando acababan su turno. Su elección los aislaba un poco, se quedaban marginados. Quizá Jenny daba esa impresión: distante, incluso condescendiente.

—¿Alguna vez hablaba de su familia?

—Yo sabía que tenía una hija, pero solo porque había visto una foto de una niña en su escritorio y le pregunté quién era. Además, cuando mi marido se largó, Jenny dijo que a ella le había pasado lo mismo cuando su hija era muy pequeña. Por lo demás, no, nunca hablaba de ello.

—Entonces, ¿no se le ocurre nadie que pudiera querer matarla?

—Bueno, sin duda la amenazarían varias veces a lo largo de los años —dijo con tranquilidad—. Igual que a todos.

—¿A qué se refiere?

Ella lo miró como si fuera imbécil.

—Parte de nuestro trabajo consistía en separar a niños de sus familias, normalmente contra su voluntad. Por supuesto que había gente que nos odiaba. Cuestionábamos su capacidad para ser padres, quebrantábamos sus hogares y les hacíamos parecer incompetentes o crueles ante sus vecinos. ¿Cómo cree que reaccionaban? De forma ofensiva y violenta muchas veces. —Hizo una breve pausa—.¿Si creo que uno de los usuarios la mató? Claro que no. La mayoría de ellos llevan vidas caóticas y desorganizadas, y por eso sus hijos están en situación de riesgo. Imposible que planearan un asesinato como ese. No sabrían llegar al Willows y mucho menos engatusar a nadie para que los metiera en el gimnasio. No sé quién mató a Jenny Lister, pero me sorprendería muchísimo que tuviera algo que ver con su condición de trabajadora social.

Recogió las tazas y se las llevó a la cocina antes de volver a la salita de estar para ponerse los zapatos. Ashworth salió detrás de ella. Se preguntó si sería saludable vivir en aquel terreno bajo y húmedo, tan cercano al agua. El jardín estaba descuidado. En

97

una esquina, comenzaba a brotar ruibarbo y entre la hierba alta crecían unas cuantas celidonias.

—¿Cree que se quedará a vivir aquí a largo plazo? —Imaginaba que no. Como ella había dicho, era más bien una chica de ciudad.

—¡No, por Dios! —Connie hizo una mueca—. Es que estaba desesperada por escapar de la prensa y los propietarios son conocidos de Frank, mi ex. Creo que no aguantaría todo un invierno aquí.

Al llegar a la verja baja, cubierta de líquenes y podredumbre, se detuvo.

—Había un desconocido en el pueblo —comentó—. Ayer por la tarde, pasada la hora de comer. Aunque probablemente no sea importante. No buscaba a Jenny.

—¿Por qué no me habla de él de todas formas?

Ella miró la hora para comprobar si podía dedicarle al sargento un par de minutos más y decidió que sí.

—Fue un poco raro. Alice y yo nos sentamos aquí fuera después de comer. Era el primer día verdaderamente soleado de la primavera. Entonces apareció. Alice lo divisó en el puente. Dijo que había venido en autobús. Buscaba a Veronica Eliot, que vive en la casa grande de color blanco que hay junto al cruce. Le dije que cuando yo había pasado por allí, Veronica no estaba. Le propuse que esperara aquí y le ofrecí un té.

—¿Por qué hizo eso?

En la mayoría de los casos, Ashworth desaprobaba que se corrieran riesgos. Para una mujer que vivía sola, claramente era una locura invitar a su casa a un desconocido.

—Pues no lo sé. Me sentía sola. Aquí soy una apestada desde que se enteraron de lo de Elias. Me apetecía la compañía de un adulto y ese hombre tenía buen aspecto. Pero no pensaba dejar a Alice a solas con él, así que me la llevé dentro mientras hacía el té. Y, cuando volvimos a salir, había desaparecido. Como le he dicho, muy raro. Pero puede que viera el coche de Veronica llegando a casa. O quizá se pensó dos veces eso de pasar el rato con un ama de casa chalada y desesperada y con su hija.

Connie amagó una sonrisa alicaída y se marchó deprisa por el camino embarrado.

12

CUANDO TERMINÓ LA reunión con el equipo, Vera se sentó un rato en su despacho. Quería aclararse las ideas. Había encargado a Ashworth que se fuera a Barnard Bridge a hablar con Connie Masters. Holly y Charlie estaban en el Willows, interrogando a los miembros del personal del hotel que no habían trabajado el día anterior. Mientras miraba la calle, ya en pleno bullicio por el mercado semanal, se le ocurrió que la elección del gimnasio como lugar del asesinato era de lo más significativa. ¿Por qué matarla allí cuando podrían haber pillado al culpable en cualquier momento? Tenía que haber otros sitios menos complicados para cometer el crimen. El asesino de Jenny debía de saber que era socia o la siguió hasta allí. Eso implicaba que era un acosador, que el crimen había sido premeditado y que lo había planeado con bastante antelación. De no ser así, el móvil era más trivial y banal, y a Jenny la habían matado por algo que había visto en alguna de sus visitas al Willows. Sin ningún tipo de planificación. A menudo, los asesinatos ocurrían por las razones más insignificantes, lo que los hacía especialmente trágicos.

Llamó al fijo de la casa de Jenny en Barnard Bridge. Contestó Simon Eliot.

—¿Cómo está Hannah?

—No hemos dormido mucho —replicó el chico—. Me estaba planteando llamar a su médico. Contárselo todo. Se pasó la noche entera hablando y tiene que descansar. Igual puede darle algo para que duerma esta noche —Hizo una pausa—. Quiere ver a su madre.

«A su madre no, el cuerpo de su madre. Que no es lo mismo», pensó la inspectora.

—Sin problema. Yo estoy ocupada, pero mandaré a alguien para que os recoja. —Vera ya había decidido que enviaría a Holly. Tal vez Hannah se abriera más con alguien que tuviera una edad más parecida a la suya.

—No tengo claro que quiera que yo la acompañe —dijo Simon—. Creo que desea estar sola para despedirse.

Vera percibió el dolor que transmitía su voz.

—Sin duda es una buena decisión —le aseguró—. Te dará tiempo para ti. No tiene sentido que tú también te vengas abajo. —Y, tras una pausa, añadió—: Me gustaría hablar con algún amigo de Jenny. Parece que no tenía mucha relación con ninguno de sus compañeros de trabajo, así que supongo que habría alguien en el pueblo. Tu madre no lo sabía. ¿Y tú?

—Anne Mason —contestó el chico—. Es maestra en la escuela primaria que está junto al valle y vive en un granero reconvertido justo a las afueras del pueblo. Solían ir al teatro y a cenar por ahí. También iban juntas a clases de flamenco. Creo que ahora mismo está fuera, por las vacaciones de Semana Santa. Su marido y ella tienen una casa de veraneo en Burdeos y van allí en cuanto pueden. Jenny se iba con ellos a veces.

—Supongo que no tendrás su móvil, ¿verdad?

—Yo no, pero igual Hannah sí. Se lo preguntaré. —Se hizo el silencio al otro lado de la línea—. Nada de lo que hago la ayuda —dijo, por fin, profundamente triste.

—No hay nada que se pueda hacer, cielo.

Vera le dio el nombre de Holly y le dijo que la agente se pondría en contacto cuando supieran a qué hora podía ir Hannah a la morgue.

VERA HABÍA QUEDADO con Craig, el director regional de Jenny, para comer en Kimmerston. Él tenía que ir a la ciudad de todas formas y ese era su único hueco libre. Le gustaba usar palabras rimbombantes. Había una reunión de contribuyentes, le había comentado por teléfono a la inspectora. Asuntos interinstitucionales. Así era ahora su vida profesional, todo estrategia y política. Ya jamás veía a los usuarios. La impresión de la inspectora era que, en realidad, se alegraba muchísimo. «Yo también debería ser así, todo estrategia y política. Es lo que quieren de mí los jefes. Pero, joder, ¡menudo coñazo!», pensó.

Craig le había propuesto quedar en una vinoteca de Front Street. Vera había pasado por delante unas cuantas veces, pero nunca había sentido la tentación de entrar. Sabía exactamente cómo sería: carísima y ostentosa. Y llena de gente guapa que se quedaría mirándola, pensando que era una indigente que vendía periódicos callejeros tras pasar la noche en la calle. Llegó un poco tarde a propósito, para no tener que esperar sola a que él llegara, y lo distinguió inmediatamente: un hombre que había alcanzado la cuarentena, con traje, leyendo el *Independent* y con un maletín en el suelo, junto a él. Vera no había usado uno en su vida. El local estaba casi vacío —era pronto para el ajetreo de la comida—, así que nadie oiría su conversación.

Vera se percató de la sorpresa y decepción en la cara del hombre cuando la vio acercarse. A lo mejor se había esperado a una doble de Helen Mirren. Últimamente, la gente esperaba que las policías de alto rango fueran como salidas de *Principal sospechoso*. Cuando se levantó para darle la mano, la detective pudo ver que era muy alto. No había muchos hombres que la hicieran parecer pequeña.

—Es una tragedia —exclamó el hombre—. Jenny Lister era la mejor trabajadora social que conocía. No sé qué vamos a hacer sin ella. Su equipo está destrozado. —La miró con ojos desolados—. No sé qué voy a hacer yo sin ella. Mantenía el barco a flote. Oficialmente, era mi subordinada, pero era ella quien me ponía a mí en orden.

Con esas palabras se ganó a Vera. Después de todo, debajo de toda esa jerga y esa ambición, era un ser humano. Cuando el hombre pidió patatas fritas para acompañar su bocadillo de salmón ahumado, le cayó aún mejor.

—O sea, que era buena en su trabajo.

—¡Vaya que sí! —Mojó una patata en el cuenco de la mayonesa—. Si hubiese querido, podría haber dirigido un departamento de servicios sociales. Era organizada, una supervisora excelente y daba miedo de lo lista que era.

—¿Y por qué no la ascendieron? —Vera nunca había creído en santos. ¿Qué tenía Jenny Lister para trabajar sobre el terreno en lugar de aprovechar la oportunidad de ser directora?

—No quería —contestó él—. Decía que no necesitaba el dinero y no quería complicarse la vida. Y que echaría de menos trabajar con los usuarios y los padres adoptivos. Que extrañaría a los niños.

—¿Y usted la creía?

El hombre levantó la vista, impactado.

—¡Por supuesto! ¡Jenny Lister nunca mentía!

«No es verdad —pensó Vera—. Todos mentimos. De lo contrario, no sobreviviríamos. Solo que unos lo hacemos mejor que otros. Jenny Lister debía de ser una mentirosa de aúpa.»

—Le encantaba ser la trabajadora social con más talento de todos —continuó el hombre—. Quizá supiera que la dirección no era lo suyo y a ella no le habría gustado ser una segundona.

—¿De dónde era? —le preguntó Vera—. ¿De por aquí?

—De Northumberland de toda la vida. Fue a la universidad en el sur, pero después siempre vivió aquí —contestó levantando la vista del plato.

—¿Sus padres viven? —Vera pensó que, si vivían cerca, quizá Jenny les habría confiado sus problemas. Además, igual Hannah podría quedarse con ellos una temporada.

—No —repuso—. Nunca hablaba de ellos, pero mi mujer es aficionada a la historia local y vio una noticia en un ejemplar antiguo del diario *Hexham Courant*: el padre de Jenny era abogado y parece ser que estafaba a sus clientes. Se quitó la vida antes de que lo llevaran a juicio. La madre vivió bastantes años más, pero, por lo visto, nunca fue la misma. No podía soportar la vergüenza. Creo que vivía en una residencia en algún pueblo de la costa. Murió hace unos diez años. Recuerdo que Jenny fue al funeral.

«Otra mujer con un padre sinvergüenza», se dijo Vera. Puede que, después de todo, Jenny y ella hubieran tenido algo en común.

DE CAMINO A la comisaría, mientras se abría paso entre la gente que circulaba por la acera ancha en el día de mercado, el móvil de Vera sonó al recibir un mensaje. Nunca había pillado lo de los mensajes de texto. ¿Por qué no llamaban y dejaban el recado? Lo cierto era que necesitaba gafas, pero era demasiado orgullosa y desorganizada para ir a revisarse la vista, y en esa calle tan concurrida le tocaba las narices tener que intentar leer el mensaje. La aplastarían entre todos esos granjeros entrados en años y las señoras pijas que iban en dirección contraria.

Cuando llegó a la oficina, se preparó un café antes de mirar el teléfono. Era un mensaje de Simon Eliot. Por supuesto, así era como se comunicaban los jóvenes. «Anne amiga de Jenny recién vuelta de vacas. Encantada de hablar contigo», decía. Y después, un número de teléfono. Estaba a punto de llamar a Anne Mason cuando sonó el fijo. Era Holly, que acababa de volver de llevar a Hannah a la morgue. Usaba un susurro teatral al hablar.

—¿Le parece bien que me quede con ella, jefa? Está fatal. Y solo es una niña.

¿Había cierto tono acusatorio? ¿Como si Vera fuera un ogro despiadado por no cuidar mejor de la chica?

—Si ella quiere que te quedes, está bien.

—Está tan reventada que no estoy segura de lo que quiere, pero me ha preguntado si puedo quedarme un rato.

—Entonces, perfecto. A ver si consigues que hable. De momento, lo único que sabemos de Jenny Lister es que es una mezcla entre Santa Teresa y Gandhi. Y con tanta vida amorosa como ellos.

—Sí. —Holly estaba entusiasmada, realmente contenta de tener algo a lo que hincarle el diente—. Su marido se largó cuando Hannah era un bebé. Debió de haber hombres en su vida desde entonces. Que eso fue hace años, vamos.

No parecía darse cuenta de que el comentario era un tanto cruel, así que Vera lo dejó pasar. En la vida de la inspectora nunca había habido un hombre. ¿Qué habría opinado Holly de eso?

ANNE MASON VIVÍA a medio camino entre la cima de una colina y el valle, donde el arroyo corría en paralelo al pueblo de Barnard Bridge. A Vera no le gustaban demasiado ese tipo de reconversiones: la estructura enorme de un granero dejaba espacios llenos de eco y un tejado desprotegido. El diseño le recordaba a una iglesia y, además, al no tener desván, no sabía dónde podrían meterse todas las cosas inútiles. Divisó la vivienda de Anne desde el extremo de la calle angosta que partía de la carretera principal a unos tres kilómetros de la salida del pueblo. La calle iba paralela al Tyne durante un tramo y el bosque le ocultó la vista. Salió después a campo abierto y volvió a ver el edificio, con el sol lechoso reflejándose en el vidrio con el que habían sustituido los portones del granero.

Anne Mason no tenía pinta de ser de esa clase de mujeres que guardaban muchas cosas inútiles. Era delgada y atractiva, con las manos pequeñas y el pelo gris, con un corte muy práctico. Aún llevaba los pantalones de algodón y las botas de montaña que había usado para el viaje. Se sentaron en unas modernas sillas escandinavas, con vistas al valle que se extendía a sus pies.

—Recibimos la llamada de Simon cuando estábamos conduciendo por la A1. No me lo puedo creer. Precisamente Jenny.

Había una mochila junto a la puerta, sobre el suelo de madera pulida. De vez en cuando, la mujer le echaba un vistazo, y Vera se dio cuenta de que, a pesar de la muerte de su amiga, le irritaba no estar deshaciendo las maletas de inmediato. Era el tipo de persona que odiaría el desorden, las cosas a medio hacer. De improviso, una frase del informe del caso Elias Jones se le coló en la mente: «A Michael no le gusta el desorden». Estaba claro que Anne y Jenny no eran almas gemelas. En casa de Jenny un poco de desorden no suponía un problema. A ella no le habría importado irse a trabajar dejando un par de platos sucios en la encimera.

—¿Dónde se encuentra ahora su marido? —preguntó Vera. Si Jenny había estado de vacaciones con ambos en el pasado, quizá pudiera colaborar.

—Ha ido a la perrera a recoger a nuestra mascota. —Anne exhibió una sonrisa a modo de disculpa—. No tenemos hijos, así que el perro es como nuestro bebé.

La planta baja del granero era diáfana, con una gran estufa de leña en un extremo y, en el otro, la cocina, toda de granito negro brillante y acero inoxidable.

—¿A qué se dedica? —«Este sitio no lo compraron con el sueldo de una maestra», pensó Vera.

—Es arquitecto. Este edificio fue uno de sus proyectos. —Volvió a sonreír y se quedó esperando un cumplido.

—Precioso —dijo la inspectora, sin esforzarse en parecer sincera—. Y bien, ¿qué puede decirme de Jenny Lister? Por lo que tengo entendido, eran buenas amigas.

—Sí, muy buenas. Nos conocimos hará unos diez años. Yo daba clase en la escuela primaria de Hannah. Sigo allí, es mi penitencia. Jenny entró en la asociación de padres y maestros. Después de las reuniones, volvíamos juntas en coche al pueblo. Nos aficionamos a tomar algo al acabar y descubrimos que teníamos mucho en común: el cine, el teatro, la lectura… Y a partir de ahí surgió la amistad.

—¿Cada cuánto se veían?

—Al menos una vez a la semana. Los miércoles por la noche, sin falta. Las dos estábamos tan ocupadas que era más fácil reservar un día. A veces salíamos; por ejemplo, siempre íbamos al teatro cuando venía la Royal Shakespeare Company. Y, de vez en cuando, había alguna producción en el Sage que nos apetecía ver. Hace poco, hicimos un curso básico de flamenco de seis semanas, aunque Jenny bailaba mucho mejor que yo. La mayoría de las veces, nos quedábamos en el pueblo. Cenábamos aquí o en su casa. En verano, dábamos un paseo cuando hacía bueno.

Anne se puso muy triste de repente y Vera supo en qué estaba pensando: ya no habría más noches de miércoles con su amiga. Nada ilusionante que hiciera la semana más llevadera. Entonces, se hizo patente que se sentía culpable por ser tan egoísta. Vera siempre había considerado que la culpa era una emoción sobrevalorada.

—¿Habló con usted sobre el asesinato de Elias Jones?

—Solo por encima. Era muy profesional con su trabajo. Cuando hubo todo ese jaleo, esos artículos periodísticos que atacaban a los trabajadores sociales y tal, se veía que lo estaba pasando mal. Una vez le pregunté por qué se dedicaba a eso. Ya sabe, la enseñanza no es la profesión más fácil del mundo, pero hay que estar loco para meterse en trabajo social, ¿no? Te echan la culpa por todo y nunca te llevas el mérito. —Hizo una pausa para mirar por la enorme ventana de vidrio en dirección al pueblo—. Jenny solo dijo que le encantaba. Que era lo único que se le daba bien. Aunque no era cierto, claro: hacía bien un montón de cosas. Era una madre fantástica. —Hizo otra pausa—. Y una amiga maravillosa.

—Y, entonces, ¿de qué hablaban?

A Vera le costaba imaginar a esas dos mujeres de mediana edad y clase media que pasaban tanto tiempo juntas. ¿No se les acabarían los temas de conversación? Ella nunca había tenido una amistad así. Estaba encariñándose con los vecinos hippies que tenían la granja junto a su casa. Algunas veces se emborrachaban juntos con el whisky que compraba ella o con el vino casero tan asqueroso que hacían ellos. Los ayudaba cuando había que esquilar las ovejas o cuando se escapaban las gallinas. Pero de eso a pasarse horas solo charlando…

—Supongo que últimamente era yo la que hablaba, mientras ella escuchaba. —El semblante de Anne se tornó repentinamente cansado y Vera se percató de que había estado tensa durante toda la conversación. No era solo que hubieran asesinado a su mejor amiga. Quizá fuera ese tipo de mujer: nerviosa, alterada. Igual por eso había elegido como carrera profesional dar clase a niños de buena familia en una escuela rural agradable. No podría aguantar ningún tipo de estrés. Anne respiró hondo y continuó:

—Recientemente, mi matrimonio ha pasado por un bache. Una de esas crisis de mediana edad, me figuro. Me sentía atraída por un compañero nuevo de la escuela. No pasó nada, nada serio, pero me inquietaba sentirme como una adolescente locamente enamorada. Jenny me ayudó a ver lo ridícula que estaba siendo. Dijo que John y yo acabábamos de construir esta casa, nos había llevado años dejarla perfecta y, ahora que lo habíamos conseguido, parecía que nos habíamos quedado sin nada que hacer y yo solo buscaba un poco de emoción. Seguro que estaba en lo cierto.

«Dios mío, qué chorrada más autoindulgente. Si algo tengo claro es que preferiría pasar el rato con un delincuente sincero que con esta mujer tan introspectiva», pensó Vera.

—Iba a venirse con nosotros a Francia estas vacaciones, pero decidió no hacerlo. Comentó que a John y a mí nos vendría bien estar solos. Ese era el tipo de amiga que era.

—¿Y ella? —preguntó Vera de forma abrupta—. ¿Tenía algún amigo especial?

—No estoy segura.

Por lo visto, las confidencias solo iban en una dirección. Jenny escuchaba sin problema mientras su amiga hablaba de su enamoramiento adolescente, pero no le contaba nada de su vida. Parecía que la discreción formaba parte tanto de su vida personal como de la profesional. ¿Qué secretos habría estado escondiendo?

—Hace poco pensé que tal vez hubiera alguien —añadió de pronto la mujer—. Canceló una de nuestras quedadas semanales en el último momento, sin una buena excusa. Y parecía muy feliz. Radiante.

—¿No le preguntó qué pasaba? —Vera empezaba a perder la paciencia. En ese momento, el relato de Anne parecía una de esas historias ñoñas sacadas de una revista.

—Dijo que tenía una relación, pero que no podía hablar de ello.

—¿Y dónde conoció a ese amante misterioso? —Vera no pudo aguantarse—. ¿En clase de flamenco?

—¡No! —A Anne le pareció una idea escandalosa—. No creo, no. En ese caso me lo habría contado

—¿Y a qué venía tanto secretismo?

—Pensé que quizá había empezado a salir con un compañero de trabajo. —Hizo un gesto de incomodidad—. O con un hombre casado.

«Entonces no era tan santa», pensó Vera.

VERA CONDUCÍA POR el estrecho camino que llevaba al pueblo, satisfecha. Era como si estuviera redescubriendo a la Jenny Lister de la casa acogedora y la hija encantadora. Vera siempre se había sentido más cómoda entre pecadores.

Iba sumida en sus pensamientos cuando tuvo que detenerse repentinamente para dejar paso a un tractor. Al salir de la carretera, divisó los pilares con las cabezas de cormoranes talladas que había visto por primera vez en el cuadro que colgaba de la pared de Veronica. La vegetación había crecido a su alrededor y desde el camino no habrían podido verse. Siguiendo un impulso, Vera paró el motor y salió del coche. Caminó por el sendero cubierto de hierba que quedaba entre los pilares, atravesando un bosquecillo de alisos y abedules. Había amapolas silvestres y violetas, que lucían sus llamativos colores bajo el sol que se colaba entre los árboles. Cuando salió del bosque, vio la zona donde debió de estar la casa en su día.

Aún quedaban los restos de un jardín en toda regla, con amplias terrazas y un terreno cercado para cultivar verduras, y la estructura de un invernadero junto a la tapia, pero había desaparecido todo el ladrillo y la piedra de la casa. La piedra labrada valdría una fortuna por aquí, en el valle del Tyne. ¿Cómo es que nunca habían vendido la tierra? ¿Sería Veronica la propietaria o pertenecería a alguna otra rama de la familia? Aquella sería una ubicación de ensueño para un promotor. Quizá se tratara de un área de conservación en la que estaba prohibido edificar.

Unos grandiosos escalones de piedra atravesaban las terrazas de hierba por el centro. Los bajó, sintiéndose como si hubiera entrado en el escenario de una película. Una serie de estatuas se erguían a cada lado. Estaban desportilladas y cubiertas de líquenes, y representaban, sobre todo, criaturas míticas extrañas. Algunas estaban ocultas por la hiedra, mientras que otras habían desaparecido bajo una maraña de zarzas. En una de las terrazas vio la enorme pila de una fuente vacía.

Cuando bajó la mirada hacia el río, vio una charca. Intentando recordar las clases de geografía de antaño, pensó que quizá el curso del río había cambiado con el paso del tiempo y se había creado ese lago. Junto a él, prácticamente intacto, estaba el cobertizo para botes del que le había hablado Veronica. Era de madera y parecía recién barnizado. Una plataforma sobre pilotes llegaba hasta el agua. Ya no guardaban embarcaciones allí. La ventana estaba acristalada y había unas cortinas rojas y blancas. Junto a la edificación descansaban un par de botes volcados. Vera se imaginó que sería el sitio ideal para un gran pícnic familiar y se imaginó a Veronica, junto a un gran cesto de mimbre, presidiendo una merienda fastuosa, en un intento por recobrar la gloria del hogar de su abuelo.

De vuelta al coche, Vera llegó a sentir un poco de lástima por aquella mujer.

13

EN EL EXTERIOR de la casita de Connie Masters, Ashworth se detuvo un instante para echar un vistazo al coche de la mujer. Estaba estacionado junto al arcén, aplastando el perifollo verde y las hierbas altas. Era un Micra plateado de hacía siete años, con un golpe evidente en el guardabarros del lado del conductor. Anotó la matrícula. Si en el aparcamiento en el que ella decía que lo había dejado en Hexham el día anterior tenían cámaras de vigilancia, tal vez pudieran excluirla por completo de la investigación.

Ashworth comprobó si tenía algún mensaje. Vera le había dejado uno para decirle que iba a comer con el jefe de Jenny Lister. Ni le ordenaba ni le pedía nada. Quizá se le estuviera endulzando el carácter con los años. Después, el sargento llamó a la comisaría para pedir que alguien recogiera las cintas de la cámara del aparcamiento de Hexham. Él también daba órdenes. «¡Buf! ¿Me estaré convirtiendo en Vera Stanhope?», pensó. La mera idea le arrancó una sonrisa. No había nadie más en el mundo que se pareciera ni remotamente a su jefa.

Ya en el Willows, se encontró con Charlie. Lo vio a lo lejos, cuando el hombre salía del hotel, con la espalda encorvada y las manos en los bolsillos de la chaqueta. «Con esa postura, tendrá dolores de espalda crónicos antes de cumplir los sesenta», se dijo Ashworth. Mientras charlaban de pie junto al coche de Charlie, el sargento era consciente de que cualquiera podría verlos desde las zonas públicas del hotel. Aunque no pudieran oír su conversación, se sintió incómodo, como si estuviera en un escenario ante la mirada fija de un público hostil, así que no se extendió demasiado.

—¿Ha habido suerte?

Charlie se encogió de hombros.

—Mostré la foto de Lister a los trabajadores que entraron en el turno de mañana. Un par de ellos la recordaban vagamente como usuaria de la piscina, pero poco más. Era de esperar que alguno hubiera tenido algún contacto con ella, que hubieran cruzado unas palabras. Según el registro, venía a nadar al menos una vez a la semana.

—No sé, estos sitios son muy impersonales.

El año anterior, Joe Ashworth se había hecho socio del gimnasio del polideportivo municipal, aunque no era tan elegante como el del Willows. Cuando iba, se quedaba una hora, pero se enchufaba al *walkman* y rara vez hablaba con alguien. Sin darse cuenta, se pasó la mano por la tripa. Claramente, se estaba poniendo fofo. Desde el nacimiento de su último hijo, no había tenido mucho tiempo para ponerse en forma.

—Diría que la mataron más de una hora antes de que encontraran el cuerpo —dijo Charlie—. Después de las nueve y media, hay una tarifa especial reducida y es cuando vienen todas las personas mayores. Antes de esa hora solo están aquí los nadadores buenos, que vienen a hacer un montón de largos antes de trabajar. Ya sabes, concentrados en su rutina deportiva. Tengo la impresión de que no se enterarían si ocurriera algo fuera de la piscina. Y no suelen tener tiempo para la sauna.

—Y antes de las nueve y media la supervisión por parte de los empleados no es igual —añadió Ashworth, recordando su conversación con Lisa.

Charlie entró en el coche y bajó la ventanilla para fumarse un cigarrillo antes de irse.

CUANDO ENTRÓ EN el Willows, Ashworth se dirigió inmediatamente al despacho de Ryan Taylor. Tanto el hotel como el gimnasio volvían a estar abiertos, pero el ambiente era más tranquilo de lo que esperaba. Quizá, después de todo, un asesinato no fuera bueno para el negocio. Una joven estaba pasando la aspiradora por la alfombra del vestíbulo. No había rastro de Danny, aunque era cierto que no empezaba hasta la tarde. Ashworth se preguntó a qué dedicaría su tiempo ese estudiante. ¿Estaría en casa estudiando o por ahí con sus amigos?

Volvió a pensar en la sangre fría que debía de haber tenido el asesino de Jenny para matarla cuando había gente a unos pocos metros, aunque estuvieran surcando incansablemente las aguas de la piscina. ¿O habría sido, por el contrario, un asesinato oportunista? Solo un loco que quería sentir la excitación de cercenar una vida.

Taylor estaba al teléfono, con la puerta entornada, y Ashworth esperó a que terminara de hablar antes de llamar suavemente al cristal y pasar. El encargado de turno tenía el ceño fruncido.

—Otra cancelación —le dijo al sargento—. La reserva de una conferencia para la semana que viene. Dicen que no pueden arriesgarse a traer aquí a sus clientes. Pero ¿qué les pasa? ¿Se creen que el asesino aún está aquí, rondando por los pasillos, esperando para atacar?

—Quizá no —contestó Ashworth mientras tomaba asiento—. Pero sí que deberían saber que hay un ladrón suelto. ¿Por qué no me informó de los robos?

—¡No pensará que están relacionados con el asesinato! —Taylor se toqueteó el nudo de la corbata y miró por la ventana, evitando cruzar la mirada con Ashworth.

—Esa decisión no le concierne a usted. Sin embargo, yo tengo que saber lo que ha estado pasando por aquí.

—Desaparecieron unas cuantas cosas. —Taylor parecía haber perdido la energía juvenil del día anterior. Estaba cansado,

114

agotado incluso—. De la sala del personal, sobre todo. A veces pasa. Pero lo tengo todo controlado.

—¿Y qué estaba haciendo para solucionarlo? —Como el joven no contestó, Ashworth continuó—. Vamos, que estaba esperando a que se solucionara solo, ¿no?

—Mire, en un par de días, Louise, la directora, habrá vuelto de vacaciones. A ella le pagan para lidiar con los problemas del personal. Que se ocupe ella. Yo no tengo autoridad para contratar ni para despedir a nadie.

—Pero eso no es del todo cierto, ¿no? —dijo Ashworth, intentando sonar comprensivo—. Usted contrató a Danny Shaw y los hurtos comenzaron cuando él llegó. Una situación peliaguda para usted, al no tener pruebas a favor o en contra.

—Eso fue un nombramiento temporal por una emergencia.

Taylor estaba empezando a perder la calma, pero Ashworth pensó que no era por sus preguntas, sino porque sabía que tendría que justificar sus acciones cuando volviera su jefa.

—Danny vuelve a la universidad en menos de una semana.

—Y usted no quiere dar un disgusto a su madre —dijo el sargento—. Me pareció una mujer fuerte. A mí no me gustaría contrariarla.

«Y no lo digo en broma», pensó Ashworth, recordando a Karen, con su pelo oscuro, su lengua mordaz y su mirada enfadada.

Se quedaron un momento ahí sentados, en silencio, hasta que el sargento se decidió a continuar.

—Pero entiende lo importante que podría ser, ¿no? Si Jenny pilló a alguien robando, podrían haberla matado para que no hablara.

—¡No matarían a nadie por una minucia como esa!

Taylor estaba a la defensiva, exaltado, como un escolar al que reprenden por alguna tontería y no tiene el sentido común de quedarse calladito.

—Créame, sí que pasa —dijo Ashworth, mientras le venían a la mente actos de violencia patéticos: una cara acuchillada hasta el hueso con un trozo de vidrio solo por un insulto imaginado, una mujer muerta de una paliza porque la ropa no estaba perfectamente planchada, un chiquillo ahogado en una bañera a manos de su madre—. Así que tengo que saber exactamente lo que ha estado pasando aquí: qué artículos se han llevado y cuándo. Y necesito que me diga quién cree que está detrás del asunto.

Al final, Taylor ayudó mucho más de lo que el sargento habría esperado. Por lo menos, había anotado todos los incidentes, todas las quejas que le habían presentado, en un informe que iba actualizando en el ordenador.

—¿Y bien? ¿Quién es el culpable? —preguntó Ashworth después de leerse todo el documento impreso y ver la lista de dinero, relojes, pendientes y collares robados. No había ningún artículo de mucho valor, pero el total era considerable—. Porque sospechará de alguien. ¿Cree que ha sido Danny?

—Diría que no. Le gustan las faldas y no es muy bueno limpiando, pero no es idiota. Tiene demasiado que perder solo por un par de cosas sin importancia por las que solo sacaría unos pavos. No, no creo que sea el ladrón.

—¿Entonces quién?

Taylor parecía incómodo cuando dijo:

—Los otros empleados creen que es Lisa.

—Porque vive en la zona oeste y su padre tiene antecedentes.

Ashworth esperaba que Lisa no hubiera estado entrando a hurtadillas en la sala del personal y metiendo la mano en bolsos y bolsillos ajenos. Le había caído bien y creía que no se equivocaba cuando juzgaba a las personas. Aunque Vera siempre se reía y decía que era demasiado ingenuo. «Todos podemos cometer actos de violencia si nos presionan, Joey. Hasta tú podrías.»

—Es que no es solo eso —le corrigió Taylor—. Es muy reservada. Un poco estirada. Los demás quedan fuera del trabajo, salen de copas, se van de marcha... Ella no. Por eso prefieren culparla de los robos. Es más fácil que pensar que ha sido uno de sus colegas. —Hizo una pausa y añadió—: Llegué a plantearme si...

—¿Qué?

—Si no sería un montaje pare deshacerse de ella. Es raro cómo a veces las personas se ponen en contra de otras personas. La verdad es que le hacen la vida imposible a la pobre. Pullas, insultos... Y no se me ocurre absolutamente nada que Lisa haya podido hacer para ofenderlos. Es como si simplemente quisieran tener a alguien a quien odiar. Las mujeres son las peores. Si es que la culpan de todo lo malo que sucede aquí. Como si Lisa no tuviera sentimientos. Creo que es admirable por aguantar ese trato.

—¿Por eso no me lo contó ayer? ¿Porque creía que los empleados estaban poniéndole la zancadilla a Lisa? ¿Que solo era una manera de conseguir que le dieran la patada?

Ashworth se preguntaba si a Taylor le gustaba la chica y eso hacía que sacara su lado protector. O quizá se avergonzaba de las pequeñas crueldades de sus compañeros de trabajo.

—Lo que ha pasado con Lisa ha sido horrible. No creo que haya un cabecilla, alguien que meta cizaña. Es más un extraño instinto de manada. No me deja dormir. Louise, mi jefa, no quiere hacer nada al respecto. También quiere ser parte del grupo. ¡Qué patético! Esperaba poder ocuparme del problema mientras ella estaba de vacaciones, pero parece que solo lo he empeorado.

Miró a Ashworth, aliviado al fin por poder confiarle a alguien el problema que, sin duda alguna, había estado atormentándolo.

—Cuando mataron a esa mujer ayer, me alegré. Horroroso, ¿verdad? Pero pensé que así tendrían algo sobre lo que cotillear. Y dejarían en paz a Lisa.

—¿Cuándo empezaron a portarse mal con ella? ¿Cuando Danny empezó a trabajar aquí?

—¡Ni por asomo! Mucho antes. Desde el primer día. Algo que dijo o algo en su actitud los volvió a todos en su contra, así sin más.

—¿Y de verdad cree que podrían haber organizado los hurtos para quitársela de encima?

Al sargento le parecía una idea absurda e inverosímil. Pero cuando se enjaulaba en un sitio como ese a un montón de personas aburridas de su trabajo y de sus propios compañeros, era posible que se inventaran alguna historia solo para darle un poco de emoción a su vida laboral. Una conspiración para sentirse a gusto entre los suyos.

Taylor se encogió de hombros.

—O para deshacerse de mí. Yo tampoco les caigo muy bien.

—¿Por qué está tan interesado en Lisa? ¿Está saliendo con ella? —prosiguió Ashworth, preguntándose aún si no estaría exagerando el problema cegado por los sentimientos.

Taylor se echó a reír, encantado de liberar tensiones.

—¡Qué va! Yo ya estoy pillado. Mi pareja se llama Paul y vivimos en un piso en Jesmond. Lisa no me hace tilín, pero me cae bien. Es una trabajadora fantástica. Y muy valiente. Necesita que alguien se ponga de su parte.

14

CONNIE SE PEGÓ a la pared de la oficina de correos para dejar pasar a un camión de ganado que transitaba por la estrecha carretera principal del pueblo. Habían emprendido una campaña para que construyeran una carretera de circunvalación que evitara pasar por Barnard Bridge, pero lo cierto era que nadie creía que llegaran a hacerla. Mientras esperaba fuera de la guardería, pensó: «Hace veinticuatro horas estaba aquí mismo y no sabía que Jenny Lister estaba muerta». Repasó la conversación que había mantenido con aquel detective joven. ¿Había usado el tono adecuado con él? Era importante que la creyera. No podía soportar la idea de convertirse de nuevo en el foco de atención, de tener que enfrentarse a las mismas preguntas indiscretas de agentes entrometidos. No se lo había contado todo, por supuesto, habría sido una insensatez. Incluso a esas alturas detestaba parecer idiota.

Veronica Eliot se acercaba por la calle luciendo el aspecto de una dama en aquella zona rural, vestida con unos elegantes pantalones de color marrón y una chaqueta de *tweed*. Había aparcado junto al antiguo colegio. Incluso a esa distancia, Connie pudo distinguir sus característicos labios y uñas pintados de rojo, tan fuera de lugar. Un vampiro que vestía prendas de cachemir y botas verdes de agua de la marca Hunter. «¿Por qué la odio tanto?», se preguntó.

Mientras Veronica se acercaba, Connie se preparó para una mirada glacial o un comentario mordaz; para que la mujer pasara con la barbilla alta, mostrando indignación. En lugar de eso, Veronica se detuvo. Vaciló, mostrándose insegura por primera vez desde que Connie la conocía. Aún era pronto y no había más padres esperando, nadie que presenciara su encuentro.

Connie disfrutó por un momento de la incomodidad de la mujer y no dijo nada.

—Supongo que te habrás enterado de lo de la señora Lister, ¿no?

Tratándose de Veronica, el comentario sonaba a indecisión. No era desafiante, ni siquiera lo calificaría de un intento de conseguir información, que era lo que esperaba Connie. Estaba segura de que Veronica se habría percatado del coche desconocido que había aparcado a la puerta de su casita. Ashworth tenía tanta pinta de detective que seguro que se habría imaginado que la policía había ido a verla. Y ahora quería enterarse de lo que habían hablado.

—Claro —confirmó Connie —, salió anoche en las noticias.

—Supongo que la conocías. Erais compañeras de trabajo, ¿no?

—Sí.

—Menudo horror —dijo Veronica, recobrando por fin parte de la compostura—. Yo no la conocía mucho, pero nuestros hijos son amigos. ¿Sabes si ha habido algún progreso con la investigación?

Sí que andaba a la caza de información después de todo. ¿O era solo que su ansia de cotilleo era más fuerte que su aversión por Connie?

—Bueno, dudo que me lo contaran a mí, ¿no crees? —Connie sintió cómo recuperaba parte de su antigua fortaleza y, para demostrarlo, soltó una risita.

—Supongo que no, pero pensé que aún tendrías amigos en los servicios sociales. A lo mejor ellos saben algo de lo que está pasando y…

Veronica se calló cuando vio que se les acercaba un grupo de madres y añadió apresuradamente:

—Mira, ¿por qué no vienes a comer un día? Nada formal. Tráete a la niña.

Y, sin esperar respuesta, se alejó aprisa para saludar a las madres que empezaban a llegar. Mientras la observaba, Connie pensó que parecía una de esas aves zancudas que pueden verse en la playa, con la cabeza inclinada hacia delante para meter el pico en la arena. Aunque ella no buscaba gusanos, sino información. Durante el ritual de recoger a los niños, Veronica hizo como si Connie no estuviera allí, pero esta se preguntó si la única razón por la que la presidenta del comité había hecho acto de presencia ese día era para invitarla a su casa.

De ninguna manera pensaba ir. ¿Cómo se atrevía aquella mujer a despacharle esa especie de citación y esperar que ella acudiera? Pero, de vuelta a casa, mientras atravesaba el pueblo con Alice de la mano, sintió curiosidad. No solo sobre qué querría Veronica de ella, sino también sobre la vida y la familia de la mujer. Ahí estaba esa compulsión de trabajadora social, esa necesidad de adentrarse en la vida de los demás. Y le había ofrecido comida. Connie llevaba varios días sin ir a la compra y la nevera estaba prácticamente vacía. Vio a Veronica pasar conduciendo su Range Rover y se preguntó cómo sería pertenecer a ese grupo, que te mantuviera un marido rico, vivir en una casa grande y conducir un cochazo. Por un momento, sintió envidia: «Yo también quiero eso».

Solo con ver la casa desde el camino, ya le pareció una intromisión atravesar esas grandes puertas de madera y llegar hasta la entrada principal. No era muy antigua ni tampoco muy espléndida. Una de esas construcciones cuadradas y sólidas de los años cincuenta, según calculó Connie, enlucida y encalada, con la silueta suavizada por una enredadera que trepaba por una esquina. Lo único impresionante era el enorme jardín. Un inmueble como ese habría encajado mejor en un barrio residencial elegante de una ciudad. Era una casa de campo de pega para una dama también de pega. Por un instante, Connie se sintió superior: al menos, su pequeña casita era auténtica. Llevaba cientos de años allí y formaba parte del propio paisaje. Era oscura y húmeda, pero rezumaba estilo.

Alice estaba callada. La guardería siempre la dejaba rendida. Ni siquiera preguntó por qué no iban directas a casa. ¿Qué le habría respondido? «Mami quiere conocer al enemigo.»

La puerta principal se abrió y ahí estaba Veronica. ¿Era porque quería que Connie entrara rápido, antes de que sus amigas vieran que estaban confraternizando? Ni siquiera sabía si «confraternizar» era una palabra que pudiera aplicarse a las mujeres. La falta de sueño y los sucesos del día anterior habían dejado a Connie un tanto aturdida. Se sentía como si hubiera estado bebiendo y se le pasaron por la cabeza ideas bastante extrañas. Nadie sabía que estaba allí. Ya habían asesinado a una mujer del pueblo. ¿Sería ella la siguiente víctima? Se le escapó una sonrisa ante la idea de que Veronica fuera una asesina, la imagen de esas uñas rojas y afiladas hundiéndose en la carne viva.

—Gracias por venir.

Veronica se había salido con la suya y ahora se mostraba conciliadora. Connie entró en un vestíbulo con el suelo de parqué pulido, un gran jarrón de cobre con flores en una mesita y cuadros. Ocupaba el lugar de honor la foto de graduación de un joven moreno con toga y birrete.

—He sacado un par de cosas para comer.

Y había hecho un esfuerzo. Había una ensalada —«Las primeras hojas del invernadero»—, fiambres, un paté local y un queso de cabra de Northumberland. También una hogaza de la panadería de Rothbury. Y vino blanco enfriándose en la nevera. Para Alice había salchichitas, palitos de zanahoria y un bizcocho casero. ¿Se había pasado Veronica toda la mañana planeando aquello? ¿O es que su despensa siempre estaba repleta de cosas ricas?

«Esta quiere algo más que cotilleo para contar a sus amigas», pensó Connie.

Muy a su pesar, la joven tuvo que reconocer que agradecía esas atenciones. No tenía ganas de pelear. No se le ocurría nada más agradable que sentarse ahí, en esa cocina blanca y luminosa, y beber vino blanco mientras Veronica buscaba algún juguete viejo para que Alice jugara: coches antiguos que habían pertenecido no solo a su hijo, sino también a su marido, un puzle de madera y un cubo lleno de bloques de plástico.

—¿Tu marido sigue fuera por trabajo?

Era lo típico que se preguntaba, pero Veronica la miró atentamente, como si buscara una intención oculta en esa pregunta, cierto desprecio o sarcasmo. Pero no debió de encontrar nada, porque respondió casi al instante.

—Sí, en una conferencia en Róterdam.

—Pero tu hijo ha vuelto a casa por Semana Santa, ¿no? —Connie pensó que el arte de la conversación no era tan complicado después de todo. Empezaba a recordar cómo se hacía.

Volvió a haber una pausa. Una mirada rápida y calculadora. Esta vez, Veronica respondió con otra pregunta.

—¿Sabías que mi hijo, Simon, estaba saliendo con la hija de Jenny Lister?

—¡No me digas! —Connie tardó un poco en procesar la información. La de la foto sobre la mesa de Jenny era una niña menuda y pelirroja, pero, claro, ahora ya sería mayor, una jovencita—. ¡Todo esto tiene que estar resultándole muy duro a la pobre! Nunca llegué a conocerla, pero me daba la impresión de que Jenny y ella estaban muy unidas.

Veronica alargó el brazo y sirvió un poco más de vino a su invitada.

—Supongo que quedarías con Jenny. Al fin y al cabo, erais casi vecinas.

Connie se percató de que Veronica apenas bebía.

—¡Qué va! ¡Si ni siquiera sabía que vivía en el pueblo!

«Si lo digo un montón de veces, ¿acabarán por creerme?»

Pero Veronica sí que pareció creerla porque, de pronto, se relajó y exhibió una sonrisa amplia, una media luna roja tumbada.

—Ah, ¿es que no erais buenas amigas?

—Creo que Jenny no se hizo amiga de ningún compañero de trabajo. Era una decisión deliberada para no mezclar la vida personal y la profesional.

—Muy inteligente. Mi marido comparte esa filosofía. No conozco a casi nadie de su oficina.

Hablaba con tono melancólico y Connie pensó lo sola y aburrida que debía de estar. Su hijo era independiente y ya no la necesitaba, y su marido nunca estaba en casa. Era lógico que frecuentara el comité de la guardería y el Instituto de la Mujer. Algo tenía que hacer para sentirse útil. Connie empezaba a verla con lástima cuando se acordó de las miradas hostiles de las otras madres, de los comentarios maliciosos. Después de todo, no podía perdonar tan fácilmente.

Veronica continuó.

—Es cierto que doy cenas para sus clientes, pero eso es diferente. Es como una prolongación de su trabajo. Como si hubiera trasladado aquí su despacho, solo por una noche. —Por fin, se sirvió una copa de vino hasta arriba. Un pálido rayo de luz procedente del jardín atravesó el vidrio y le confirió un matiz verdoso—. A mí no me importa. Me gusta apoyarlo.

—En mi caso, el trabajo me perseguía hasta casa en los últimos dos años y era bastante molesto. —Connie dejó de observar la copa de Veronica y se centró. Había decidido que no estaba dispuesta a dejar que esa mujer se fuera de rositas, que no iba a perdonar meses de comentarios venenosos por una comida tranquila—. Era incesante y no había escapatoria. Esperaba que me dieran tregua cuando vine a vivir aquí, pero el escándalo me siguió, claro. Toda esa gente que solo conocía una parte de la historia me trató muy mal.

—La gente tenía unas ideas muy firmes sobre el tema —no tardó en contestar Veronica, de forma cortante—. Siempre es así cuando hay niños implicados.

—Cometí un error en el trabajo. —¿Por qué sentía la necesidad de justificarse?—. Hay otras personas, que cobran muchísimo más de lo que yo he cobrado nunca, que cometen errores en su trabajo y su foto no sale en todos los periódicos.

—¡Pero murió un niño! —exclamó sin poder contenerse, y Connie pensó que ahí había algo más personal. La campaña de Veronica contra ella no había sido solamente la intromisión de una metomentodo. ¿Habría perdido un bebé, habría sufrido un aborto o parido un niño muerto? Alice, sobresaltada por el ruido, apartó la vista de su juego. Al ver que las mujeres seguían a la mesa, manteniendo una conversación aparentemente amistosa, volvió a lo suyo.

—Sí —dijo Connie bajando la voz—, murió un niño. Y pienso en ello cada día desde que aquello sucedió. No necesitaba que me lo recordaras.

Se quedaron en silencio un momento. Afuera, el sol salió de detrás de una nube ligera llevando consigo una luz deslumbrante que hacía brillar el césped húmedo y daba a los colores un tono saturado e irreal. Veronica se levantó, abrió una ventana y el canto repentino de un mirlo les resultó prácticamente ensordecedor.

—Me preocupa Simon —dijo Veronica—. No me gustaría que se viera envuelto en todo esto. Tiene por delante una carrera académica. Insiste en quedarse en casa de Hannah. La he invitado a que se quede aquí, pero dice que quiere sentirse unida a su madre. Suena morboso. Su padre ha dicho que debería irse con él, pero ella no quiere.

Connie no sabía qué decir. Pensaba que era la última persona que debería aconsejar a Veronica sobre su hijo. Alice, aburrida de repente, se levantó del suelo y trepó a las rodillas de su madre. Se metió el dedo gordo en la boca y le entró sueño. Connie le acarició la frente, consciente de que su anfitriona las observaba, casi con envidia.

—¡Qué suerte tienes! —dijo—. Está en una edad adorable.

Era una frase de lo más convencional, pero le pareció que iba cargada de tanto sentimiento que Connie se sintió incómoda. Le resultaba evidente que Veronica anhelaba tener en brazos a un niño pequeño. Estaba a punto de dejar caer algo fácil y vacuo como «Quizá no falte mucho para que tengas nietos», pero, incluso mientras formulaba la idea en la cabeza, se dio cuenta de que no serviría de consuelo. Veronica quería su propio niño. Uno de su propia sangre. Y directo, no de segunda generación. Connie notó que, de forma inconsciente, estaba abrazando a Alice un poco más fuerte.

— ¿Te apetece un café? Veronica se puso en pie y rompió ese momento de tensión. Connie pensó que lo mismo habían sido imaginaciones suyas. Se debería al estrés del día anterior. Además, beber a la hora de comer no le sentaba bien. Alice ya estaba totalmente dormida y su madre cambió de postura para tener una mano libre con la que agarrar la taza. El olor del café era maravilloso. La transportó automáticamente a Francia, a sus primeras vacaciones con Frank. Un café en las Cevenas. Calor, polvo y el letargo que seguía al sexo.

—¡Me alegra mucho que hayamos tenido esta conversación! —Veronica se había sentado muy cerca de ella, con ese gesto de ave zancuda metiendo el pico hacia delante que Connie había observado por la mañana—. ¡Estoy muy contenta de que hayamos arreglado las cosas!

126

Connie estaba confundida. ¿Qué cosas habían arreglado?

—Tienes que venir más y traer a Alice para que juegue en el jardín. Y, si necesitas una canguro, no tienes más que decírmelo.

Connie se acabó el café y se levantó, poniendo a Alice de pie.

—Venga, cariño, nos vamos. Despiértate o esta noche no habrá quien te duerma.

Sentía la necesidad de escapar de allí y de la mujer cuyo cambio de actitud no alcanzaba a entender. En la puerta principal, se detuvo. Quería acabar el encuentro con un intercambio de palabras normal, no con la sensación de que estaba huyendo.

—Por cierto, al final, ¿te encontró aquel hombre?

Veronica arrugó el entrecejo.

—¿Qué hombre?

—Ayer a la hora de comer vino alguien a mi casa preguntando por ti. Joven, apuesto… No estaba segura de que estuvieras en casa, pero le indiqué el camino.

—¡Ah! —Con un esfuerzo mayúsculo, Veronica consiguió forzar una sonrisa—. Supongo que sería uno de los amigos de Simon.

Pero, poco antes, Connie la había visto mirar a Alice con la misma avidez y desesperación.

15

A ÚLTIMA HORA DE la tarde, Vera organizó una reunión con todo el equipo en la sala de reuniones. Con té y bollos glaseados de la panadería de enfrente. Ese caso era tan complejo que quería decidir bien todas las líneas de investigación que se iban a seguir. Una vez, la habían entrevistado para la *Gaceta policial* y le habían preguntado cuál era el atributo más importante de un buen detective. A lo que ella había respondido que la concentración. Si ella no podía retener en la cabeza todos los posibles escenarios, era de esperar que su equipo tampoco fuera capaz de estar al tanto de todo.

Holly se había mostrado reacia a acudir cuando Vera la había telefoneado.

—Creo que debería quedarme aquí. Hannah está hecha polvo y hemos entablado una relación muy buena.

Vera insistió.

—No le haces ningún favor si acaba dependiendo de ti. Sería genial para tu ego, pero una putada para ella. Y tienes que informarnos de lo que te haya contado. Si es necesario, puedes volver después, pero pide que mañana te releve un agente de guardia. Están capacitados para ese trabajo, tú no.

Y ahí estaba Holly, con un bolso de viaje a los pies, señal de que la necesitaban. Vera notó que la chica no podía prescindir de su sentimiento de afecto, a pesar de la advertencia. Charlie iba ya por el segundo bollo: tenía la nariz manchada de glaseado y migas en las solapas de la chaqueta. Ashworth arrugaba el entrecejo mientras repasaba sus anotaciones, con el aspecto de un hombre maduro, o casi. Su jefa no tenía claro que las nuevas responsabilidades familiares del sargento estuvieran sentándole bien. Ya no tenía sentido del humor ni alegría por el trabajo. Vera había perdido a su compañero de juegos.

—Muy bien —dijo, llamando la atención de los presentes mientras se colocaba delante de la pizarra con el rotulador negro en la mano—. Veamos lo que tenemos. ¿Holly? ¿Hemos descubierto algo más sobre la vida privada de Jenny? Creo que el equipo de registros ya ha estado en la casa. ¿Alguna novedad?

Holly se apartó el pelo de la cara y fingió que no le gustaba ser el foco de atención.

—Hannah no sabe nada sobre ningún novio nuevo. Dice que ha habido algunos hombres en el pasado. El último trabajaba para el Parque Nacional de Northumberland. Según la chica, él estaba loco por su madre, pero Jenny lo dejó hace como un año. Hannah se quedó sorprendida porque pensaba que a su madre también le gustaba él. Desde entonces, nada.

—¿Sabes su nombre? —Vera no tenía duda de que Holly lo sabría. Era una joven ambiciosa y sabía que no podía exponerse a que la criticaran.

—Sí, claro. Es Lawrence May. Edad: cuarenta y muchos. Divorciado, sin hijos. Iban juntos de paseo y a observar pájaros.

Vera pensó que lo mismo Hector, su padre, lo había conocido. A él también le gustaban las aves, pero sobre todo le gustaba cazarlas y disecarlas. Cuando ella se quedó con su casa en las colinas, se encontró el congelador lleno de cadáveres que esperaban ser atendidos. Como taxidermista en el lado oscuro de la ley, habría considerado al tal Lawrence May su enemigo. Un pusilánime que acariciaba petirrojos y no tenía ni idea de lo que significaba la vida en el campo.

—¿Ya has hablado con él?

—Todavía no.

«Claro que no. Ha estado demasiado ocupada jugando a ser la Madre Teresa con la chica», pensó Vera.

—Ponte con eso mañana a primera hora.

Vera echó un vistazo al plato de bollos y observó que estaba vacío. Era culpa suya. Debería haber tenido cuidado de no dejarlo al alcance de Charlie.

—¿Ha aparecido algo interesante en el registro policial de la casa o de la oficina de la víctima?

—El equipo encontró su ordenador portátil en la casa —comentó Holly—. Si sigue en contacto con Lawrence May, debería haber correos electrónicos. Había una agenda electrónica, pero era de trabajo principalmente. Los informáticos están trabajando en lo demás.

—Seguimos sin encontrar su bolso —dijo Vera—. Seguro que una mujer como ella usaría bolso. Y un maletín probablemente. ¿Puedes preguntárselo a su hija, Holly? Sabrá dónde solía llevar su madre las cosas.

Holly asintió, pero Vera se dio cuenta de que la joven no tenía la cabeza para detalles tan mundanos como ese. Seguía pensando en cómo reconfortar a Hannah.

—Según la mejor amiga de Jenny, en su vida había un hombre nuevo —prosiguió Vera—. Un amante secreto. Si hubiera vuelto con May, está claro que no habría tenido motivos para ocultarlo.

—A no ser que quisiera ver qué tal iba la cosa antes de hacer pública la relación —intervino Joe Ashworth.

En algunas ocasiones, Vera creía que su sargento representaba el lado femenino del que ella carecía. Él tenía empatía, ella fuerza. Bueno, volumen. Tenía que admitir que lo de la fuerza y los músculos no lo llevaba tan bien.

—No querría parecer una tonta, decir que volvían a ser pareja y que todo se fuera otra vez al garete —explicó Ashworth.

—La amiga pensaba que el tío nuevo podría estar casado —añadió Vera—. Debemos tenerlo en cuenta. No tenemos muchos otros móviles.

—Salvo el caso Elias Jones —dijo Charlie, aún con la boca llena—. Ese tema generó mucho odio.

—Volvamos a analizarlo. —Vera escribió el nombre del niño en la pizarra—. ¿Cuánto hemos avanzado con esto? Joe, tú hablaste con la trabajadora social, esa con la que se cebó la prensa. Connie Masters. ¿Creemos que mató a su jefa?

—Dice que ni siquiera sabía que viviera en el pueblo.

—¿Y la creemos?

«Venga, Joe, mójate», pensó su jefa.

—Sí —contestó él.

Vera tenía ganas de aplaudir. Joe Ashworth se pasaba tanto tiempo nadando entre dos aguas que a esas alturas ya debería tener escamas.

—De buenas a primeras, parece imposible que nunca se hayan encontrado en un lugar tan pequeño —siguió el sargento—. Pero Connie Masters solo lleva unos meses viviendo allí y Lister estaría fuera todo el día trabajando. A las horas a las que podría estar por allí, a última hora de la tarde, Connie Masters está en casa con su niña.

—¿Y nunca salían a tomar algo cuando trabajaban juntas? —A Holly le gustaba acabar el día con los chicos en el pub cuando cerraban un caso. Le encantaba que todos fueran detrás de ella.

—Parece ser que no. No era la forma de trabajar de Jenny. Le gustaba separar la vida personal de la profesional.

—Sigue pareciéndome demasiada coincidencia… —insistió Holly.

—La jefa me ha pedido mi opinión y yo os la estoy dando. —Ashworth y Holly se fulminaron con la mirada el uno al otro. Los dos niños listos del cole que rivalizaban por ser el mejor de clase.

—¿Hemos localizado ya a Michael Morgan? —preguntó Vera.

A veces, le divertía la rivalidad que había entre los miembros más jóvenes del equipo, pero en ese momento necesitaba que aunaran esfuerzos y se concentraran. Cuando vio que todos la miraban como si no tuvieran ni idea de lo que estaba preguntando, añadió con brusquedad:

—¡El novio de Mattie Jones! El hombre por el que estaba coladita, por el que quiere que creamos que mató a su hijo. El hombre que se convirtió en una especie de padrastro de Elias. De momento, todo lo que sé de él es que era raro. Puede que me equivoque, pero ¿no es algo raro lo que estamos buscando? ¿Sabemos si sigue dedicándose a meter agujas a la gente? Supongo que tendría conocimientos básicos de anatomía si se formó para ser acupuntor. Podrían resultar útiles para estrangular a una mujer sana y en forma. Supongo que no habremos comprobado si era socio del Willows, ¿verdad?

Le alegró ver que los demás parecían avergonzados, aunque ella era igual de culpable por haberse olvidado del amante de Mattie. Como ellos, se había concentrado en la vida privada de Jenny Lister.

—Quiero esa información mañana a primera hora —ordenó—. Dirección, vida laboral actualizada y verificación en la base de datos de los socios del Willows. Pero no os pongáis en contacto con él todavía. Antes tenemos que saber más sobre ese hombre. Me da la impresión de que es un tipo escurridizo. Puede que haga un viaje a Durham para charlar con Mattie antes de que movamos ficha con él.

—No está allí. —Vera no estaba del todo segura de que Charlie hubiera estado escuchando y, sin embargo, ahí estaba él con una gran sonrisa de suficiencia.

—¿Qué quieres decir?

—Que Mattie Jones no está en la trena en Durham.

—¿Y se puede saber dónde está? —Vera lo atravesó con la mirada. Todas las mujeres condenadas a cadena perpetua en la región eran enviadas al ala de máxima seguridad de la prisión de Durham. Y Vera no podía aguantar que su equipo hiciera bromas a su costa.

—En el hospital —dijo Charlie, casi arrepentido—. Apendicitis. La ingresaron de urgencia anteayer. Pilló no sé qué infección y sigue allí.

—Entonces será mejor que compre unas pastas. Ya podrá recibir visitas.

Se produjo un silencio momentáneo. De repente, Vera se dio cuenta de lo cansados que estaban todos. Solo llevaban un día de investigación y ya tenían demasiados datos. Nada era sencillo. Tenía que elevar el nivel de energía de su equipo y conseguir que mantuvieran la atención. Igual les vendría bien nadar un poco o hacer ejercicio en el gimnasio. Se le escapó una sonrisa al imaginarse a Charlie en la cinta de correr.

—El Willows —dijo la jefa—. ¿Qué tenemos del gimnasio?

—Creo que debieron de matar a Lister antes de las nueve y media —contestó Charlie.

—El forense no concretará tanto.

—Me da igual —anunció—. A las nueve y media empieza la tarifa barata y esa es la hora a la que llegan los viejales y las mamás buenorras. Van casi tanto a charlar como a nadar. La mayoría de los viejitos no ven tres en un burro porque se quitan las gafas para meterse en la piscina y por eso pasó tanto tiempo hasta que alguien se dio cuenta de que la mujer estaba muerta. Aunque el asesino no habría sabido eso. Antes de las nueve y media, van los hombres de negocios, que hacen unos largos a toda mecha antes de irse a trabajar. Según Joe, a esas horas no hay socorrista. Hablé con los empleados y resulta que casi ninguno de los nadadores madrugadores usa la sauna. Siempre van con prisas.

—Tiene sentido —reconoció Vera. De vez en cuando, había que dedicarle a Charlie un pequeño elogio para que no perdiera la motivación.

—Se han recibido quejas de hurtos. —Ashworth quería ir terminando. Vera lo pilló echando una ojeada al reloj de la pared. Su mujercita siempre le echaba la bronca si no llegaba a tiempo para ver a los niños antes de que se acostaran—. Podría ser un móvil si Lister vio a alguien robando.

—¿Quién es el principal sospechoso?

—Han acusado a Lisa, la chiquilla que vive en la zona oeste, pero el subdirector cree que solo es un chivo expiatorio. Yo apostaría a que ha sido Danny, el estudiante. Los robos empezaron después de que lo contrataran de forma temporal y es un cabrón arrogante. Pensaría que no iban a pillarlo. Su jefe opina que no arriesgaría su futura carrera por unas baratijas, pero yo no lo tengo tan claro. Es un oportunista.

De pronto, Vera sintió la necesidad de tomarse un trago. «Cerveza», pensó. En la despensa de casa quedaban unas cuantas latas de Speckled Hen. Si se portaba bien, igual Joe Ashworth tenía la suerte de que su jefa le invitara a una. Vera vivía de camino a casa de Joe. Bueno, más o menos.

—Parece que tenemos tres líneas de investigación abiertas —concluyó la jefa de forma eficiente—. Por un lado, está la vida privada de Jenny Lister. Tenemos que dar con su amante secreto. ¿Por qué estaba tan desesperada por ocultar su relación? Si está casado, podríamos estar ante una mujer celosa. Por otro lado, tenemos el caso Elias Jones. ¿Es pertinente para la investigación en curso? Si es así, ¿en qué sentido? Y, por último, los hurtos perpetrados en el Willows. No parecen un móvil demasiado bueno, pero se han cometido asesinatos por mucho menos.

Se avergonzó un poco por el cliché, pero su equipo pareció quedarse satisfecho con su resumen. Lo habrían estado independientemente de lo que hubiera dicho. Para entonces estaban aburridos de tanta charla y solo querían largarse.

Le costó menos de lo que esperaba convencer a Ashworth para que se tomara una cerveza en su casa. Quizá prefería llegar cuando los niños estuvieran ya bañados y acostados, cuando la casa estuviera tranquila y pudiera estar a solas con su mujer. A Joe le gustaba creerse un hombre de familia perfecto, pero todos nos merecemos un pequeño autoengaño. Llegaron a casa de Vera cuando empezaba a anochecer. La inspectora salió del coche y aspiró el olor de los tojos, el follaje húmedo y las vacas. Igual Hector no le había dejado nada más, pero tenía esa casa y siempre le estaría agradecida por ello. Durante la investigación, al hablar tanto de la crianza de los hijos, se había puesto a pensar en su padre y, de pronto, se percató de que lo estaba usando de cabeza de turco. Vera lo culpaba de todo lo malo que había en su vida y eso no era muy justo. Tal vez fuera la causa de la mayoría de sus males, pero no de todos.

Encendió la chimenea, que ya estaba lista, no porque hiciera frío, sino porque el resto de la habitación era un desastre y así tendrían algo mejor que mirar. Y porque sabía que a Joe le gustaba. Sus vecinos habían intercambiado medio cordero por una pila de troncos de manzano con un tío de la región fronteriza con Escocia y le habían regalado a ella parte de la leña. Una noche, cuando llegó a casa, vio los troncos cuidadosamente apilados en el cobertizo trasero. La pareja tenía esos gestos de amabilidad y Vera daba gracias porque vivieran allí. Hasta toleraba con mucho gusto alguna que otra fiesta del solsticio, en las que unas docenas de raritos acampaban en el terreno que había delante de su casa, y hacía la vista gorda sobre que fumaran maría, aunque lo hicieran en casa de una inspectora sin saberlo.

Vera descorrió las cortinas y fue a la cocina a por cerveza y una tabla con una hogaza de pan y un trozo de queso. Se sentaron en los dos sillones bajos, con los pies hacia la lumbre. A Vera se le ocurrió que nunca sería más feliz que en ese momento.

Ashworth interrumpió sus pensamientos.

—¿Qué opina de la conexión con Elias Jones? ¿Será importante o solo una distracción?

Ella lo consideró un momento, mientras percibía el sabor metálico de la cerveza enlatada en la lengua.

—Es importante en cualquier caso —concluyó—. Aunque no nos dé un móvil directo, quiero decir. Porque nos dice mucho sobre Jenny Lister.

—¿Como qué?

—Era eficiente, organizada, controladora. No le gustaba mezclar placer y trabajo. Tenía principios. Y a la gente no siempre le gustan las personas con principios. Si pilló a alguien haciendo algo que le parecía mal, no se lo guardaría para sí.

—¿Está pensando en los robos en el Willows?

Vera se tomó su tiempo para responder.

—Puede ser. Aunque parece tan insignificante… Es más probable que fuera por algo que pasaba en el pueblo. —Estaba pensando en Veronica Eliot, en su casa inmaculada y su familia modélica. No existía nada tan perfecto. ¿Qué había exactamente tras esa fachada?

Ashworth miró la hora.

—Tranquilo, Joe —le dijo ella con indulgencia—. Ya puedes irte. Tus nenes ya estarán en la cama. Mañana, saca a Holly a la fuerza de casa de la hija de Jenny, y a ver si alguno de vosotros puede localizar al amante secreto. En un pueblo tan pequeño, alguien tiene que saber algo. Habrán visto un coche desconocido o se habrán topado con ellos en Hexham.

El sargento se puso en pie. Se había puesto colorado por el calor de la lumbre. O quizá porque la indirecta sobre los niños había sido certera.

—¿Y usted?

Vera no se movió. Él ya conocía el camino.

—Yo, como he dicho, me voy de visita al hospital.

16

MATTIE ESTABA EN una habitación privada al final de la planta. Sentada en una esquina, con una pila de revistas de moda sobre el regazo y una bolsa de Maltesers en la mano, había una guardia de prisiones. «Fijo que esta mujer no se cree la suerte que tiene. ¡Tanto tiempo fuera de prisión!», pensó Vera. La guardia era más o menos de la misma edad que la paciente que estaba tumbada en la cama. Tenía el pelo oscuro y un pecho generoso: los botones de la camisa blanca de su uniforme estaban a punto de reventar. Una joven sin complicaciones, de esas que disfrutan de una buena noche de copas y también de un par de días sin levantar el culo del sofá, con un montón de revistas insustanciales y chocolate.

—¡Buenas!

También era simpática, lo que agradó a Vera. Independientemente de lo que hubiera hecho Mattie, a la inspectora no le gustaba pensar que pudiera estar en el hospital asustada y sin amigos.

—La monja me avisó de que vendría usted. Me largo un rato, si le parece, para que ustedes dos puedan charlar. A decir verdad, me muero por un pitillo.

Aunque sus ojos parecían plantear una pregunta, dejó las revistas sobre la silla y desapareció. Sus ansias de fumar eran más fuertes que su curiosidad.

Vera acercó la silla a la cama. La mujer que descansaba allí parecía muy joven. Aunque había un ventilador sobre la mesita de noche, la paciente estaba colorada y febril.

—Sigue con una fiebre muy alta —le había dicho la monja—. Por la noche ha tenido alucinaciones. Pero parece que hoy empiezan a hacerle efecto los antibióticos.

—¿Cómo eran las alucinaciones? —Vera pensó que podrían ser por la fiebre, pero también por miedo o culpabilidad. Nada provocaba más pesadillas que la culpa.

—Bueno, monstruos, demonios… Ya sabe, lo típico. —La monja se rio. Nada de eso era nuevo para ella.

En aquel momento, Mattie parecía dormitar. Vera la llamó por su nombre y ella abrió los ojos y pestañeó, confundida.

—¿Dónde está Sal?

—¿Es la guardia de prisiones?

Mattie asintió.

—Ha salido a fumar. Yo solo quiero hablar un poco. Me llamo Vera Stanhope.

—¿Es doctora?

También su voz era infantil. Era impensable que fuera lo suficientemente mayor como para haber tenido un niño en edad escolar.

—No, cielo, soy poli —dijo Vera riendo.

Mattie volvió a cerrar los ojos, como si quisiera hacer desaparecer a la inspectora. Como si prefiriera sus sueños de monstruos y demonios.

—No vengo a molestarla —le aseguró Vera—. Solo necesito un poco de información. Quiero charlar porque creo que me puede ayudar.

Mattie la miró.

—Ya se lo conté todo a la policía la primera vez.

—Ya lo sé. —Vera hizo una pausa—. ¿Ha visto las noticias últimamente?

En la pared había una televisión sobre un soporte, pero funcionaba con monedas. El Servicio Nacional de Salud sacando dinero de donde podía. Mattie siguió su mirada.

—Sal me la puso en funcionamiento con su dinero. Pero no hemos visto las noticias.

«Claro —pensó Vera—, a Mattie le gustarán los dibujos y a Sal programas como *Supermodelo* o *Intercambio de esposas*.»

—Ha muerto Jenny Lister —dijo Vera—. ¿La recuerda?

Mattie asintió. Sus ojos parecían muy grandes.

—Venía a verme a prisión. —Se le resbaló una lágrima por la mejilla—. ¿Qué le ha pasado?

—La asesinaron.

—¿Para qué ha venido? —Mattie de pronto parecía totalmente despierta e incluso intentó incorporarse—. No tuve nada que ver con eso.

—Usted la conocía —le contestó Vera—. Estoy hablando con la gente que la conocía, nada más.

—No puede culparme a mí. —Se había puesto histérica y hablaba tan alto que a Vera le preocupó que llamara la atención de las enfermeras—. Estaba encerrada. No habría podido salir de allí aunque hubiera querido.

La inspectora se dio cuenta de que era probable que no quisiera. En prisión se sentiría segura, posiblemente aislada en un ala para delincuentes vulnerables, reconfortada por guardias de prisiones amables como Sal y por la rutina diaria de las clases y las comidas. Además, parecía que Mattie ni siquiera conocía la fecha de la muerte de Jenny. Ella estaba en el hospital, no en prisión, cuando aquello ocurrió.

—Nadie la culpa —le aseguró Vera—. Necesito su ayuda. Por eso estoy aquí.

Mattie parecía confundida. Estaba claro que la idea de que alguien pudiera necesitarla le resultaba desconocida. Siempre había sido ella la que necesitaba a los demás.

—Jenny me caía bien. Ojalá no estuviera muerta. —Hizo una pausa, seguida de un gemido, un arranque de autocompasión—: La voy a echar de menos. ¿Quién me visitará ahora?

—¿Cuándo fue la última vez que la vio?

—El jueves pasado —contestó con rapidez.

—¿Está segura? —Vera esperaba una indicación vaga en referencia al pasado.

—Venía los jueves.

—¿Todas las semanas? —La inspectora estaba atónita. Para una mujer tan ocupada, no había duda de que aquello superaba con creces sus responsabilidades.

—Los jueves. En el horario de visita de la tarde.

—¿Y de qué hablaron el jueves cuando fue a verla?

Vera pensó que no habría sido una gran conversación. Fuera lo que fuera lo que empujaba a Jenny a ir a la cárcel de Durham cada semana no eran las charlas amenas. ¿Sería la culpa? ¿Se reprocharía la trabajadora social la muerte del niño y la encarcelación de Mattie?

—Pues de lo de siempre —contestó la joven.

—¿O sea?

La inspectora se dio cuenta de que empezaba a acabársele la lástima. Le daban ganas de sacudir a la chiquilla, de decirle que espabilara, que tenían que atrapar a un asesino. Pensó que la próxima vez mandaría a Joe Ashworth a entrevistar a Mattie Jones. Vera había conseguido endurecerlo con el paso de los años, pero seguía siendo un sentimentaloide.

—Sobre mí —dijo Mattie con cierto orgullo—. Sobre mi niñez y todo eso.

—¿Como una sesión de terapia?

Vera se preguntaba cuál sería el propósito. Mattie estaba encerrada y no iba a matar a nadie más en un futuro cercano. ¿Por qué no se habría reservado Jenny Lister la capacidad que tuviera de entrometerse en la mente de los demás para las personas que realmente la necesitaban?

Mattie parecía desconcertada. El concepto de terapia la superaba.

—Lo hacía por su libro —contestó.

—¿Qué libro?

—La señora Lister estaba escribiendo un libro sobre mí. —La joven sonrió, como una niña con una piruleta—. Iba a llevar mi foto en la portada y todo.

La guardia de prisiones se asomó a la puerta. Incluso desde donde estaba, Vera pudo oler el humo que llevaba impregnado. Llevaba en las manos una taza de café para llevar y una lata de Coca-Cola.

—¿Todo bien por aquí? —preguntó jovialmente. Dejó el refresco sobre la mesita, al lado del ventilador. Otro gesto de amabilidad del que Vera no se percató en el momento.

—¿Usted sabía algo de esto?

—¿De qué? —La guardia se había puesto automáticamente a la defensiva, así que Vera suavizó el tono.

—De que la trabajadora social de Mattie planeaba escribir un libro sobre ella, sobre el caso Elias Jones.

La guardia negó con la cabeza.

—Mattie recibía visitas periódicas de esa mujer. Todos pensábamos que era una pasada de bonito, porque no iba un alma a verla.

Vera se volvió hacia la paciente, que había conseguido alcanzar la lata de refresco y ya estaba tirando de la anilla para abrirla.

—Entonces, ¿Michael no iba a verla? —le preguntó la inspectora—. ¿Nunca la visitó en prisión?

Mattie se quedó inmóvil, con el refresco a medio camino y, finalmente, negó con la cabeza.

—¿Le pidió que fuera? ¿Ha hablado por teléfono con él últimamente? ¿Sigue trabajando en el mismo sitio?

Vera pudo ver que le había hecho demasiadas preguntas. Mattie no podía asimilarlas todas. La inspectora iba a comenzar de nuevo, más despacio, cuando la joven respondió, removiéndose incómoda en la cama mientras hablaba.

—Me dijo que tenía otra novia. Van a tener un bebé. Me pidió que no volviera a molestarlo.

—¿Le contó todo eso a la señora Lister?

Vera se inclinó sobre ella. Cuando la situación así lo requería, podía ser dulce y maternal. Y aquí podía haber un móvil. Si Michael Morgan iba a ser padre, los servicios sociales querrían implicarse. Podrían considerar que el niño estaba en peligro.

—Yo estaba disgustada —le contó Mattie—. Había usado mi tarjeta de teléfono para hablar con Michael y él me había dicho lo del bebé. Mi hijo no le gustaba y siempre me había dicho que no quería tener un bebé conmigo, pero resulta que iba a tener uno con su chica nueva. No era justo. Esa tarde vino la señora Lister y yo me eché a llorar y se lo conté todo.

—¿Cuándo fue eso? —le preguntó Vera—. ¿Cuánto tiempo hace de eso, Mattie?

La chica negó con la cabeza.

—No hace mucho.

—¿Fue en la última visita que le hizo la señora Lister? ¿En la anterior?

Pero Mattie no lo sabía. Rompió a llorar en silencio, esta vez no por la muerte de la trabajadora social, sino por sí misma, abandonada por el hombre del que se creía enamorada.

Sal cambió de posición, inquieta y con una actitud protectora hacia la joven a su cargo, aunque deseosa de ayudar.

—Mattie se disgustó alrededor de la fecha del aniversario de la muerte de Elias —intervino la guardia—. Fue entonces cuando se puso de nuevo en contacto con Michael Morgan. Creo que algunas de las otras lo habían visto en las noticias locales y habían estado metiéndose con ella.

Vera le dedicó una sonrisa.

—Gracias, cielo.

Se apartó de la cama y bajó el tono.

—Si Mattie recuerda alguna cosa, lo que sea, sobre la trabajadora social, póngase en contacto conmigo. Tengo que cazar a su asesino. —Rebuscó una tarjeta de visita en la bolsa de tela del supermercado que utilizaba como maletín y anotó su móvil personal en el reverso—. Jenny Lister era una buena mujer.

Sin embargo, mientras recorría el pasillo ancho y luminoso de ese hospital nuevo y elegante, dudó que fuera cierto. Si Jenny Lister pretendía escribir un libro sobre el caso Elias Jones, estaba abusando de la confianza de Mattie en beneficio propio. Los libros sobre asesinos famosos se vendían como rosquillas y uno escrito por una trabajadora social directamente implicada en un caso real suscitaría muchísimo interés. Jenny Lister podría haberse hecho de oro. Parecía tan impropio de la persona que empezaba a conocer que a Vera le resultaba difícil creérselo. Pero ¿por qué se inventaría Mattie algo así?

Vera condujo veloz por la A1 y, nada más desviarse hacia Hexham, decidió llamar a Holly.

—¿Sigues en casa de Jenny Lister?

—Sí.

Solo con ese monosílabo, Vera detectó que estaba enfurruñada y a la defensiva. Ashworth ya la habría llamado y le habría dicho que saliera de allí.

—¿Qué tal está Hannah?

—Aún bastante traumatizada y atontada, pero, por lo menos, anoche durmió. El médico le dio unas pastillas y Simon la convenció para que se tomara una.

—¿Está todavía ahí con vosotras?

—Acaba de irse —respondió Holly—. Su padre estaba trabajando en el extranjero y acaba de regresar, así que se ha ido a casa a verlo. Su madre ha organizado una comida familiar y le dejó bien clarito que no podía faltar.

Después de una pausa, añadió:

—Mire, jefa, en serio creo que debería quedarme. Es mejor no dejar sola a Hannah, y el agente de guardia no puede venir hasta la tarde.

—Está bien —concedió Vera—. Tengo que hablar con ella de todas formas, así que haz la maleta y prepárate para irte. Estaré allí en media hora.

«Debo de ser una persona horrorosa para que esta conversación me haya gustado tanto», pensó la inspectora.

HANNAH TODAVÍA PARECÍA drogada cuando llegó Vera. Estaba sentada en una mecedora junto a la ventana de la cocina, contemplando los herrerillos que picoteaban unos cacahuetes del comedero para aves. Holly le dio un caluroso abrazo antes de marcharse, pero Hannah prácticamente no reaccionó. Vera pensó que a Holly no le habría gustado: tenía un gran corazón, pero esperaba una recompensa emocional.

—No sé tú —comentó Vera—, pero yo me muero de hambre. ¿Hay algo de comer aquí?

Hannah se giró hacia ella, pero se encogió de hombros. Parecía como si hubiera adelgazado varios kilos en los dos días transcurridos desde el fallecimiento de su madre. Y eso que antes ya estaba escuchimizada. Vera pensó que habría sido mejor que Holly se hubiera dedicado a prepararle una buena comida en vez de quedarse sentadita cebándose en su dolor.

El congelador estaba muy ordenado y todo llevaba etiqueta. Jenny Lister, la superheroína. Vera encontró un tarro de sopa casera y una bolsa de panecillos integrales. Puso la sopa en el microondas y metió los panecillos en el horno para que se descongelaran y tostaran ligeramente. Así era como cocinaba ella. Hizo caso omiso de Hannah mientras ponía la mesa y después le dijo que se sentara con ella.

—La verdad es que no tengo hambre. —Hannah la miró con ojos vidriosos.

—Pero yo sí. Y seguro que tu madre te enseñó que es de mala educación quedarse sentado mirando cómo comen los demás.

Hannah se levantó de la mecedora y se sentó a comer. Puso los codos sobre la mesa mientras Vera servía la sopa en un cuenco. Olía fenomenal, a tomate y albahaca. Muy a su pesar, la chica sumergió la cuchara y tomó un pedazo de pan.

Vera esperó hasta que no quedó rastro de sopa y después comenzó a hablar.

—¿Sabías que tu madre iba a visitar a Mattie Jones a la prisión?

Hannah ya parecía más despierta, más lúcida.

—No hablaba mucho sobre su trabajo.

—Mattie Jones es la joven que asesinó a su hijo. Supongo que lo verías en las noticias. Fue un caso importante. ¿Tu madre no te lo mencionó por aquel entonces?

Se hizo el silencio.

—Sí que me acuerdo. Fue una de las pocas veces que vi a mamá enfadarse. Se levantó y apagó la televisión. Dijo que no podía soportar la forma en que la prensa demonizaba a las personas implicadas: a Mattie y a la trabajadora social. Que los periodistas hicieran parecer que el caso era muy sencillo, cuando no lo era en absoluto.

Hannah cerró los ojos y le brotó una sonrisa tenue. Vera sabía que, en aquel momento, la madre de la chica había recobrado la vida para ella.

—¿Habló alguna vez Jenny sobre un libro que estaba escribiendo?

Hannah volvió a sonreír.

—Se pasaba el día hablando de su libro, pero creo que no había empezado a escribirlo.

—¿Qué quieres decir?

Vera no quería presionar a la chica ni dejar ver lo importante que podía ser su respuesta, así que se puso en pie y rellenó el hervidor de agua.

—Era su sueño: ser escritora.

—¿De relatos o algo así?

Aún de espaldas a Hannah, Vera metió las bolsitas de té en unas tazas.

—¡Qué va! Decía que nunca podría escribir ficción. Quería escribir algo como una guía divulgativa sobre su profesión. Con casos reales, aunque usando nombres falsos, claro, para que fuera más interesante para el lector. Quería que la gente entendiera las presiones y los dilemas a los que se enfrentan los trabajadores sociales.

Vera dejó una taza de té frente a Hannah y rebuscó en la caja de las galletas.

—Creo que había empezado a escribirlo —la corrigió Vera—. Al menos a investigar. ¿Estás segura de que no trabajaba en él cuando estaba en casa?

—Pues no lo sé, la verdad. Cada una hacíamos nuestra vida. Se tiraba mucho tiempo aquí, trabajando con el portátil. Igual quería empezar su libro en secreto. Ya sabe lo que pasa cuando hablas de tus sueños. La gente espera algo de ti y te presiona. Ella era capaz de acabarlo, incluso de esperar hasta haber firmado con la editorial, antes de contármelo. Y luego diría algo en plan «¡Tachán! ¡Mira lo que he hecho!». Y sacaría champán para celebrarlo. —Hannah levantó la vista. Tenía los ojos tan enrojecidos como los de Mattie—. Pero eso ya no va a pasar, ¿verdad?

—¿Lo habría escrito directamente en el portátil?

No había indicios de que hubiera guardado ningún documento así. Los frikis ya habían revisado todo lo que había en su ordenador.

—No, probablemente no. Le chiflaba escribir a mano. ¡Seguía escribiendo cartas! Las de verdad. Todas las Navidades se las enviaba a sus amigos y a las tías mayores. Ese fue uno de los consejos que me dio sobre los trabajos para la escuela: «Todo lo complicado, escríbelo primero a mano. Hay una relación directa entre el cerebro y el bolígrafo». A mí nunca me funcionó, pero se conoce que a ella sí.

—Entonces debería de haber un cuaderno en algún sitio. —Vera hablaba más para sí que para Hannah, pero la chica respondió.

—Sí, claro, de tamaño A4 y tapa dura. Los compraba en una papelería viejuna de Hexham. Siempre los usaba para el trabajo. ¿Por qué? ¿Es importante?

«Podría ayudarnos a descubrir quién mató a tu madre.» Pero Vera no dijo lo que pensaba. Simplemente sonrió y preparó más té.

—¿Te preguntó Holly por el bolso de tu madre? —Seguían sentadas a la mesa, con la tetera entre ellas.

—Creo que no.

«Por supuesto que no.» En Vera se mezclaron el enfado y la satisfacción. La próxima vez que viera a Holly, tendría una excusa para echarle la bronca.

—Aún no lo hemos encontrado —comentó Vera— y podría ser importante. ¿Sabrías describírmelo? ¿Usaba también un maletín?

—El bolso era grande y le cabían todos sus documentos, así que no necesitaba maletín. —Hannah sonrió de forma espontánea—. Le encantaba. Era de cuero rojo y suave.

—Los cuadernos de los que me hablabas, ¿los llevaría también en el bolso?

—Probablemente. —Hannah empezaba a perder el interés. Había puesto la mirada en la ventana—. ¿Cree que Simon volverá pronto?

Como si el chico tuviera alguna forma de sacarla de su tristeza, como si fuera la única persona que pudiera hacerlo.

17

Joe ashworth pensó que estaba muy bien que Vera diera órdenes a Holly, pero sacar a la agente de la casa de Jenny Lister no había sido nada fácil. Al final, el sargento y ella habían llegado a un acuerdo: Holly dijo que se iría en cuanto llegara el agente de guardia por la tarde. Eso significaba que, por la mañana, tenía que estar solo en Barnard Bridge y, aunque Vera había dicho que alguien tenía que conocer la existencia del amante de Jenny, localizar a esa persona tampoco había resultado fácil. Ashworth se había criado en uno de los pueblos mineros del sureste de Northumberland, aunque ya cuando era niño quedaban muy pocas minas. Era uno de esos lugares en los que los niños jugaban en la calle y sus madres se sentaban en el umbral para vigilarlos mientras cotilleaban. No le costaba nada desenterrar los secretos de su territorio de antaño. Vera decía que era como un prestidigitador, porque podía hacer aparecer confidencias de la nada. Pero no era por arte de magia: entraba en el centro social más cercano, usaba el dialecto que lo distinguía como oriundo de la zona y, en un abrir y cerrar de ojos, el camarero le contaba lo que quería saber. O le indicaba a alguien que pudiera ayudarlo. A todo el mundo le gustaba contar historias y Joe sabía escuchar.

Pero ese lugar era diferente. Llegó poco antes de las nueve, pensando que se encontraría con las madres jóvenes que dejaban a los niños en la escuela, pero se había olvidado de que ya no había escuela en el pueblo. La habían convertido en una casa de lujo y, donde antes estaba el patio, ahora había dos coches grandes aparcados. Estaba la guardería a la que iba la hija de Connie Masters, pero solo abría tres días a la semana. Leyó el cartel que había colgado fuera del centro: cerrada. En la calle principal no había peatones, pero sí un flujo constante de tráfico. Las vibraciones de los camiones parecían taladrarle la cabeza y no le dejaban pensar con claridad. El bebé se había despertado un par de veces por la noche y la falta de sueño no ayudaba precisamente.

En la oficina de correos, que también hacía las veces de tienda, un par de jubilados hacían cola en el mostrador. Esperó a que pagaran sus facturas y a que uno de los dos enviara una carta a un hijo que tenía en Australia antes de ponerse a hablar con ellos. Esos hombres habían vivido toda la vida en el pueblo.

—Pero no es lo mismo, ¿sabe? Antes, habría podido decirle el nombre de cada hombre, mujer y niño del municipio. Ahora, en la mitad de las casas vive gente que no conozco.

Ashworth notó que recobraba la confianza. Antiguo minero y peón de granja, todo el mundo era igual. Uno de los hombres era vecino de Jenny Lister. Ya había hablado con un agente, según dijo tímidamente, cuando su amigo lo instó a ello. Habían visitado a todos los que vivían en su calle el día anterior. Un chico bastante simpático, pero era evidente que tenía prisa. Lo habían invitado a merendar, pero no tenía tiempo.

—Bueno, yo dispongo de todo el tiempo del mundo —dijo Ashworth— y mataría por un café.

Los hombres se cruzaron una mirada y Ashworth se percató de que había algún problema. No querían ser poco hospitalarios, pero ninguno de los dos se creía en posición de invitarlo a su casa. Cuthbert vivía bastante lejos del pueblo y a Maurice su mujer lo había echado para poder limpiar y cocinar en paz. Se sentiría muy avergonzada si se presentara con un desconocido sin avisar. Los hombres tenían huertos colindantes y habían planeado pasar allí la mañana. Ashworth pensó que probablemente también habrían sido compañeros de pupitre en la escuela. Cuthbert y Maurice. Cuthbert era el hablador, el líder. Había llegado a encargado en una finca grande y seguía viviendo en una de las casitas destinadas a los trabajadores agrícolas. Maurice era más reservado y tartamudeaba un poco. No tenía el brazo izquierdo del todo bien. Él era el vecino de Jenny Lister.

Cuthbert volvió a tomar el mando de la situación. Dijo que podían ir a la cafetería. En el huerto no tenían nada que no pudiera esperar. Y Maurice accedió, como haría siempre. La cafetería estaba junto a la orilla del río. En el exterior habían puesto un cartel nuevo y grande en el que se leía «Salón de Té del Tyne», con unas letras elegantes y anticuadas, doradas sobre fondo verde. Los hombres se detuvieron al llegar a la puerta. Ashworth se dio cuenta de que nunca habían entrado y de que hasta Cuthbert estaba un poco nervioso.

—¿Este sitio es nuevo? —les preguntó Ashworth—. Tiene buena pinta. Invito yo, claro.

A partir de entonces, las cosas se relajaron. Ashworth también podía entender esa reacción. En su casa, era su madre la que se había encargado del dinero. Comprobaba los extractos bancarios cada mes y los viernes a la hora de cenar le daba la paga a su padre.

—Antes era una panadería —le contó Cuthbert—. Mary se jubiló y una jovencita del sur compró el local. Mi mujer vino una vez y dijo que no volvería, que tenían precios para turistas.

Eligieron una mesa junto a la ventana. Una mujer de mediana edad se acercó a tomarles nota. En el menú había cinco tipos de café diferentes y Maurice parecía un poco desconcertado, así que Cuthbert pidió capuchinos para ambos.

—Mo tuvo un derrame hace poco. A veces, no habla como antes. Pero nos pegamos unas vacaciones fantásticas en Italia con nuestras parejas cuando nos jubilamos, vimos los museos y todo eso, y ya sé lo que le gusta —dijo Cuthbert, arruinando la idea preconcebida que tenía Ashworth de dos paletos entrados en años que nunca habían salido del valle del Tyne.

—¿Quieren comer algo? —La dueña era agradable y, por su acento, Ashworth dedujo que no venía de más al sur que York.

Se decidieron por una selección de pastelitos variados. La mujer les sirvió y se metió en la cocina, así que Ashworth pudo retomar, con tacto, el tema de Jenny Lister.

—Debían de conocerla desde que se mudó aquí, ¿no?

El sargento dirigía sus preguntas a ambos hombres. A Maurice no parecía importarle que Cuthbert hablara por él, pero este se giró hacia su amigo y le dejó contestar.

—Sí, la chiquilla era un bebé por entonces. Mi Hilda solía echar una mano, cuidaba de ella a veces. Nosotros nunca tuvimos hijos y ella estaba encantada de hacerlo.

—Entonces, ¿se llevaban bien?

—Sí, eran unas vecinas encantadoras. Jenny llevaba a mi Hilda a visitarme al hospital cuando tuve el derrame. Todas las tardes durante una semana —dijo Maurice. Le hincó el diente a un bizcochito con glaseado rosa y se chupó los dedos, marrones y regordetes.

—Tengo que hacerles algunas preguntas confidenciales —dijo Ashworth—. Hay información que a Jenny no le gustaría que se supiera en el pueblo y sé que ustedes lo respetarían. Pero esto es diferente: no son solo chismes. Podría ayudarnos a encontrar a la persona que la mató.

Ambos asintieron, muy serios, contentos de ser útiles de nuevo.

—Creemos que tenía novio —les comentó el sargento—, pero nadie sabe quién es. ¿Vieron si alguien frecuentaba su casa?

Maurice sacudió lentamente la cabeza.

—Solo los amigos de la chiquilla. Eso sí, eran buenos chicos. Se leen tantas cosas sobre los jóvenes de hoy en día… Pero estos siempre saludaban y bromeaban. Alguna vez venía esa mujer que da clase en el colegio de Effingham, pero nunca vi a nadie más. O no me acuerdo. —Miró a Ashworth con una mueca—. Aunque, desde el derrame, mi memoria no es lo que era.

—¿Podría saberlo Hilda?

Cuthbert empezó a reírse y se atragantó con las últimas migajas del bizcocho.

—Claro que sí. En el valle del Tyne, Hilda es como los que trabajan para las fuerzas de seguridad en ese centro de espías de Cheltenham.

—Pero no es cotilla —se trastabilló Maurice—. No mucho.

—Vale, sabe más de lo que cuenta. —Cuthbert fue indulgente—. Eso sí que es cierto.

—¿Creen que hablaría conmigo? —Ashworth estaba convencido de que podría sonsacarle información a Hilda la temible. Las mujeres mayores lo adoraban—. Vamos a ver, que no me gustaría molestarla si está ocupada, pero seguro que ustedes pueden entender la urgencia del asunto.

Maurice dudó.

—¡Venga, Mo! —dijo Cuthbert—. Ella no dudaría en conversar con un joven tan guapo como este. Tendrás más problemas si no lo llevas a hablar con ella. Además, ya habrá terminado con la aspiradora y tendrá la ropa colgada en el tendedero. Seguro que ahora está sentada viendo alguna tontería en la tele mientras se toma un café.

Maurice exhibió su sonrisa ladeada y se puso en pie.

En realidad, Hilda no había terminado las labores. Cuando llegaron, estaba fregando el suelo de la cocina. Se quedaron en el recibidor y observaron sus grandes posaderas moverse al compás de la fregona.

—¿A qué viene esto? —dijo furibunda, aunque también preocupada. Quizá pensara que Maurice había vuelto a ponerse malo.

—Es sobre Jenny Lister —le explicó Cuthbert.

Hilda le dirigió una mirada penetrante que Ashworth no fue capaz de interpretar. Les hizo esperar en el recibidor hasta que hubo terminado con el suelo y después los llevó directamente a la sala de estar pequeña, dejando abierta la puerta para poder gritarles desde la cocina. Esa podría haber sido la casa de la abuela de Ashworth. Muebles de madera oscura relucientes y tapetes de encaje por todas partes. Muestras de bordados en las paredes. En el ambiente, un olor a cera de abeja y menta. La ventana era pequeña y estaba cubierta con un visillo que dejaba entrar poca luz.

—¿Café o té? —Hilda había vaciado el cubo y estaba secando el suelo con una mopa.

Maurice dedicó una sonrisa abierta a Cuthbert. Parecía que habían tomado la decisión correcta.

El café, poco cargado, era instantáneo, preparado con leche templada. Eso sí, había pastelitos de avena y bollitos escoceses caseros. Estaban aún calientes y llevaban tanta mantequilla que se les escurría por los dedos al comerlos. Los pastelitos del salón de té habían sido un bocadito de nada.

—¿Y bien? ¿Quién es este?

—Es policía. —Maurice la miró con ansiedad.

—¡Hasta ahí ya llego! —Y dirigiéndose a Ashworth, añadió—: Supongo que tendrá nombre.

El sargento se presentó y respondió las preguntas de la mujer sobre dónde había nacido y dónde vivía. Por lo visto, había trabajado de secretaria en la empresa de ingeniería Parsons cuando era joven y conocía a una de sus tías.

—¿Y qué es lo que quiere saber? Me figuro que será algo sobre Jenny Lister.

—Cualquier cosa que pueda contarme —le respondió Ashworth—. No siempre sabemos cuáles son las mejores preguntas.

Hilda se quitó el delantal, tomó asiento en una silla de respaldo alto y reposó las manos en el regazo. Cuando hablaba, lo hacía con la concentración de los concursantes de uno de esos programas de preguntas y respuestas de la tele.

—Jenny Lister vino a vivir al pueblo en… —y después de una breve pausa añadió—: 1993. En verano. Hannah era bebé y Jenny aún estaba de baja por maternidad.

Hizo otra pausa y luego emitió un ligero resoplido para demostrar que desaprobaba tal concepto. Ashworth se preguntó si serían celos, si la mujer pensaría que, de haber tenido hijos, ella se habría quedado en casa para cuidarlos.

—El padre, el marido de Jenny, se había vuelto a Londres, de donde él era.

«El mismo tipo de historia que la de Connie Masters —pensó Ashworth—. Su hombre la dejó cuando tenía una niña pequeña. ¿Es pertinente esa experiencia común? ¿O es que la tensión de mantener un matrimonio, un bebé y un trabajo estresante es demasiado para la mayoría de las parejas? Quizá sea algo habitual.» La mujer de Ashworth no había vuelto a trabajar desde el nacimiento del primer niño. Él no podía imaginarse cómo habría sobrevivido si Sarah hubiera estado fuera todo el día. Le pareció extraño no haberse dado cuenta antes de lo mucho que dependía él de que ella se ocupara de todo.

Hilda continuó.

—Por aquel entonces, Jenny era lo que denominaban una «trabajadora social genérica». Hacía de todo. Más tarde, cambiaron el sistema y se especializó en niños. Acabó siendo la encargada de acogidas y adopciones. —Miró a Ashworth a través de sus pequeñas gafas rectangulares—. Pero eso ya lo sabrá.

El sargento asintió y dijo:

—De todas formas, es útil cuando alguien lo resume.

Habría dado igual que los otros hombres no hubieran estado en la salita. Maurice parecía estar quedándose dormido. El ruido de fondo de los camiones que pasaban al otro lado de la ventana estaba ejerciendo el efecto de una nana sobre él.

—Tenía un novio —comentó de pronto Hilda—. Lawrence. Trabajaba de guardabosques en el Parque Nacional. Bastante majo. Una noche los invitamos a cenar. Antes de enfermar Maurice, nos gustaba tener invitados. Sigue gustándonos, pero ahora solo vienen los amigos íntimos.

—¿Qué fue de ese tal Lawrence?

—No sé. Estaban hablando de irse a vivir juntos y lo siguiente que supe fue que se habían separado.

—¿Jenny habló con usted sobre aquello?

—No era una de esas personas que se desahogan con cualquiera —le contestó Hilda. Ahora que no llevaba delantal, Ashworth se percató de que iba bien vestida. Falda de tablas y blusa amarilla de algodón. Era una mujer elegante en todos los sentidos.

—Pero usted sería lo más parecido que tenía a una madre.

—La vi en el jardín al poco de aquello. Tenía muy mala cara. Estaba blanca como un fantasma. Y se veía que había estado llorando. La invité a tomar café y me contó que habían roto. Hice el típico comentario sobre los hombres. Ya sabe, lo que se dice cuando una mujer está disgustada: «No te preocupes por eso, la mayoría tiene miedo al compromiso» o algo por el estilo. Pero me contestó que Lawrence no era así. Que era ella la que había decidido dejar de salir con él.

—¿Dijo por qué? ¿Había otra persona?

—Sí —dijo Hilda, alzando la mirada—, alguien totalmente inapropiado, según ella. «Sé que está mal, pero no puedo evitarlo. Me hace sentir viva» fue lo que me dijo, palabra por palabra.

—¿Le contó algo más sobre él? Entiende lo importante que podría ser esto, ¿verdad?

—Se avergonzaba de la relación. —La mujer, pequeña y regordeta, miró a Ashworth para asegurarse de que entendía lo que estaba diciéndole—. A mí me parecía enfermizo. Nadie debería tener que justificar sus elecciones en materia de hombres. Quizá lo conoció por casualidad y fue cosa de una noche. También pensé que lo mismo lo había conocido en el trabajo.

—¿Un compañero? —Ashworth era consciente de que algunas personas podrían no ver aquello con buenos ojos, pero acostarse con un trabajador social no tenía por qué ser algo de lo que avergonzarse.

—Más bien un usuario de los servicios sociales, ¿no cree? —Hilda ya hablaba con Ashworth de igual a igual, como si él fuera tan perspicaz como ella—. Me parece factible. Sentiría lástima por alguien, intentaría ayudarlo y se implicaría demasiado, sentimentalmente hablando.

A Ashworth también le parecía factible una situación así y entendía que tuviera que mantenerse en secreto. Probablemente fuera en contra de las normas de la profesión y seguro que Jenny no quería parecer una tonta. Una profesional fantástica liada con un perdedor. ¿Qué imagen daría?

—Tal vez fuera un hombre casado —dijo Ashworth—. Alguien de aquí. Quizá alguien que usted conocía y por eso no quería contárselo. —La idea de que Jenny se hubiera enamorado de un usuario le parecía más lógica, pero tenía que valorar todas las posibilidades.

—Puede ser —respondió Hilda sin convencimiento—. Pero hoy en día a la gente no le importa demasiado tener una aventura. No sé si a Jenny le habría afectado tanto. Además, si hubiera sido alguien de por aquí, probablemente me habría enterado —dijo, dando a entender que de eso no había duda.

—Cuthbert dice que él no conoce a la mitad de las personas que viven ahora en el pueblo.

A Hilda se le escapó una sonrisa burlona.

—Ya, bueno. Es que Cuthbert no está en el Instituto de la Mujer.

18

EL DÍA DESPUÉS de su comida con Veronica Eliot, Connie Masters se despertó agotada. Cogió el coche y fue a Hexham a hacer la compra, pero regresó sin detenerse siquiera para tomarse un café. En el exterior de un quiosco de periódicos de la calle principal, había un cartel con un titular en letras grandes: MUERTE DE TRABAJADORA SOCIAL DEL VALLE DEL TYNE. INVESTIGACIÓN EN CURSO. De momento, no lo habían relacionado con Elias Jones, pero Connie pensaba que era cuestión de tiempo que los periodistas se enterasen y volvieran a perseguirla.

Alice se había despertado varias veces por la noche, asustada por las pesadillas de siempre. Caminaba con paso cansino por el supermercado de la mano de su madre y, cuando volvieron a casa, se quedó dormida en el sofá del salón, nada más comer, mientras veía los dibujos en la tele. Su madre la tapó con un edredón y la dejó dormir. En el silencio de la casa, acompañada solo por el rumor del río, se imaginó en la oficina de servicios sociales en la que trabajaba y comenzó a repasar las conversaciones que había mantenido con Jenny Lister durante los meses previos y posteriores a la muerte de Elias. Intentaba buscar una respuesta al nuevo asesinato, una en la que ella no tuviera nada que ver.

El despacho de Jenny era pequeño. Una de las paredes estaba empapelada con los dibujos que habían hecho los niños a los que ella había conseguido una acogida temporal. Imágenes de monigotes sonriendo, un corazón grande de color rosa. «Molly quiere a Jenny.» Había plantas, de las de verdad, con flores, no artificiales, como las de la oficina de planta abierta que compartía el resto del equipo. Entrar en el despacho de Jenny era como adentrarse en un lugar civilizado y colorido. Quizá allí hablaran de sufrimiento, pero para Connie había sido primero un refugio y después, un confesionario. Y, ya desde niña, siempre había mentido sobre sus pecados.

—Háblame de Michael Morgan.

Jenny había sonreído de modo alentador. Era la sesión de supervisión después de que Morgan se ofreciera a dejar de vivir con Mattie y el niño. Connie y su jefa estaban sentadas en unas sillas cómodas, una frente a la otra, separadas por una mesa de centro. Por supuesto, Jenny disponía su despacho de manera informal antes de sus reuniones con los empleados. No le gustaba la jerarquía que establecía sentarse detrás de su escritorio para hablar con su equipo.

Connie había echado balones fuera, sin querer admitir ante Jenny que, en realidad, solo había visto a aquel hombre en un par de ocasiones. Una, de forma breve, nada más irse a vivir con ellas, y entonces ya notó esa quietud y esa intensidad que la había llevado a describirlo como «raro»; y la segunda y última, el día que él se ofreció a irse de la casa. Connie había elegido deliberadamente horas en las que pudiera visitar a Mattie cuando él no estuviera presente. Su pretexto era que pensaba que la chica hablaría con más franqueza si Morgan no estaba delante, pero la realidad era que Connie se sentía incómoda con él. Cuando el hombre estaba presente, notaba que no tenía el control de la situación.

Empezó poniendo una excusa:

—Es que, claro, intento ver a Mattie a solas siempre que puedo. Creo que la tiene dominada.

—Pero te habrás hecho una idea de cómo es él, ¿no?

Jenny había fruncido el ceño. Ese gesto siempre daba la impresión de que estaba un poco decepcionada con el empleado que tenía delante, como si este no alcanzara sus altas expectativas.

—Es carismático.

Connie había pronunciado esas palabras sin ser plenamente consciente de lo que implicaban. Pero, cuando las dijo, supo que eran ciertas. Solo había estado dos veces con aquel hombre y no podría describirlo. Por ejemplo, no habría podido hacer uno de esos retratos robot que mostraba la policía en esos programas de crímenes reales sin resolver. Pero sí que tenía una impresión de él. Era un hombre que sabía lo que quería y pensaba que lo conseguiría. Un hombre que llamaría la atención en cualquier grupo de personas en el que se dejara ver.

—¿En qué sentido? —El ceño fruncido se había desvanecido y Connie pudo ver que Jenny la escuchaba atentamente.

La joven sacudió la cabeza, frustrada por no ser capaz de encontrar las palabras exactas.

—Es por cómo mira. Es persuasivo. Y te hace sentir que le contarías cualquier cosa que quisiera saber. Casi como un cura al confesarte.

A Connie la habían educado en el catolicismo. Es cierto que había rechazado todo lo relacionado con la religión en cuanto fue capaz de pensar por sí misma, pero seguía obsesionándola el poder que tenía.

—¿Y cómo es que un hombre como ese se juntó con Mattie? —Ya habían hablado de aquello, pero en ese momento Jenny parecía repentinamente más centrada en Morgan que antes—. Está claro que tiene educación y, según dices, también cierto atractivo. ¿Crees que es un tema de control? ¿Que quiere una mujer que esté a su servicio?

—Puede ser.

Jenny se inclinó hacia delante.

—Creo que debería conocerlo. No estoy poniendo en duda tu competencia, en absoluto, pero podría ser peligroso, no solo para Mattie y Elias, sino también para otras mujeres inexpertas y sus hijos. Me gustaría hacer mi propia valoración.

De vez en cuando, Jenny hacía eso: se involucraba en uno de los casos de su equipo para asegurarse de que todo iba bien. Ellos habían decidido que era una controladora y eso no les gustaba porque invariablemente encontraba algo que a ellos se les había escapado, pero también admiraban su meticulosidad.

En su casita oscura, con el río que discurría al otro lado de la ventana, Connie intentó recordar en qué había terminado la decisión de Jenny. ¿Había quedado con Morgan?

Lo que tenía claro es que ni durante el juicio ni durante la vista disciplinaria se había hablado de ello en ningún momento. Connie no tenía duda al respecto. Obviamente, si Jenny hubiera estado con Morgan, lo habría documentado. Quizá incluso la habrían llamado como testigo, le habrían pedido la opinión que le merecía aquel hombre y su influencia sobre la madre soltera. El abogado de Mattie había intentado implicar a Morgan en la muerte de Elias: «Se trataba de un hombre manipulador. Dio a la señora Jones la impresión de que, si se deshacía de su hijo, volvería con ella. Podría decirse que casi estaba incitando a la madre a matar a su hijo». El juez lo había reprendido por ese argumento y, por lo visto, Morgan había dado una buena imagen al jurado. Connie no estaba en la sala mientras él prestaba declaración, pero había hablado con otras personas que sí estaban y le dijeron que parecía muy bondadoso y amable. Encantador, incluso. ¿Qué había pensado Jenny de él? Connie estaba muy intrigada. «¿Por qué no se lo pregunté mientras tuve ocasión de hacerlo?»

La habitación se oscureció de pronto y Connie se percató de que algo bloqueaba la luz natural que entraba por la ventana. Alguien la observaba desde fuera. Una mujer grande, desaliñada, con cara de pan. Connie decidió que sería una de esas trotamundos que vendían trapos o ramilletes de brezo de la buena suerte. Se apresuró a abrir la puerta antes de que la mujer llamara y despertara a Alice. Le sorprendió la buena temperatura que hacía en el exterior en comparación con la de dentro.

—No voy a comprarle nada. —Era mejor mostrarse firme desde el principio, antes de que empezara la perorata de siempre.

—No, cielo, no vengo a eso. —La mujer sonreía abiertamente. Estaba tan quieta como una roca y se negaba a moverse de la entrada.

—Tampoco me interesa la religión.

—Ni a mí. —La mujer lanzó un suspiro—. Mi padre era científico, más o menos, y me inculcó su desprecio por la Iglesia. Pero a mí siempre me pareció un pelín tentadora, de todas formas. La fruta prohibida, ya me entiende.

—Está bien, ¿qué quiere? —Connie estaba ya tan exasperada que subió el tono, olvidándose de que Alice dormía.

La mujer se llevó el índice a los labios, a modo de guasa y también de reprimenda.

—¡No querrá que se despierte la pequeña! La he visto por la ventana. ¡Qué mona! ¿Hablamos aquí fuera? Me llamo Vera Stanhope. Soy inspectora de la Policía de Northumbria. Ayer estuvo charlando con mi compañero, Joe Ashworth.

—¿Es usted agente? —Connie estaba estupefacta. Y no era una mera agente, ¡sino policía de alto rango!

—Ya, cielo, es difícil de creer, ¿verdad? Pero no todos somos tan guapitos como Joe. —Se sentó con dificultad en el banco de madera que había bajo la ventana y dio unos golpecitos en el asiento para indicarle a Connie que hiciera lo mismo—. Deje abierta la puerta y oiremos a la niña si se despierta.

Sorprendida, la inspectora observó que Connie hacía lo que se le pedía.

—Jenny Lister —dijo Vera.

—Ya le dije a su sargento todo lo que sé.

Pero ¿era eso cierto? Poco a poco, Connie iba acordándose de detalles. Como del hecho de que Jenny había mencionado que iría a ver a Michael Morgan.

Vera la miró fijamente con ojos perspicaces.

—Bueno, seguro que todo no —dijo—. En cualquier caso, esto avanza y tenemos nuevas líneas de investigación, así que han surgido preguntas nuevas. —Hizo una pausa—. ¿Sabía que Jenny pensaba escribir un libro sobre el caso Elias Jones?

—No. —No era la pregunta que esperaba. Dudaba si aquella mujer estaría en su sano juicio. Pero, pensándolo bien, que Jenny escribiera no le sorprendía. Su jefa estaba convencida de que tenía la razón en todo y habría considerado que era su deber transmitir al mundo entero su sabiduría.

Vera asintió y continuó de inmediato.

—¿Y que visitaba todas las semanas a Mattie Jones en prisión, incluso cuando estaba en prisión preventiva?

—No, la verdad es que no.

Esta vez, la respuesta fue menos enfática y Vera detectó el titubeo.

—Usted aún trabajaba con Jenny antes de que llevaran el caso a los tribunales. Obviamente, se lo habría contado, ¿no?

—Me retiraron del caso en cuanto encontraron el cadáver de Elias Jones —le contestó Connie—. Es la práctica habitual, incluso antes de la vista disciplinaria.

—Pero ambas trabajaban en la misma oficina —insistió Vera—. Coincidirían en la máquina de café o se encontrarían en el baño. Es de imaginar que le contara sus novedades.

Connie negó con la cabeza.

—Jenny no era así. Era discreta y yo ya no tenía nada que ver con el caso.

—No le ha sorprendido. Lo de las visitas en prisión, digo.

—No. —Las palomas torcaces arrullaban desde los árboles al otro lado del río. A Connie le recordaban los veranos en el campo de su niñez, los largos días estivales—. Mattie no era una simple usuaria de los servicios sociales para Jenny. La conocía desde hacía años y seguramente sentía que la había defraudado.

—O sea, ¿que habría sido como una penitencia?

«Ahí está de nuevo la religión», pensó Vera.

—Sí —dijo Connie—, puede ser. Algo así.

—Ese libro…

—En serio, a mí no me dijo nada.

—Al parecer —Vera hizo una pausa para elegir sus palabras con cuidado—, era bastante fanática al respecto. Quería contarle al mundo cómo era realmente la vida de un trabajador social. El lado humano de la profesión. Los dilemas morales. Alejarse de los estereotipos de la prensa sensacionalista. ¿Le parece que tiene sentido?

Esta vez, Connie se quedó pensando.

—Sí, le pegaba. Podía ser bastante mojigata.

A Vera se le iluminó el rostro.

—¡Aleluya! Nunca me he tragado eso de los santos. ¡Por fin alguien dice la verdad sobre esta mujer!

Connie levantó la vista sorprendida y, al ver que Vera la miraba, también sonrió con franqueza.

—¿Sabía que Michael Morgan se había buscado otra novia? ¿Que iban a tener un bebé? —le preguntó Vera—. Al menos eso le dijo a Mattie. Pero, claro, lo mismo solo intentaba quitársela de encima.

—¿Seguían en contacto? —Connie no se lo esperaba. Pensaba que Michael había abandonado a Mattie para siempre antes del asesinato.

—Ella se ponía en contacto con Morgan. Lo llamaba desde prisión y le enviaba autorizaciones de visita. Después de todo, estaba loca por él. Y hay mujeres que no tienen orgullo. —Vera estiró las piernas. Llevaba sandalias y tenía los pies bastante sucios—. Eso habría hecho que saltaran las alarmas, ¿no? Michael Morgan en una relación con otra mujer y un niño…

—Sí, claro. Aunque nunca lo acusaron. No había pruebas de que hubiera sido testigo o de que hubiera instigado algún tipo de abuso. Los servicios sociales tendrían que andarse con cuidado. Los asesoraría algún abogado.

—¿Cuál sería el procedimiento?

—No estoy segura. —A Connie le parecía que todo aquello, las sesiones de emergencia para tratar un caso y la burocracia de la lista de «menores en situación de riesgo», pertenecía a una vida anterior. Ya no entendía de esas cosas—. Supongo que empezarían con una visita informal. Y se pondrían en contacto con el médico de cabecera de la nueva pareja y su matrona para alertarlos de un posible problema.

—¿Quién haría todo eso? ¿Quién estaría a cargo del nuevo caso?

Vera se giró hacia Connie y esperó la respuesta. La joven intuía lo importante que era aquello para la detective y notó cómo se le aceleraba el pulso, al compás del de su acompañante.

—Supongo que algún superior, por lo delicado del caso. Pero usted podría enterarse fácilmente. Habrá constancia de ello.

—Ya sé que podría, cielo. Pero se lo pregunto a usted. Conocía a todos. Estaba en medio de la acción.

—Pues podrían pedírselo a Jenny —dijo, por fin, Connie—. Porque ya conocía a Michael Morgan.

—¿Cómo que conocía a Michael Morgan?

La violencia de la pregunta hizo que Connie se retractara.

—Bueno, no estoy segura. Tendrá que comprobarlo. Pero ella habló de hacerle una visita. Fue después de que él abandonara el piso de Mattie, pero antes de que Elias muriera. Dijo que quería hacer su propia valoración de él, juzgar el riesgo que podía suponer para la familia. —Y, después de una pausa, añadió—: Lo cierto es que me fastidió un poco. Pensé que no se fiaba de mí.

—¿Y nunca le dijo nada al respecto? ¿Nunca le comentó si se había reunido con él? —La detective se mantuvo quieta, pero Connie pudo notar una energía renovada en torno a ella. Vivacidad. Excitación.

—No, pero Elias falleció poco después. Teníamos otras preocupaciones. Como digo, usted podrá comprobarlo. Jenny era famosa por sus capacidades de documentación.

Vera se levantó entonces con gran esfuerzo y se sacudió los restos de líquenes de la falda. Estrechó la mano de Connie entre las suyas para despedirse.

—Mejor mantenemos esta conversación en secreto —le dijo—. Será más seguro, ¿no?

—¡No seré yo quien llame a la prensa!

Connie deseó entonces que Vera se quedara. Le habría gustado tomarse un té con ella. Era una mujer amena.

—Ya, bueno. Más vale prevenir.

Y la mujer recorrió con paso decidido el sendero hasta su coche, grande y ostentoso, dejando atrás a Connie, abandonada e intranquila.

19

El policía de guardia había llegado a casa de Jenny Lister nada más acabar Hannah de fregar los platos. Aunque con poco convencimiento, Vera se había ofrecido a hacerlo, pero la chica no la había dejado. La inspectora supuso que Hannah necesitaba sentir que ese seguía siendo su hogar. Que su casa no pertenecía a unos agentes de policía desconocidos.

—¿Qué planes tienes, cielo? ¿Te quedarás aquí?

Hannah, que estaba junto al fregadero, se volvió. Parecía confundida, como si la pregunta no significara nada. Fue entonces cuando sonó el timbre. Era el policía de guardia y, aunque era evidente que Hannah lamentaba que no fuera Simon, parecía aliviada por la interrupción.

Ya en la acera, cuando salió, Vera respiró profundamente. Tenía una sensación de escape y liberación mayor que la que habría tenido al salir de la cárcel de Durham. Llamó a Ashworth.

—¿Dónde estás?

—Haciendo la ronda por el vecindario otra vez. —Y, bajando la voz, añadió—: Los agentes que la hicieron la primera vez se dejaron cosas.

—¿Algo útil?

—Bueno, ahora mismo no puedo entrar en detalles. —Vera se lo imaginó en una de las casas de esa calle. Se habría disculpado y habría salido de la sala de estar para contestar la llamada. En ese momento, estaría en un pasillo estrecho, con los ocupantes de la casa al otro lado de la puerta intentando oír lo que decía.

—Dame media hora —dijo la inspectora—. Quiero hablar con esa antigua trabajadora social de la que te quedaste prendado. Luego me gustaría hacer una visita a Michael Morgan y quiero que vengas conmigo. Charlie puede seguir con lo que estás haciendo tú ahora. A Holly la he mandado a que hable con Lawrence May, el ex de Jenny.

De camino a la casita de Connie, pasó por delante de casa de los Eliot. En el camino que llegaba al edificio blanco había un coche nuevo, un deportivo. Estaba claro que había vuelto el señor de la casa y era probable que la familia estuviera dentro celebrándolo con una comida especial, mientras Hannah lloraba la pérdida de su madre.

Vera se había criado en las colinas, y las tierras llanas, rodeadas de árboles, le daban escalofríos. No le gustaría vivir tan cerca del río. Se imaginaba inundaciones, picaduras de insectos y enfermedades. Allí hasta los corderos parecían sobrealimentados y gordos.

CUANDO HABLÓ CON Ashworth después de visitar a Connie, el sargento le comentó que quería ir en su propio coche a Tynemouth, la ciudad donde vivía y trabajaba Morgan. Estaba justo en la costa, a kilómetros de allí, y podría irse directo a casa al terminar. Ya había trabajado suficientes horas extra en los últimos días. Su mujer lo mataría si llegaba tarde. Vera insistió en que fuera con ella.

—No podemos ir sin prepararnos. Podría ser nuestra única oportunidad. Como mínimo, tenemos que comentarlo.

—¿Y no puede esperar a mañana? Así podríamos planear tranquilamente el interrogatorio.

Pero, allí de pie, junto a la tienda, bajo el débil sol primaveral, Vera se dio cuenta de que no podía esperar toda la noche antes de encararse con Morgan. Se moriría. A veces, tenía algo de imprudente, de impulsiva. Lo sensato sería esperar, considerar todos los puntos de vista, pero ella no era capaz.

—Si acabamos tarde, te llevo yo a casa —le dijo a Ashworth—. Y te recojo por la mañana. No es el fin del mundo que tengas que dejar aquí el coche hasta mañana.

Y él no pudo rebatir su argumento. Se subió al coche de Vera. La inspectora pensó que Ashworth tenía tantas ganas como ella de hablar con Morgan, pero necesitaba hacer el paripé de que su familia era más importante.

—Bueno, ¿qué has sacado de la ronda por el vecindario?

Vera sabía que era buena conductora. Tenía instinto. Esas carreteras estrechas podían ser peligrosas si no se conocían, pero no podía permitirse el lujo de perder el tiempo. Entonces notó que Ashworth, sentado en el asiento del copiloto, se ponía tenso, así que pisó un poco el freno. Necesitaba que su sargento se concentrara. Lo escuchó mientras contaba su conversación con la vecina de Jenny.

—¿Ella pensaba que Jenny se había enamorado de uno de los usuarios de los servicios sociales?

—No estaba del todo segura —le aclaró Ashworth—. Pero dijo que era alguien inapropiado.

—¡Pero no se habría sacado esa idea de la nada! —Vera se había puesto ansiosa—. Jenny debió de decir algo, dejar caer algún dato que llevara a Hilda a pensar que era un usuario. Y a la mujer se le quedaría en la cabeza, aunque no pudiera recordar el comentario original.

—Puede ser.

Vera se dio cuenta de que Ashworth pensaba que su jefa estaba sacando demasiadas conclusiones. Él era quien la contenía. Algunas veces, Vera pensaba que él era su conciencia.

—Connie dijo que Jenny había conocido a Morgan —dijo Vera. Mantuvo un tono calmado. No quería que Ashworth pensara que estaba reaccionando de forma exagerada—. Por lo visto, quería hacer su propia valoración de él.

—¿Cree que Lister tenía un lío con Morgan? —Su voz sonó aguda y teñida de incredulidad.

—No descarto nada —le contestó ella—. Pero, si el muy cabrón la asesinó, lo pillaré.

TYNEMOUTH ERA UN pueblecito precioso, con una calle principal ancha y unas casas de inspiración georgiana ideales. Tenía un castillo y un monasterio, ambos en ruinas. También salones de té, coquetas tiendas de ropa y, en una esquina, una tienda llamada The Land of Green Ginger, que antes era una iglesia, en la que vendían antigüedades, libros y ropa de niños cara. Por las noches, los bares y restaurantes atraían a los más jóvenes, pero, en aquella época del año y a esa hora, estaba plagado de señoras mayores y parejas de mediana edad que paseaban de la mano mirando escaparates. «El mismo tipo de clientela del gimnasio del Willows», pensó Vera.

Encontraron la casa de Michael Morgan en una calle estrecha de viviendas adosadas, muy cerca del paseo marítimo. En una elegante placa de latón que había junto a la puerta recién pintada se podía leer, en letras discretas, «Acupuntura Tynemouth». Al parecer, el hombre vivía en la planta superior. La ventana estaba abierta y salía música de ella. Si es que aquello podía considerarse música. Era algo electrónico y repetitivo. La consulta estaba cerrada.

Vera tocó el timbre y, al cabo de un rato, se oyeron unos pasos ligeros sobre un suelo sin alfombras. Esperaba que fuera Morgan, pero abrió la puerta una mujer joven, poco más que una chiquilla, con el pelo oscuro, largo y liso. Llevaba un vestido estampado muy corto sobre unas mallas y bailarinas sin tacón. El vestido era amplio y con vuelo, y quizá ocultara un embarazo incipiente.

—¿Podríamos hablar con Michael Morgan?

La chica sonrió.

—Lo siento, ahora mismo está ocupado, pero puedo darles una cita.

Hablaba como si conocer a aquel hombre fuera todo un lujo para ellos. Vera decidió que era más educada y menos rara que Mattie, pero bastante parecida. Frágil y vulnerable.

—Entonces, está aquí, ¿no?

—Michael está meditando —dijo la chica— y jamás se le puede molestar mientras medita.

—¡Tonterías! —Vera le dedicó una sonrisa—. Somos polis, cielo, y estoy segura de que estaría encantado de ayudarnos con nuestra investigación.

Le hizo una señal a Ashworth con la cabeza para que subiera las escaleras delante de ella.

—¿Y tú cómo te llamas? —preguntó Vera a la chica.

—Freya. —En ese momento parecía una verdadera colegiala—. Freya Adams.

—También tendremos que hablar contigo dentro de un ratito. Pero sé una buena chica y desaparece media hora. Tómate un refresco y una bolsa de patatas fritas, y nos vemos luego aquí.

Vera cerró la puerta y dejó a la chica en la calle. Pensó que igual debería haber tenido más tacto. A veces, la adrenalina le hacía ser así, demasiado astuta e inteligente para su propio bien.

En la planta de arriba, daba la sensación de que habían unido dos habitaciones del piso para conseguir un espacio largo y estrecho con ventanas en ambos extremos. Vera entró directamente. Habían quitado las moquetas y encerado el suelo, que tenía un color dorado. La habitación estaba decorada con unas finas cortinas de muselina, tapices en tonos dorados y azafranados en las paredes y poco mobiliario: un futón, una mesita baja y estanterías que cubrían toda una pared. La música provenía de un equipo que estaba sobre uno de los estantes.

—¿Podríamos apagar eso?

Nunca estaba de más establecer su autoridad de inmediato y ese ruido continuo la estaba volviendo loca. Se hizo el silencio.

Morgan y Ashworth estaban de pie junto a la ventana que daba al pequeño jardín trasero de la casa, en plena conversación. Vera esperaba que el hombre se mostrara hostil: ella se cabrearía mucho si dos desconocidos entraran en su casa y empezaran a dar gritos. Pero Morgan parecía solo ligeramente entretenido. Era más guapo en persona de lo que Vera se esperaba por las fotos que había visto. Tenía un rostro atractivo, con unos ojos muy azules. A pesar de haber contemplado todas las fotos de él que habían salido en los periódicos, no lo habría reconocido por la calle. Desde el juicio, se había rapado la cabeza y tenía el aspecto de un monje oriental. Se imaginó que esa era la imagen que buscaba. El hombre se acercó a ella, con el brazo extendido para darle la mano.

—¿Y usted es?

—Vera Stanhope. Inspectora.

Morgan llevaba unos pantalones anchos de algodón y una camisa sin cuello del mismo material. El tipo de atuendo que también le iba a su vecino, el hippie. De pronto a Vera se le ocurrió que ese hombre bien podía haber asistido a alguna de las fiestas de la casa de al lado.

—Estaba explicándole al señor Morgan que sentimos molestarlo —dijo Ashworth.

—Y yo le he dicho que siempre estoy encantado de ayudar a la policía en todo lo que pueda.

Morgan les hizo un gesto para que se sentaran. El futón era tan incómodo como Vera se había imaginado. Crujía. No se había fabricado para alguien que pesara tanto como ella y no tenía claro que fuera a ser capaz de levantarse sin ayuda cuando acabaran el interrogatorio.

—¿Quieren una infusión? —El hombre les sonrió—. Tengo menta, manzanilla…

—No, solo serán unas preguntas —lo interrumpió Vera—. No le quitaremos mucho tiempo.

Él volvió a sonreír y se sentó en el suelo frente a los policías. Fue un movimiento fluido, muy grácil, y Vera supo enseguida que sería un amante muy bueno. Físicamente, al menos. ¿Sería parte de su atractivo? Tuvo una repentina sensación de pánico, el lamento de siempre de que el tiempo se le escapaba de las manos. Y después algo parecido a la lujuria.

Hubo un momento de silencio. Ashworth y Morgan esperaban a que ella tomara la palabra. Morgan la observaba como si entendiera su incomodidad, con unos ojos azules y compasivos que captaban su atención. ¡A la mierda ese tío! ¿Acaso necesitaba de su compasión? Quizá deseara su cuerpo, pero eso era otro tema.

—¿Le parece apropiado haber dejado embarazada a esa chiquilla?

Notó que Ashworth se relajó en cuanto ella empezó a hablar. Eso era lo que él estaba esperando: un ataque frontal.

—Bueno, creo que los dos somos culpables de eso. Pero, sí, Freya espera un bebé. Estamos encantados.

Sonrió tímidamente y a Vera su actitud le pareció despreciable, pero seguía sin poder quitarle los ojos de encima.

—Pero Mattie no está tan encantada, ¿verdad?

—¿A qué viene esto, inspectora? ¿A qué han venido? —Su tono aún era tranquilo.

Vera pasó por alto la pregunta.

—Lo que no entiendo, señor Morgan, es qué vio en Mattie. Vamos a ver, es una chica guapa, pero diría que no de su nivel intelectual. ¿O es que quizá era eso lo que le gustaba, que nunca le replicara?

Morgan arrugó el entrecejo.

—Tiene razón, por supuesto. Fue un error mantener una relación con Mattie. Siempre me arrepentiré. Llegó a obsesionarse conmigo. Y no es algo que fomentara yo. Además, yo prefiero que las mujeres tengan su propia opinión.

Exhibió un amago de sonrisa, con el que prácticamente retaba a Vera: «Preferiría a alguien como tú». Pero eran chorradas, por supuesto. Nadie la deseaba a ella. Morgan apartó la vista y, bajando la voz, dijo:

—Siempre me sentiré culpable por la muerte de Elias, por no haberlo visto venir o haber hecho algo para evitarlo.

—¿Cómo empezó su relación con Mattie? —Ashworth era menos agresivo y le planteó la pregunta de hombre a hombre.

—Supongo que, al principio, sentía lástima por ella.

Morgan se inclinó hacia delante y puso los codos sobre las rodillas, mostrando otra vez lo flexible que era su cuerpo. Vera intuyó sus hombros musculosos bajo la delgada camisa de algodón.

—Siempre resulta halagador que alguien te necesite. Pensé que podría mejorar su vida. Ahora veo lo arrogante que fui.

—¿Dónde se conocieron?

—Fue por casualidad, la verdad. En una cafetería de Newcastle. Le faltaba algo de dinero para pagar su café y le ofrecí unos cuantos peniques. Mostró un agradecimiento exagerado. Le había ahorrado el ridículo de tener que irse sin su café. —Alzó la mirada hacia ellos, muy serio y deseoso de que lo entendieran—. Era la simplicidad que había en ella lo que me asombraba. Una verdadera belleza interior.

—Pero no tenía muchas luces, ¿no? —lo interrumpió Vera—. Quiero decir… ¿de qué hablaban todas esas largas y aburridas noches en casa de Mattie?

Él sacudió la cabeza, descorazonado por aquella grosería.

—Estaba loca por aprender —contestó—. Siempre he pensado que sería buen profesor, aunque no en el sentido convencional, claro. Al hablar con ella de mis ideales y mis creencias, estos se volvían más claros en mi mente.

«Imbécil egocéntrico.» A Vera le agradaba que el hombre ya no le resultara atractivo. Vio las manchas marrones que tenía entre los dientes y el pelo que le salía de un lunar en el cuello.

—Pero le arruinó la vida, ¿no? Le quitó las cosas que la mantenían a flote: la tele, las amigas del barrio, los juegos con su chiquillo… ¿Iba a ser siempre su experimento? Usted nunca le pidió que se viniera a vivir aquí, ¿verdad? No como a su nueva novia, que tiene más clase. Básicamente, Mattie era su campo de entrenamiento, ¿no es cierto?

Vera se dio cuenta de que a Morgan le había encantado encontrar una excusa para dejar a Mattie y volverse a Tynemouth. Debió de celebrarlo tras la visita de Connie. Era la vía de escape que necesitaba y, además, había hecho que su abandono pareciera un sacrificio: «Me marcho por el bien de tu hijo».

Vera pensó que a Mattie le habría ido mejor si lo hubiera ahogado a él en lugar de a Elias.

Morgan continuó, con el mismo tono razonable.

—No comprendía lo trastornada que estaba. Nunca me imaginé que mataría a su hijo para intentar que yo volviera.

—¿Cuándo vino Jenny Lister a visitarlo? —le preguntó Vera. Freya volvería pronto y quería estar con ella antes de que tuviera la oportunidad de hablar con Morgan. Ya era hora de avanzar con todo aquello.

Por vez primera, el hombre no dio una respuesta inmediata.

—Porque vino a visitarlo, ¿no?

—Vino varias veces —confirmó—. Ya me he enterado de lo de su asesinato. Siento mucho que haya muerto.

—Una pequeña coincidencia —dijo Vera—, que la muerte lo persiga allá donde vaya. ¿Qué quería ella de usted?

—Hacerme una valoración. —Mostró una leve sonrisa—. Eso dijo.

—¿Y eso fue antes o después de empezar con Freya? —Vera sacó de algún lado un arranque de furia. «Por poco me engatusa. Es un cabrón muy inteligente.»

—La primera vez fue antes de la muerte de Elias. Creo que quería asegurarse de que yo ya no ejercía ningún tipo de influencia sobre la familia. Le aseguré que así era.

—Jenny no pudo resistirse a sus encantos, ¿verdad?

—Me creyó. Eso no tuvo nada que ver con mis encantos.

—¿Cuándo fue la última vez que la vio?

Se produjo un silencio. En la calle, unos jóvenes bromeaban y reían, lo que distrajo a Vera por un instante. Al mirar a lo lejos, vio a Freya acercarse.

—¿Y bien? Fue hace poco, ¿verdad? En las últimas dos semanas. Jenny se había enterado por Mattie Jones de que su novia estaba esperando un bebé. Quería advertirle de que no jugara con ella como lo había hecho con Mattie.

—Yo no juego con nadie, inspectora.

—¿Cuándo fue la última vez que la vio? —Vera gritó y sus palabras resonaron en la habitación despejada.

Morgan hizo un sutil gesto de asentimiento.

—Está usted en lo cierto. Fue hace diez días, justo una semana antes de que la asesinaran.

—¿Y qué quería de usted?

—Habló con Freya, que le confirmó que estaba aquí por voluntad propia y que nos queremos. Pero supongo que el amor es un concepto que usted no entiende, inspectora.

—¿Mantenía una relación con Jenny Lister, señor Morgan?

Él echó la cabeza hacia atrás y soltó una carcajada.

Su chica casi había llegado a la puerta. Vera se puso en pie al instante, levantándose del futón con el ímpetu de su ira.

—¡Exijo una respuesta!

—Claro que no, inspectora. La señora Lister era una mujer bastante hermosa, pero no era mi tipo.

Vera salió de la habitación con paso firme, dejando que Ashworth la siguiera.

20

ASHWORTH CREÍA QUE Vera la había cagado en el interrogatorio a Morgan. A veces, le pasaba eso: dejaba que un testigo la sacara de quicio, que la manipulara. Y, en esos casos, perdía la atención por completo. Deberían haber dedicado tiempo a prepararlo bien y ahora se iban de allí con preguntas importantes sin responder. Después de que Vera se marchara de estampida por las escaleras de madera, Ashworth se quedó un momento hablando con Morgan para agradecerle el tiempo que les había dedicado. La próxima vez, iría él solo. En su opinión, el hombre seguía teniendo información que aportar. Obviamente, Morgan era un cerdo pervertido, pero, al contrario que Vera, Ashworth se consideraba lo bastante profesional como para que su opinión personal no interfiriera en su trabajo.

Para cuando llegó a la acera, las dos mujeres estaban charlando de espaldas a él, mirando hacia la calle. El sol primaveral estaba ya muy bajo y solo vio sus siluetas, la corpulencia de Vera y la figura esbelta de la chica, que de pronto le recordaron a los emblemáticos perfiles que aparecían al final de las películas de Laurel y Hardy. Cuando se giró en dirección al mar, vio un penacho de denso humo gris en el horizonte y un petrolero enorme que asomaba por la desembocadura del Tyne.

En la calle, se mantuvo un poco alejado. Las mujeres ya estaban charlando y no quería interrumpirlas. Giraron y entraron en una cafetería nueva, y Ashworth se reunió allí con ellas. Era el tipo de lugar que le habría gustado a su mujer. Sencillo, con muebles macizos: mesas y sillas de madera decapada. En la pared había unas pizarras con los platos que servían; básicamente comida de la zona, pescado y cordero. Igual la próxima vez que Sarah y él fueran a la costa la llevaría allí. En una esquina, tenían un par de tronas, así que no había duda de que aceptaban críos.

—Este es Joe —dijo Vera—, mi mano derecha.

—Debería volver. —La chica aún no parecía del todo segura, estaba a disgusto. Todavía no había caído bajo el hechizo de Vera—. Michael se estará preguntando dónde estoy.

—No hay prisa. —Vera tomó asiento y colocó sus enormes manos extendidas sobre la mesa—. Estará meditando. Tú misma has dicho que no le gusta que lo interrumpan cuando está en plena meditación.

Por supuesto, Freya no pudo replicar.

—Yo me tomaré una pinta, Joe. Veo que sirven esa cerveza que hacen en Allendale. Y algo para picar, que tengo un poco de hambre. ¿Y tú, cariño? Supongo que no bebes alcohol, ahora que estás encinta.

—Michael y yo nunca bebemos. —La postura de Freya era la de una chica remilgada, con las manos en el regazo.

—Buena idea. Zumo de naranja entonces. ¿O prefieres un helado?

La chica contempló a Vera con recelo. Joe pensó que su jefa debería dejarse de comentarios jocosos, pero Freya contestó de todas formas:

—Un zumo me parece bien.

Cuando Joe volvió de la barra, ellas seguían sentadas, sumidas en un silencio incómodo.

—¿Sabías que habían asesinado a la señora Lister? —preguntó Vera. Ya no estaba de broma y hablaba en voz baja y tono serio.

—¿La señora Lister? —Freya parecía realmente confundida.

—La trabajadora social que vino a hablar contigo sobre tu relación con Michael.

—¡Ah, esa! Creo que solo conocía su nombre de pila.

—¿Es que Michael y ella tenían ese tipo de relación?

Ashworth pensó que Vera había recobrado la seguridad en sí misma, pero la chica no contestó. El camarero les llevó las bebidas, un cesto de pan y unas aceitunas.

—¿Te habías enterado de que Jenny Lister había muerto? —le preguntó Vera de nuevo.

—No.

Con esa respuesta monosilábica, era imposible saber si Freya estaba diciendo la verdad. La chica alargó el brazo, tomó un trozo de pan y lo untó con mantequilla, pero lo dejó sin probar sobre su plato.

—Por eso hemos venido a hablar con Michael y contigo. —En ese momento, parecía que Vera era la mujer más paciente del mundo—. Ambos la visteis poco antes de que falleciera.

—O sea, ¡que somos como testigos!

A Freya se le iluminó la cara. Era la última reacción que se habría esperado Ashworth. Aunque, muchas veces, la gente mostraba el entusiasmo de un fisgón cuando estaban cerca de una muerte violenta, como si eso les diera cierto grado de fama. Esperaba que aquella chica tuviera amigos a los que llamar o mandar un mensaje para contarles su papel en el dramático suceso. Una madre que pudiera visitarla cuando se pusiera de parto. No le gustaba nada imaginársela sola en el piso con aquel hombre.

—Eso es —le confirmó Vera—, sois testigos. Entonces, ¿no te importa contestar a unas preguntitas?

—Claro que no. Pensaba que solo estaban aquí para darme la lata sobre Michael, por eso de que es un poco mayor que yo.

Vera miró de reojo a Ashworth, pero dejó pasar el comentario.

—¿Cuántas veces estuviste con Jenny Lister?

—Solo una vez —contestó la chica—. Aunque Michael ya había estado con ella antes. Había salido con aquella mujer horrible que asesinó a su hijo y los servicios sociales se habían ocupado del caso por aquel entonces.

—¿Te lo contó él?

—Pues claro —dijo Freya—. Michael y yo no tenemos secretos. Me pareció espantoso. Michael quería mucho al niño. Estaba destrozado por lo que había ocurrido. Y luego empezaron los rumores, la gente que pensaba que él había tenido algo que ver.

—Malo para el negocio.

Ashworth pensó que Vera se había pasado, pero Freya se tomó el comentario al pie de la letra.

—¡Ya lo creo que sí! Sus clientes habituales no lo abandonaron, claro, pero hasta ahora no ha empezado a conseguir clientes nuevos.

—¿No te echó para atrás que estuviera relacionado con el caso Elias Jones?

—¡No! Si quieres a alguien de verdad, lo apoyas, ¿no?

Los miró a ambos, como pidiendo comprensión, pero ninguno de los dos se atrevió a mirarla a los ojos.

—Volvamos al asunto de Jenny Lister —dijo Vera con delicadeza—. ¿Puedes decirme si estuviste con ella hace como una semana?

—Sí, algo así.

—¿Dónde hablasteis?

—Vino a nuestro piso —le contestó Freya—. Creo que llamaría para concertar una cita, porque Michael sabía que iba a venir. Me dijo que volviera pronto de clase para estar allí.

—¿Dónde estudia? —Ashworth no pudo evitar interrumpirla. Le alegraba que Freya siguiera teniendo su propia vida. Clases y cotilleo. Le daban ganas de subirla al coche y llevarla a casa de sus padres.

—En el Newcastle College. Estoy estudiando Arte Dramático y Literatura. Lo mío es actuar. —Sonrió con timidez—. De hecho, ya tengo agente.

—¿Y el bebé no te trastocará los planes? —le preguntó la inspectora.

Vera miraba a Ashworth fijamente, enfadada porque había alterado el ritmo de la conversación. Él se encogió de hombros en ademán de disculpa.

—Entiendo que es hijo de Michael, ¿no?

—¡Pues claro! ¿Quién se cree que soy?

—¿No te planteaste abortar?

«Fantástico, Vera —pensó Ashworth—. ¡Menudo tacto! Hablemos de si pensaba interrumpir el embarazo aquí, en un lugar público, donde cualquiera podría pasar y oírnos.»

Pero la chica ni se inmutó.

—Michael no es partidario del aborto. Y dijo que los dos cuidaríamos del bebé. Cree que seré una actriz fantástica. Quiere que desarrolle todo mi potencial, que viva mi sueño.

Los policías se quedaron en silencio, anonadados.

—Bueno, todos queremos eso, ¿no, cariño? Yo quiero llegar a comisaria y ganar el certamen de Miss Universo.

Vera dio un sorbo a su cerveza y dejó escapar un breve suspiro de satisfacción. Mientras, Ashworth, que pensaba en el caos que reinaba en su casa y la presión del trabajo y la familia, estaba a punto de echarse a llorar por la chica.

—¿Qué tal fue la cita con Jenny Lister? —le preguntó.

—Bien.

—¿Podrías darme algún otro detalle?

—Primero, habló con Michael y conmigo. —Freya se apoyó en el respaldo de la silla y, por primera vez, Ashworth pudo ver su tripa, pequeña y redonda—. Sobre qué pensábamos del bebé y cómo cambiaría nuestra vida. Dijo que Michael tendría que aceptar que las cosas iban a ser diferentes, que habría trastos, desorden, ruido. Quería saber qué tal lo llevaría. También preguntó cosas prácticas, como si me veía un médico o si me había apuntado a clases preparto. Luego le pidió a Michael que nos dejara a solas y habló conmigo.

—¿A Michael no le importó? —preguntó Vera.

—Es muy protector —dijo Freya—, pero le dije que no pasaba nada. Y entonces la trabajadora social empezó a preguntarme cosas más personales, a entrometerse, vamos. Sobre nuestra relación, mi vida y todo eso.

—¿Qué opinan sus padres de Michael? —preguntó Ashworth, incapaz de quedarse callado. Su hija de ninguna manera acabaría con un pervertido lo bastante mayor como para ser su padre. Ya se aseguraría él de ello. ¿En qué estaría pensando la familia de Freya?

—La verdad es que a mis padres no les importa una mierda. Se fueron a vivir a España y compraron un bar. Como si volvieran a tener veinte años. No tienen responsabilidades y se ponen como una cuba todas las noches.

—Están viviendo su sueño —murmuró Vera, con un tono tan bajo que solo pudiera oírla Ashworth.

—Esa trabajadora social era una imbécil condescendiente —siguió la chica—. He tenido profesores como ella. Esos que te hablan como si fueras tonta, como si ellos supieran siempre lo que más te conviene. Me la puedo imaginar enfadando a una persona hasta tal punto que pierda los estribos y la mate.

—¿Dónde conoció a Michael? —preguntó Ashworth.

En la calle principal del pueblo, las tiendas ya estaban cerrando. Había oscurecido. La bruma marina lo cubría todo y podía oírse la sirena de niebla en la desembocadura del Tyne. Saliendo de la estación del metro, los primeros trabajadores volvían a casa de la oficina. El camarero encendió la vela que había sobre su mesa y la repentina llamarada iluminó la cara de la chica.

—En el Willows —contestó, retirándose el pelo de la cara—. Ya sabe, ese hotel elegante que hay al otro lado del pueblo. Michael solía pasar consulta una vez a la semana en el gimnasio. Llevo desde los quince años trabajando allí de camarera los fines de semana. Nos conocimos a principios de diciembre, en la fiesta de Navidad de los empleados.

21

VERA ESTABA SENTADA en la casa que había pertenecido a su padre. En noches como esa, tras un par de whiskys, todavía podía imaginárselo allí, como amo y señor de la única butaca cómoda junto a la lumbre. También a la mesa, cubierta con planchas de plástico, con los ojos entrecerrados en un gesto de concentración mientras le metía mano a algún pájaro muerto para disecarlo. Ese olor a carne muerta y productos químicos.

«La taxidermia: arte y ciencia en uno», decía él. Y Vera solía añadir para sus adentros: «Y robo. Y asesinato», porque Hector cazaba aves salvajes poco comunes a petición de coleccionistas tan chalados como él. Pero ella nunca lo delató. ¿En qué la convertía eso? De pronto, se le pasó por la mente que el caso que tenía entre manos poseía una vertiente muy familiar. «Sangre y agua», pensó, acordándose de Elias, ahogado por la madre que decía quererlo.

Vera había crecido entre los insultos y las burlas de Hector, que siempre iban disfrazados de humor: «Tu madre era una mujer bella. Yo únicamente colecciono objetos bellos. Pero, querida Ve, ¿qué pasó contigo? ¿De dónde saliste? Se conoce que de mi familia, ¿no? Espero que, al menos, tengas mi coco».

Pero, mientras echaba otro tronco a la lumbre y miraba cómo chisporroteaba, cómo la corteza se iba partiendo y despegando, pensó que ni siquiera había heredado el coco de su padre.

«Debería haber comprobado si Michael Morgan estaba relacionado con el Willows. Es lo más básico de mi trabajo.»

Mientras conducía en dirección norte, se había pasado todo el camino echándole un sermón al pobre Joe Ashworth.

—¿Tengo que pensar yo en todo? Pedí una lista de los empleados para comprobar si había coincidencias entre alguno de los sospechosos y el gimnasio. Se suponía que Charlie se ocupaba de eso. ¿A qué ha estado dedicándose ese maldito holgazán?

Había conducido demasiado rápido a pesar de la niebla, disfrutando al ver cómo su sargento palidecía, cómo se había estremecido cuando por poco chocaron contra un vehículo que iba en dirección contraria, incapaz de articular palabra. Por fin había conseguido la reacción que buscaba. Ashworth se había venido abajo y hasta había perdido los nervios.

—Solo porque no tengas una vida que merezca la pena vivir, no hace falta que me mates a mí también. Tengo mujer e hijos. Gente que me quiere de verdad. Además, si te dedicaras a supervisar a tu equipo en lugar de hacer su trabajo, como debería hacer todo investigador jefe, sabrías lo que ha estado haciendo Charlie.

Vera dejó a Ashworth al final de su calle, indicándole con sequedad que lo recogería al día siguiente:

—Sé puntual. No quiero tener que esperar mientras cambias un pañal o te despides con un besito de la prole.

No lo invitó a casa a tomarse una copa, aunque se había pasado la tarde deseando hacerlo, tener la oportunidad de poner las cosas en perspectiva, relajarse con el único hombre con el que había entablado una relación verdaderamente estrecha en su vida. De hecho, llevaba pensando en ese momento desde que le había propuesto a Ashworth que dejara el coche en el valle del Tyne.

«¡Qué patético!» —las palabras de su padre se colaron de nuevo en su mente—. «Es tan joven que podría ser tu hijo. ¿De verdad crees que le importas un comino?»

Se levantó y se acercó a la ventana. La niebla ocultaba las luces del valle. Vera tenía la sensación de que se había quedado aislada, sola en el mundo. Con paso vacilante, llevó a la cocina la botella y el vaso. Si se tomaba otro, sabía que se pasaría la noche en vela, pero debía demostrarle al fantasma de su padre que era buena en su trabajo. Que sabía lo que hacía.

COMISARÍA DE KIMMERSTON, reunión matutina. Ashworth había acudido puntual cuando Vera llegó a su casa, ordenada y cuca, en esa urbanización aburrida para aspirantes a ejecutivos. El sargento había salido por la puerta principal incluso antes de que su jefa se bajara del coche. Y ella se había mostrado cortés. Hasta se había disculpado, algo insólito en ella. Así que entre ellos se había instaurado una tregua incómoda.

Vera miró a los miembros de su equipo, repartidos por la sala.

—La hemos cagado hasta el fondo. —A la jefa le pareció muy noble por su parte usar ese «hemos»—. ¿Cómo no vimos la relación entre Morgan y el Willows?

—Porque resulta que él no es uno de los empleados —contestó Charlie—. Utiliza una sala del gimnasio pagando un alquiler simbólico porque en el hotel creen que atrae clientes para el resto de las actividades. Pero trabaja por cuenta propia y por eso no estaba en la lista de empleados que nos enviaron. Y tampoco es socio de forma oficial.

Charlie estaba nervioso y a Vera eso la complacía enormemente. Estaba tan alterado que le temblaba la mano con la que sujetaba el vaso de poliestireno del café y hablaba con voz trémula. Su jefa pensó que Ashworth lo habría llamado nada más llegar a casa la noche anterior: «Asegúrate de tener bien claro lo que vas a decir. La jefa está con ganas de bronca».

—¿Sabemos si estaba en el hotel la mañana en que mataron a Jenny Lister?

—Nadie me lo sabe decir. —Charlie la miró, atemorizado, esperando a que la jefa perdiera los estribos—. No tiene que fichar, como hacen los empleados.

—Pues nos vendría bien enterarnos, ¿no? —Vera los recorrió con la mirada—. No, mejor me entero yo. No me importaría volver al hotel de todas formas. Ya no estoy en sintonía con ese sitio, pero lo conozco mejor que todos vosotros. ¿Tiene Morgan algún pase para acceder a la zona de la piscina?

—Sí, tiene un pase de empleado. Negoció para conseguirlo cuando abrió allí su consulta. La mayoría de los días que trabaja en el hotel, nada y va al gimnasio.

Charlie empezaba a relajarse. Vera estuvo tentada de decirle un par de cosas para que no se durmiera en los laureles, pero se había despertado sintiéndose generosa, orgullosa de sí misma por haber dejado de beber en un momento sensato de la noche.

—¿Qué sabemos sobre Freya Adams?

Charlie incluso había tomado notas sobre la chica y las estaba consultando mientras hablaba, recuperando ya la soltura al observar que Vera lo dejaba continuar sin interrumpirlo.

—Freya Adams empezó a trabajar en el Willows hace unos dos años. Al principio solo iba los sábados, porque seguía en la escuela. Luego trabajó a tiempo completo durante las últimas vacaciones de verano y en Navidad. Para entonces ya había empezado a estudiar en el Newcastle College. Hasta se trasladó a las habitaciones para empleados durante las Navidades porque sus padres se habían ido al extranjero. Habían decidido que Freya se quedara con su abuela, pero parece ser que no funcionó. Por lo visto, a la chica le parecía demasiado estricta. La abuela la trataba como a una niña. Al menos eso dijo Ryan Taylor, el subdirector.

—¿Sigue Freya trabajando en el hotel? —preguntó Ashworth.

Charlie consultó sus notas un momento.

—Lo dejó cuando se fue a vivir con Morgan. Él quiere que se concentre en sus estudios.

—Vamos, que no es estricto ni nada. —Era un comentario de Holly, que llevaba desde el comienzo de la reunión intentando meter baza.

—¿Saben los gerentes del Willows que Freya está embarazada? —preguntó Vera.

—Ryan había oído rumores, pero no había hablado con Morgan de eso. —Charlie hizo una pausa—. Me dio la impresión de que nuestro Michael guarda las distancias. No se relaciona con los empleados del hotel. Se considera un pelín superior. Además, no bebe y los demás casi siempre que quedan lo hacen para tomar copas.

—¿Y por qué fue a la fiesta de Navidad? Nadie diría que es el tipo de saraos que le gustan.

Vera también odiaba la fiesta navideña del curro. Todos esos compañeros intentando hacerse los simpáticos, comida y bebida asquerosas… ¡Imposible afrontarlo sobria!

—Pues no sé. —Con aire vacilante, Charlie levantó la vista del papel que sostenía con aire de estar perdido—. Todos se sorprendieron. Ni siquiera lo habían invitado, apareció sin más.

—¿Quizá ya le había echado el ojo a Freya? —preguntó Holly—. Me parece que es uno de esos que van a la caza. Como cuando se ligó a Mattie. Puede ser que la siguiera y simplemente aprovechara la oportunidad cuando ella se quedó sin dinero en la cafetería. Quizá busca chicas jóvenes e inocentes que carecen de apoyo. Es probable que oyera algún comentario entre los empleados sobre que los padres de Freya la habían abandonado y él pensara que la fiesta era una forma de pescarla.

—Y debió de dejarla embarazada casi de inmediato —dijo Vera.

La inspectora dudaba hasta qué punto habría sido consentido ese encuentro sexual. ¿Habría bebido ella en la fiesta? ¿Se habrían acostado entonces? Ya sería demasiado tarde para acusarlo de nada, pero, en cualquier caso, era un dato a tener en cuenta.

—¿Qué pensamos sobre Morgan y Jenny Lister? —preguntó Ashworth—. ¿Mantuvieron una relación? De ser así, ¿cuándo? ¿Antes de empezar él con Freya?

Hubo un silencio prolongado. Estaban intentando ver si cuadraban las fechas, lo cual era complicado, y, además, no querían mojarse.

—Yo no lo veo —dijo, por fin, Holly—. Le gustan las pequeñitas y delicadas. Mujeres necesitadas que nunca le plantan cara. Esas a las que puede controlar. No le pega en absoluto salir con alguien de más edad, independiente y fuerte. Solo tenemos la palabra de esa vecina mayor como confirmación de que Jenny había empezado una relación nueva. Y no hay pruebas de que fuera con Morgan.

—Las mujeres fuertes también pueden estar necesitadas —dijo Vera sin pensarlo. Entonces vio cómo todos la miraban, sacando conclusiones que ella habría preferido que obviaran—. Y la amiga de Jenny, la maestra, pensaba que estaba teniendo algún tipo de relación amorosa. Un tío que debía mantener en secreto. Lo cierto es que no se atrevería a admitir que se follaba a Morgan, ¿no? Usuario de los servicios sociales y, además, involucrado en un escándalo mediático. Holly, ¿qué le sacaste a Lawrence May, el hombre que había estado saliendo con Jenny?

—Él no pudo haberla matado —contestó Holly—. Estaba en una conferencia en Derbyshire. Y lo he comprobado.

—¿Dijo por qué lo había dejado Jenny?

—No, pero me imagino que fue porque la aburría inmensamente. A ver, que parecía un hombre muy amable, pero muy serio. Ya sabéis. Como si estuviera salvando el planeta él solito. A mí me cantó las cuarenta por tirar una botella de plástico en la papelera de su oficina, en lugar de llevármelo para reciclarlo.

189

—Entonces, ¿ella no le dijo que se había enamorado de otro?

—Dijo que tenía la impresión de que en la vida de Jenny había alguna novedad —contestó Holly—. Lo presioné un poco, pero no fue capaz de especificar. No sabía si era un amante o un proyecto nuevo.

—Por lo tanto, no tenemos pruebas de si Lister estaba liada con Morgan o no —resumió Ashworth—. Así que sigue siendo una posibilidad, pero no os obsesionéis con ello. Al fin y al cabo, no es importante si Morgan mató a Lister porque estaba entrometiéndose en su nueva vida con Freya o porque se la había estado tirando. A los tribunales les importa bastante poco el móvil. Lo que tenemos que demostrar es que esa mañana estuvo en el Willows. Necesitamos pruebas de que pusiera una cuerda alrededor del cuello de Jenny y la estrangulara. El porqué no es relevante.

«Pero yo sí que quiero saber el porqué —pensó Vera mientras esperaba a la asignación del resto de las tareas—. A mí sí me importa el móvil. Soy una entrometida y precisamente por eso elegí este trabajo.»

AL ENTRAR EN el Willows, Vera observó a todas esas mujeres que la rodeaban, con sus bolsas de deporte y su calzado deportivo caro, y no podía creerse que hubiera sido una de ellas: una clienta más en busca de un chute rápido de ejercicio entre dos reuniones o antes del trabajo. Se preguntó si seguirían teniendo pocos clientes y si alguna mujer habría exigido que le devolvieran su cuota de socia. El hotel parecía un tanto tranquilo para esa hora de un día entre semana. Cruzó el vestíbulo y bajó las escaleras hacia el gimnasio. Utilizó su carné de socia para cruzar el torniquete. Pensó que era casi invisible, a pesar de no llevar bolsa ni toalla. Otra mujer de mediana edad con la vana ilusión de que nadar unos largos le haría sentirse más sana y bella. Si mostraran su descripción, incluso una foto, a los empleados, dudaba que alguno recordara que ella había estado allí.

RYAN TAYLOR ESTABA ocupándose de un problema causado por una máquina de café que había explotado. Había un gran charco de líquido marrón que goteaba desde la cafetera situada en un extremo del suelo embaldosado de la cocina. Los cocineros y camareras lo pisaban y lo extendían por toda la habitación. Hacía mucho calor. En los fogones había sartenes humeantes y alguien le estaba gritando a una mujer con delantal blanco: «¿Estás incinerando ese solomillo? Pero ¿qué te crees que es esto? ¿Un restaurante de comida rápida?».

Taylor estaba de pie junto al charco, gritándole a alguien por el móvil: «Ya casi es nuestra hora punta. ¡Necesito un técnico ahora mismo! Y que venga el puto limpiador a fregar esta mierda».

—¡Y yo que pensaba que, al menos, me tomaría un café decente!

Al parecer, a Taylor le habían asegurado que sus órdenes se cumplirían, porque apagó el teléfono, se giró hacia Vera y le dedicó una sonrisa.

—Venga a mi despacho, inspectora. Le prepararé uno allí.

—El limpiador al que espera no será Danny, el estudiante, ¿verdad?

Ryan la miró detenidamente, preguntándose si la pregunta tendría especial relevancia.

—No, hace el turno de noche. Además, hoy es su día libre. ¿Por qué?

—Por nada, cielo. Solo por curiosidad.

Vera lo siguió a su despacho y miró cómo rellenaba la cafetera antes de dirigirse a él.

—Desde aquí dentro —dijo la inspectora, mientras observaba el goteo del agua pasando por el filtro—, resulta difícil creer que haya vida ahí fuera. Para usted debe de ser peor. ¿Vive aquí?

—No, mi pareja, Paul, y yo tenemos un piso en la ciudad. Aunque aquí hay una habitación que puedo utilizar si tengo que quedarme a pasar la noche.

—Un hotel grande es una especie de comunidad algo extraña. —Vera se percató de que él intentaba adivinar a dónde quería llegar con esa idea. Ni siquiera ella lo tenía muy claro—. Especialmente para los empleados que viven aquí. Todos apelotonados. Como en un monasterio. ¿Surgen conflictos por eso?

—A veces. Y no se parece en nada a un monasterio.

—Romances, entonces. Amoríos…

—De vez en cuando.

—Michael Morgan y Freya Adams. —Tomó la taza que él le ofrecía y olió el café, agradecida—. ¿De qué iba aquello?

Ryan se encogió de hombros.

—Los dos son adultos. Pero sé que algunos empleados se preocuparon un poco. Karen, la de la recepción del gimnasio, tuvo una charla en plan maternal con ella. De esas tipo: «¿Te das cuenta de que estás jugando con fuego?». Pero yo no podía hacer nada para evitarlo.

—¿Morgan había estado otras veces a la caza de mujeres jóvenes?

Ryan se lo pensó un momento.

—No que yo sepa, pero preguntaré por ahí.

—Sí, por favor. También necesito saber si estuvo aquí la mañana del asesinato. No era uno de sus días habituales de consulta, pero, por lo que me han dicho, venía a veces al gimnasio. No está en la lista que nos dieron los informáticos del hotel con los socios que pasaron por el torniquete. Pero él sabría sortearlo. No es idiota.

—¿Cree que es el asesino?

Vera se dio cuenta de que lo primero que había pasado por la mente de Ryan había sido el hotel, la publicidad y lo que implicaría el arresto de un hombre que era prácticamente uno de sus empleados. Ryan no tenía a Morgan por amigo. No sentía una preocupación personal.

—No, ¡qué va! Estoy pensando en voz alta, barajando hipótesis. En eso consiste mi trabajo. Básicamente, se trata de distintas historias.

—El año pasado por poco le pedimos que se fuera. Cuando pasó todo aquello del niño. —Ryan estaba mirando por la ventana—. Pero, al final, él consiguió convencer a Louise.

—Tiene buena mano con las mujeres, ¿verdad? —Vera dejó escapar una risita para hacerle ver que la pregunta no era verdaderamente relevante.

—Parece que sí, porque Louise es un hueso duro de roer para los negocios.

—¿Morgan trajo alguna vez a Mattie Jones, la madre del niño? —le preguntó Vera.

Ryan negó con la cabeza.

—Que yo sepa, no. Y, desde que Freya y él se fueron a vivir juntos, ella tampoco se ha dejado ver por aquí. Las chicas con las que trabajaba la invitaron a que viniera a comer un día, pero no quiso.

—¿Tiene usted llave de la sala que utiliza de consulta?

—Claro. Pero Michael no deja allí su equipo. Lo trae cada día.

—¿Se ocupa él mismo de las citas? ¿O lo hacen las chicas de recepción por él?

—Lo hace todo él —dijo Ryan—. Si alguien está interesado en la consulta, le damos su número de móvil.

—Así que no hay agenda de citas. —Vera debería haber sabido que no iba a ser tan fácil—. No hay manera de hacerse con su lista de clientes.

—Lo siento.

La inspectora hizo un gesto hacia la puerta cerrada, el punto que separaba el espacio privado de Ryan del mundo exterior del hotel.

—Oiga, cielo, ya que va a hacer esas averiguaciones por mí sobre el tal Michael Morgan, hágame el favor de enterarse también de si alguien lo vio alguna vez con Jenny Lister.

Ryan asintió. Otro joven deseoso de complacerla.

—Creo que me daré una vuelta para charlar con la gente de todas formas. ¿Le parece bien?

—Por supuesto.

Pero Vera sabía que Ryan estaría encantado cuando se la quitara de encima, cuando se largara, por fin, del establecimiento.

22

Vera deambuló por todo el hotel, abriendo puertas donde ponía «Solo para empleados», curioseando en los armarios y en la lavandería hasta que, por fin, dio con la sala del personal. Una caja de cerillas prácticamente sin luz natural, con una bombilla eléctrica cegadora en el centro y muebles que se habían ido retirando del resto del edificio. También había un montón de taquillas contra una pared.

Lisa, la de la piscina, estaba allí durante su descanso comiendo trozos de fruta de un táper, mientras leía una novela de bolsillo. Vera hizo un gesto en dirección al libro.

—¿Qué tal es?

En una esquina había un par de mujeres de mediana edad chismorreando. Levantaron brevemente la vista y retomaron la conversación, con la antena puesta.

Lisa dejó el libro y se comió el último trozo de melón.

—No está mal. Para distraerse, ya sabe.

—Sí, claro. Todos lo necesitamos de vez en cuando. ¿Tiene un minuto? ¿Le importaría enseñarme los entresijos de este lugar?

Para entonces, Vera pensaba que ya lo tenía todo dominado, pero así las entrometidas de la esquina no podrían escuchar su conversación.

—Claro. —Lisa cerró el táper y se lo metió en el bolso. Era una chica pálida por naturaleza, pero a Vera le parecía que ese día lo estaba aún más.

—¿Los empleados tienen pases?

Ya estaban fuera de la sala, pero seguían en la zona privada. Paredes grises, polvo, montones de aparatos irreconocibles aquí y allá.

—Sí, tenemos unos dispositivos electrónicos con los que entramos aquí desde las zonas públicas. Es supermoderno.

—¡Por Dios! —dijo Vera—. ¡Qué pesadilla! Yo perdería el mío la primera semana.

Lisa sonrió con indulgencia. Era el tipo de persona que jamás perdía nada.

—Y, una vez en la zona de empleados, ¿se puede acceder libremente a cualquier lado?

—Exacto.

—¿También a la piscina?

Vera estaba empezando a desarrollar el germen de una idea. Habían dado por hecho que el asesino había accedido a la piscina cruzando los vestuarios de los clientes, pero, si había un acceso para empleados, eso no tenía por qué ser así. Pensó que la había cagado otra vez, que no se había concentrado en lo más básico. Debería haber pedido un plano de la planta desde el primer momento. «No —rectificó—, Charlie es quien debería haberse ocupado.» De pronto pensó que todo eso de Elias Jones bien podía ser una distracción.

—Sí, el acceso está por ahí.

Lisa la llevó por un pasillo hasta un cuarto que era mitad almacén, mitad despacho. En una esquina había un escritorio de tamaño medio con un ordenador y un teléfono. El resto de la habitación estaba ocupado por los flotadores y churros de poliespán que se utilizaban en las clases de acuaeróbic. La joven abrió otra puerta y llegaron a la zona de la piscina, a pocos metros de la sauna.

Lisa sacó de un cajón un paquete de cubrezapatos de plástico azul.

—Si quiere salir, tendrá que ponerse esto.

Vera se los calzó y salió a la zona embaldosada. Esos protectores de plástico eran igualitos a los que usaba en la escena de un crimen. La piscina estaba tranquila. Podía oírse ese eco extraño que le recordaba a músculos doloridos y corazón acelerado. Unos nadadores resueltos surcaban las aguas, mientras un par de mujeres descansaban despatarradas en unas hamacas. Desde el exterior, cuando estaba cerrada, la puerta del despacho parecía un simple panel de la pared. No era extraño que no se hubieran fijado en ella. Lisa debió de imaginarse lo que pensaba la inspectora.

—El arquitecto quería un diseño elegante —dijo—. Hay un par de almacenes más y también están ocultos. Este es el único al que puede accederse desde ambos lados.

Vera volvió a entrar en el despacho, junto a la joven, y apoyó el trasero en el escritorio.

—¿Conoce a un tal Michael Morgan?

—¿El de las terapias alternativas?

La pregunta era bastante convincente, pero no consiguió engañar a Vera. Lisa lo conocía de sobra. De repente, estaba más alerta.

—El que trabaja aquí una vez a la semana y dejó embarazada a una de las camareras jovencitas. ¡Ese! —Vera miró a Lisa a los ojos—. ¿Alguna vez intentó ligar con usted?

—¡No, en absoluto! Él nunca lo haría. —Lisa parecía horrorizada por la idea.

—¿Y por qué no? Tiene historial en ese terreno.

—Yo era paciente suya —dijo la chica—. Teníamos una relación profesional.

Le subió una oleada de color del cuello a las mejillas.

«Puede que fuera profesional, pero a usted le habría gustado que fuera más que eso. ¿Qué es lo que pasa con Michael Morgan y estas mujeres insensatas?», pensó Vera.

—Hábleme de ello.

—Para mí era complicado trabajar aquí. A ver, que me gusta mi trabajo y lo hago bien, pero nunca me he sentido cómoda.

—La acosaban —dijo Vera.

—Suena un poco fuerte, pero así es como me sentía. No voy a las discotecas con las otras chicas y no me interesan las mismas cosas que a ellas. Pueden ser realmente crueles. Llegó al punto de que me daba pavor venir a trabajar y empecé a tener ataques de pánico. Mi médico de cabecera no pudo ayudarme, así que probé con Michael.

—¿Y él sí pudo?

Lisa asintió.

—No sé cómo funciona, pero hizo que me sintiera muy tranquila. En plan de que ya no me importaba lo que pensaran de mí los demás. Volvió a apetecerme venir al trabajo.

—¿Alguna vez lo vio fuera de aquí? —le preguntó Vera.

—No. —Lisa estaba jugueteando con un flotador, retorciéndolo entre las manos—. Mire, ninguno de los otros empleados sabe que fui a su consulta. Siempre han cotilleado mucho; primero, cuando asesinaron al niño y, después, cuando se lio con Freya. Como si fuera un rarito. Les encantaría saber que Michael me atendió. Les daría más munición para meterse conmigo. Pero él me trató bien, con dulzura. Y le estoy muy agradecida.

—¿Alguna vez lo pilló en la zona a la que no tiene acceso el público?

Lisa arrugó el entrecejo.

—No. Solo en el despacho que usaba para pasar consulta.

—Pero tendría uno de esos dispositivos mágicos para poder entrar a esta zona, ¿no?

—Supongo. —Lisa miró la hora—. Lo siento, debo irme. Mi turno empezó hace diez minutos.

—¿Algún otro miembro del personal fue a su consulta?

Lisa estaba ya atravesando la puerta, pero se giró para contestar.

—Bueno, yo no lo sabría, ¿no cree? Igual que yo, ninguno lo admitiría.

VERA CONDUJO POR los estrechos caminos secundarios que iban del Willows a Barnard Bridge, calculando cuánto tardaba. No había un motivo en concreto, salvo que parecía lo sensato y que no tenía ganas de volver a la comisaría de Kimmerston. No tenía en mente a ningún habitante del pueblo en particular como autor del asesinato. Connie Masters no habría dejado a su hija sola en la casita para recorrer el trayecto de dieciséis kilómetros y matar a su excompañera de trabajo. Y, si bien a Vera seguía encantándole la idea de sentar a Veronica Eliot en el banquillo, no creía que ella tuviera motivos para asesinar a Jenny. Ahora que conocía mejor la distribución del gimnasio, le parecía más probable que la persona a la que buscaban fuera un miembro del personal. Pensó que debía localizar al estudiante que estaba de limpiador cuando ocurrieron los hurtos en el Willows. Quizá se pasara por su casa esa misma tarde y lo pillara por sorpresa. Pero antes tenía que comer.

La niebla del día anterior se había disipado. Hacía sol y una temperatura inusualmente cálida para los primeros días de la primavera. Al doblar una esquina, Vera vio a una pareja en mitad de la calle. Hannah Lister y Simon Eliot, caminando de la mano. La chica llevaba vaqueros y una blusa de muselina blanca. Simon parecía grande y patoso a su lado. «La bella y la bestia», pensó Vera. Incluso a esa distancia y de espaldas, pudo percibir la conexión que había entre ellos, como una especie de carga eléctrica, y volvió a sentir su consabida punzada de envidia. ¿Era una bruja horrible porque los enamorados siempre la hicieran sentir así? ¿Es que quería que el mundo entero estuviera tan solo como ella?

La pareja se metió en el arcén para dejar paso al coche, pero Vera redujo la marcha.

—¿Queréis que os lleve?

Se dio cuenta de inmediato de que debería haber seguido conduciendo sin saludarlos. Había interrumpido un instante de felicidad de Hannah, un momento de evasión. Al bajar la ventanilla del coche, Vera se percató del canto de los pájaros del bosque junto a la carretera y era consciente de que estaba intentando desenmarañar ese sonido para discernir especies concretas. Su padre solía poner a prueba sus conocimientos cada vez que salían juntos: «Venga, Ve, no me seas zoqueta. ¡Ese tienes que sabértelo!».

Esperaba que los jóvenes se negaran automáticamente y le sorprendió que, tras un momento de vacilación, se subieran al coche: Simon en el asiento de atrás, a pesar de que era tan alto que casi se tocaba la barbilla con las rodillas, y Hannah delante.

—¿Adónde queréis ir? —preguntó Vera—. ¿Vais a casa?

—¿Adónde vamos, Simon? —La chica se giró para hablar con él. Hablaba con voz crispada, casi frenética—. ¿Roma? ¿Zanzíbar? ¿La Luna?

Él se inclinó hacia delante y tomó la mano de Hannah entre las suyas.

—Iremos a Roma en verano —dijo con calma—. O a Zanzíbar, si prefieres. Pero ahora, inspectora, sí, será mejor que vayamos a casa. A la mía, por favor. Ha hecho un día tan bueno que hemos madrugado mucho y nos hemos pasado la mañana caminando, pero creo que ahora Hannah está muy cansada. ¡Menos mal que ha venido usted a rescatarnos! Mi madre se ha ofrecido a hacernos la comida.

—Debes de sentirte mejor si tienes ganas de enfrentarte a tu suegra —dijo Vera con una sonrisa.

—El médico me recetó unas pastillas y la verdad es que ahora no siento mucho. —Hannah había perdido todo el fuelle tras su enérgico intercambio con Simon. Estaba apoyada en el asiento, con los ojos entrecerrados.

—Pero tienes que comer. Y ninguno de los dos queremos ir al supermercado —comentó Simon.

El chico seguía inclinado hacia delante, con el cinturón estirado al máximo posible, mientras acariciaba el dorso de la mano de Hannah.

—Nunca te lo he preguntado —dijo Vera, hablándole al reflejo de Simon en el retrovisor—. ¿Dónde estabas la mañana que murió Jenny?

De pronto, había tenido el horrible pensamiento de que podría estar implicado de alguna manera. Después de todo, ella no había comprobado si el chico tenía coartada. Pero detestaba pensar que el sostén de Hannah fuera un asesino.

—En casa —contestó—. Hannah quería estudiar y no habíamos quedado hasta la noche.

Debió de imaginarse por qué Vera le preguntaba aquello, pero no parecía ofendido en absoluto.

—¿Tu madre también estaba?

—No sé —dijo el chico—. Yo había salido de marcha la noche anterior con algunos de los colegas con los que fui a la escuela. No amanecí hasta el mediodía. Mi madre no estaba cuando me levanté, pero llegó poco después.

Estaban acercándose al cruce de entrada al pueblo. La casita de Connie Masters quedaba a un lado y la casa grande de color blanco, al otro.

—¿Conocéis a la mujer que vive ahí? —Vera hizo un gesto con la cabeza en dirección a la casita.

—No, pero he visto gente. Una niña y su madre. ¿Son inquilinas permanentes? Porque solía ser una vivienda de vacaciones.

—Se apellida Masters —dijo Vera—. Connie Masters.

Hannah se removió en el asiento.

—¿No es esa la trabajadora social que supervisaba a Mattie Jones?

—Así es. ¿Hablaba tu madre de ella?

—No sabía que vivía aquí. A mamá le daba pena. Por cómo la había tratado la prensa al cagarla con Elias Jones.

Vera se quedó mirando a los jóvenes mientras se alejaban, y se preguntó qué habría pensado ella de la madre de Hannah si la hubiera conocido. Las mujeres atractivas la disgustaban por principio, y la suficiencia de Jenny, su seguridad de que siempre tenía la razón, también la habría irritado. A la inspectora le daba la sensación de que Jenny, a quien aparentemente tanto admiraban y respetaban los demás, podría haber tenido muchos enemigos secretos. Un libro que habría sacado a la luz las flaquezas de los usuarios de los servicios sociales y de sus compañeros de trabajo sin duda habría contribuido a ello. Connie, por ejemplo, habría aparecido en él casi con toda seguridad. Obviamente, a ella le interesaría cerciorarse de que la obra de Jenny nunca saliera a la luz.

23

VERA APARCÓ EN la calle principal del pueblo y se fue en busca de algo que comer. El pub estaba abierto y tuvo la tentación de almorzar allí, pero sabía cómo volaban las noticias en los lugares pequeños. «Esa jefaza de la policía estuvo bebiendo al mediodía», dirían. Además, quería algo más que una bolsa de patatas fritas y, al parecer, eso era todo lo que le podían ofrecer. Mientras recorría la calle, llamó a Ashworth.

—El bolso de Lister. Aún no ha aparecido. Una cosa grande, de cuero rojo, que usaba como maletín.

Sabía que gritar no serviría de nada, porque el bolso era una de las prioridades del equipo y una gran parte de la Policía de Northumbria ya lo estaba buscando. Pero tenía la glucosa baja y eso siempre la ponía un poco agresiva.

—¿Sería posible que nos encontráramos en casa de Danny Shaw? He pensado que ya es hora de que lo conozca.

Se topó con el Salón de Té del Tyne y decidió que eso le valdría. Todas las ventanas daban al río y el establecimiento estaba bañado por una luz verde y relajante, procedente de los árboles y los reflejos del agua que se había filtrado en el terreno inundable. La mayoría de las mesas estaban ocupadas. Eran parejas mayores: en su mayor parte, mujeronas autoritarias y hombrecitos dominados. «Amores, deberíais de haber seguido trabajando —pensó, canalizando su lástima hacia los hombres—. Seguro que no os imaginabais que la jubilación temprana sería así, haciendo de chóferes para vuestras esposas y tomando té a todas horas.»

Se concentró en el pastel casero de carne encurtida y el paradero del bolso de Jenny Lister. ¿Lo habría sacado el asesino de la taquilla de la mujer? ¿Significaba aquello que la habían matado por lo que contenía, sus notas para el libro que pensaba escribir? ¿Y qué había sido del bolso después? Sería difícil destruir un objeto de gran tamaño como ese, pero los documentos que hubiera dentro podrían haberse quemado, claro. Sacudió la cabeza y le hincó el diente a un merengue de crema cubierto de virutas de chocolate. Estaba crujiente por fuera y ligeramente pastoso en el centro, tan cerca de la perfección como solo podía estarlo una obra de arte, no un fruto de la ciencia. El bolso, y con él el cuaderno, estarían probablemente en algún vertedero y nunca los encontrarían.

JOE ASHWORTH ESTABA esperando a la jefa fuera de la casa de Danny Shaw. Vera se subió al coche de su sargento para charlar antes de entrar. Era una vivienda más lujosa de lo que Vera se esperaba: una casita independiente ampliada, con un pequeño huerto en la parte trasera. Si estuviera en plena ladera de una montaña, a ella no le habría importado nada vivir allí. La vivienda, rodeada de árboles, se encontraba en un valle, a las afueras de una aldea entre Barnard Bridge y el Willows. Vera hizo un gesto con la cabeza en dirección a la casa.

—Creía que habías dicho que estaban pasando por momentos difíciles desde la recesión.

—Probablemente estén hipotecados hasta el cuello —contestó Ashworth—. Igual lo ven como un activo del que no quieren desprenderse. El caso es que ese fue el motivo por el que la madre empezó a trabajar en el Willows.

—¿Estará trabajando ahora?

—Supongo que sí.

En el exterior del coche podía escucharse el cacofónico trino de los pájaros del bosque que parecía ser la banda sonora del caso que tenían entre manos. Vera intentó no escucharla, negándose a someterse a la prueba que le hacía su padre. El jardín estaba descuidado: aún no habían cortado el césped por primera vez esa primavera y los hierbajos sobresalían entre las losas del caminito que conducía a la entrada principal. En una esquina podían observarse los restos desperdigados de una hoguera. Quizá en su día habían tenido un jardinero que iba una vez a la semana, pero probablemente ese había sido uno de los gastos suprimidos. Al acercarse a la casa, oyeron música.

—¡Genial! —dijo Vera—. No hemos perdido el tiempo viniendo.

Danny estaba sentado en una terraza embaldosada, con un reproductor de CD en la mesa que estaba junto a él. Tenía las piernas estiradas y apoyaba los pies en otra silla de jardín de madera. Sobre sus rodillas había un libro abierto, pero estaba boca abajo. Aunque tenía la cabeza girada en dirección contraria, Vera intuyó que estaba durmiendo. El sol no calentaba mucho y el chico escondía la barbilla dentro del cuello del jersey gordo de lana que llevaba.

—Hay que aprovecharlo al máximo en esta época del año, ¿verdad?

Vera se sentó sobre la mesa, que se balanceó bajo su peso. El chico no respondió. Hubo un momento de ira. Gallito cabroncete. Aunque estuviera dormido, la pregunta debería haberlo despertado.

—¡Contesta, chaval!

Tampoco hubo respuesta. Vera pareció tardar una eternidad en darse cuenta de lo que había ocurrido. Estiró el brazo para comprobar si el chico tenía pulso y sintió la carne fría y muerta bajo sus dedos, pero seguía sin creérselo. Levantó los párpados del joven y vio los puntitos rojos en el blanco de sus ojos. Después, retiró la parte superior del jersey de Danny y observó la línea que tenía alrededor del cuello. Solo entonces cayó, como si lo hiciera desde un quinto piso, en que a él también lo habían asesinado. Lo habían estrangulado de la misma manera que a Jenny Lister. Pero, esta vez, la muerte era responsabilidad de Vera, un fallo suyo. La música del reproductor le taladraba los oídos, burlándose de ella y ahogando el sonido de los pájaros. Sabía que no debía tocarlo. Podría haber una huella parcial en el interruptor, que era liso y de plástico. Pero ese ruido la estaba volviendo loca, así que se alejó de allí, hacia la carretera, recobrando la compostura lo justo para gritarle a Joe:

—¡Quédate ahí! Voy a dar aviso.

De pie junto a su coche, mientras esperaba a los de la Científica —ese alboroto de expertos que se reunían en la escena de un asesinato como aves de rapiña sobrevolando una oveja muerta—, Vera deseó, por primera vez desde hacía diez años, no haber dejado de fumar. Aunque no conocía a Danny Shaw, su muerte le estaba afectando más que ninguna otra de su carrera. En ese caso se había dormido en los laureles. Ni siquiera se le había ocurrido que pudiera cometerse otro asesinato. Las ideas empezaban a agolpársele en la cabeza. ¿Por qué habrían asesinado a Danny Shaw? ¿Por algo que había visto? ¿Por algo que sabía?

Vera oyó el ruido de un coche que se acercaba por la carretera. Esperaba que fueran los policías de apoyo que había solicitado para que acordonaran la escena, pero el coche era pequeño y verde y lo conducía la madre de Danny.

Karen Shaw salió como una exhalación.

—¿Qué desea? —preguntó. Estaba irritada, parecía que buscara camorra, porque daba por hecho que Vera había ido a darle la lata a su hijo. Lo cual era cierto, por supuesto. Entonces se percató del estado de ánimo de la inspectora. Se plantó en medio de la carretera y preguntó:

—¿Qué ha pasado? ¿Dónde está mi hijo?

Vera no fue capaz de formular una respuesta y, antes de poder detenerla, Karen ya había entrado en la casa y corría a toda prisa, gritando el nombre de su hijo.

Para cuando la inspectora la alcanzó, la mujer había salido al jardín por una cristalera del salón y Joe Ashworth la sostenía entre sus brazos. Era muy bajita, solo le llegaba al pecho. Él la estrechó y la dejó sollozar. Vera se quedó observándolos, sintiéndose impotente, inútil. Al menos el CD había terminado y la música se había detenido.

MÁS TARDE, LOS tres estaban sentados en el salón de un vecino. Karen no quería salir de su casa, pero Joe se lo había explicado:

—Tenemos que dejar que los científicos se pongan manos a la obra. ¿Lo entiende?

Karen había asentido, sin entender una palabra, pero no tenía fuerzas para llevarle la contraria. Habían llamado al padre de Danny, que ya estaba de camino, pero Vera quería hablar con Karen inmediatamente. En ese mismo instante, antes de que llegara el marido. Lo último que necesitaba era un macho alfa sobreprotector rondando por allí.

—Karen, ¿cómo estaba Danny? Quiero decir estos últimos días. Desde que encontramos el cuerpo de la señora Lister en la piscina.

—No la entiendo.

—¿Le pareció que estuviera nervioso o preocupado? ¿Asustado?

—¿Me está diciendo que se suicidó?

Vera se lo había planteado por un momento. Sería una explicación muy metódica para el caso: que Jenny hubiera visto a Danny robando, que este la hubiera matado para silenciarla y

207

que después él mismo se hubiera suicidado por no poder aguantar la presión. Pero nadie se suicidaba por estrangulamiento.

—No —le contestó Vera con delicadeza—. Creemos que lo asesinaron.

—Danny nunca tenía miedo —dijo Karen—. Ni siquiera de niño. Trepaba a los árboles más altos que encontraba, se alejaba muchísimo de la orilla cuando se metía en el mar. Un insensato. Siempre dijimos que algún día acabaría matándose. —Miró a Vera con desolación—. Los chicos del pueblo solían jugar a verdad o atrevimiento y él siempre ganaba.

—Nervioso, entonces. —Vera intentó no transmitir su impaciencia—. ¿Lo describiría mejor esa palabra?

Karen estaba manteniendo la compostura de forma sorprendente: estaba en estado de *shock*, pero la realidad de la muerte de su hijo aún no la había empezado a afectar. Vera quería sacarle tanta información como fuera posible mientras siguiera pensando con claridad.

—Más bien impredecible —dijo Karen—. O temperamental. Odiaba su trabajo en el Willows, pero ya solo le quedaban cinco días antes de volver a Bristol.

—¿Qué estudiaba? —En ese momento la inspectora solo quería que la mujer siguiera hablando.

—Derecho.

Vera se imaginó el tipo de abogado en el que se habría convertido Danny. Uno fanfarrón, con traje caro y una becaria jovencita y guapa a su lado, que escuchara atentamente cada una de sus palabras. Pero no habría llegado muy lejos con antecedentes penales. Que Jenny Lister lo hubiera pillado metiendo la mano en la cartera de alguien habría sido un buen móvil para el asesinato. Danny podría haber tenido la arrogancia de pensar que podía robar sin consecuencias y considerarlo un complemento de su sueldo, casi un derecho. La inspectora conocía sinvergüenzas de clase media que eran así. Pero, en ese caso, la víctima era él, y nada de aquello parecía relevante. Vera se sentía perdida en la niebla, sin un punto de referencia y sin saber hacia dónde dirigir sus pasos.

—¿Conocía Danny a Michael Morgan? —Ashworth había tomado el relevo con las preguntas. Se inclinó hacia delante, de modo que su mano y la de la afligida mujer casi se tocaran—. El acupuntor que pasaba consulta en el Willows. ¿Danny lo conocía?

Karen no respondió y Joe siguió hablando, con un tono suave y calmado, que ayudaba a la mujer a permanecer tranquila.

—Es que creo que podrían haber mantenido algún tipo de amistad. A pesar de la diferencia de edad, claro. Pero dos hombres con educación en un trabajo lleno de mujeres podrían acabar haciéndose amigos.

Karen levantó la vista.

—Le dije a Danny que ese no era trigo limpio. Que se mantuviera alejado.

—Pero los chavales nunca hacen caso de nuestros consejos, ¿verdad?

Por cómo hablaba, parecía que Joe también tuviera hijos adolescentes. Admirada, Vera se puso cómoda y le dejó continuar.

—Siempre creen que tienen la razón. —El sargento hizo una pausa—. ¿Cómo se conocieron Morgan y Danny?

—Tomando uno de esos cafés modernos en la cafetería del hotel. Danny decía que no soportaba la porquería que tomaban en la sala del personal. Desde que se mudó a Bristol, se había vuelto pretencioso. En casa nunca tomamos más que café instantáneo. —Karen torció un poco el gesto, burlándose de su hijo—. Iba a la cafetería antes de empezar su turno y Morgan solía estar allí después de acabar el suyo.

—No me imagino a Danny embaucado por la moda de las terapias *new age*.

—Dijo que Morgan tampoco lo estaba. No del todo. Para él era solo otra oportunidad profesional, una manera de conseguir lo que quería.

Karen parecía agotada por la charla. La conmoción empezaba a pasarle factura.

—¿Y qué era lo que quería Morgan, cielo? ¿Se lo contó Danny? —Vera pensó que eso era importante. ¿Qué había entre el estudiante y ese hombre mayor? Necesitaba que Karen no se derrumbara antes de responder.

—Al parecer, lo mismo que todos. Un sueldo decente. Una casa bonita. Mujer e hijos.

—¡Pero sus posibles mujeres eran tan jóvenes!

—Ya lo creo. Y Danny hablaba como si Morgan fuera digno de admiración. Me sacaba de quicio. «Pero mira cómo trata a las mujeres», le decía yo. Y Danny simplemente sonreía. Decía que Morgan era un hombre al que le gustaban las cosas bellas y las mujeres jóvenes solían ser más bellas que las mayores. No creía que eso tuviera nada de malo. —Karen se calló repentinamente, entrecerró los ojos y puso la cara de un gato a punto de bufar—. ¿Creen que Morgan mató a Danny? ¿Por eso me hacen todas estas preguntas?

—No. —Para ir sobre seguro, Ashworth intervino, repitiendo los tópicos habituales—. Tenemos que hacer preguntas, establecer conexiones.

A Vera no le habría importado dejar a Karen a solas con Morgan. Habría dado lo que fuera por verla hacer pedazos a ese hombre, sin importar si había matado a Danny o no.

—¿Tenía su hijo algún otro amigo en el Willows? —le preguntó.

—No sé mucho sobre los amigos de Danny. Ya no —dijo Karen. Usaba un tono aséptico y sosegado—. Cuando iba al instituto de Hexham, teníamos muy buena relación. Éramos amigos.

Pero últimamente ya no hablaba conmigo. Desde que se fue a la universidad, era como si tuviera una vida completamente nueva. Solo me enteré de que quedaba con Morgan porque los vi juntos en el trabajo. Supongo que era natural que se distanciara de nosotros al irse de casa. Pero era nuestro único hijo y me resultaba duro sentir que en su vida ya no había lugar para nosotros. Y ahora nos ha dejado para siempre. Nunca tendremos la oportunidad de arreglar las cosas. —Karen se echó a llorar.

24

ESE DÍA TOCABA guardería y el tiempo era lo bastante bueno como para que Connie y Alice fueran caminando. Los rumores que corrían por ahí giraban todos en torno a la muerte de Jenny Lister, lo cual suponía un cambio muy agradable frente a los chismorreos habituales sobre Elias Jones y ella. Como había trabajado con la víctima del asesinato, esta vez las mujeres la incluyeron en la charla mientras esperaban a que abrieran las puertas. Al principio fueron algunas preguntillas vacilantes, pero, unos minutos después, Connie se vio rodeada por todo un grupo de mujeres jóvenes y alborotadas.

—¿Qué crees que ocurrió? La verdad es que los periódicos no dicen mucho. ¿Qué te ha contado la policía?

Aunque se sintió como una fulana, Connie les dio exactamente lo que querían: algunos datos sobre Jenny y su trabajo en servicios sociales. Cuando abrieron el centro, estaban tan ensimismadas que no entraron en tromba como hacían siempre.

Veronica Eliot estaba allí, ocupándose de las matrículas para el trimestre siguiente. Estaba sentada tras una mesa pequeña, con un portadocumentos y un bolígrafo. Llevaba brillo de labios e iba impecable. El cuello de la blusa de lino negra estaba tan almidonado que Connie se preguntó cómo no le rebanaba la nuca como una cuchilla. La joven se puso a la cola de las matriculaciones. Cuando las cosas se habían puesto muy feas, se había planteado cambiar a Alice a un centro en el pueblo de al lado o incluso acosar a su ex hasta que accediera a pagar una guardería privada, pero Alice iba a empezar la escuela primaria en septiembre y habría sido un jaleo cambiarla solo para un trimestre.

Cuando Connie llegó a la mesa, se produjo un momento embarazoso. Supuso que Veronica no quería que mencionara que habían comido juntas. Eso indicaría un cambio tan radical en su relación que a Veronica le costaría explicarles a las otras madres su nueva actitud. ¡Qué complicados eran los rodeos típicos de las mujeres! Sin duda, los hombres eran mucho más directos en el trato. Sin embargo, Veronica le dirigió una sonrisa amistosa.

—Me lo pasé bien el otro día. Deberíamos repetirlo —le dijo.

El saludo pilló por sorpresa a Connie. Miró a Veronica, sospechando que hablaba con sorna o tenía algún motivo oculto. ¿Sería el comienzo de una broma a su costa?

—Fue muy amable por tu parte.

Connie echó un vistazo a su alrededor. Era la última de la cola. Las otras mujeres se estaban dispersando. Pensó que Veronica nunca habría hecho ese comentario delante de otra gente.

—¿Por qué no vienes a mi casa? —Connie se preguntó por qué había sentido la necesidad repentina de devolverle la invitación—. ¿Cómo te viene hoy? Ven a merendar. No te ofrezco nada casero, pero el otro día me di el capricho de comprar un bizcocho en el Salón de Té del Tyne y son muy buenos.

Veronica levantó la vista del papel y Connie esperó un desaire. Con suerte, una excusa educada. En el pueblo había una jerarquía y ellas se movían en círculos diferentes, aun sin la complicación añadida de la mala fama de Connie.

—¡Gracias! —dijo Veronica. Entonces compuso una sonrisa breve, casi triunfal, como si hubiera estado todo ese tiempo esperando la invitación—. ¿Te parece bien sobre las cuatro? ¡Hasta luego entonces! —Cogió el cheque que le tendía Connie y posó el bolígrafo sobre la mesa.

Connie regresó caminando a su casa, preguntándose qué habría ocasionado ese cambio en Veronica. No lo entendía. ¿Qué podría querer Veronica Eliot de ella?

Durante el tiempo que Alice estuvo en la guardería, Connie se dedicó a ordenar la casa. Mientras quitaba el polvo y pasaba la aspiradora, observó la vivienda desde la perspectiva de Veronica y se imaginó las miradas desdeñosas que echaría a los muebles estropeados, las telarañas y la suciedad. Pero cuando la mujer llegó, un poco antes de lo esperado, y sorprendió a Connie en la puerta de la cocina con un ramo de flores de su propio jardín, su actitud fue cortés:

—¡Por el amor de Dios! ¡Qué cambiada está la casa! Una vez vine a cenar cuando los propietarios estaban aquí y no era para nada así de acogedora.

De todas formas, acabaron sentándose en el exterior, que, a pesar de la brisa, era más agradable que el húmedo interior. Alice llevaba las botas de agua y chapoteaba en el barro y en la arena que formaba una playita entre el arroyo y el río. Connie sirvió el té de una tetera de porcelana que había encontrado al fondo de la despensa y que había fregado para la ocasión. Volvió a acordarse del joven que había aparecido en su puerta la tarde del asesinato de Jenny. Ese día también habían tomado té en el jardín.

Veronica estaba hablando de su hijo.

—Dice que siguen con la idea de casarse dentro de un año. Le ofreció a Hannah llevársela por ahí, al extranjero, y hacerlo inmediatamente, aunque no entiendo cómo piensa que eso podría compensarla por la muerte de su madre. Jenny estaba igual de contenta que yo con esa boda. Imagínate: una ceremonia cutre en una playa, rodeados de turistas en uno de esos viajes con todo incluido. Me alegra que Hannah tuviera la sensatez de rechazar ese plan. Dice que debe cumplir la promesa que le hizo a su madre y esperar hasta que Simon se saque el máster. Al menos eso le dará algo de tiempo a mi hijo. ¡Quién sabe lo que pensarán dentro de doce meses!

—Supongo que tendrá que volver a la universidad en un par de semanas, cuando empiece el siguiente trimestre.

A Connie no le interesaban demasiado los planes de Simon Eliot, pero conocía las reglas del juego. Cada mujer debía permitir que la otra hablara de lo que más le importaba. Pronto Veronica dejaría que ella conversara sobre Alice, lo inteligente que era y lo bien que se había adaptado a su nuevo hogar. La escuela primaria del pueblo de al lado tenía mucha fama y había lista de espera. Veronica era miembro del consejo escolar y podría ejercer su influencia si había problema de plazas. Quizá Veronica quisiera sacar algo de ese encuentro, pero Connie estaba en la misma situación.

—Le he dicho a Simon que debe volver a la facultad —dijo Veronica con voz firme—. Por supuesto, él quiere quedarse aquí por Hannah, pero no puede dejar de vivir su vida. ¡Que la chica tiene padre, hombre! Ya sé que nunca se han llevado muy bien, pero creo que él debería responsabilizarse un poco. —Calló un momento—. ¿No crees?

La pregunta, un tanto inesperada, sonó furibunda.

—Me figuro que ella quiere quedarse en Barnard Bridge hasta acabar los estudios.

Connie no quería enemistarse con Veronica ahora que estaban tan bien avenidas, pero creía que la fidelidad de Simon era admirable. Si a ella le pasara algo, Connie no estaba segura de si le confiaría a su exmarido el cuidado de Alice. ¿Cómo encajaría la pobre en la nueva familia de su padre?

—Eso parece. Y luego se irá a vivir a Durham con Simon! Le compramos un pisito, una verdadera ganga con el mercado inmobiliario como está, y además fue una forma de invertir. ¡Durham está tan de moda! Pero no se lo habríamos comprado si hubiéramos previsto las consecuencias.

Alice se había adentrado en el arroyo. En esa zona no era profundo aunque el río estuviera crecido más adelante, y el agua prácticamente no le llegaba a la caña de las botas, pero Connie le gritó, encantada de tener una excusa para no responder a Veronica:

—¡Ten cuidado, no vayas a mojarte!

Veronica levantó entonces la mirada, distraída, al parecer, de sus propios pensamientos.

—¡Ay, sí, cariño! Vuelve y juega aquí. Eso parece un poco peligroso. Será mejor que estés en terreno seco.

—No le pasará nada —dijo Connie con brusquedad. Pensó que era probable que Veronica hubiera sobreprotegido a su hijo. Además, ¿qué derecho tenía esa mujer a entrometerse?

Alice había encontrado un palo en la orilla y estaba toque-teando con él la vegetación que había al otro lado del arroyo. Había sombrillas enormes de perifollo verde, más altas que ella; las hojas de encaje y el tallo estriado de la planta debían de parecerle como un bosque de árboles: emocionante y misterioso.

—¡Ven aquí! —gritó Veronica, con una voz que denotaba un comienzo de pánico—. ¡Por Dios, ven aquí!

Alice se giró y frunció el ceño, pero hizo caso omiso de la mujer.

—No le pasará nada —repitió Connie. Recordó la forma en que Veronica había mirado a Alice cuando comieron en su casa—. En serio, creo que los niños necesitan sentir que viven aventuras. Tienen que aprender a asumir riesgos, ¿no crees?

—¿Cómo puedes decir eso? —Veronica estaba casi fuera de sí—. ¡Precisamente tú! ¡Si dejaste que muriera un niño que estaba a tu cargo!

Alice debió de oír esa voz chillona, porque volvió a girarse, preocupada por el tono a pesar de no haber distinguido las pa-labras. Se produjo un silencio. Solo se oía la corriente del agua sobre los guijarros. El ruido de un tractor a lo lejos. Connie no se atrevía a hablar. No quería perder los estribos delante de su hija.

—Lo siento —dijo Veronica, por fin—. No he sido justa contigo.

Contagiada quizá por la tensión que había entre las mujeres, Alice empezó a emprenderla a golpes contra el perifollo verde: aplastaba las plantas con el palo y las pisoteaba para abrir un camino entre la vegetación. Era la mayor incursión que había hecho nunca. Connie empezó a apilar las tazas y los platos. En ese momento, solo quería que Veronica se marchara. Le parecía obvio que, en realidad, nunca conseguirían más que tolerarse. La idea de que pudieran ser amigas, de que Veronica la incluyera en el círculo de las elegidas para las deliciosas comidas en la casa grande de color blanco era ridícula.

—¡He encontrado algo!

Alice estaba prácticamente oculta y su voz sonaba amortiguada y extraña. Connie se levantó, encantada de alejarse de Veronica. Según caminaba hacia el agua, el movimiento fue aliviando la tensión de sus músculos. Cruzó el arroyo, saltando sobre una roca grande y plana que había en el centro, para no mojarse los zapatos.

Alice estaba en un claro que había entre la maleza, mirando hacia abajo.

—¿Lo quieres, mamá? ¿Podemos quedárnoslo?

Y se agachó para alcanzar un bolso de cuero destrozado.

25

VERA VOLVIÓ A reunir a todo el equipo en la sala de reuniones de la comisaría de Kimmerston para informarles sobre el asesinato de Danny Shaw. Joe Ashworth no sabía qué mosca le había picado a su jefa. Se percibía la furia que recorría su cuerpo de forma espasmódica. Era como si creyera que habían estrangulado al chico solo para provocarla. Ashworth observó que esa tarde estaba más enfadada de lo normal. Había llegado antes que todos los demás y caminaba impaciente de un lado a otro. Sabía que era mejor no dirigirle la palabra, así que esperó en silencio a que llegara el resto del equipo.

El siguiente en aparecer fue Charlie. Tenía los ojos de un sabueso; llevaba un café en vaso de cartón en una mano y algún tipo de hojaldre envuelto en papel en la otra. Charlie siempre estaba a punto de sufrir una crisis, una depresión grave o un ataque de nervios. Cuando su mujer lo abandonó, durante un par de meses todos pensaron que iba a perder la cabeza. Ella siempre se había ocupado de las cosas prácticas: le lavaba y planchaba la ropa, le hacía la comida y ordenaba sus cosas. Como si fuera su madre. No se imaginaban cómo podría arreglárselas sin ella. Pero Charlie se había recuperado y sobrevivía, y cada día que iba a trabajar era un pequeño milagro. Hasta había aprendido a usar la lavadora y últimamente conseguía afeitarse antes de salir de casa.

Tenaz. Eso había dicho Vera de él una vez hablando con Joe:

—No puedes esperar que haga mucho por iniciativa propia, pero si le das instrucciones claras, solo tendrás que darle un empujoncito y dejarle marchar.

Holly fue la última en llegar. Había algo en ella, en la forma en que miraba a su alrededor, en la sonrisa vanidosa con la que se disculpó ante Vera por hacerles esperar, que a Ashworth le indicó que tenía algo importante que contarles. Seguramente la chica esperaría hasta el final de la reunión y entonces haría su anuncio triunfal. Como un puñetero prestidigitador cuando saca el conejo de la chistera.

Vera miró malhumorada a su equipo. Escribió el nombre de Danny en la pizarra, apretando furiosa el rotulador con cada letra.

—Nuestra segunda víctima: Danny Shaw. Su madre, Karen, trabaja como recepcionista en el gimnasio del Willows. Su padre, Derek, es constructor y promotor, y está pasando por problemas financieros. Danny era hijo único. Mimado al cien por cien. Cuando se hizo mayor, se fue a la universidad y se puso tontito con sus padres. Dejó de hablarles. Quería ser abogado, y podría tener un móvil para el asesinato de Lister, si es que Jenny lo pilló robando a sus compañeros.

—¿Cree que el asesinato de ese chico pudo ser una venganza? —preguntó Charlie—. ¿Por haber estrangulado a la mujer?

Vera se detuvo, inmóvil, con el brazo aún estirado en dirección a la pizarra. Ashworth pensó que iba a tomarla con Charlie, que lo llamaría imbécil por pensar algo así. Su forma de aliviar la tensión reprimida. Pero, por el contrario, Vera asintió.

—No lo había pensado, pero deberíamos considerar esa posibilidad. ¿A quién le importaba tanto Lister como para matar por ella?

—A su hija —gritó Holly desde el fondo de la sala.

—O al novio de su hija —dijo Vera—. Simplemente porque está loquito por la chica. Me lo puedo imaginar cometiendo un asesinato si ella se lo pidiera. No nos olvidemos de él.

—¿De qué iba Hannah a conocer a Shaw?

A Ashworth le parecía útil eso de hacer lluvias de ideas, pero esa no tenía ni pies ni cabeza.

—¿No habrían ido juntos a la escuela? Solo se llevaban un año. Sabemos que Simon fue a una muy pija en la ciudad, pero Danny y Hannah eran alumnos del instituto de Hexham. Preguntemos a los profesores y compañeros. Es otra conexión entre los Shaw y los Lister. Holly, ocúpate tú. Estas cosas se te dan bien y estás más cerca de esos chicos en edad que cualquiera de nosotros.

Vera hizo una pausa para recobrar el aliento. Tomó una bocanada de aire.

—Más novedades. Recibí una llamada mientras estábamos con los Shaw. Han encontrado el bolso de Jenny Lister. Pero aún no se sabe nada del cuaderno. Estamos a la espera de noticias. ¿A que no adivináis dónde lo encontraron? En Barnard Bridge. Justo al otro lado del arroyo que pasa por Mallow Cottage, la casita de Connie Masters. —Recorrió con la mirada a los presentes—. ¿Alguna idea?

Silencio. En otra sala, alguien se echó a reír. El ruido pareció crispar los nervios de Vera. Ashworth esperaba otra avalancha de quejas sobre lo malos detectives que eran, pero la jefa consiguió contenerse. En vez de estallar, señaló a Charlie con un gesto de la cabeza.

—¿Qué tienes sobre Morgan? Según la madre de Danny, ambos eran colegas. O, como mínimo, parece ser que Morgan ejercía cierta influencia sobre el chico.

Había mandado a Charlie a hablar de nuevo con las personas que habían estado en el gimnasio, por trabajo o por placer, el día que murió Jenny Lister. ¿Había visto alguno de ellos a Morgan por la mañana? Ese día no había pasado consulta allí, pero tal vez hubiera usado el gimnasio o la piscina. Ashworth pensó que Charlie se habría pasado el día bebiendo té en salones de casas ideales por todo el valle del Tyne, haciendo preguntas a los viejecitos de la clase de acuaeróbic. Lo que más podía gustarle.

Charlie se dejó caer sobre una silla de la parte delantera de la sala, se chupó los dedos e hizo una bola con el papel del hojaldre que aún tenía en la mano.

—Varias personas vieron a un joven que podría haber sido Morgan, pero no tenemos nada específico ni coherente. Tienen tantas ganas de echar una mano que da la sensación de que dirían cualquier cosa para contentarnos.

—Morgan no es tan joven.

Charlie forzó una sonrisa. «Algo es algo», pensó Ashworth. No recordaba la última vez que lo había visto sonreír.

—Créeme, para la mayoría de ellos, cualquiera que no haya cumplido los cincuenta es joven. Hasta yo soy joven —dijo Charlie.

Vera dirigió la mirada a Holly.

—¿Y bien? ¿Qué hay de la preciosa Freya? Cualquier prueba de que esa chiquilla conociera a Danny Shaw nos vendría muy bien.

Holly se puso recta y esperó a que Charlie la mirara también. «¡Dios! —pensó Ashworth—. ¡Es tan teatrera! Como una niña de ocho años con tutú, desesperada por lucirse con un baile nuevo.»

—¿Y bien? —repitió Vera, a puntito de perder los estribos. Ashworth se moría de ganas de que estallara la tormenta.

—Lo siento, pero no hay información sobre eso. —Holly exhibió una de esas sonrisas suyas que decían «No os lo vais a creer. ¡Si es que soy tan inteligente!»—. Pero he descubierto que Freya estuvo en el Willows la mañana que mataron a Jenny Lister.

—¿Y por qué no me lo dijiste nada más enterarte? —le preguntó Vera.

«Al menos, Vera no le va a dar la satisfacción de elogiarla», pensó Ashworth.

—Hasta ahora mismo no estaba segura.

Vera ignoró el comentario.

—¿Qué hacía allí?

—Hay una clase de gimnasia para embarazadas. Una mezcla de pilates y yoga. Algo así, no sé. Era su primera semana. Ya habíamos comprobado que Freya no era socia del gimnasio, pero estas clases especializadas están abiertas al público. Solo hay que pagar cada vez que se asiste a una.

—¿Y cómo te has enterado? —Joe no pudo contenerse—. ¿La vio alguno de los empleados?

—Para nada. Vi un anuncio y me pareció que era el tipo de clase que le gustaría a Freya. Hasta hace media hora no conseguí localizar a Natalie, la profesora. Por eso me he retrasado un poco.

Holly iba a entrar en detalles sobre lo lista que había sido en su búsqueda de la instructora, pero Vera la interrumpió.

—Vuelve al hotel mañana a primera hora. Pregunta a qué hora salió Freya del gimnasio aquella mañana. Debió de ser antes de que yo encontrara el cuerpo. De lo contrario, la habríamos visto entre los testigos. ¿Fue en coche o la llevó alguien? Y asegurémonos sin género de dudas de que Danny Shaw no estaba por ahí. Ya sabemos que su turno no empezaba hasta la tarde y que no estaría trabajando, pero quizá tuviera algún otro motivo para estar en el hotel. Si vio a Freya cometer el asesinato, ahí tenemos un móvil para la segunda muerte.

Ashworth se dio cuenta de que las ideas se agolpaban en la mente de Vera. No paraba de hablar, igual que sus hijos cuando tomaban demasiado azúcar o demasiados productos con aditivos.

—Cuando tengas todo claro, me llamas. Habrá que ir a Tynemouth a hablar con Freya. O, si han empezado las clases de este trimestre, iremos al centro donde estudia. Lo mejor es pillarla cuando no esté con Morgan. Aquí hay demasiadas coincidencias, joder.

—No creerá que Freya es una posible sospechosa, ¿no? —la interrumpió Ashworth—. ¿Por qué iba a matar a Jenny Lister?

—¡Porque se lo ordenó Morgan! Porque ese sabe cómo conseguir que las chavalitas vulnerables hagan lo que él quiere. ¡Vamos, hombre! ¡Si hasta consiguió que Mattie Jones matara a su propio hijo! —le espetó Vera.

Joe quería decir que no había pruebas de aquello, que Vera debería ser más prudente. Pero sabía que su jefa no estaba de humor para escucharlo.

26

ESTABA A PUNTO de anochecer. Joe Ashworth se encontraba junto a la inestable mesa de hierro forjado del jardín de Connie Masters, observando al de la Científica examinar el área de hierbajos donde aún yacía el bolso de Jenny Lister. Aunque él pensaba que era una pérdida de tiempo; tan solo un espectáculo rebuscado: un investigador con mono y cubrezapatos, que parecía un Teletubby gigante, e iluminaba la zona con una linterna potente. ¿Qué más esperaba encontrar? A Joe le parecía evidente que habían tirado el bolso entre la maleza desde la carretera. De lo contrario, ¿cómo es que el perifollo verde parecía intacto desde fuera de esa zona? Así que no habría huellas de calzado; el asesino no habría dejado ni rastro, si es que realmente había sido el asesino el que había tirado el bolso.

Vera había decidido que debían acercarse allí nada más terminar la reunión en Kimmerston. Aunque reacio, Joe había accedido, en parte porque temía que la jefa se lo pidiera a Holly si él se negaba, y también porque le faltaba la energía para protestar. Lo deprimió su propio cinismo. Generalmente, su entusiasmo por el trabajo y su posición de mano derecha, confidente e hijo postizo de Vera lo ayudaban a sobrellevar las fases aburridas de la investigación. Él se encargaba de motivar y animar a su jefa, de decirle que era un genio y de evitar que se descontrolara. Pero esta vez sentía como si se le hubiera agotado el entusiasmo. Vera lo achacaría al paisaje: tierra baja y anegada en el interior. Ella diría: «Joey, cariño, lo que necesitas es un buen viento del este que te sacuda las telarañas». Pero Ashworth creía que un paseo por la playa con brisa del mar no sería suficiente para mejorar su estado de ánimo.

Vera, por el contrario, seguía eufórica. Estaba junto a él, dándole gritos al hombre que trabajaba al otro lado del arroyo.

—¿Sabe cuánto tiempo lleva ahí?

—No exactamente.

Ese agente de la Científica era nuevo. Joe no lo conocía. Parecían desconcertarle las excentricidades de Vera y se comportaba como si estuviera ante un animal salvaje y agresivo, contento de que ella estuviera atrapada al otro lado del arroyo.

—Todavía no —añadió.

—Estoy buscando un cuaderno —le gritó Vera—. Uno de tamaño A4 y tapa dura. Lo necesito antes de que lo alcance el agua y se descomponga.

Joe sabía que el cuaderno no estaría allí. El asesino no era idiota. Quizá fuera difícil deshacerse del cuero, pero el papel y el cartón podían quemarse por completo. ¿Por qué iba a arriesgarse a tirarlo por ahí?

Vio que el agente se ponía en cuclillas para mirar el contenido del bolso. Estaba rodeado por la vegetación, así que solo alcanzaban a ver fugazmente su mono de vez en cuando: parecía un pájaro grande de color azul removiéndose en su nido.

El hombre se puso en pie y sacudió la cabeza.

—No hay cuaderno —dijo—. Le daremos el contenido cuando nos lo devuelvan.

Vera se tomó la noticia con más filosofía de la que se esperaba Ashworth. No echó pestes. Su furia parecía haberse desvanecido con la misma rapidez con la que había llegado. Nunca le había sentado bien estar encerrada en la sala de reuniones.

—Ya, bueno, no siempre conseguimos lo que queremos. Además, habría sido demasiado fácil, ¿verdad, Joe? Y a nosotros nos gustan los retos.

Volvió a gritar en dirección a la otra orilla.

—¿Estuvo trabajando en la escena del crimen de Shaw?

—No, Billy estaba a cargo de esa.

—Le daré la lata a él, entonces. He visto una hoguera y quiero que cualquier papel que quede se analice por la vía rápida.

El agente de la Científica la miró como si estuviera loca. Vera se dirigió a grandes zancadas hacia la puerta de la cocina, en la parte posterior de la casa. Se giró y le pidió a Ashworth que la siguiera.

—No te quedes ahí como un pasmarote. Ese hombre ya sabe lo que hace. Y puede trabajar sin espectadores.

Parecía que Vera ocupaba la totalidad de esa habitación tan pequeña. Connie estaba sentada en el suelo viendo la televisión. La niña debía de estar ya en la cama. Vera había llamado a la puerta de la cocina y había entrado sin esperar. Connie se levantó.

—¿Le apetece un té?

—¡Bien hecho, cielo! —Vera ignoró la pregunta—. Hizo lo correcto cuando se dio cuenta de lo que había encontrado la niña. Yo no lo habría hecho mejor.

Ashworth vio que Connie esbozaba una sonrisa de agrado. Por lo visto, todo el mundo deseaba complacer a Vera Stanhope.

La inspectora se inclinó hacia delante, posando sus enormes manos en las rodillas desnudas. De fondo, se oía la música introductoria de una telenovela que estaba empezando. Connie apagó la televisión apretando un botón del aparato.

—Supongo que comprende lo importante que es esto. —Vera le hablaba como si estuviera haciéndole una confidencia—. Si descubrimos quién tiró el bolso, estaremos en el buen camino para arrestar a alguien. Y usted vive aquí, está casi siempre en casa y su pequeña juega en el jardín. Quizá hayan visto a alguien.

—¡Dudo que el asesino se deshiciera de pruebas estando nosotras delante!

—Puede ser. —Vera hizo el paripé de que consideraba el argumento—. Pero tenemos que pensar cuáles fueron sus motivos para elegir este lugar en concreto pudiendo haber elegido cualquier sitio de Northumberland. ¿Por qué dejarían el bolso justo en la parte trasera de su casa?

—No creerá que fui yo, ¿no? Si hubiera matado a Jenny Lister, no sería tan estúpida.

—Claro que no, cielo. Y si creyera que usted asesinó a su jefa, estaríamos hablando en comisaría y grabándolo todo, no aquí, mientras nos tomamos un té. —Le dirigió una sonrisa—. Porque creo que me había ofrecido un té, ¿no es así?

—Ya lo preparo yo —dijo Joe, sabiendo que esa era la intención de Vera: que él se mantuviera ocupado con la tetera para que Connie tuviera la sensación de estar manteniendo una charla entre mujeres, pero sin dejar de estar atento por si pillaba algo que a su jefa se le escapara. Lo cierto es que formaban un buen equipo.

—No sé, puede que fuera una coincidencia —continuó Vera—. Pero no vive en la carretera principal y, en este tipo de lugares, a la gente le extraña ver coches desconocidos. Así que me pregunto si alguien ha estado divirtiéndose a nuestra costa. Causando problemas, con juegos en plan «Vamos a trastocarlo todo tirando el bolso junto a la casita de Connie Masters. Prendamos la mecha a ver qué pasa». Porque me da la sensación de que a nuestro asesino le gustan los jueguecitos. Así que, ¿ha tenido alguna visita últimamente?

—Está ese hombre que se presentó aquí preguntando por dónde se iba a casa de los Eliot. Fue el día que murió Jenny, por la tarde.

—Es cierto —dijo Vera con calma—. Se lo contó a Joe. Por entonces no parecía muy significativo, pero puede que ahora lo sea. ¿Lo reconocería si le enseñáramos unas fotos?

Connie arrugó el entrecejo.

—No estoy segura. ¡Han pasado tantas cosas desde entonces!

—Pero merece la pena intentarlo, ¿no? —Vera estiró el brazo y tomó la taza que le pasaba Joe—. Mañana le mando a Joe con unas cuantas fotos. ¿El hombre llevaba alguna bolsa?

—Creo que sí. Nada elegante como un maletín. Más bien una bolsa de deporte. O una mochila.

—¿Lo suficientemente grande como para que dentro cupiera el bolso de Jenny Lister? —le preguntó Vera.

—Sí. —Esta vez, Connie habló con más seguridad—. Vacío, podría aplastarse y hacerse pequeño.

—¿Lo vio llegar y marcharse? ¿Habría tenido tiempo de lanzar el bolso al otro lado del arroyo sin que usted lo viera?

—No lo vi en ninguna de las dos ocasiones —dijo Connie—. Apareció sin más cuando salimos al jardín. Alice lo vio primero. Más tarde, entré en casa para hacerle un té y, cuando volví a salir, él ya no estaba. Pudo haberlo hecho antes o después de hablar conmigo.

—¿Y dice que estaba buscando la casa de los Eliot?

—Sí. Me sonó un poco raro. No sé, si fuera amigo de Christopher y Veronica, ¿no sabría el camino?

—¿Parecía amigo suyo? —le preguntó Vera.

—No —contestó, pero Joe observó que Connie dudaba. Se mostraba reacia a comprometerse, pero, ante el aluvión de preguntas de Vera, pensaba que tenía que dar una respuesta.

—Lo entendemos si no está segura —dijo el sargento—. Sobre todo, después de una conversación tan breve. No nos centraremos en eso. Lo que queremos es su impresión. Dado su trabajo, debe de dársele bien analizar a las personas, formarse una opinión sobre ellas.

Connie alzó la mirada hacia donde estaba Ashworth y sonrió.

—Al parecer, tengo muy mal ojo para eso, ¿no? Ni por un momento me imaginé que Mattie Jones mataría a su hijo.

—Estoy segura de que tuvo razón muchas más veces de las que se equivocó —dijo Vera—. Y, como dice Joe, solo queremos saber lo que le vino a la cabeza. Nada más.

Connie respiró profundamente.

—¿La impresión que tuve, en retrospectiva? Que el hombre estaba trabajando. Que no era una visita de placer.

—¿Vendía algo?

Joe notó que Vera estaba intentando contenerse para no intimidar a Connie con su entusiasmo. De todos modos, la pregunta sonó como un petardo y pareció iluminar la habitación.

—Puede ser.

Connie parecía dubitativa, pero Vera se levantó y comenzó a dar vueltas por la habitación. Ashworth creía que, si hubiera permanecido mucho más tiempo ahí sentada, habría explotado. Hablaba entre dientes y, de vez en cuando, dirigía preguntas a Joe y Connie, aun sin esperar respuestas:

—¿Quién visitaría a un cliente en su propia casa? ¿Un abogado? ¿Un agente inmobiliario que estuviera haciendo una tasación? ¡Venga, Joey, échame una mano!

—No tenía ese aspecto —dijo Connie—. No llevaba traje.

Fue entonces cuando Vera llegó al punto al que Joe sabía que llevaba rato intentando llegar. La inspectora miró a los ojos a Connie.

—¿Podría haber sido Michael Morgan?

—¡No! Lo habría reconocido.

Pero Ashworth pudo observar que Vera había sembrado el germen de la duda. Y Connie quería agradar a Vera para que le volviera a dirigir aquella sonrisa de aprobación.

—De todas formas, ¿qué razón tendría Morgan para visitar a los Eliot? —preguntó la joven.

—Puede ser que a Veronica le guste que le claven agujas. O puede que se hubiera inventado lo de ir a casa de los Eliot.

—Pero no habría venido aquí —dijo Connie—. O no lo habría hecho si sabía que yo vivía en esta casa. Le preocuparía que lo reconociera. Solo estuve con él dos veces, pero su foto salió en todos los periódicos.

—Como ya he dicho… —Vera sonrió abiertamente— buscamos a alguien a quien le gustan los jueguecitos y los riesgos. Además, tampoco sería un riesgo tan grande. Cuando vemos a una persona fuera de su contexto, ¿cuántas veces la reconocemos?

Nadie respondió.

—Veronica ha estado aquí esta tarde —comentó Connie—. Ha venido a merendar, pero se ha marchado al poco de que yo los llamara.

Todos se dieron cuenta de lo que implicaban esas palabras, pero Vera no retomó el comentario inmediatamente. Eso sí, Ashworth podía notar que estaba encantada. Ahí estaba, el escalofrío de la expectación, el mismo que la recorría cuando estaba de pie junto a la barra y él pedía la primera ronda.

—No me habría imaginado que fueran amigas del alma —dijo Vera, con tanta tranquilidad como pudo.

—No lo éramos. —La cara de Connie se apagó y se volvió inexpresiva—. En realidad, Veronica fue bastante cabrona cuando se enteró de quién era yo. Me hizo la vida imposible en el pueblo, con sus habladurías y rumores.

Joe se percató de que Vera no pillaba la importancia que tenía lo que estaba diciendo Connie. Vera siempre había sido una marginada: estaba acostumbrada a que la consideraran una poli excéntrica y chalada. Solo desde que se había hecho coleguita de sus vecinos los porretas pertenecía a algo parecido a una comunidad. Para la mujer de Joe, por el contrario, encajar en su urbanización había sido toda una pesadilla. Un par de noches estuvo llorando hasta caer rendida. Era por cosas como las normas del grupo para hacer de canguro o el comité de la asociación de padres y profesores. Las indirectas crueles que se le quedaban en la mente y le chupaban toda la confianza en ella misma se amplificaban por el hecho de que los insultos eran nimios y ella sabía que no debería darles importancia.

—¿Y qué ocurrió para que las cosas cambiaran entre Veronica y usted? —preguntó el sargento.

—La muerte de Jenny Lister —respondió Connie—. De pronto, a Veronica le gustaba mi compañía. Me invitó a comer. Puede que solo fuera por esa curiosidad malsana que tiene la gente cuando algo sale en la prensa. Parece que les atrae esa extraña fama de segunda mano.

—Y usted la invitó aquí para corresponder. —Vera sonreía con la malicia de un zorro—. ¡Qué buenas vecinas!

—He estado muy sola —dijo Connie.

Y Joe, percatándose de la desolación en su voz, comprendió lo deprimida que había estado la joven, y pensó en lo valiente que había sido por conseguir mantenerse a flote.

—Así que, sí, la invité. Y ella estaba aquí cuando Alice encontró el bolso.

—¿Y qué dijo al respecto?

A Vera le brillaban los ojos: el zorro había detectado a su presa.

—Estaba nerviosa porque Alice jugara tan cerca del agua —respondió Connie—. Y, más tarde, cuando dije que iba a llamar a la policía, ella dijo que se iba a casa, que no quería molestar. Que aquí solo estorbaría.

—¡Qué detalle! —Vera asintió—. Para nosotros es una lata cuando la gente se queda merodeando para ver qué pasa.

—Se ofreció a llevarse a Alice.

—¡Qué amable! —dijo Vera—. Es muy considerada.

Se produjo un silencio y luego la inspectora continuó.

—Supongo que la vería venir. Desde aquí se ve el sendero que llega hasta la casa grande.

—No.

Ashworth pensó que Connie comprendía a dónde quería llegar Vera con esas preguntas, pero se estaba haciendo la tonta.

—Veronica llegó antes de la hora. Yo estaba limpiando al fondo de la casa. Apareció en la puerta de la cocina y me sobresalté un poco.

Vera la obsequió con esa sonrisa de aprobación que hacía que toda persona incluida en ella se sintiera el centro del mundo.

—De modo que, hablando hipotéticamente, claro, Veronica podría haber tirado el bolso entre la maleza cuando rodeaba la casita. Ella no podía saber que la niña jugaría ahí por la tarde.

—Hipotéticamente —repitió Connie—, supongo que sí.

Todos se pusieron en pie.

—¿Le suena de algo el nombre de Danny Shaw? —le preguntó Vera.

Connie arrugó el entrecejo.

—No. ¿Debería sonarme?

—Lo verá en las noticias mañana a primera hora. Era estudiante. Lo estrangularon esta tarde en su casa, cerca del valle.

Connie se puso tensa de repente. Ashworth pudo ver que su instinto le pedía ir a por su hija y salir corriendo con ella, llevársela a un lugar seguro.

—¿El mismo asesino?

—No tiene por qué —replicó Vera—. Pero los casos están relacionados. De eso estamos seguros.

«Pues claro que los casos están relacionados —pensó Ashworth—. Pero demostrar la conexión es otro cantar.»

27

ASHWORTH ESPERABA QUE Vera lo llevara a rastras a casa de los Eliot de inmediato, aunque fuera tarde. Había sentido su agitación cuando Connie Masters les había hablado de la visita de Veronica, y su jefa nunca había sido la mujer más paciente del mundo. Pero en el exterior de la casita, de pie junto a sus coches, Vera lo sorprendió diciendo que podían dar el día por terminado.

—¿No quiere hablar con la señora Eliot?

Vera levantó la vista hacia el lugar donde el color blanco de la casa grande resplandecía en la oscuridad.

—¿Crees que nos ha estado observando antes? ¿Se preguntará qué hemos descubierto sobre ella? Me apuesto lo que sea a que estaba en uno de los dormitorios de arriba, pegada a la ventana con unos prismáticos.

—Puede ser.

—En tal caso, hagámosla sufrir, ¿te parece? Que no pegue ojo en toda la noche y mañana vamos a verla.

—¿Le apetece una pinta? —le preguntó Joe.

Era su manera de hacer las paces con ella. Se había percatado del antagonismo de su jefa hacia él unas horas antes. Pensó que peleaban como marido y mujer, aunque, en realidad, no podían vivir el uno sin el otro y uno de los dos tenía que ceder siempre. Generalmente, él.

—Pensé que nunca me lo preguntarías, cielo. ¿Sabes qué? Invito yo. Compré unas Wylam la última vez que estuve en esa tienda de Hexham que vende productos locales de los buenos. Vente a casa y te preparo también un sándwich.

«Y así no tienes que volver conduciendo después de haber estado bebiendo en el pub», pensó Joe, pero no dijo nada. Tendría que conducir de todas formas: Sarah lo mataría si llegaba en taxi y con una buena cogorza. Ya la había llamado para decirle que llegaría muy tarde, así que todavía no estaría esperándolo.

—Claro. ¿Por qué no? —contestó.

VERA VIVÍA EN el lugar más incómodo de todo el condado. Su casa se erguía en plena colina y había que recorrer un camino que siempre quedaba bloqueado por las primeras nieves y se convertía en un río en cuanto llovía. Para uso personal seguía conduciendo el Land Rover de Hector, y Joe creía que jamás había dejado de ir al trabajo por culpa del mal tiempo. Él sospechaba que los hippies chiflados la ayudaban a abrir camino con sus palas, como recompensa por hacerse la sueca respecto a lo que hacían en casa. O lo mismo la jefa acampaba en el pub del pueblo más cercano si el pronóstico era malo. Había crecido en el campo y se ponía nerviosa y de mal humor si se veía obligada a alejarse de allí más de un día.

Pero la vista era fantástica, Joe tenía que reconocerlo. En ese momento estaba demasiado oscuro para apreciarla, pero se acordaba de otras veces. Un páramo raso hasta donde llegaba la vista y un pequeño lago al que llegaban los gansos en invierno. En el valle, el río Coquet desembocaba en la costa y, desde casa de Vera, había una vista de pájaro de un pequeño pueblo gris y una torre de vigilancia. Los corderos de los vecinos acababan de nacer e, incluso desde el interior de la vivienda, podía oírse a las ovejas. Nunca había ruido de tráfico. Nada, salvo algún avión a reacción en prácticas que volaba bajo desde la estación Boulmer del ejército siguiendo el contorno del valle.

Ya en la casa, se sentaron y hablaron sobre Jenny Lister y Danny Shaw. Joe alcanzó una botella de cerveza y se la bebió lentamente. Para cuando se la terminara, ella se habría tomado tres. Tal como había prometido, Vera había preparado sándwiches y hablaba entre bocado y bocado, casi sin darle la oportunidad de intervenir. En momentos como ese, en eso consistía el trabajo del sargento: en ser el público, el crítico de Vera. Así era como ella mejor procesaba la información. Una vez, exasperado tras una larga tarde escuchándola hablar sin parar, Joe le preguntó para qué narices lo necesitaba allí.

—No hace caso de nada de lo que le digo. Le iría igual de bien sin mí.

Ella se había quedado pasmada.

—¡Pero qué tontería, chico! Si no estuvieras aquí, no me molestaría en analizar las cosas detalladamente. Tú me ayudas a centrarme. —Hizo una pausa—. Y, de vez en cuando, se te ocurre alguna idea buena.

Así que él escuchaba sentado, mientras en el exterior salía la luna y la brisa amainaba. Vera hizo una pausa breve para arrojar una cerilla al fuego y encender la sencilla lámpara que tenía una pantalla de pergamino estropeada. Pero enseguida continuó ordenando sus pensamientos, llegando a conclusiones y planificando acciones futuras. En las reuniones de equipo, usaba la pizarra para que sus ideas quedaran claras, pero Joe sabía que no necesitaba notas escritas ni diagramas. Guardaba todo en su cabeza: todas las conexiones y las supuestas coincidencias parecían estar fijas en su mente.

Además, hablaba de la muerta como si la hubiera conocido.

—Jenny Lister. Tal como lo veo, era una mujer orgullosa. Eso era lo que la motivaba. No hay duda de que era buena: una madre buena, una trabajadora social buena, una jefa buena. También era atractiva para su edad. Eso se lo hemos escuchado a todos los que la conocían. Pero ella se creía un poco mejor que los demás. Era lo suficientemente inteligente como para no demostrarlo, pero ella lo creía en el fondo. De eso iba precisamente el libro que tenía entre manos. Pensaba que tenía algo que enseñar al mundo entero respecto a la compasión. —Vera levantó la vista de su cerveza—. Si la hubiera conocido, me habría reventado. No aguanto a la gente perfecta. Y no tenía muchos amigos, ¿verdad? Amigos de verdad, me refiero. Está esa maestra, pero era más una admiradora que una amiga, y Jenny no le contaba demasiado. Solo le dejaba caer alguna insinuación para hacerse la interesante.

Joe no dijo nada. Cuando Vera estaba en pleno discurso, era mejor no interrumpirla. La inspectora continuó.

—Así que, ¿por qué la mataron? ¿Y por qué de una forma tan rebuscada? Nadie estrangula a una persona solo porque le hincha las pelotas. Y, si quieres cometer un asesinato, buscas un lugar privado. No la piscina de un hotel lujoso, donde podría pillarte cualquiera. A mí esto me suena a juego, a espectáculo. ¿Y cuál de nuestros sospechosos es el mejor hombre espectáculo?

La mayoría de las preguntas de Vera eran retóricas, pero esta vez, al parecer, esperaba una respuesta.

—¿Y bien? ¿Te estás quedando dormido? ¿Estoy hablando sola?

—¿Danny Shaw?

La respuesta había sido vacilante y Joe se avergonzó. Ella siempre le hacía sentirse como un niño de ocho años que no quería parecer tonto delante de su maestra.

—¿Nuestra segunda víctima? Entonces volvemos a la teoría de Charlie de que a Danny lo mataron por venganza. No me lo creo. Vamos, que estoy segura de que Danny era un fanfarrón y un chulito. Pero puede que muchos chicos de esa edad lo sean. No, yo estaba pensando en Michael Morgan. A mí me parece que su negocio de acupuntura es más teatro que medicina. Le gusta hacer escenas, provocar distracciones. La gente se cree la magia y eso les hace sentirse mejor.

—¿Por qué mataría a Danny? —Joe había vuelto a su papel de subalterno, apuntándole a su jefa lo que debía decir.

—Sabemos que se conocían. Puede que Morgan dejara caer algo de lo que estaba planeando. Danny necesitaba dinero desesperadamente. No me sorprendería que hubiera chantajeado a Morgan de algún modo.

—¿Y por qué elegiría Morgan el decorado del Willows para su espectáculo? Tenía que saber que descubriríamos que trabajaba allí. Y está claro que él nunca tiraría el bolso de Jenny en el jardín de Connie. No le gustaría que retomáramos el caso Elias Jones.

Vera permaneció sentada en silencio durante un momento.

—¡Mierda! —dijo alegremente—. Sí, tienes razón. No aguanto a ese cabrón y me gustaría que lo acusaran de algo. Borrarle ese gesto arrogante de la cara. Pero esa no es manera de llevar una investigación. Nunca debes dejar que se convierta en algo personal.

Vera dedicó una amplia sonrisa a Joe, consciente de que ella siempre dejaba que se convirtiera en algo personal. Las llamas le iluminaban un lado de la cara mientras el otro estaba en sombra y, por un instante, pareció muy joven y casi coqueta.

—Y bien, ¿cuál es tu teoría, Joe? ¿En qué me estoy equivocando?

—Creo que a Jenny Lister la mató alguien cercano —dijo Joe. Solo se había tomado una cerveza, pero había sido suficiente para darle confianza a la hora de plantear una teoría sin meditarla detenidamente. Se le había ocurrido sin más, mientras Vera hablaba—. Eligieron el Willows para despistarnos. Salvo que fuera un acto impulsivo, nadie elige el lugar en el que trabaja para cometer un asesinato. Yo más bien pienso en alguno de los contactos de Jenny Lister de Barnard Bridge. Después de todo, ahí es donde se encontró su bolso.

El sargento esperaba que su jefa se burlara de él, que dijera que leía demasiadas novelas negras anticuadas, pero ella se tomó en serio el comentario.

—Bueno, eso reduce las posibilidades. ¿Hannah está incluida entre tus sospechosos?

La pregunta lo descolocó.

—¡No! Bueno, igual sí.

—Solo tenemos su palabra de que no fue a nadar con su madre aquella mañana —dijo Vera—. Nadie vio a la chica en el gimnasio, pero eso no significa nada. Jenny pudo haber usado su carné para dejarla entrar. Se lo he visto hacer a otros.

—¿Cómo habría vuelto Hannah a Barnard Bridge? —preguntó Joe—. El coche de Lister seguía en el Willows y en transporte público se tarda una eternidad. Sería más rápido volver andando.

—Podría haberla recogido Simon Eliot. Lo habrían planeado entre los dos. Fuera como fuera, ella no lo habría hecho sin él.

—¿Y el móvil?

Joe no podía creerse que estuvieran considerando esa posibilidad. Se imaginó a Hannah Lister como la había descrito Holly: aturdida por la pena y la conmoción. Pero también podía deberse a que hubiera matado a su madre.

—Sabemos que Jenny no estaba contenta con la boda y les había pedido que esperaran. ¡Esa relación es tan intensa! —Vera arrugó el entrecejo—. Da la sensación de que los dos están un poco chalados. Si Jenny tenía algo contra Simon, alguna forma de presionarlo para que dejara a su hija, Hannah se habría vuelto loca. Literalmente. —Vera entrecerró los ojos y describió la escena para que Joe se pusiera en situación—. Están las dos juntas en la sauna. Fuera se oye el ruido de la piscina, pero dentro están ellas dos solas, aisladas del resto del mundo. Casi desnudas. Es un lugar para contarse secretos y tener conversaciones serias. No hay donde esconderse. Si Jenny le dijo a su hija que el matrimonio no se celebraría de ninguna manera, me puedo imaginar a Hannah perdiendo los estribos y matando a su madre. Después, pudo llamar a Simon y pedirle que le echara un cable.

—¿Y Danny Shaw?

—¿La misma teoría que con Michael Morgan? Estaba allí, vio lo que ocurrió e intentó chantajearlos. —De pronto, Vera levantó la vista—. Aún no sabemos si Hannah y él se conocían del colegio. Pero estoy segura de que él la reconocería. No hay tantos jóvenes que vivan en el valle.

—¿Por qué tiraría Hannah el bolso junto a la casita de Connie?

La risa de Vera fue estridente y repentina.

—¡Quién sabe! ¿Para despistarnos? La verdad es que no me creo nada de esto. Hannah no mató a su madre ni de broma. No hay más que estar con ella para darse cuenta de que está desolada. Cielo, esto es como *Alicia en el país de las maravillas*, estamos en un mundo de fantasía.

—Entonces, ¿algún otro Eliot?

Vera no respondió. Se acercó a la ventana y miró hacia el valle. Después, subió con paso vacilante al cuarto de baño. Joe oyó que tiraba de la cadena y el agua bajaba borboteando por las viejas cañerías. Él también se puso en pie. La blanca luna era creciente y el cielo estaba despejado. La vista de los puntos de luz que había ahí abajo, en el valle, daba un poco de vértigo. Era como mirar por la ventanilla de un avión por la noche. Sintió el frío a través del vidrio. Vera volvió del cuarto de baño.

—Los Eliot —dijo, como si no hubiera salido de la habitación—. No son amos y señores de ninguna mansión. Ni tienen terrenos ni herencia. Al menos, ya no. Son de aquí, lo sabemos por el apellido. Eliot, uno de los clanes que vivía del saqueo en las tierras fronterizas entre Inglaterra y Escocia. Me da la sensación de que los miembros de la familia de Christopher Eliot habrían sido comerciantes o agricultores, no aristócratas. El caso de Veronica es un poco diferente. Le gusta hacer de dama. Para ella el estatus es importante. En su día, su abuelo poseía una casa espléndida, sirvientes y una finca grande. Ahí sigue, pudriéndose junto al río. Es algo raro, merece la pena investigarlo. ¿Le importa tanto a Veronica su buen nombre como para matar? No estoy segura, pero hay gente que ha cometido asesinatos por menos.

Volvió a su asiento junto al fuego y Ashworth hizo lo mismo.

—Esta Veronica esconde algo —dijo Vera—. Pero eso no la convierte en asesina. Puede que robara unas cuantas libras de los fondos del Instituto de la Mujer y esté muerta de miedo porque la podamos descubrir. Me encantaría saber por qué se ha hecho amiguita de Connie Masters tan repentinamente. De verdad que no entiendo lo que hay entre ellas. Aunque no veo que pueda haber conexión alguna con Danny Shaw, a no ser que él fuera el yogurín de esa mujer.

—Shaw pudo ser quien apareció en la casita de Connie la tarde del asesinato.

—Así es —dijo Vera con cierta sorna. Porque, claro, a ella ya se le había ocurrido.

—¿Es ese el plan para mañana por la mañana? Ir a Barnard Bridge, enseñarle a Connie la foto de Danny Shaw y charlar con Veronica, ¿no?

—Eso es. —Vera bostezó—. Sería un buen comienzo. Y, si conseguimos una foto reciente de Morgan con la cabeza rapada, que Connie la vea también. —Miró a Joe—. ¿Pretendes quedarte aquí toda la noche? No sé tú, pero yo necesito mi cura de sueño. Y a tu señora se le habrá olvidado tu cara. Anda, vete.

Joe no salía de su asombro. Generalmente, Vera se moría por retenerlo allí hasta la madrugada. Muchas veces le había ofrecido que durmiera en el cuarto de invitados, diciéndole: «No seas aguafiestas, Joey. Tómate unas birras y hazle compañía a esta viejita».

—No hemos hablado de Elias Jones —dijo el sargento.

—Y tampoco hemos dejado de hacerlo. —Vera le dedicó una gran sonrisa—. ¿Y qué nos dice eso? —Parecía que le había costado recuperar la frase de su memoria—. Un tema espinoso que todo el mundo finge que no existe. Eso es Elias Jones en este caso. Todos sabemos que está ahí, pero ya no hablamos de él.

Joe sospechaba que fingía estar más borracha de lo que estaba en realidad. Vera podría tumbar bebiendo a la mayoría de los hombres que él conocía. «En fin, mejor marcharse ahora, antes de que cambie de idea», pensó Joe. Se levantó y se dirigió a la puerta, esperando en parte que ella le pidiera que volviera. Pero Vera se quedó donde estaba, mirando el fuego fijamente.

Hacía tanto frío que, por un instante, a Joe se le cortó la respiración. Percibió el olor metálico del hielo en el aire: quizá fuera la última helada de la temporada. Se detuvo un momento y volvió la mirada para observar a Vera por la ventana; estaba tirada en la butaca, con los ojos cerrados. Incluso desde allí y viéndola medio dormida, Joe podía sentir la fuerza de su personalidad.

«Para tema espinoso, Vera Stanhope», pensó.

28

CUANDO SE ENCONTRARON en Barnard Bridge, seguía haciendo frío. La hierba estaba cubierta de rocío y una niebla baja colgaba sobre el río. Las cortinas de Mallow Cottage seguían cerradas y no había indicios de vida, así que se fueron primero a casa de los Eliot. A Vera no le importaba molestar a Veronica, pero podía ser que Connie hubiera pasado una mala noche con su pequeña y pensó que le vendría bien descansar un poco más.

Cuando Vera llegó, Ashworth ya estaba en el pueblo. Lo vio de pie junto a su coche. Llevaba una trenca que le daba el aspecto de un estudiante de los años jóvenes de Vera. Estaba mirando hacia la ribera del arroyo donde habían encontrado el bolso de Jenny Lister.

—Podrían haberlo tirado desde aquí —dijo el sargento—. Fácilmente.

—Puede que tú sí. Yo no lo habría lanzado ni a dos metros. En la escuela nunca me eligieron para el equipo de béisbol. —Vera se volvió y condujo a Joe por el camino de gravilla que conducía hasta la casa.

En el interior de la vivienda, los Eliot estaban desayunando y, para gran sorpresa de la inspectora, Hannah también se encontraba allí. Estaban sentados a la mesa en la elegante cocina que Vera ya conocía de su primera visita. Estaban Veronica; un hombre canoso y bien arreglado, que Vera supuso que sería Christopher, el padre; Simon y Hannah. La chica aún llevaba puesto el camisón, tenía el pelo enmarañado y apenas parecía estar consciente. Había abierto la puerta Simon. Nadie más se había movido. No había expresiones de sobresalto ni hostilidad. Era como si los hubieran captado en una fotografía. Olía a cruasanes calientes y café del bueno. Sobre la mesa había un jarrón con flores del jardín. Toda la escena podría haber sido una imagen publicada en el sofisticado suplemento de algún dominical.

A Vera le pilló por sorpresa la presencia de los jóvenes. No se lo esperaba, pero no pensaba dejar que se le notara. Tomó una silla y se sentó junto a Christopher, dejando a Ashworth de pie a sus espaldas.

Simon parecía divertido con la interrupción de la rutina familiar y la quietud estupefacta de sus padres.

—¿Quiere un café, inspectora? —preguntó—. ¿O prefiere té? Hannah decidió que se encontraba bien como para pasar aquí la noche, así que decidimos probar. —Estiró el brazo y tocó la mano de la chica.

Vera pensó que Hannah no parecía estar en condiciones de tomar ninguna decisión por cuenta propia.

—Tomaré un té, por favor. No me importa que sea bien fuerte, cielo. Mi sargento prefiere el café. —Se giró hacia el padre de Simon—. No nos han presentado. Me llamo Vera Stanhope, inspectora de la Brigada Criminalística de la Policía de Northumbria. —Cuando el hombre no respondió, ella añadió—: Ya sé que ha estado fuera, pero se habrá enterado de que han cometido un asesinato en el valle, ¿no?

—Por supuesto. —El impactante comentario lo empujó a hablar por fin—. La madre de Hannah. Una tragedia horrible. —Tenía una voz preciosa, profunda y grave, como la de un cantante.

—¿La conocía bien?

—No mucho. Habíamos coincidido un par de veces, claro, por los niños. —Se levantó, se sacudió una miga del pantalón de traje gris y tomó la chaqueta que tenía colgada del respaldo de la silla—. Lo siento, pero tengo que irme. Reunión a las nueve.

El cuerpo del hombre mostraba un aspecto más joven que su rostro. Vera se preguntó si iría al gimnasio. No había preguntado si era socio del Willows, pero estaba segura de que su apellido habría llamado la atención cuando pidieron la lista. «No des nada por supuesto», se dijo, mientras intentaba no olvidar que debía comprobarlo. Era como si todas las personas implicadas en el caso tuvieran alguna relación con el Willows. Ese lugar era como el centro de una tela de araña.

—¿Le dice algo el nombre de Danny Shaw?

El hombre se detuvo, con la mano aún sobre la mesa. Vera pudo oler su loción para después del afeitado. Llevaba las uñas extremadamente pulcras.

—No —respondió—. Diría que no.

Entonces salió de la habitación, sin esperar a que le explicaran el motivo de la pregunta. A Vera le pareció muy extraña esa falta de curiosidad y se quedó mirándolo a través de la puerta abierta de la cocina. Esperaba que fuera a la planta de arriba, a lavarse los dientes o a buscar algún documento del trabajo quizá. Vera aún tenía preguntas que hacerle. Pero, en lugar de subir, el hombre se agachó para tomar su maletín, que estaba en el vestíbulo, y salió de casa. A la inspectora le dio la impresión de que estaba huyendo. Estuvo tentada de decirle que volviera, pero ese ademán habría parecido ridículo y, después de todo, ya sabían dónde iba a estar. Sería mucho mejor ir a su oficina y hablar con él a solas. En cualquier caso, ya había comprobado que el día de la muerte de Jenny Lister él estaba fuera del país. Oyeron el ruido del coche, el crujido de la gravilla bajo las ruedas.

Veronica cobró vida cuando su marido se marchó.

—¿Qué es tan urgente, inspectora, como para que nos moleste a esta hora de la mañana?

—Un asesinato —dijo Vera, disfrutando con la tensión dramática del momento—. Eso es lo que es tan importante.

—Ya le hemos contado todo lo que sabemos de la pobre Jenny. —Había añadido ese «pobre» en el último momento porque Hannah estaba delante, pero Vera tenía la sensación de que la chica apenas era consciente de la presencia de los demás.

—Ha habido otra muerte.

Por fin, Vera obtuvo la reacción que quería. Incluso Hannah levantó la vista, con los ojos empañados. Entonces sonó el móvil de Ashworth, lo que echó a perder el momento. Su jefa lo fulminó con la mirada mientras él salía de la habitación para contestar la llamada.

—¿A quién más han matado? —Veronica tenía las palmas apoyadas sobre la mesa y estaba al borde del asiento.

—A un estudiante que se llamaba Danny Shaw.

Silencio. Una vez más, no había indicios de que el nombre les dijera nada. Vera se inclinó hacia donde se encontraba Hannah.

—Cielo, tú ibas con él a la escuela. —La inspectora hablaba tan bajo que los demás tuvieron que esforzarse para oírla—. ¿Puedes contarnos algo sobre él?

Hannah se retiró el pelo de la cara e hizo un esfuerzo por concentrarse.

—Era mayor que yo.

—Así es.

—Hacía el bachillerato cuando yo aún estaba en secundaria. A veces, coincidíamos en el autobús de la escuela. —De pronto, esbozó una sonrisa alegre—. Me pidió salir.

—¿Salisteis?

—Un par de veces.

Vera deseó que Ashworth siguiera en la habitación. Necesitaba otro par de ojos. En ese momento, observó a Simon Eliot. ¿Sabía ya lo de esa relación anterior? ¿Era ese el tipo de cosas de las que hablaban los jóvenes enamorados mientras daban paseos de la mano por el campo en primavera? ¿Estaba celoso o quizá los detalles de amantes anteriores daban vidilla a sus relaciones? Y es que, al volver a centrarse en Hannah y ver la sonrisa en su cara, Vera pensó que probablemente Danny y ella habían sido amantes. Pero ya era imposible saber lo que Simon pensaba al respecto. El joven rodeaba con el brazo a su novia, que parecía ser su única preocupación.

Vera dirigió su siguiente pregunta al chico:

—¿Conocías a Danny? Fuisteis a escuelas diferentes, pero teníais más o menos la misma edad.

—Sí, aunque yo era algo mayor, teníamos amigos comunes, íbamos a las mismas fiestas. Pero no éramos íntimos.

—¿Lo has visto durante estas vacaciones?

Simon vaciló. ¿Porque intentaba recordar o porque ocultaba algo?

—Puede que una vez. Hace un par de semanas, en un bar en Hexham. —Se volvió hacia Hannah—. ¿Te acuerdas, cariño? Tú también estabas.

—Sí —respondió ella de inmediato—. Sí, claro.

Pero Vera pensó que habría dicho cualquier cosa para contentarlo.

—¿Por qué saliste con Danny solo un par de veces? —le preguntó. Hannah estaba tan débil que la inspectora dudaba que fuera capaz de contestar a una pregunta así de simple.

—Un buen cuerpo sin mucha personalidad —contestó la chica. No era la primera vez que usaba esa expresión. Quizá fuera esa su forma de describir a Danny cuando se lo contó a Simon—. Me gustaba un montón, pero luego me di cuenta de que era un chulo arrogante.

—¿Entonces lo dejaste tú?

—Sí. —La sonrisa volvió a asomar brevemente—. Creo que fue una experiencia nueva para él.

—¿Llegó a conocer a tu madre?

Vera hizo la pregunta con la mayor delicadeza que pudo, pero notó el dolor repentino que el recuerdo producía en la chica de todas formas.

—Se vieron una vez. Al menos una, sí. Mamá lo invitó a comer un domingo.

—¿Y qué tal fue?

—Pues la verdad es que horrible. —Hannah hizo un mohín—. ¿Sabe lo que es ver de pronto a alguien a través de los ojos de otra persona? Danny me había engatusado. Me había impresionado con su cháchara, sus sueños y sus planes de futuro. Intentó hacer lo mismo con mamá, pero a ella no consiguió impresionarla. Fue absolutamente agradable y diplomática, pero me quedó claro que no lo soportaba.

—¿Por eso lo dejaste?

—Creo que sí. No porque a mamá no le gustara, sino porque ella me hizo ver que a mí tampoco me iba mucho.

—¿Cómo se lo tomó él?

Vera se percató de que Ashworth había vuelto a entrar en la habitación con sigilo. Se sentía más cómoda con él allí.

—Bueno, a nadie le gusta que lo rechacen, ¿no?

—¿Le pidió que volvieran o la molestó de algún modo? —preguntó Joe.

—Insistió lo suficiente para que mi autoestima creciera. Un par de cartas de amor. Unos mensajes cursis. Creo que era solo porque deseaba lo que no podía tener.

—¿Se ha puesto en contacto con usted últimamente?

—Hace mucho que no. Lo he visto por aquí, claro. Me dijeron que tenía novia en Bristol.

La voz de Hannah se había vuelto más potente a medida que avanzaba la conversación. Durante unos minutos, se había olvidado de su madre y, en su lugar, sentía lástima por esa desconocida de Bristol que había perdido a su novio.

—¿Alguna vez coincidió con Danny Shaw, señora Eliot? —preguntó Joe Ashworth, con todo respeto.

—No, ¿por qué iba a hacerlo? —contestó brusca, rozando la mala educación.

—¿Nunca vino aquí, por ejemplo? —Joe amplió la pregunta para incluir a Simon.

—¡Por supuesto que no! —Veronica respondió por los dos.

—Es que alguien que coincide con la descripción de Danny preguntó por el camino a esta casa la tarde que murió Jenny Lister.

Vera sonrió al oír aquello. Realmente no tenían una descripción del tío que había parado a preguntar en la casa de Connie. Pero a ella le pareció bien que Ashworth distorsionara un poco la verdad.

—No sé quién le dio esa información, sargento, pero aquí no vino nadie. —Veronica apretó los labios, decidida a no decir ni una palabra más. Danny podía haber estado bailando desnudo sobre el césped aquel día que ella no pensaba contárselo a la policía en ese momento. Era una de esas mujeres que jamás reconocía haber cometido un error.

—Tal vez conozca al padre de Danny —apuntó Vera, pensando que era el momento de cambiar de táctica—. Derek Shaw. Constructor y promotor.

—He oído hablar de él. —La respuesta de Veronica fue automática y agresiva—. Un hombre horrible. Construyó esa urbanización repugnante a las afueras de Effingham. Una de mis amigas vive en la zona y dice que la urbanización redujo el valor de su casa a la mitad.

—¿Ha pensado alguna vez en construir en el terreno donde se encontraba la casa de su abuelo? —preguntó Vera—. Está cerca de Effingham. Greenhough, ¿no es así como dijo que se llamaba? Ese terreno debe de valer una fortuna, incluso a día de hoy, ¿no es así?

La pregunta había estado atormentándola desde que cruzara aquel día entre los pilares con cabezas de cormoranes talladas.

—No nos habrían dado permiso de construcción —saltó Veronica—. Nos gusta tal como está. Y aunque se pudiera edificar de nuevo, no dejaría que Shaw se ocupara.

—Ha perdido a su hijo. —Simon habló con voz suave, pero todos lo miraron—. Más allá de lo que opines de él, ese hombre ha perdido a su hijo.

¿Realmente le importaba la pérdida del joven? ¿O solamente estaba advirtiendo a su madre de que fuera más discreta?

—¡Es cierto! —Veronica adoptó entonces un semblante afligido—. Lo siento, inspectora, mi crueldad ha sido imperdonable.

ASHWORTH Y VERA se alejaron lentamente de la casa. Vera insistió en ir a desayunar a la cafetería antes de visitar a Connie Masters. El olor de la comida que había en casa de los Eliot le había despertado un apetito voraz. No sería capaz de concentrarse sin meterse entre pecho y espalda un buen bocadillo de beicon. El local aún no estaba abierto, pero la mujer de Yorkshire ya había llegado. Se apiadó de ellos y les dejó entrar.

—Era Holly la que me ha llamado —dijo Ashworth. Ya se lo había intentado explicar, pero Vera solo podía pensar en comida—. Hay información interesante sobre Veronica. Podría explicar por qué le hizo la vida imposible a Connie Masters cuando esta llegó al pueblo.

—Continúa.

—Perdió un hijo. Un pequeño de unos dos años llamado Patrick. Se ahogó en el río. Estaba jugando en la playita que hay junto a la casita de Connie, se fue hasta debajo del puente, pero resbaló y cayó al río. Veronica estaba allí y Simon, que era un poco mayor, también. Él se había ido hacia la carretera y ella había salido corriendo detrás, preocupada porque pudieran atropellarlo. Cuando volvieron, el pequeño Patrick estaba boca abajo en el agua. Ella lo intentó reanimar, pero no lo consiguió.

—Pobre mujer. —El relato hizo que la inspectora se quedara pasmada—. Pobre mujer, pobre.

Vera intentó imaginarse la culpa que podía generar un suceso como ese. ¿Cómo podía la familia seguir viviendo en esa casa, viendo día tras día el lugar en el que se había ahogado su hijo? El recuerdo de aquello debía de haber carcomido a Veronica por dentro, marcándola para siempre. Su educación le habría impedido solicitar ayuda. Nada de terapia ni de emborracharse con sus amigas. Guardar la compostura y seguir adelante. ¿O quizá al final no había sido capaz de hacerlo?

Y entonces Connie Masters había ido a vivir al pueblo: otra mujer que había dejado que un niño se ahogara.

¿Y cómo le había afectado el accidente a Simon? El hijo que había distraído a su madre y había causado indirectamente la muerte de su hermano. ¿Le habrían contado en algún momento el papel que había desempeñado en la tragedia?

Vera estaba a punto de llorar. Pero, al mismo tiempo, estaba llena de júbilo. Este podía ser el gran avance que habían estado esperando en el caso. Si Veronica culpaba a Connie de la muerte de Elias Jones, ¿habría responsabilizado en última instancia a Jenny Lister? Al matar a la trabajadora social, ¿habría encontrado cierta redención por la muerte de su propio hijo?

«No —pensó Vera—, las cosas no son así en la vida real.» Nunca le habían convencido esos rollos de psicología barata. La muerte de un niño desconocido no empujaría a una mujer a cometer un asesinato. A Veronica el único ahogamiento que le importaba era el de su propio hijo.

En cualquier caso, Vera intuía que se iba acercando poco a poco a la solución. Los Eliot escondían algo. Si Connie Masters podía identificar a Danny Shaw como el hombre que había aparecido en su casa, tendrían un vínculo entre él y los Eliot, y eso haría avanzar la investigación. Se acabó el último bocado del bocadillo, tomó un sorbo de café y salió del local prácticamente corriendo, tras dejar un billete de diez libras sobre la mesa. Ya en la puerta, se detuvo, únicamente para comprobar que Ashworth la seguía.

Pero no había nadie en la casa de Connie y el coche no estaba. Llamaron a la puerta, aunque sabían que no habría respuesta. Vera rebuscó bajo el tiesto que había junto a la puerta principal. No había llave de repuesto. Caminó hasta la parte trasera de la vivienda y movió el cubo de la basura con ruedas que había en el exterior de la cocina. En el terreno pelado había una llave y la usaron para entrar.

—¿Esto es legal estrictamente hablando? —Ashworth sabía que a Vera no le importaría, pero quería dejar clara su opinión.

—Estamos preocupados porque Connie haya sufrido un accidente —dijo la jefa, con preocupación fingida—. Es nuestro deber comprobar que está bien.

Parecía que los habitantes habían salido deprisa y corriendo de la casa. Había tazones sucios en el fregadero y el hervidor de agua seguía caliente. En la planta de arriba, no habían hecho ninguna de las camas.

—¿Quizá ha ido a llevar a la pequeña a la guardería?

Ashworth negó con la cabeza.

—Hoy no hay.

—Entonces, ¿se habrá ido de compras?

—Sabía que vendríamos a verla con las fotos de Shaw y Morgan. Además, habría visto nuestros coches aparcados junto a la carretera.

—O sea, que ha huido —dijo Vera—. ¿Por qué lo habrá hecho?

Levantó el auricular del teléfono de la guardería y marcó el 1471 para averiguar cuál era la última llamada que había recibido Connie. Una voz femenina lejana le informó de que la persona que había llamado lo había hecho desde un número oculto.

—O puede… —dijo Vera, con la mirada puesta en el río en el que se había ahogado Patrick Eliot—, puede que la hayan ahuyentado.

29

VERA Y HOLLY se encontraron con Freya cuando salía del Newcastle College a la hora de comer. «Es importante considerar todas las alternativas», había dicho Vera, aunque no dejaba de pensar en Connie y su hija. Otros niños por los que preocuparse: Patrick, Elias y ahora Alice. Sabía que el dato era relevante de un modo u otro. Deseaba ser más inteligente y poder encontrarle sentido a aquello. También se culpaba, por supuesto, de no haberse cruzado con Connie por la mañana porque había dado prioridad a su estómago frente a la investigación. Y sabía que Ashworth también la culpaba a ella.

Las dos mujeres habían ido en coche a la ciudad y habían aparcado de forma ilegal en una de las callejuelas cercanas al campus de Rye Hill, junto a un almacén de venta al por mayor en el que vendían comida china. El aroma de las especias impregnaba el aire. Estaban de camino a la Facultad de Arte Dramático cuando divisaron a Freya andando en dirección a ellas. Estaba sola entre otros estudiantes, que reían tontamente mientras iban a comer. Vera reconoció ese andar tan aniñado que se asemejaba a un baile y el vestido estampado, esta vez sobre unos vaqueros y con una chaqueta por encima. Freya no las vio hasta el último momento. Mientras caminaba, hablaba por el móvil con una amiga sobre una obra de teatro que habían ido a ver. Estaba radiante y a la inspectora le dieron ganas de llorar por ella.

—Hola, cielo.

Se la llevaron a una cafetería. Un bar cutre con pretensiones. Allí olía a fritanga y a café de una enorme cafetera exprés plateada.

—Tendrás hambre —le dijo Vera—. Ahora comes por dos.

Y, al parecer, Freya sí que estaba hambrienta. Quizá Morgan fuera vegetariano, pero la chica devoró un desayuno inglés completo y se bebió una taza grande de té. La salchicha y el beicon desaparecieron en un abrir y cerrar de ojos.

—No nos dijiste que habías estado en el Willows la mañana que mataron a la trabajadora social. —A Vera le costó pronunciar las palabras. Había elegido un pastelito de avena tan empalagoso que le impedía mover la mandíbula como si fuera pegamento extrafuerte.

Freya alzó la mirada. Unos ojos grandes, asustados de pronto, las observaban por encima de la taza.

—No me lo preguntaron.

—¡Venga ya! No creo que fuera necesario que te lo preguntáramos, ¿no? Una chica lista como tú debería de haber sabido que esa información nos parecería interesante.

—Michael dijo que ustedes podrían sacar las conclusiones erróneas.

—Él también estuvo allí esa mañana, ¿verdad? —Holly intervino, con la intención de demostrar que no solo la habían llevado por su cara bonita. A Vera no le molestó. Una mujer con un poco de ambición no tenía nada de malo—. ¿La clase era también para acompañantes? ¡Qué bien que se quiera implicar tanto con el bebé!

—Era una clase de gimnasia. —Freya parecía haberse relajado. Después de todo, quizá fuera tan tonta como lo había sido Mattie Jones, pero lo disimulaba mejor—. No era para padres. Michael vendrá al grupo de preparación, claro. Hemos planificado un parto totalmente natural. Una de sus amigas es matrona

254

privada y tendremos el bebé en casa. Hasta vamos a alquilar una piscina de partos. Pero aquel día Michael solo me llevó a la clase.

—Supongo que aprovechó ese rato para adelantar trabajo.

Holly le dedicó una pequeña sonrisa para animarla a continuar. Vera sospechó que a la agente le aburrían tanto los detalles de la maternidad como a ella misma y se alegró de que cambiara de tema.

—Me imagino que sí —dijo Freya, que había vuelto a desconfiar. ¿Podía ser que Morgan la hubiera advertido de las cuestiones que debía evitar si la interrogaban a solas?

—¿Dónde quedasteis después de clase? —le preguntó Vera.

Se hizo el silencio. Por lo visto, Morgan no le había apuntado la respuesta a esa pregunta.

—¿Te estaba esperando en el coche?

—No me acuerdo.

Vera esperó hasta que hubiera pasado una camarera con vaqueros rotos que llevaba un plato de huevos con beicon a unos obreros que estaban en la mesa de al lado.

—Claro que te acuerdas, cariño. Y nos vamos a enterar de todas formas. En un sitio como ese habrá cámaras de vigilancia en el aparcamiento y un montón de testigos —dijo Vera. Aunque la cinta del circuito cerrado de televisión se había acabado la noche anterior al asesinato y nadie se había molestado en cambiarla—. Sería mucho mejor que fueras tú quien nos diera la información.

Freya parecía acorralada. Vera se acordó de las trampas que ponían los guardabosques en las colinas: un cuervo en una jaula de malla metálica para atraer a otras aves rapaces. ¿Era correcto usar a Freya como reclamo?

—Habíamos quedado en encontrarnos en el coche —dijo Freya—. Pero, cuando salí de clase, él no estaba allí.

—¿A qué hora fue eso?

—La clase terminó a las diez.

—¿Y qué hizo usted? —le preguntó Holly—. ¿Fue a buscarlo? Sería una buena oportunidad para encontrarse con sus antiguas compañeras. Tomarse un café con ellas y ponerse al día con algún chisme, tal vez.

—Ya no tengo mucho en común con esa gente.

Vera pensó que Freya solo repetía palabras de Morgan.

—¿Y adónde fue entonces? ¿A la consulta de Michael? Tal vez estaba tan enfrascado en el papeleo que no se dio cuenta de la hora —Esta vez era Holly la que ponía palabras en boca de la joven.

«Pobre chica —pensó Vera—, no es más que el muñeco de un ventrílocuo.»

—Lo llamé al móvil —respondió Freya—. Sabía que no le gustaría que estuviera vagando por el hotel. Dice que algunas de las chicas de allí son una mala influencia. Así que lo llamé.

—¿Y?

Holly estaba a punto de zarandear a la chica para ver si espabilaba. Vera pensó que la agente tendría que aprender a ser más paciente. A ella le preocupaba más lo que implicaba la respuesta de Freya. ¿Qué derecho tenía aquel hombre a elegirle las amistades a su novia?

—Y nada. No contestó. Así que esperé. Apareció poco después y nos fuimos a casa. Ese día yo no tenía clase por las vacaciones de Semana Santa. —Parecía malhumorada, como una niña mimada. Vera pensó que era probable que discutieran en el coche de vuelta a la costa.

—¿Le explicó por qué había llegado tan tarde? —preguntó Holly.

—Me dijo que no era de mi incumbencia. Algo del trabajo. Pero yo pensé que igual Mattie Jones estaba molestándolo otra vez. Había empezado a llamarlo desde prisión y eso lo ponía de los nervios.

«No —pensó Vera—, no fue Mattie. A ella le estaban extirpando el apéndice en el hospital. ¿Quizá fuera Jenny? Tal vez lo viera mientras él se tomaba uno de sus cafés modernos en el salón, esperando a que terminara la clase de Freya. ¿Le habría preguntado si le permitiría entrevistarlo para su libro sobre el caso Elias Jones? ¿Le habría dicho que lo escribiría de todas formas? ¿Podía ser que él la observara desde la galería y la viera entrar en la sauna, se pusiera rápidamente el bañador y la matara?»

Vera estaba tan abstraída en sus especulaciones que no se había dado cuenta de que las otras la miraban fijamente. Se vio a través de los ojos de las jóvenes: envejecida, fea y lenta. Pensó que sentían lástima por ella. Y después notó que la invadía una confianza que la reactivaba. «Puede que no sea joven y guapa, pero soy inteligente —se dijo—. Más que vosotras dos juntas. En un par de días, habremos resuelto este caso.»

A PRIMERA HORA DE la tarde, ya estaba en el Willows, con la fuerza que le habían proporcionado el orgullo, la cafeína y el azúcar. Primero se sentó en la cafetería del hotel a tomarse otro café y observar a los clientes. Había sillones mullidos de cuero y cretona de flores. Allí era fácil esconderse de los demás y mantener una conversación sin temor a ser escuchado. Los camareros se acercaban a los clientes a preguntarles qué querían. No había que levantarse ni hacer cola en la barra. Era el lugar más anónimo imaginable.

Su camarera era mayor, una caricatura de tiempos pasados, encorvada y prácticamente sorda. Vera le gritó:

—Habrá visto fotos de Jenny Lister, la mujer a la que asesinaron aquí la semana pasada. ¿Vino alguna vez a la cafetería a tomarse un café?

La camarera sacudió la cabeza y se marchó, pero Vera no tenía claro que la hubiera oído siquiera. Sin embargo, más tarde apareció un muchacho. Pantalones negros, camisa blanca y chaleco negro. Su cara cubierta de acné tenía aún peor aspecto porque estaba sonrojado y nervioso.

—Doreen me ha dicho que estaba usted preguntando por la mujer que murió.

Vera asintió. Prefería no hablar, no fuera a escapársele un grito de entusiasmo.

—Creo que estuvo aquí esa mañana. No se lo dije a la policía porque no estaba seguro. Ya sabe, no podía poner la mano en el fuego porque fuera justo ese día.

Vera volvió a asentir y dijo:

—Pero tú crees que sí lo fue.

—Sí —respondió el chico—. Sí. Venía bastante a menudo y siempre pedía lo mismo. Un americano corto descafeinado. Se lo preparaba en cuanto la veía llegar.

Se sonrojó aún más, y Vera pensó que al joven le gustaba Jenny Lister, que habría tenido fantasías de adolescente con esa mujer mayor que él.

—¿Estuvo con alguien aquel día? —le preguntó Vera—. Te acordarías, ¿verdad? Porque pediría algo más, aparte del descafeinado, y eso sería algo fuera de lo común.

—Sí —contestó—. Me acordaría de eso. Pero no estuvo con nadie. —Hizo una pausa. No quería mojarse, equivocarse y decirle lo que no era.

—Cualquier cosa que puedas decirme será útil. Aunque solo sea una impresión.

—Me pareció que esperaba a alguien. —Las palabras salieron a borbotones. Tenía que hablar antes de perder el valor.

—¿Te dijo que esperaba a algún amigo?

—No, pero levantaba la vista cada vez que entraba alguien y no paraba de mirar el reloj.

—¿A qué hora fue eso? —le preguntó Vera.

—Era pronto. Antes de las nueve. Eso también era raro. Generalmente venía después de nadar.

—¿Cómo sabes que no venía de la piscina?

—Todavía tenía el pelo seco. Normalmente tenía las puntas un poco húmedas, como si no se hubiera molestado en usar el secador. Y aquel día no llevaba impregnado ese olor a cloro de siempre.

—Muchas gracias. —Vera le dedicó la mejor de sus sonrisas—. Deberías considerar hacerte poli. Aquí te estás echando a perder.

DESPUÉS DE AQUELLO, Vera volvió al acecho. Karen no estaba en recepción, por supuesto. Estaba en casa llorando la muerte de su hijo. Ocupaba su lugar una joven delgaducha que la reconoció y la dejó pasar sin mediar palabra. La inspectora encontró a Ryan Taylor en su despacho.

—Ya habrá oído lo de Danny Shaw.

—Claro.

—¿Qué se dice por el hotel? Habrá estado en boca de todos.

Vera se sentó en el borde del escritorio. Al ver desde arriba la cabeza pequeña y redonda del joven, pudo observar que ya empezaba a clarearle la zona de la coronilla.

—Están asustados —dijo Taylor—. La muerte de la señora Lister fue algo emocionante. Nadie la conocía bien. Fue como ver una peli de terror en la tele. No sé, como que disfrutas con los sustos porque sabes que no es real.

—Pero la muerte de Danny sí fue real...

—Sí. No es que a todos nos cayera bien, pero lo conocíamos. Supongo que la gente se pregunta a quién le tocará ahora. En el fondo, todos somos unos putos egoístas, ¿no cree?

—¿Por aquí ha pasado alguna otra cosa fuera de lo habitual? —Algo en el comportamiento de Taylor había hecho que Vera sospechara. Como el camarero, él también estaba sopesando si hablar con ella o no.

—Lisa no ha venido hoy. Tenía que haber entrado a las ocho. Llamó para decir que estaba enferma, pero no recuerdo la última vez que lo estuvo. Probablemente sea una coincidencia.

—Seguro que sí —dijo Vera—. Es lo más probable.

Pero ese dato volvió a ponerla en marcha. Se subió al coche con un trozo de papel en la mano: la dirección de Lisa. Otro viaje a la ciudad.

LISA VIVÍA CON su madre en una casa pequeña de ladrillos rojos en un barrio de viviendas de protección oficial de la zona oeste de la ciudad. Desde el final de la calle se veía un parque empresarial y, más allá, el río Tyne. Podía ser que el padre siguiera viviendo allí, estrictamente hablando, aunque también era posible que estuviera en prisión o que se hubiera largado. En cualquier caso, no había rastro de él. La mitad de las casas de la calle estaban vacías, selladas con paneles de madera, y parecía como si los chavales hubieran estado haciendo fogatas en el interior. En algunos de los jardines había montones de basura. Pero la casa de Lisa estaba inmaculada. Habían cortado el césped que cubría su pequeño terreno y unos tiestos con prímulas flanqueaban el camino. Vera percibió el olor a cera para muebles y desinfectante que había en la casa en cuanto abrieron la puerta.

Era una mujer con las mismas facciones delicadas que Lisa. En otros tiempos, posiblemente fuera rubia. Últimamente, el color era de bote y esta vez no le había quedado muy bien. Al ser poco uniforme, el resultado era una mezcla entre castaño y cobrizo. Pero ¿quién era Vera para criticarla?

—¿Está Lisa en casa, cariño?

La mujer era bajita, pero se mantuvo a la defensiva como un perro de presa. Podía oler a un poli a metros de distancia.

—Está trabajando.

—No es cierto. —Vera dejó que el cansancio tiñera su voz. El efecto del subidón de azúcar y la cafeína ya se le había pasado—. Precisamente vengo de allí. No me haga perder el tiempo, que no estoy para tonterías. Dígale que soy Vera Stanhope y déjeme pasar para que pueda descansar las piernas.

Quizá fuera esa última frase la que funcionó. El caso es que la madre de Lisa reconoció el cansancio extremo de aquella mujer trabajadora, se hizo a un lado y le indicó el camino hacia una elegante salita que nunca usaban de día, salvo que hubiera visita. Al mismo tiempo, se oyeron unos pasos en las escaleras y apareció Lisa. Había estado escuchando la conversación. Estaba pálida y delgada.

—No fui yo —dijo. Las palabras, pronunciadas antes de que la chica llegara al pie de las escaleras, cruzaron la puerta abierta de la salita—. Yo no maté a Danny Shaw.

—¡Por Dios, cielo! Ni por un momento pensé que lo hubiera hecho usted.

—Lo he oído en las noticias y he pensado que todo el mundo creería que había sido yo. Que querrían que hubiera sido yo.

Vera supo entonces que había perdido el tiempo yendo allí. Lisa solo había fingido estar enferma para no tener que enfrentarse a las acusaciones de sus compañeros.

—Mire —le dijo—, voy a arrestar al asesino y así tendrán otra cosa de la que hablar.

—¿Lo hará? Entonces, ¿sabe quién ha sido?

«¡Joder! —pensó Vera—. ¿Y ahora qué digo?»

—En un par de días, todo esto habrá acabado —dijo, poniéndose en pie.

La madre de Lisa estaba hablando de preparar té, pero Vera tenía una especie de promesa que cumplir y no había tiempo para eso. En el umbral, se detuvo y se volvió hacia Lisa.

—Era Danny Shaw el que robaba, ¿verdad?

Lisa asintió.

—Lo vi una vez en la sala del personal. Él no sabía que yo estaba allí.

—¿Por qué no se lo dijo a nadie?

La chica simplemente se encogió de hombros, pero Vera ya sabía la respuesta. A Lisa le habían enseñado a no ser una soplona y, de todas formas, ¿quién la habría creído?

Vera estaba subiéndose al coche cuando le sonó el móvil. Era Joe Ashworth para decirle que Connie aún no había vuelto a casa y estaba empezando a preocuparse.

30

Joe Ashworth se pasó la mayor parte del día intentando localizar a Connie y Alice. Primero, fue a la ciudad y encontró a Frank, el ex de Connie, trabajando en el teatro ubicado junto al muelle. Antes de tener niños, Sarah lo había arrastrado hasta allí un par de veces para ver alguna obra y, aunque él no quería reconocerlo, por lo general, se lo había pasado bien. A pesar de la clientela con pretensiones artísticas que rondaba el bar, dejándose ver antes del espectáculo.

Frank estaba sentado fuera, con un grupo de fumadores como él. Era moreno y delgado, con ese aspecto atractivo y taciturno que le gustaba a Sarah. Cuando Joe le preguntó si podían hablar en privado, Frank apagó el cigarrillo y condujo al sargento al interior del teatro. Se sentaron en la última fila del patio de butacas. Estaban decorando el escenario para una obra y, de vez en cuando, aparecía alguien para mover uno o dos muebles, pero los tramoyistas no prestaban atención a los dos espectadores.

—Entonces, ¿no sabe nada de ella?

Ashworth no era capaz de descifrar lo que pensaba el hombre que tenía a su lado. Parecía estar absorto en algo y el sargento se preguntó si no tendría la cabeza más en la producción que en su exmujer y su hija. Claramente, su atención estaba puesta en el escenario.

—No desde que la llamé para contarle lo de Jenny Lister. Alice iba a venir este fin de semana a quedarse conmigo y con Mel.

—¿Y no tiene ni idea de dónde puede estar? —Ashworth pensó que, si su mujer e hijos hubieran desaparecido, estaría un poco más preocupado de lo que Frank parecía estarlo.

—Pero solo lleva un par de horas fuera, ¿no? Podría estar en cualquier lugar. De compras. O tomando un café con una amiga.

Entonces fue cuando Ashworth se dio cuenta de que era él quien estaba comportándose de forma extraña. Realmente, era cierto: su reacción era desmesurada.

—¿Podría darme el número de móvil de Connie? No llegamos a pedírselo.

Esa vez, Frank sí que se giró para mirar fijamente a Ashworth. Su mirada incomodó al sargento, casi como si lo hubieran pillado haciéndole proposiciones deshonestas a Connie. Quizá debería explicar que su interés era puramente profesional, pero eso haría la situación aún más embarazosa. Parecería que estaba dando demasiadas explicaciones. Frank garabateó el número en una esquina de la hoja de papel que había arrancado de su cuaderno.

—La prensa convirtió su vida en un infierno —dijo—. Y ahora todo ese circo ha regresado. Nadie podría culparla por querer escaparse durante un tiempo.

—¿Podría darme los nombres y los teléfonos de las personas que puedan haberla acogido? —le preguntó Ashworth—. Necesitamos que identifique a un sospechoso. Si se pone en contacto con usted, dígale que seremos discretos.

—Sí, claro. —Obviamente, Frank no tenía mucha fe en la discreción de la policía—. Igual que la última vez, cuando la echaron a los leones y luego no hicieron nada para protegerla.

Durante el resto del día, Joe intentó llamar a Connie cada vez que disponía de un momento libre. Al fijo y al móvil. Después de unos pocos intentos se dio cuenta de que estaba perdiendo el tiempo, pero siguió intentándolo casi de forma irracional. El móvil estaba apagado o sin batería. Las primeras veces, dejó un mensaje. Después no se molestó. No quería que Connie también se sintiera acorralada por él. En el fijo no había contestador. Lo dejaba sonar durante diez segundos y luego colgaba.

Después de su encuentro con Frank, el sargento se marchó de Newcastle y condujo hacia el interior. Pensó que era mejor quedarse cerca de Barnard Bridge mientras Vera daba vueltas por el condado haciendo caso a su instinto y a su necesidad perpetua de movimiento. El instinto de Joe, por su parte, le decía que la respuesta a los dos asesinatos se encontraba allí, en los campos verdes y frondosos del valle del Tyne.

KAREN SHAW HABÍA recibido permiso para volver a su casa. Joe la encontró allí con su marido. El matrimonio le dio una bienvenida más calurosa de lo que se esperaba. Parecía que lo consideraban una especie de médium o mago, una forma de comunicación con el hijo que habían perdido. O quizá fuera algo más simple: para ellos, el joven detective era una forma de distraerse. Habían estado culpándose a sí mismos y entre sí por la pérdida del chico, pero ahora tenían otra persona con la que hablar. Se percibía la culpabilidad que siempre rodea a los supervivientes. Joe escuchó sus confesiones, sabiendo que no había nada que pudiera hacer para que se sintieran mejor.

—Danny quería volver a Bristol hace unos días —dijo Karen, y las palabras se derramaron entre sus labios como lágrimas—. Su novia había vuelto antes de tiempo. Estudia Arte Dramático y estaba haciendo una película. Ella le pidió que interpretara un papel secundario. Su familia tiene dinero, así que no necesita trabajar en vacaciones. En Semana Santa habían estado esquiando en Colorado. A Danny también lo habían invitado y habría podido ir si hubiese tenido dinero para el viaje. Hace un par de años, habríamos podido pagárselo nosotros sin problema. Pero esta vez fue imposible.

Karen tomó aliento y Joe aprovechó para retomar la primera frase que ella había pronunciado.

—¿Era ese el único motivo por el que quería volver antes del comienzo del trimestre? La película, quiero decir. ¿No le había afectado la muerte de Jenny Lister?

—No. —Ella le clavó los ojos. Joe nunca la había visto sin maquillaje—. ¿Por qué había de afectarle?

—Bueno, la conocía, ¿no? —Joe le dirigió una pequeña sonrisa para animarla a contestar—. Coincidieron por lo menos una vez. Él estuvo saliendo con su hija, Hannah.

—¡Hannah! Me acuerdo de ella. Una chiquilla muy mona. No sabía su apellido, así que no las relacioné. Derek, sabes quién es, ¿no? Esa pelirroja bajita. Durante una temporada, él estuvo prendado de ella. Fue su primer gran amor. —Se le escapó una exclamación de angustia, apenada quizá porque ya no habría un gran amor definitivo, una boda, un nieto.

Derek asintió, aunque Joe no habría apostado porque realmente se acordara de Hannah Lister. Simplemente no quería reconocer que en la experiencia compartida de la crianza de su único hijo pudiera haber una grieta.

—¿Y por qué, al final, Danny se quedó aquí? —preguntó Joe—. ¿Por qué no bajó a Bristol para salir en la película?

—Eso también fue por dinero, ¿verdad, Derek? Habría perdido el sueldo de una semana si no hubiera trabajado desde su renuncia hasta la fecha acordada. Además, le dije que no podía dejarlos tirados. Fui yo quien le consiguió el trabajo y habría quedado fatal si él se hubiera ido así como así —y añadió—: Si no me hubiera preocupado tanto por lo que iban a pensar de mí en el Willows, Danny seguiría vivo.

El matrimonio se quedó sentado, mirándose el uno al otro.

—También fue culpa mía. —El marido estaba decidido a cargar con su parte de responsabilidad—. Le dije que ahora tenía que pagarse sus gastos. Lo mimamos demasiado cuando era niño, sargento. Era nuestro único hijo. El dinero no nos preocupaba. Le dimos todo lo que quería. Y no le resultó fácil cuando la situación cambió. Especialmente cuando se juntó con todos esos niños ricos del sur en la universidad. Era evidente que me culpaba a mí. Se moría de aburrimiento en ese trabajo en el gimnasio. A veces, veía cómo me observaba y sabía que mi hijo pensaba que le había fallado.

—¿Por eso empezó a robar?

Joe ya sabía lo de los hurtos. Vera lo había llamado nada más salir de casa de Lisa. «Pregúntales a los padres qué estaba pasando y si Jenny Lister lo había pillado robando», le había pedido. Así que continuó:

—Porque no era por el dinero, ¿verdad? Habría sacado lo justo para tomarse un par de pintas en el bar de la universidad. ¿Fue por aburrimiento?

La pareja se volvió entonces hacia Ashworth con mirada furibunda. Se hizo un silencio sepulcral, que rompió Derek:

—No le consiento que acuse al chico. Está muerto y no puede defenderse.

—Si quieren que encontremos a su asesino —dijo Ashworth—, tendrán que echarme una mano. Tenemos un testigo que vio a Danny robando en la sala del personal. ¿Sabía él que lo habían visto?

Volvió a hacerse el silencio.

—No parecen estar sorprendidos —dijo Joe con delicadeza—. Si no resulta pertinente, sus hurtos nunca saldrán a la luz. El testigo no hablará. Pero deben decirme lo que sepan.

—Realmente, yo no lo sabía —dijo Karen.

—Pero ¿se lo imaginaba? ¿Lo sospechaba?

—Una mañana estuvo quejándose de que estaba pelado y, de repente, tenía un billete de diez libras en el bolsillo y estaba tomándose un café en la cafetería del hotel antes de empezar su turno. Así que me entraron las dudas.

—Debió de ser horrible —dijo Joe. Se imaginó descubriendo que uno de sus hijos era un ladrón—. Seguro que eso estuvo carcomiéndola. ¿Se lo contó a alguien del trabajo?

—¡No! —Esa idea la horrorizó—. Iba a ser abogado. Si alguien se hubiera enterado, podría haber arruinado toda su vida por un simple café. En unos cuantos días se iría a Bristol y podríamos olvidar todo el asunto.

Joe pensó que aquella mujer se había pasado la vida protegiendo a su hijo y había acabado creando un monstruo. ¿Mataría para protegerlo? Quizá sí, pero era totalmente imposible que se hubiera colocado a sus espaldas en el jardín y hubiera estrangulado al chico que, como estaba comprobando, había sido la pasión de su vida.

—¿Habló de esto con Danny?

Esta vez, hubo un momento de vacilación.

—No. Ya sé que debería haberlo hecho, pero no quería estropear los últimos días de sus vacaciones. Deseaba que fuéramos felices, la familia que éramos antes. Me saqué la idea de la cabeza. Me dije a mí misma que Danny no actuaría de ese modo.

Ashworth se giró hacia el marido.

—¿Sabía algo de todo esto, señor Shaw?

El hombre sacudió la cabeza, desconcertado, al parecer, por los sucesos que habían precedido a la muerte de su hijo.

—¿Dónde estaba Danny la mañana que murió la señora Lister? —Ashworth mantuvo el tono de voz suave, sin indicio alguno de acusación—. Ya sé que su turno en el Willows no comenzaba hasta última hora de la tarde, pero ¿hay alguna posibilidad de que estuviera en el hotel aquella mañana? —No hubo respuesta—. ¿Señora Shaw?

Ella no habló durante un rato largo, pero, esta vez, Joe no la presionó.

—No vino a casa la noche anterior —dijo, por fin—. A menudo, cuando Derek trabajaba hasta tarde, iba a recoger a Danny al final de su turno. Por la noche no hay autobús y él no tenía coche.

«Otro motivo más para quejarse», pensó Ashworth.

—Pero algunas veces se quedaba a dormir allí. Le dejaban usar uno de los dormitorios para empleados. Por ejemplo, cuando le cambiaba el turno a alguien para trabajar al día siguiente por la mañana o si quedaba para tomar algo con las chicas que trabajan allí. —Levantó la vista—. Generalmente era con las chicas con las que se quedaba charlando. Todas estaban loquitas por él.

—¿Es eso lo que pasó la noche antes de que asesinaran a la señora Lister?

La mujer asintió.

—Derek iba a ir a recogerlo, pero Danny llamó para decir que no se molestara, que se quedaría en el hotel.

—¿Lo vio al día siguiente, el día del asesinato?

—No —contestó ella—. No estaba por allí cuando llegué a trabajar, y pensé que habría vuelto a casa en el primer autobús y no nos habíamos cruzado. —Miró a Ashworth con dureza—. Es probable que ni siquiera estuviera en el hotel cuando murió la mujer.

—¿No se lo preguntó? Más tarde, después de que encontraran el cuerpo de la mujer, ¿no le preguntó si había estado allí?

—¡No! —exclamó—. ¡Imposible! ¡Habría sido como acusarlo de asesinato!

Tras aquel arrebato, volvieron a quedarse en silencio. En el jardín, una ardilla mantenía el equilibrio sobre la rama de uno de los árboles que bordeaban la carretera. Un reloj dio las cuatro y media en otra habitación. El tiempo pasaba y aún no habían encontrado a Connie y Alice. Ashworth notó que se había distraído y había perdido el hilo de la conversación.

—Greenhough —dijo—. Esa finca que queda cerca de aquí. Un terreno perfecto para la construcción de viviendas, me imagino. ¿Nunca intentó hacerse con él, señor Shaw?

Shaw miró a Ashworth como si estuviera loco.

—¿Y qué tiene que ver con todo esto?

—Probablemente nada. —«Otro asunto que se le ha metido a Vera Stanhope entre ceja y ceja», pensó Ashworth.— Pero contésteme si no le importa.

—Estuve a punto de comprarlo en una ocasión —contestó Shaw—. Christopher Eliot parecía interesado en llegar a un acuerdo. Pero, al final, el resto de la familia se negó. —Miró por la ventana—. Si lo hubiera conseguido, todos nuestros problemas se habrían resuelto. Cincuenta viviendas de lujo. Y Danny habría podido tener todo lo que hubiera deseado.

—Me gustaría ver su habitación —dijo Ashworth—. ¿Les parece bien?

—La policía ya ha estado —dijo Karen con enfado—. Se pasaron horas ahí dentro, revolviendo sus cosas. Él se habría puesto furioso. A mí nunca me dejaba entrar, ni siquiera para cambiarle las sábanas.

—Lo sé. No tocaré nada.

La mujer se levantó y él la siguió, esperando que lo llevara al piso de arriba. Pero recorrieron el pasillo y entraron en la ampliación de la planta baja. El espacio de Danny era prácticamente un piso independiente. Había un baño con ducha y una puerta al exterior.

—Lo construimos cuando él tenía trece años —comentó Karen—. Cuando aún teníamos dinero. Fue idea de Derek. Un sitio en el que pudieran quedarse sus amigos sin molestarnos.

«Niño mimado —pensó Joe—. Muchos chicos lo darían todo por tener un sitio como este y, aun así, no estaba contento.»

La estancia era alargada y con el techo bajo. Tenía el aspecto de una habitación para estudiantes bastante lujosa. En el suelo había una guitarra, junto a una pila de CD. También había una televisión y un ordenador. A un lado, una mesa de trabajo con un hervidor de agua y un microondas, junto a una nevera pequeña. Las estanterías eran de las de montar en casa. Los pósteres que había en las paredes parecían de la época escolar del chico. Rockeros e imágenes raras que a Joe no le decían nada. En una pared, había un gran *collage* de retales y trozos de papel metálico de colores brillantes; fascinante y lleno de fuerza. A primera vista, no parecía tener una forma evidente, pero, al mirarlo fijamente, Joe consiguió distinguir una enorme cara sonriente. Karen vio que estaba observándolo.

—Lo hizo Hannah —le contó—. Para su examen del certificado de secundaria. Danny le dijo que le gustaba y ella se lo regaló por su cumpleaños. —Hizo una pausa—. A veces pienso que las cosas habrían sido distintas si hubiera seguido con Hannah. Ahí es cuando empezamos a perderlo, cuando ella le dijo que no quería volver a verlo. Fue como si perdiera la confianza en nosotros en ese momento.

—Pero en Bristol tenía novia, ¿no? —Joe quería creer que Danny había sido feliz en la universidad.

—Sí, sí. —Karen recorría la habitación, recogiendo algunos objetos—. Y también era encantadora. Pero era más como un trofeo. Algo más que poseer. Con Hannah nunca habría sido así.

31

Sentado en el coche en el exterior de casa de los Shaw, Joe Ashworth intentaba imaginarse cómo habría sido vivir allí en los últimos años. Derek, el hombre fuerte que construía viviendas, ganaba dinero y mantenía a su familia en una situación holgada, de pronto había empezado a considerarse a sí mismo un fracaso. Vivía soñando con lo que podría haber tenido. Su mujer se había visto obligada a renunciar a una vida cómoda y a aceptar un trabajo que detestaba. ¿Culparía ella a Derek de la situación? ¿Habría llegado el rencor a desgastar el matrimonio aunque ella no lo admitiera y se odiara a sí misma por ello? ¿La habría empujado a buscarse un amante y tener una aventura? Ashworth no se habría sorprendido. Y luego estaba el chico, listo y encantador, y acostumbrado a conseguir todo lo que quería, pero que se había visto coartado primero por Hannah y luego por el cambio en el porvenir de sus padres. Ashworth deseó que Vera hubiera estado con él durante el interrogatorio. Ella habría sabido sacar algo en claro de las implicaciones de esa situación. La habría interpretado mejor que él.

Encendió el motor y se dirigió por el valle hacia Barnard Bridge. Ni rastro del Nissan de Connie, pero se detuvo allí de todas formas. Llamó a la puerta y miró por las ventanas. Las cartas sobresalían del buzón y las empujó hacia dentro. Sentado en el jardín, fue llamando uno a uno a todos los números que le había dado Frank. Solo había tres y todos eran de amigas de

Connie. Ninguna había visto a la joven últimamente. «Simplemente perdimos el contacto cuando se mudó», dijo una. Y, en líneas generales, esa fue la respuesta de todas. Se sentían incómodas por no haber sido mejores amigas. Joe volvió a pensar en lo sola que se había quedado Connie, demasiado orgullosa para mantener sus antiguas amistades e ignorada por las mujeres de su nueva vida. Volvió a marcar el número del móvil de la joven, pero saltó el contestador.

Sin pensarlo, cruzó la carretera y recorrió el camino que llevaba a la gran casa de los Eliot. En el pasado, se habría puesto nervioso. Por aquel entonces, no le gustaba su trabajo cuando lo obligaba a ir a casas elegantes. Se sentía más cómodo en los barrios de viviendas protegidas y las humildes casas de los mineros. Pero Vera lo había persuadido: «No tienes nada que envidiar a ninguno de ellos. Que no te intimide su dinero. No significa que sean más listos que tú y definitivamente no los hace mejores personas».

Abrió la puerta Veronica Eliot. No lo invitó a entrar y él sintió que su presencia era tan grata como la de un vendedor de ventanas de doble acristalamiento. Al menos los Shaw se habían alegrado de verlo.

—Quería saber si tendría usted idea de dónde puede estar Connie Masters —preguntó.

—¿Cómo iba a saberlo?

—Usted estaba en su casa ayer por la tarde cuando encontraron el bolso de Jenny Lister. Como una buena vecina. Ahora mismo, ella está pasando por unos momentos muy duros. Pensé que tal vez le habría contado sus intenciones de ocultarse de la prensa.

—Creo que la prensa aún no ha llegado hasta ella. —Veronica parecía menos hostil. ¿Quizá había pensado que Joe iba a por ella?—. No mencionó que fuera a irse.

—¿Podría estar en algún sitio del pueblo?

Veronica dio la impresión de estar pensándoselo, pero Joe sabía que la mujer había descartado esa idea inmediatamente.

—Aquí no tiene ninguna amiga íntima. La verdad es que me parece poco probable.

Quizá debido a la brusquedad de la mujer, Joe no se movió del umbral. Vera le había enseñado a perseverar, a encararse con la arrogante clase media.

—Debió de hacérsele duro —dijo— ver a otro niño en esa casa.

Veronica lo miró con desagrado. Si Joe se hubiera tirado un pedo en una de las cenas pijas que celebraban allí, ella no habría podido despreciarlo más que en ese momento.

—No acabo de entender por qué se creen que tienen el derecho de hurgar en las tragedias personales de mi familia.

Él hizo caso omiso y continuó, como si estuviera pensando en alto y no necesitara respuesta.

—Seguro que hubo una investigación. Con una muerte repentina, la policía intervendría. Y también los servicios sociales, me figuro. Todo aquello daría mucho que hablar. No debió de ser fácil.

Veronica perdió el control. Su desmoronamiento fue repentino y totalmente inesperado, e hizo que Joe se sintiera como un gusano. La mujer se acaloró y empezó a echar pestes contra él; recibió las palabras casi como si fueran golpes físicos.

—¿En serio cree que me importaba eso? Acababa de perder a mi hijo. ¿Cree que me preocupaba lo que pudiera estar murmurando la gente?

—Discúlpeme.

—Y no era solo yo. Christopher también había perdido a su hijito. Yo sabía que no sería capaz de tener más niños después de aquello. Simon había perdido a su hermano. ¿Tiene idea de cómo nos afectó aquello?

—Discúlpeme —repitió Ashworth.

Pero fue como si no hubiera dicho nada.

—Nunca culpamos a Simon de lo ocurrido aquel día. Jamás. Solo era un niño. Pero era lo suficientemente mayor como para recordarlo. Sabía que no debía haberse alejado de mí. Cree que fue culpa suya. Ha tenido que vivir con ello durante toda la vida. ¿Se cree que unos cuantos chismorreos son peores que un dolor como ese?

—No —dijo Ashworth. Tuvo que contenerse para no levantar los brazos y defenderse frente a la violencia de sus palabras—. No, por supuesto que no.

El arrebato terminó casi con tanta rapidez como había empezado. Veronica volvió a tornarse distante y fría.

—Y, respondiendo a su pregunta, sargento, claro que fue difícil ver a una niña jugando donde había muerto Patrick. Yo tenía sentimientos encontrados. Quizá mi experiencia influyó en mi actitud hacia Connie. Fui cruel. Pero no he tenido nada que ver con su desaparición. No sé dónde está.

Hizo un amago de darle la espalda y cerrar la puerta, pero Ashworth la detuvo.

—¿Podría hablar con Hannah?

—No está aquí. Simon y ella se marcharon al poco de irse ustedes esta mañana. Supongo que han vuelto a casa de Hannah, pero no me dijeron a dónde iban.

Se quedó en el umbral, solitaria y circunspecta, observando cómo el detective se alejaba.

Joe ENCONTRÓ A la chica en el jardín trasero de la casa que había compartido con su madre. Nadie contestó cuando llamó a la puerta y estaba a punto de darse por vencido cuando Hilda lo saludó desde la ventana de su salón y le señaló el camino que había bajo un arco en el patio que quedaba entre las dos casas.

Hannah estaba sola. Tenía el pelo rojizo recogido en una trenza desaliñada. Llevaba botas de agua y un jersey grande hecho a mano con el borde deshilachado y agujeros en los codos. Estaba cavando en el pequeño huerto. Cuando vio a Joe, dejó de hacerlo y se apoyó en el rastrillo. Tenía la cara colorada y estaba sin aliento.

—Mamá siempre plantaba unas cuantas patatas nuevas en vacaciones de Semana Santa. También habas. Y yo no quería que se perdiera la costumbre.

—Se está dando un buen tute —dijo Ashworth, utilizando una expresión típica de su abuelo—. Acabará rendida.

—Eso espero —dijo ella sonriendo—. Estaría bien no necesitar pastillas para dormir. Al día siguiente, me siento fatal.

—¿No está Simon con usted?

—Ha ido a Hexham en el coche de mamá a hacer la compra. Yo no me veía con fuerzas ni para ir al supermercado ni para subir a ese coche, así que le dije que me quedaba. Supongo que tenemos que comer y no quiero tener que ir todos los días a casa de los Eliot. —Se inclinó distraídamente, arrancó del suelo unas briznas de pie de gallo, las tiró en la carretilla y volvió a enderezarse—. ¿Ya saben quién mató a mi madre?

Ashworth negó con la cabeza.

—¿Le importaría contestar unas preguntas?

—¿Puede ser aquí? Me encuentro mejor en el exterior.

Y el sargento pensó que la chica realmente parecía estar mucho mejor, casi alegre bajo el sol primaveral. Había perdido su palidez y su actitud grogui e indiferente.

—¿Le mencionó su madre si había visto algo fuera de lo habitual en el gimnasio últimamente? Creemos que uno de los empleados ha estado robando a clientes y compañeros. Podría ser un móvil. —Ashworth quería comenzar con algo impersonal, que no le afectara mucho.

—No, no lo mencionó. Pero eso no significa que no viera nada. Ambas estábamos ocupadas. Muchas veces ella llegaba tarde de trabajar y para entonces yo había salido con Simon o estaba encerrada en mi habitación estudiando. Aunque nuestra relación era muy buena, no teníamos mucho tiempo para charlar.

—Me gustaría que volviéramos a hablar de Danny Shaw. —Joe titubeó. Ese era un tema más delicado, pero quería sacarlo ahora que estaban a solas—. En su cuarto hay un *collage*. Su madre dice que se lo dio usted. Parece que entre ustedes hubo algo más que el hecho de haber salido un par de veces. Karen dice que fue el primer gran amor de Danny, que él nunca llegó a olvidarse de usted.

La chica volvió a agacharse para arrancar más hierbajos, evitando la mirada del sargento.

—Durante una temporada, creí estar enamorada. Le di el cuadro cuando aún estaba bastante loquita por él.

—¿Por qué no funcionó?

—Nada en concreto. Empecé con Simon y me di cuenta de que, en el fondo, Danny era bastante imbécil.

—Entonces, ¿dejó a Danny por Simon? Esa no es la impresión que dio ayer.

—¿Ah, no? —Sonrió—. No sé. Todas esas cosas parecen muy importantes cuando estás viviéndolas y, más tarde, se vuelven irrelevantes. Este es un pueblo pequeño. No hay mucha gente de nuestra edad. Generalmente, para cuando cumples los diecisiete, ya has salido con la mayoría de los chicos que están libres. Es como esos bailes rurales escoceses en los que dicen «Y, ahora, cuando se detenga la música, ¡cambio de pareja!». Al final, acabamos todos siendo buenos amigos, sin más.

Joe imaginó que no iba desencaminada. Para él había sido igual. Ya había salido con una o dos amigas de su mujer antes de empezar con ella. De hecho, una de ellas había ido con su marido a cenar a su casa la semana anterior. La pasión adolescente se marchitaba pronto.

Quería preguntarle a Hannah si se había acostado con Danny, si habían estado unidos hasta ese punto, pero se contuvo. Su cambio de parecer no fue tanto por no querer entrometerse como porque sabía que a la chica le habría parecido ridícula la pregunta.

—¿Danny se disgustó? Ayer dijo que él le escribió mensajes y la llamó después de que lo dejara. ¿Le estuvo dando la lata?

Hannah se encogió de hombros.

—No. Se le pasó pronto. Empezó a salir con su nueva novia la primera semana de universidad, así que no podía estar muy desconsolado.

Empujó la carretilla hasta el fondo del jardín y tiró los rastrojos al montón de desechos para preparar abono.

—¿Era eso todo lo que quería saber? Creo que no he sido de gran ayuda.

—¿Le habló alguna vez Simon de Patrick? —Joe no planeaba hablarle sobre el niño muerto, pero pensó que era importante: el hermano que se ahogó y el efecto que eso había tenido en el Simon adulto.

—Sí, claro. —Se retiró un mechón rebelde de la cara, dejándose un rastro de barro—. Nos lo contamos todo.

—¿Y qué le dijo?

—Que Patrick era como un fantasma en sus vidas. No quedaba ni rastro de él. Veronica tiró todos sus juguetes y su ropa, y prácticamente no volvieron a mencionar su nombre después del accidente. Simon dijo que, en algunas ocasiones, sentía como si Patrick nunca hubiera existido, como si el incidente fuera algo imaginario.

—¿Trabajaba su madre en los servicios sociales por aquella época? —Ashworth sintió que estaba avanzando a tientas hacia una conexión, una explicación.

—Supongo que sí. —Hannah levantó la vista de inmediato—. ¿Cree que trabajó con la familia Eliot después de la tragedia? Supongo que para entonces ya tendría el título y estaríamos viviendo aquí.

—Se me acaba de ocurrir —dijo Joe—. Pero sería demasiada coincidencia. No hay duda de que su madre se habría acordado de ese caso, al haber ocurrido tan cerca de casa. Se lo habría mencionado.

—Hmm, no, yo creo que no. —Hannah estaba muy convencida de ello—. Estaba obsesionada con la confidencialidad. Decía que el trabajo debía quedarse en la oficina, que ese era su sitio. —Apoyó la carretilla vacía contra la pared—. Mire, creo que no voy a seguir con esto por ahora. ¿Le apetece un té?

—¿Se siente Simon responsable por la muerte de su hermano?

La chica ya había empezado a caminar hacia la puerta trasera de la casa y la pregunta hizo que se detuviera en seco.

—Por supuesto. —Se quitó la goma con la que se sujetaba el pelo y lo dejó caer—. Es lo que lo ha convertido en la persona que es.

32

VERA QUERÍA HABLAR con Michael Morgan. Aunque nunca lo admitiría ante Joe, sabía que la había cagado hasta el fondo el día que irrumpieron tan bruscamente en el piso del acupuntor. Ese hombre tenía algo, lo cómodo que estaba con su cuerpo o lo seguro que estaba de su superioridad, que la había sacado de quicio y había conseguido que se desviara de lo realmente importante. A Morgan le gustaban las estratagemas. Así era como se ganaba la vida. Dependía de la credulidad de sus clientes. Esta vez no perdería los nervios. Le expondría los hechos y lo acorralaría.

Quedó con Joe en la cafetería de Tynemouth en la que habían estado con Freya. Él la esperaba ya, escribiendo algo en su libreta de notas, con el ceño ligeramente fruncido, como un niño concentrado en una tarea difícil para la escuela. Vera pidió un café y un trozo de bizcocho de chocolate. No había comido nada desde que desayunara en Barnard Bridge.

—¿Qué tal te ha ido en casa de los Shaw?

—Danny se encontraba en el Willows la mañana que murió Jenny Lister.

—¿En serio? —Vera no estaba segura de si era una buena noticia o si ese dato solo complicaba las cosas aún más—. Entonces pudo haber visto lo que ocurrió, aunque no estuviera implicado personalmente.

—Y le pregunté a Shaw sobre Greenhough.

—¿Y? —Vera levantó rápidamente la vista del bizcocho. Aún había algo sobre ese lugar que la obsesionaba.

—Christopher Eliot estuvo a punto de venderlo para la construcción de viviendas, pero al final no llegaron a un acuerdo. Me da la sensación de que Veronica se lo prohibió.

—Me pregunto por qué sentirá tanto apego por ese terreno. Un jardín descuidado y unas pocas estatuas. Y un cobertizo para botes. Si Patrick hubiera muerto allí y no en Barnard Bridge, sería comprensible, pero... —Vera se dio cuenta de que estaba hablando para sí misma y volvió a centrarse en Ashworth—. ¿Seguimos sin noticias de Connie? —Sabía que la desaparición de la mujer le preocupaba.

—He dado la orden de que busquen el coche. Si para esta noche no ha vuelto a casa, creo que deberíamos hacerlo público: pedir la participación de la prensa. Si solo quisiera un poco de tranquilidad, nos habría dicho adónde iba. No es tonta.

—Pero te darás cuenta —dijo Vera— de que habrá gente que pensará que su desaparición demuestra su culpabilidad. Si vamos a la prensa, será la bruja que causó la muerte de Elias Jones y, además, una asesina múltiple. Su foto estará en la televisión y en todos los periódicos. No creo que le guste mucho justo antes de que la pequeña empiece la escuela.

—¿Cree que es una asesina?

—No. —Vera acababa de meterse el último pedazo de bizcocho en la boca y escupió un montón de migas al hablar—. Creo que tiene miedo. Y no solo de la prensa. Alguien le ha dicho que desaparezca del mapa.

—Podría ser algo aún más siniestro.

—¿Crees que alguien la ha matado para silenciarla? —Vera se chupó los dedos para poder recoger las migas del plato y de la mesa—. Es posible. Pero si está muerta, ya no podemos ayudarla y hablar con la prensa no servirá de nada. —Hizo una pausa—. ¿Qué es lo que sabe para que no deba hablar con nosotros por nada del mundo?

—Podría reconocer al tío que se presentó en su casa el día en que murió Jenny Lister. Nuestro plan era enseñarle fotos de todos los hombres sospechosos hoy por la mañana.

—Ya —dijo ella—, puede ser. Pero si ese hombre quería ser discreto respecto a su visita a los Eliot, no le habría preguntado el camino a una desconocida. Y lo mismo puede decirse si fue él quien tiró el bolso de Jenny.

Vera pensaba que el hombre probablemente fuera algún vendedor a domicilio. Seguro que Connie habría reconocido a Morgan si hubiera aparecido en su casita. Y no lo habría invitado a un té bajo ningún concepto. Pero, claro, con ese corte de pelo que llevaba ahora, ni siquiera ella lo había reconocido.

—¿Igual salió espantada por algo del caso Elias Jones? —Estaba claro que Joe no iba a dejar pasar ese asunto.

—Lo cual nos lleva de nuevo a Michael Morgan, ¿no? Si no tenemos en cuenta a Connie, él es la única persona implicada en la muerte del niño que podría ser el asesino. Mattie Jones estaba en el hospital. Así que concentrémonos en él de momento. Después volveremos a Barnard Bridge. Será la hora de acostar a la pequeña. Si no están de vuelta para entonces, habrá llegado el momento de preocuparnos.

Miró a su sargento y se dio cuenta entonces de que tal vez sus palabras habían sonado un tanto insensibles. Joe podía ser un sentimental, especialmente cuando se trataba de mujeres y niños. Sin embargo, este se mostró de acuerdo.

—Vale —dijo la inspectora—, Morgan. Me pregunto si deberíamos llevárnoslo a comisaría.

—¿Tenemos suficiente para hacerlo?

—No me refiero a arrestarlo —dijo ella con una amplia sonrisa—, igual solo invitarlo a que venga. Se trata de un miembro respetado de la comunidad. Estoy segura de que estará encantado de ayudarnos. Pero en nuestro territorio estará un poco menos cómodo. ¿Qué te parece? —Generalmente, ese tipo de preguntas eran retóricas, pero esa vez Vera sí que quería saber la opinión de Ashworth.

—No estoy seguro.

—¡Venga, Joey! ¡Suéltalo ya! Puedes no estar de acuerdo conmigo. De vez en cuando.

—Es que ya conoce las reglas del juego. Lo interrogaron en comisaría después de morir el niño. Nuestro interrogatorio no lo pillará de nuevas. Probablemente ni siquiera lo asuste demasiado. Se asegurará de que lo acompañe su abogado.

—¿Y entonces qué sugieres? —Vera captó su propia irritación. «Está muy bien eso de encontrarle defectos a mis ideas, pero proponer otra cosa no es tan fácil.»

—¿Y si lo llevamos a su consulta en el Willows? Será una molestia para él si lo sacamos de casa justo cuando esté a punto de cenar. Y, mientras lo recogemos, podemos echar un vistazo al piso para ver si hay rastro de Connie o de la niña. Aunque su consulta será un espacio neutral, lo desconcertará. Ya sé que no guarda allí sus cosas, pero podemos darle a entender que hay un motivo concreto por el que queremos ver su consulta. Luego podemos meterlo en un taxi de vuelta a casa y estaremos…

—Al lado de Barnard Bridge y podremos pasarnos por casa de Connie antes de que acabe el día. —Vera sonrió abiertamente—. Ya ves, chico, parece que te he enseñado como mínimo un par de cosas en el tiempo que llevas trabajando conmigo.

La inspectora decidió llamar a Morgan para avisarle de que pasarían a buscarlo. Sería más formal que aparecer de repente en la puerta de su casa. Además, si lo llamaba por el móvil desde su misma calle, podría ver si Freya o él aparecían repentinamente con Connie y su hija. Aunque eso era imposible. Ese hombre sería un cabrón, pero era demasiado listo para retenerlas allí.

A Morgan lo puso nervioso la insistencia de Vera en ir al Willows.

—¿Es realmente necesario, inspectora? Allí no hay nada que ver.

—Bueno, siempre podemos pedir una orden de registro si así lo prefiere, señor Morgan. Aunque eso podría llevarnos unas horas y no me gustaría tener que sacarlo de casa en mitad de la noche.

Estaba solo en el piso. Ni rastro de Freya. Cuando Ashworth le preguntó por ella, Morgan dijo que había ido al cine con unas amigas. Intentó dar la impresión de que se alegraba por ella, pero a Vera le pareció que estaba más bien enfurruñado al respecto. La inspectora preguntó si podía usar el baño y aprovechó para echar una mirada furtiva por el resto del piso. Un dormitorio con un futón en lugar de una cama. «Como dormir sobre un tablero de madera», pensó Vera. Todo estaba muy limpio y ordenado. Ahí no podría esconderse ni un ratón. En el baño, las toallas estaban dobladas y el espejo brillaba. No se imaginaba a Morgan pasando la aspiradora, así que se preguntó si sería Freya la que se ocupaba de la limpieza o si contrataban a alguien. Si era gracias a Freya, la chica desertaría tarde o temprano sin necesidad de intervención externa alguna.

Hicieron todo el trayecto al Willows sumidos en un silencio absoluto. Había sido idea de Vera. A Morgan le gustaba hablar. Le hacía sentir que tenía el control. Nada más entrar en la A69, el acupuntor intentó entablar conversación.

—¿Ha habido algún progreso, inspectora?

Pero Vera respondió de inmediato, interrumpiéndolo incluso antes de que acabara su frase.

—Dejémoslo hasta que podamos hablar tranquilamente, ¿le parece?

Durante el trayecto, Vera pudo sentir la tensión que se acumulaba en el hombre que iba sentado detrás. Ya en el Willows, se aseguró de que Morgan caminara entre Joe y ella, no porque fuera a escaparse, sino para que se sintiera como un sospechoso. El hombre utilizó su dispositivo electrónico para entrar en la zona restringida al público y también para acceder a la pequeña sala en la que atendía a sus pacientes.

—¿Es así como los llama? —le preguntó Vera. Estaban sentados el uno frente al otro, separados por una mesa baja. Había una camilla contra una pared, pero era en esas sillas cómodas donde Morgan debía de anotar las historias. Ella había elegido la silla que supuso que usaba él normalmente—. ¿«Pacientes»? ¿Tiene algún tipo de formación médica?

—Los estudios para ser acupuntor son largos y rigurosos.

Estaba decidido a no dejar que lo provocaran, pero le estaba costando mantener el tono relajado y ameno que había utilizado antes con ella. Se notaba que estaba de mal genio y eso alegraba a Vera.

—Pero usted no es médico, ¿verdad?

—La medicina occidental no tiene todas las respuestas, inspectora.

—Ya se habrá enterado de lo de Danny Shaw, ¿no?

Vera cambió de tema tan bruscamente que Morgan pestañeó asombrado. Ashworth no tenía silla, así que estaba de pie, apoyado contra la puerta, obstruyendo toda vía de escape posible.

—Por supuesto que sí —siguió la inspectora—. No tiene tele, ya sé, pero habrá salido en ese periódico prestigioso que le gusta leer. De eso no hay duda. El segundo asesinato relacionado con el Willows. Los periodistas están encantados.

—Es muy triste —dijo Morgan—, pero no sé qué cree que tiene que ver conmigo.

—Usted mantenía una relación muy estrecha con Danny —le contestó con agresividad—. O al menos eso dice la madre del chico.

—Eso es un poco exagerado.

—Él lo respetaba —continuó Vera, como si no la hubieran interrumpido—. Admiraba su dinamismo y su forma de luchar por lo que quería. Debió de adularlo saber que un chico listo como él escuchaba atentamente cada una de sus palabras.

Morgan no pudo evitar que se le escapara una sonrisita. Incluso allí, con esos dos polis vigilándolo, no pudo evitar sentirse satisfecho de sí mismo.

—Tuvimos un par de charlas interesantes. Como usted dice, era un chico listo. Cuando trabajas en un sitio como este, se pueden llegar a echar en falta las conversaciones inteligentes.

—Claro —dijo Vera. Y tuvo que morderse la lengua para no preguntarle si había sido ese el motivo por el que había empezado con Mattie y Freya: por lo buenas conversadoras que eran—. ¿Cuándo lo vio por última vez?

—El día antes de su muerte, por la tarde —dijo Morgan—. Debió de ser entonces.

—Cuénteme cómo fue.

La silla de Vera era cómoda, más que cualquiera de los muebles del piso de Morgan. Tuvo que esforzarse para no perder la concentración. De pronto, se le ocurrió que sería muy fácil quedarse dormida ahí mismo.

—Quedamos para tomar un café en la cafetería. Era algo que hacíamos la mayoría de los días en que nuestros turnos coincidían.

—¿Qué impresión le dio Danny? —Vera adelantó el trasero para acomodarse en una posición más recta.

Morgan tardaba en responder y eso hizo que Vera se sintiera de pronto totalmente despierta. ¿Estaría inventándose una historia? En tal caso, ocultaba algo.

—Pensé que estaba un poco nervioso —dijo, por fin, el hombre.

—¿Qué quiere decir? —La inspectora apoyó los codos en las rodillas y se inclinó hacia delante para situarse cara a cara con él.

—Ya sabe, como tenso, agitado. Quizá se debiera a que había tomado demasiado café. Puede que no fuera nada más.

—Señor Morgan, usted está habituado a interpretar las reacciones físicas de la gente. Se dedica a eso, a persuadir a los infelices para que confíen en usted. A gente como Lisa, la que trabaja aquí. Gente que, en realidad, no puede permitirse lo que usted cobra. Después, consigue que sus «pacientes» le cuenten sus problemas. Quiero saber qué pensó exactamente del estado de ánimo de Danny aquella tarde. Y qué dijo, palabra por palabra.

La sala era muy pequeña y no tenía luz natural. Flotaba un suave olor en el ambiente, a incienso o a una vela aromática. Pero, en ese instante, lo que Vera podía oler era el miedo del hombre que estaba sentado a tan poca distancia de ella.

—Como le he dicho, estaba agitado —repitió Morgan, sin cruzar la mirada con Vera—. Hiperactivo. Al principio, pensé que se había metido algo, pero creo que solo era el efecto de la adrenalina.

—¿Y qué dijo?

—Nada en concreto. La verdad es que no. Nada que pueda ayudarlos a encontrar a su asesino.

—No estoy muy segura de que esté capacitado para tomar una decisión como esa. —El volumen de la voz de Vera había subido tanto que retumbó por toda la habitación.

—Me preguntó varias cosas —dijo Morgan—. Sobre Jenny Lister y su papel en el caso Elias Jones. «Venga, tío, tú la conocías. ¿Cómo era? ¿Era tan puritana y mojigata como la pintaban en los periódicos?» Fue bastante desagradable, la verdad. Creía que Danny estaría por encima de ese tipo de chismorreos.

—¿Le dijo Danny que había conocido a Jenny? ¿Que su hija había sido el gran amor de su vida y que él culpaba a la madre de su ruptura? —Vera no había dado forma a esa idea hasta ese momento, pero estaba segura de que era verdad. Además, le proporcionaba a Danny un móvil para el asesinato.

—No —dijo Morgan—. No me contó nada de eso —respondió él con voz tranquila y sosegada.

—¡Pero no le sorprende!

—No, no me sorprende. El interés que había despertado en él el asesinato de Jenny Lister parecía algo más que morbo voyerista. Me daba la sensación de que era algo personal.

—¿Cree que la mató él?

Se hizo el silencio. Morgan la miró sin decir nada.

—Debe de habérsele pasado por la mente. Todas esas preguntas que le hizo… —Vera se quedó esperando una respuesta que, por fin, llegó.

—Puede que sí —dijo Morgan—. Sí, estaba tan enojado que puede que lo hiciera él.

«Estaba claro que iba a decir eso —pensó Vera—. ¿Qué otra cosa podría decir si fuera usted el asesino?»

Morgan recorrió la habitación con la mirada. Vera pensó que parecía un actor esperando una ovación tras una escena especialmente dramática. Pero ella no pensaba darle esa satisfacción. Continuó el interrogatorio en el mismo tono.

—¿Recuerda algo más de su conversación con Danny el día antes de que muriera?

Morgan arrugó el entrecejo.

—Después, pasó a hablar de la amistad. De lo importante que era para él nuestra relación. De que había conocido a mucha gente en Bristol, pero nadie con quien pudiera comportarse de forma natural. De que en la universidad había mucho postureo. Supongo que debería haberme sentido halagado, pero para entonces ya solo quería irme a casa y ni siquiera procesé todo lo que dijo. Me temo que lo interrumpí y le dije que tenía prisa. Ahora me siento muy mal por haberlo hecho. Si lo hubiera escuchado más atentamente, si hubiera sido un buen amigo, quizá podría haberse evitado su muerte.

Vera le dejó un momento de reflexión autosuficiente y lastimera antes de continuar.

—Señor Morgan, no nos dijo que Freya y usted estaban en el hotel la mañana que estrangularon a Jenny Lister.

El hombre no se esperaba esa pregunta en absoluto y la expresión de su cara hizo que Vera quisiera gritar de júbilo. La inspectora continuó:

—Ya sé que tiene una opinión nefasta de la policía, señor Morgan, pero debió de imaginarse que lo descubriríamos.

—Freya asistió a una de las clases de gimnasia para embarazadas.

—Muy bien. —Vera lo miró, esperando a que continuara. Pero, al final, se le acabó la paciencia—. ¿Y usted? ¿Qué estaba haciendo?

—Estuve aquí —contestó—. En esta sala. Poniéndome al día con el papeleo.

—¿Y por qué no nos lo había dicho?

—Pues, porque no me lo preguntaron, inspectora.

DE CAMINO AL coche, Vera quería hablar con Joe sobre el interrogatorio. Creía que lo había llevado casi a la perfección y con un autocontrol extraordinario, así que quería verse reconocida por su trabajo. Pero él estaba ocupado escuchando las llamadas perdidas.

—¿Y bien? —dijo ella cuando, por fin, Joe se metió el teléfono en el bolsillo.

—Tenía una llamada de los forenses. Han encontrado algunos restos de papel que no habían llegado a consumirse en la hoguera del jardín de los Shaw. Creían que podrían interesarnos. Opinan que es la letra de Jenny Lister.

—Su cuaderno —dijo Vera, en medio de un torbellino de ideas—. Quizá un resumen de lo que estaba escribiendo sobre Mattie.

—Lo han transcrito y nos lo han enviado por correo electrónico.

—¿Y la otra llamada?

Ashworth estaba tenso y preocupado, no tan emocionado como debería haberlo estado tras la noticia de los forenses.

—Era de Connie Masters. Dice que está bien y que solo se ha marchado unos días para descansar.

—Vale —dijo Vera—, eso es bueno, ¿no? Una molestia porque no podemos enseñarle las fotos, pero, por lo menos, sabemos que está bien.

—No estoy tan seguro. —Joe había llegado al coche. Se detuvo y volvió la vista hacia el hotel. Estaba anocheciendo y todas las luces estaban encendidas—. Sonaba rara. Me gustaría que lo escuchara, jefa.

33

ESA NOCHE LLOVIÓ. Fue un aguacero torrencial, como una tormenta tropical. Comenzó cuando Vera salía del coche en dirección a su casa y, a pesar de que corrió, para cuando abrió la puerta ya estaba calada hasta los huesos. Se quedó de pie a la entrada y se sacudió como un perro, culpando internamente a Joe Ashworth, que la había retenido en el aparcamiento del Willows escuchando una y otra vez el mensaje de voz que le había dejado Connie. Puede que la voz de la mujer sonara un poco forzada, pero Vera también se ponía nerviosa cada vez que tenía que hablarle a un contestador automático. Creía que la reacción de su sargento era exagerada, que estaba preocupándose demasiado. Él había insistido en que fueran a la casita de Barnard Bridge y volvieran a entrar, pero allí no había nadie, claro. Connie ya le había explicado en su mensaje que se marchaba unos días. Si no hubieran perdido así el tiempo, ella habría llegado antes a casa y no se habría empapado.

Mientras conducía hacia su casa, se le había ocurrido que podía pasarse a ver a los vecinos hippies y quedarse allí una horita para desconectar un poco. Siempre la acogían con los brazos abiertos. Seguro que tenían algún guiso al fuego y esa cerveza casera que era un relajante más potente que cualquier fármaco que pudiera recetar un médico. Pero ahora le daba una pereza mortal pensar en ponerse el impermeable y sortear charcos. En lugar de eso, se dio un baño mientras escuchaba una triste obra de teatro en la radio. Después, se puso el chándal descolorido que usaba en invierno como pijama.

Como se había empeñado en tomar un plato de cuchara, rebuscó alguna lata en la despensa y encontró una al fondo, que debía de llevar ahí desde que Hector vivía. Rabo de buey: la favorita de su padre. Al calentarla en una cazuela, el olor lo trajo de nuevo a la vida. Hector, grande y abusón, siempre minando la confianza de su hija. Culpándola, según entendió después Vera, por estar viva cuando su madre estaba muerta. Pero ¿qué tipo de madre habría sido Vera si hubiera tenido la oportunidad de tener hijos? «Una mierda», pensó. Ella también habría sido una mierda de madre. Mucho peor que Connie o Jenny Lister, peor incluso que Veronica Eliot.

Al fondo de la casa, había una habitación pequeña que utilizaba de despacho. Había unos montones de papeles tan altos que tendría que entrar con una excavadora para encontrar uno en particular. Tenía también un ordenador que pronto podría donar a algún museo. Lo encendió y fue a prepararse una taza de té mientras el aparato arrancaba. Aún no había terminado cuando volvió con el té y un paquete de galletas integrales recubiertas de chocolate. La asaltó un recuerdo fugaz de la niña que jugaba a ser médico y le había mandado que se apuntara al gimnasio para ponerse en forma: se imaginó su gesto reprobatorio y después se la sacó de la mente. Las galletas integrales eran sanas, ¿no? Bueno, lo bastante sanas para ella.

Le dio tiempo a comerse tres antes de que apareciera en la pantalla su cuenta de correo. Abrió el mensaje del técnico que había analizado los trozos de papel encontrados en la hoguera del jardín de casa de los Shaw. Vera le había preguntado a Karen por la fogata durante el primer interrogatorio, en casa de los vecinos.

—¿La encendieron Derek y usted antes de ir a trabajar?

A Vera le había resultado extraño incluso en el momento. Las hogueras se hacían los fines de semana, cuando se disponía de tiempo para vigilarlas. Karen la había mirado como si estuviera chalada. Claramente, no tenía ni la menor idea de qué era lo que le estaban preguntando. Ni Derek ni ella sabían nada de una fogata. Pero la inspectora insistió.

—¿Entonces fue Danny? ¿La ayudaba a veces en el jardín?

Ante esa pregunta, Karen había sacudido la cabeza con tristeza.

—Danny no ayudaba mucho, la verdad. Ni en el jardín ni con nada más.

Así que la hoguera la había encendido el asesino. Al menos, así era como lo veía Vera. Un error. Habría sido mejor que el asesino se llevara consigo cualquier documento que lo incriminara y se deshiciera de él por completo. De modo que… ¿por qué se habría apresurado tanto a quemar los papeles en el jardín? ¿A qué venía eso? ¿A qué tanta prisa?

En realidad, lo único que había eran unos cuantos fragmentos de texto. Escritos a mano. Por Jenny Lister. La experta en grafología forense estaba segura de eso. Lo decía en su correo: «No me importaría en absoluto testificar. Me jugaría mi reputación…». Blablablá, blablablá. Todo muy teatral, pero a Vera le valía.

Al parecer, habían recuperado tres páginas diferentes con texto y todas estaban parcialmente calcinadas, una hasta tal punto que si conseguían sacar algo sería un milagro. La que menos dañada había quedado era la primera de ellas, que contenía lo que parecía ser un párrafo final. O, por lo menos, el texto acababa algo más allá de la mitad de la página. Según los del laboratorio, una esquina estaba quemada, así que se había perdido el final de algunas de las frases, pero habían recreado digitalmente el patrón de la escritura con la mayor exactitud posible. Vera pensó que no era difícil interpretar lo que ponía.

y la importancia de aprender a entablar relaciones al principio de
Los patrones conductuales desarrollados en la niñez pueden a m
ningún motivo por el que otro adulto no pueda desempeñar este
papel. El menor puede entonces
para mantener una relación sana y normal con sus propios hijos.
No obstante, en el estudio de caso descrito, pueden observarse
problemas graves que nunca se abordaron adecuadamente y que
sería imposible solucionar llegados a este punto.

Vera pensó que eran gilipolleces de trabajo social. Si Jenny
tenía la intención de escribir un libro para explicar al gran público en qué consistía su trabajo, no lo habría conseguido con
aquello. ¿Estaba hablando de Mattie en ese fragmento? Vera supuso que así era. De todas formas, no podía decirse que las anotaciones de la página medio calcinada fueran a servirle de
mucho. Y, sin embargo, las suposiciones siempre eran peligrosas. Ahí no se indicaba el sexo del sujeto sobre el que versaba el
estudio de caso y Jenny podría haber estado escribiendo sobre
otra persona. De hecho, llevaba trabajando con Mattie desde su
niñez. ¿Admitiría realmente esa trabajadora social modélica que
ella no había «abordado adecuadamente» los problemas de Mattie durante todos esos años de intervención?
Vera se alejó del ordenador y se estiró. Podía oír la lluvia que
golpeaba el cobertizo adosado a la parte de atrás de la casa. El
tejado goteaba cuando el viento soplaba del oeste. Y gener" -
mente soplaba de esa dirección. Fue a por un cubo y un reci-
piente para poner debajo de las goteras y volvió al despacho.
Llovía con más intensidad que nunca.
No había duda de que el segundo fragmento sí trataba de
Mattie, al menos en parte, porque mencionaba su nombre. Vera
supuso que, si hubiera llegado a publicarse, Jenny habría utilizado un seudónimo, pero, en esa etapa tan temprana del proceso, estaba claro que no había sentido la necesidad de hacerlo.

Había una frase completa y después varios vacíos. Parecía que chispas aisladas habían dejado quemaduras circulares en el papel, sin acabar de prenderle fuego a toda la página. Al menos esa era la impresión que daba la imagen escaneada que había adjuntado el laboratorio, junto a las palabras que habían escrito en el cuerpo del correo electrónico que Vera tenía abierto en la pantalla.

La frase completa también parecía un informe oficial o un libro de texto para universitarios: «En algunas ocasiones, resulta erróneo culpar a una persona ajena de haber trastocado el equilibrio de una familia, cuando otros factores también pudieron haber afectado». ¿Significaba eso que Jenny estaba eximiendo a Michael Morgan? ¿Estaba insinuando que Mattie era la única responsable de la muerte de su hijo? El resto de las palabras parecían desperdigadas aleatoriamente en frases cortas, separadas por las partes quemadas.

> La muerte por ahogamiento nunca es t ema judicial   madre sustituta puede a vec
> felicidad   el factor que provoca   a manera alternativa de   A veces, es mejor no intervenir.   enfermedad tie Jone

Vera se había quedado contemplando la pantalla. De pronto, sintió frío y se dio cuenta de que el temporizador había apagado la calefacción. Ya era tarde. Se fue a buscar el abrigo y se lo puso antes de volver a sentarse. Le habría gustado tomarse un whisky, pero no estaba por la labor de levantarse otra vez para servírselo. Aún podía oír el ruido de la lluvia, como guijarros lanzados contra el vidrio. Los fragmentos de texto la habían dejado frustrada. Sin duda, lo de la muerte por ahogamiento hacía referencia a Elias. Pero el hijo de Veronica también se había ahogado. ¿Cuál era la palabra que había escrito Jenny después de «nunca es» en la primera frase? Vera imprimió la imagen escaneada del papel chamuscado y colocó sobre ella una regla para ver qué palabras se habían escrito en la misma línea, pero el texto seguía sin tener sentido.

Frustrada, pasó a la tercera hoja de papel. Era la que se encontraba en peor estado. En el correo, la grafóloga decía que, en su opinión, posiblemente la hubieran roto en dos antes de quemarla, porque había un borde irregular. Incluso con los breves fragmentos que quedaban, a Vera le pareció indudable que el tono era diferente, menos formal. No se trataba de una anotación en un informe oficial, sino más bien del extracto de un diario personal.

¡Qué diablos!
amistad

Ahí estaba de nuevo esa palabra: amistad. Vera la había oído esa misma tarde de boca de Morgan cuando él intentaba salir desesperadamente de la fosa que se había cavado al no haberles comentado antes lo de su encuentro con Danny Shaw. A Vera le parecía que Jenny había tenido muy pocos amigos de verdad. Estaba esa maestra, Anne, pero eso era más una relación de conveniencia. Dos mujeres de edades parecidas que disfrutaban de la compañía mutua. La relación satisfacía la necesidad de admiración que tenía Anne y la de Jenny de que la admiraran. No había duda de que la amistad suponía algo más intenso que eso. Amistad era lo que Vera tenía con Joe Ashworth, pero todavía no con los vecinos hippies. ¿Y Michael Morgan y Danny Shaw? ¿Habrían sido amigos de verdad? Era improbable. El uno alimentaba el ego del otro, pero nada más. Así que, ¿a qué venía esa tontería sentimental de Danny en su última conversación con Morgan?

Vera miró la hora. Ya era más de medianoche. Las preguntas eran demasiado difíciles para esa hora tan tardía y le esperaba un día importante. Sentía que se estaba acercando a la solución. Ashworth tenía razón: debían encontrar a Connie. Apretó el botón de encendido del ordenador, pero se quedó un momento sentada, mientras se cerraba lentamente. Cuando acabara ese caso, se daría el capricho de hacerse con uno nuevo. Puede que Joe la acompañara a comprárselo.

Se tumbó en la cama en la que había dormido de niña, entre esas sábanas amarillentas de tanto lavarlas. En su cabeza revoloteaban imágenes e ideas que finalmente levantaron el vuelo, como los trocitos chamuscados de papel que se escapaban volando después de una hoguera. En el exterior, seguía lloviendo.

34

JOE ASHWORTH ODIABA la lluvia. Cuando llovía, sus hijos tenían que quedarse en casa y su mujer se quejaba del barro y el desorden. Él creía que Sarah tenía esa enfermedad que llamaban trastorno afectivo estacional. Sin sol, se ponía mustia, malhumorada y mezquina. En mañanas como aquella, Joe envidiaba la vida solitaria de Vera. Sería genial poder comportarse de forma egoísta sin sentirse culpable. Se subió al coche y se alejó de la casa, de la ropa húmeda de los niños colgada en los radiadores, los juguetes desparramados por todo el salón, el llanto del bebé. Se dijo que era él quien ganaba el pan y que no podían esperar que se ocupara de todo.

De camino a la comisaría para la reunión matutina, pilló un atasco. Seguía lloviendo y el agua estancada había provocado un accidente en el carril a la entrada de la ciudad. Las escobillas de los limpiaparabrisas estaban viejas y el chirrido que emitían tenía un tono muy similar al del llanto de su bebé. Si los quitaba no veía nada; si los volvía a poner tenía que oír ese ruido que le ponía los pelos de punta y le daba ganas de pegar un puñetazo a la luna.

Tampoco ayudaba el hecho de que, al llegar a la sala de reuniones, Vera estuviera más alegre que nunca. La jefa se había agenciado una cafetera de filtro y el olor del café lo asaltó nada más entrar.

—¿Dónde están los demás? —preguntó.

Normalmente, a Vera le molestaba muchísimo que la gente llegara tarde: esa era una de las razones por las que él se había puesto tenso al quedarse trabado en la carretera. Ahora esperaba que echara pestes contra el resto del equipo. Al menos, él había hecho el esfuerzo de aparecer. Pero la jefa solo se encogió de hombros.

—Este tiempo es un infierno, ¿verdad? —Ella le sirvió un café—. ¿Has intentado hablar hoy con Connie?

Joe la miró, sospechando que estaba burlándose de él, pero Vera parecía hablar en serio.

—Sí. Ha saltado el contestador automático. Le he dejado un mensaje pidiéndole que se pusiera en contacto.

—Me gustaría saber lo que opina Connie Masters sobre esto. —Vera colgó en el tablón una serie de hojas. Eran copias de los papeles chamuscados que habían podido rescatar de la hoguera del jardín de Danny Shaw—. Ella sabrá mejor que nadie lo que Jenny pensaba sobre su trabajo.

—Entonces, ¿ha descartado ya por completo a Connie como sospechosa?

—Eh, cielo, que yo no he dicho eso. Esto no tiene nada que ver.

Esbozó esa sonrisa que ella creía que era enigmática, pero que le daba aspecto de estar estreñida.

Joe se llevó el café a donde estaba el tablero para observar más de cerca los papeles quemados. Pero le costaba interpretar las palabras, incluso concentrarse en ellas. No conseguía entender por qué Vera estaba tan contenta. Holly y Charlie entraron juntos, riéndose de algún chiste, y Joe volvió a sentirse aislado, marginado, atrapado entre Vera y sus tropas. «Tengo que avanzar —se dijo—. O siempre viviré eclipsado por ella.»

Vera trató con indulgencia a los impuntuales, esperó a que se sirvieran un café y después se metió en su papel. Ashworth se dio cuenta de que ella había deducido algún significado o algún móvil para los asesinatos de los trozos de papel que había colgado. Eso explicaría su buen humor. En aquel momento, la envidia lo corroía de tal manera que casi la odiaba.

La inspectora resumió los acontecimientos del día anterior: los interrogatorios a Veronica Eliot, Lisa, la familia Shaw, Freya y Morgan. Joe tenía que admitir que la jefa era una máquina sintetizando la información, extrayendo conclusiones y significados que a él probablemente se le hubieran pasado, exponiendo los hechos de una manera fácil de seguir.

—Me da la impresión de que el único asesinato planeado fue el de Jenny Lister —dijo Vera—. Al menos al principio. A Danny Shaw lo mataron porque sabía algo o porque descubrió algo sobre el primer asesinato. El hecho de que en la hoguera de su casa hubiera documentos de Jenny Lister parece indicar que él había encontrado el cuaderno de la mujer.

La inspectora se detuvo para tomar aliento y Holly aprovechó la oportunidad para levantar la mano.

—¿Es posible entonces que Shaw matara a Jenny? De otro modo, ¿cómo habría conseguido su cuaderno?

—Ciertamente, ¿cómo? Pues, al parecer, Danny y Hannah tuvieron un escarceo amoroso antes de que él empezara la universidad. Según dicen todos, para él fue mucho más importante que para ella, pero, claro, no hay manera de conocer la versión del chico. Podríamos asumir que los fragmentos de la fogata se robaron a la vez que el bolso de Jenny, después del asesinato, pero creo que debemos considerar todas las posibilidades.

—¿Qué quiere decir? —Encorvado mientras se bebía el café, Charlie casi parecía estar alerta.

—Puede que Hannah no nos esté diciendo la verdad y Danny la visitara cuando volvió a casa por vacaciones. —Vera observó a los presentes—. Quizá, después de todo, la chica se considere demasiado joven para sentar la cabeza.

—¡No! —Holly estaba horrorizada—. Siente devoción por Simon. De ninguna manera le pondría los cuernos.

—Sabemos que Danny estuvo en casa de Jenny Lister hace un par de años, cuando Hannah y él estaban saliendo —continuó Vera—. Pero es poco probable que le robara material por aquel entonces. ¿Para qué iba a hacerlo? Habría sido antes de la muerte de Elias, así que los documentos no habrían tenido ningún interés para la prensa.

Ashworth levantó la mano que reposaba sobre la mesa.

—¿No sería interesante saber si Morgan y Danny se conocían antes de coincidir en el Willows?

—Sí que lo sería, ¿verdad? —Vera no dejó entrever si a ella ya se le había ocurrido esa idea o no—. Yo diría que Karen habría mencionado una relación anterior entre ellos cuando hablamos con ella sobre Morgan, pero lo cierto es que la pobre no estaba muy centrada. ¿Podrías ocuparte de eso, Holly? Háblalo con la madre y con cualquiera de los amigos de Danny que puedas localizar.

La agente asintió y escribió un par de líneas en su cuaderno.

Vera se giró hacia donde estaba Charlie.

—¿Ha habido suerte en la búsqueda de testigos que estuvieran cerca de casa de los Shaw el día en que murió Danny?

—No. Ese lugar es como una ciudad dormitorio. La mayoría de la gente trabaja en Hexham o en Newcastle. Durante el día, parece una tumba. Encontré a un señor mayor que había sacado a pasear al perro más o menos a esa hora. Le pasó por al lado un coche pequeño que no reconoció, pero podría haber sido el de cualquiera: ni siquiera recuerda el color del vehículo.

—¿Alguien más tiene alguna idea genial? —Vera recorrió la sala con la mirada. Se hizo el silencio, salvo por la lluvia que seguía saliendo a borbotones de una cañería atascada—. Acciones, entonces.

La jefa hizo una pausa dramática. Pero Ashworth creía que ya tenía pensadas todas las tareas desde el momento en que se había puesto en pie. Incluso antes. ¿Quién sabe con qué soñaba Vera por las noches?

—Holly retomará lo de Danny Shaw y Michael Morgan para comprobar posibles puntos de contacto del pasado. Joe, quiero que vayas a la prisión de Durham. Vuelve a hablar con Mattie. Ya está de vuelta, recuperándose en el ala hospitalaria. Se te dan bien las mujeres indefensas. Quiero más información sobre las visitas que le hacía Jenny Lister. ¿De qué hablaban exactamente? Charlie, a ver si puedes encontrar a Connie Masters. Su coche tiene que estar en algún lado y no es tan fácil ocultar a una niña de cuatro años. Llevan fuera de la casita de Barnard Bridge desde ayer por la mañana. Le dejó un mensaje a Joe en el teléfono para decirle que estaba bien y que solo necesitaba un poco de calma, pero él cree que hay algo más. —Vera hizo otra pausa, aún más larga que la primera—. Y yo también. Quiero hablar con ella.

Ashworth no sabía cómo interpretar esa reacción. ¿Creía la jefa que Connie estaba en peligro? Y, de ser así, ¿por qué la dejaría en manos del informal de Charlie?

Vera dejó de hablar y movió los brazos como para ahuyentarlos.

—Venga, largaos. Se trata de una investigación de asesinato, no de una reunión de la asociación de madres. No tenéis todo el día.

—¿Y usted? —preguntó Charlie, rayando en la grosería.

—¿Yo? —Vera esgrimió otra de sus sonrisas de autosuficiencia—. Yo soy jefa y no salgo cuando llueve. Estoy poniendo en práctica el pensamiento estratégico.

A JOE ASHWORTH LE gustaba la ciudad de Durham. A tan solo veinte minutos por la A1 y tenía la sensación de estar en un mundo totalmente diferente al del centro de Newcastle. Era una ciudad antigua, elegante, con su enorme catedral de arenisca roja y su castillo, sus tiendas selectas y sus restaurantes de lujo, sus residencias universitarias y sus alumnos con acentos pijos. En su opinión, era como una ciudad más propia del sur que hubieran trasplantado junto al río Wear. Aunque la prisión era otro cantar. Joe odiaba todos los centros penitenciarios, pero ese era uno de los peores. Era lúgubre y viejo, y le hacía pensar en ratas y mazmorras. Estaba fuera de lugar en una ciudad como Durham. El centro tenía una unidad para prisioneras peligrosas y con condenas largas.

Viendo a Mattie en su estado actual, le resultaba difícil considerarla peligrosa. Habló con ella en un despacho pequeño del ala hospitalaria que el personal había cedido a regañadientes. La joven estaba ya allí cuando llegó, escoltado por un guardia desde la puerta de entrada. Mattie llevaba el uniforme reglamentario de la prisión, pero calzaba zapatillas y parecía muy joven. A Joe le recordó a su hija cuando se ponía el pijama para irse a la cama. Había querido llevarle algo. Siempre llevaba algún sobornillo cuando iba a prisión, generalmente cigarrillos, sobre todo si iba a ver a un hombre. Ellos se fumaban uno detrás de otro durante el interrogatorio porque a los prisioneros no se les permitía quedarse con nada de lo que les llevaran las visitas. La mayoría de los hombres fumaba. Pero los cigarrillos no le habían parecido apropiados para una visita al ala hospitalaria, así que le dio a la presa una cajita de bombones, pese a no estar seguro de cuáles eran las normas.

Mattie se mostró desmesuradamente agradecida y mantuvo en el regazo la caja envuelta para regalo.

—¿Lo envía esa poli gorda?

Solo podía estar hablando de Vera.

—Sí, pensó que le alegraría tener compañía.

—Es muy agradable, ¿no?

«No cuando se la conoce bien.»

Mattie lo miró. Tenía unos ojos azules enormes y una frente amplia y lisa.

—Pero ¿qué es lo que quiere de verdad?

—Charlar —dijo él—. Sobre Jenny Lister.

Mattie asintió.

—Pero ya le dije a la señora todo lo que sé.

«A Vera le gustaría eso, oír que la llaman "señora".»

—Pero usted estaba enferma —le dijo Joe—. Tenía fiebre. Pensamos que quizá ahora recuerde alguna otra cosa.

—Todavía me duele —dijo ella mientras se levantaba la parte de arriba del uniforme, sin mucho reparo, para enseñarle a Joe la herida del abdomen, aún cubierta con un apósito. Al sargento el gesto le recordó también a su hija enseñándole una costra que tenía en la rodilla.

—Debe de molestarle mucho —dijo con dulzura. Podía entender por qué a Jenny le caía tan bien Mattie, por qué había ido a verla todas las semanas, a pesar de que, en realidad, ya no tuviera ninguna responsabilidad formal hacia ella—. Hábleme de las visitas de Jenny —continuó—. ¿Eran siempre iguales?

—Sí. Cada semana. No eran en la sala de visitas principal, donde ves a tu familia y tienen juguetes para los niños, ¿sabe? Dijo que allí había mucho ruido y no podríamos hablar tranquilamente. Aunque, si estás ahí, te traen té y hay galletas. De chocolate si llegas pronto. —Bajó la vista hacia los bombones que le había llevado el sargento.

—¿Por qué no los abre? —Joe sonrió—. A mí no me gusta mucho el dulce, pero usted puede tomarse un par de ellos.

Mattie quitó el envoltorio y sacó un bombón.

—Entonces, ¿dónde se veía con Jenny?

—En esos cubículos pequeños donde hablas con tu abogado o con los polis. —Ya estaba degustando el relleno con sabor a fresa.

«¿Significa eso que Jenny no quería que las oyeran?», pensó Joe.

—¿De qué hablaban?

—Como ya le dije a la señora, hablábamos de mí. Jenny iba a escribir un libro.

—¿Ella apuntaba cosas?

—Sí, casi siempre. Aunque, a veces, solo charlábamos.

—¿Dónde escribía sus anotaciones?

—En un cuaderno grande de color negro.

Mattie empezaba a aburrirse. Quizá se estaba perdiendo su programa favorito en el pabellón de ocio.

—¿Hablaban de Michael?

—Me dijo que debía olvidarlo. —Mattie se estiró para tomar otro bombón, retiró con cuidado la envoltura plateada y se lo metió en la boca—. Quería que le hablara de cuando era niña, lo que recordaba de mi infancia.

—¿Dónde se crio usted? —le preguntó Ashworth.

—En el campo —dijo—. Eso es lo que recuerdo. Aquello fue cuando era muy pequeña, antes de las acogidas. Al menos, yo creo que fue antes. O igual solo fui allí de visita. Era una casa pequeña junto al agua. Eso era lo que quería Jenny de mí: mis recuerdos. Yo quería hablar de Michael, pero ella decía que no debía hacerlo. —Mattie hizo una pausa y eligió otro bombón con ansia—. A mí no me parecía justo. Ni siquiera se quedaba mucho tiempo. Jenny siempre tenía mucha prisa por volver a su trabajo de verdad, a los otros niños de los que cuidaba entonces. A veces, parecía como si yo ni siquiera le importara. Todo lo que quería era saber más sobre esa casa en el campo. Me obligaba a cerrar los ojos, imaginármela y contarle lo que veía.

Se quedaron un momento ahí sentados, en silencio, y Mattie cerró los ojos otra vez. Ashworth iba a pedirle que le contara lo que veía, que lo dibujara tal vez, pero una mujer comenzó a chillar y se rompió el momento. Mattie abrió los ojos.

—¡Imbécil! —exclamó—. Siempre hace eso. Me dan ganas de abofetearla.

—¿Por qué la mandaron a un hogar de acogida? —le preguntó Ashworth.

—No lo sé.

Mattie se quedó mirando al infinito. El sargento pensó que iba a echarse a llorar, pero ella volvió a girarse hacia él, con los ojos secos, y dijo con total naturalidad:

—Creo que mi madre murió. O quizá solo era lo que yo quería creer. Hice algunas preguntas durante mi infancia, pero me contaban cosas diferentes. Al final, nunca sabes a quién creer.

35

EL GUARDIA DE la puerta de entrada devolvió a Ashworth su teléfono y este lo encendió mientras corría al coche bajo la lluvia. Sonó de inmediato. No era el contestador automático con un mensaje de Connie, sino una llamada de Vera. Joe pensó que, o bien la jefa lo había estado llamando cada cinco minutos, o sabía instintivamente cuánto duraban ese tipo de visitas a prisión. De manera fantasiosa, se le ocurrió que podía tener un vínculo telepático con él, pero la idea le resultó tan terrorífica que se la sacó de la cabeza a la fuerza.

—¿Qué tal te ha ido?

Aunque la voz de Vera sonaba alegre, a él no lo engañaba. A la jefa se le daba muy mal delegar. Seguramente le habría resultado horroroso quedarse sentada en la oficina y dejar que él hiciera el trabajo de verdad.

Mientras estaba ahí sentado en el coche bajo la lluvia que aporreaba el techo, ella lo obligó a describir todo el interrogatorio, palabra por palabra.

—Bien —dijo ella al acabar Joe—. ¡Joder, si es que es fantástico! Podría haber hablado yo con ella, pero ya sabía lo que estaba buscando y le habría hecho preguntas capciosas. Habría sido una testigo sugestionable.

Ashworth sabía que era mejor no preguntar qué parte del interrogatorio era tan significativa. Vera se lo diría sin necesidad de preguntárselo, si es que quería que él lo supiera.

—¿Alguna noticia de Connie? —preguntó él.

—Lo que se dice noticia no.

—¿Qué quiere decir? ¿Dónde está?

—Bueno, eso no lo sé. —Vera parecía impaciente—. Pero creo que sé dónde podría estar escondida.

Su jefa podía llegar a ser de lo más exasperante a veces, como en ese momento.

—¿Qué quiere que haga ahora?

—Vuelve al valle del Tyne —dijo ella—. Yo estoy de camino.

ESTABAN SENTADOS EN la cafetería del Willows, contemplando las vistas del río. Se había desbordado y la entrada elevada que conducía al hotel parecía un puente levadizo sobre un foso, la única vía de acceso. En el aparcamiento había un montón de sacos de arena. Ryan Taylor se había encontrado con Ashworth en recepción y le había indicado que la inspectora lo esperaba en la cafetería. Dijo que había alerta por inundación. Si se pasaba la noche lloviendo, todo el valle quedaría anegado. Habían pronosticado olas fuertes y eso siempre empeoraba las cosas, incluso allí, en el interior. El hotel estaba en un terreno lo suficientemente alto como para que no pasara nada, pero lo último que querían era que algún huésped se quedara atrapado o que los socios del gimnasio no pudieran acceder, así que tenía la intención de construir un muro junto al camino con los sacos de arena.

Tras la reacción de Vera al teléfono, Ashworth esperaba que estuviera de buen humor. Por sus palabras, parecía que el caso estaba casi finiquitado, que habrían arrestado a alguien antes de acabar el día. Pero, al verla ahora, inclinada sobre el café y con un plato de galletas escocesas de mantequilla en el brazo de la butaca, a Joe le pareció que estaba tensa. Casi indecisa. Como un jugador que no ve clara su siguiente apuesta. O como si no se fiara de su propio instinto al final. La chimenea estaba encendida, pero el calor que daba no era proporcional al humo que echaba, y hacía frío. El móvil de Vera estaba en la mesa que tenía delante. Lo estaba mirando fijamente.

—¡Malditos servicios sociales! —dijo—. He estado hablando con Craig, el jefazo. Cualquiera pensaría que él sería capaz de ayudarnos a descubrir dónde había nacido Mattie Jones, pero, al parecer, es dificilísimo retroceder tanto en el tiempo. Por entonces no había nada informatizado. Me ha dicho que me llamaría en cuanto tuviera algo.

—Y, entonces, ¿qué pasa?

—Cielo, si lo supiera, me montaría en mi fiel Land Rover e iría como un caballero medieval a rescatar a la hermosa doncella.

—¿Habla de Connie? —Ashworth no soportaba cuando Vera se ponía irónica. Era su forma de guardarse para sí sus ideas. Como si no confiara en él lo suficiente como para contarle lo que pensaba.

—Sí, entre otras. —Levantó la vista hacia Joe—. ¿Has conseguido algún otro dato de Mattie sobre el lugar en el que se crio? ¿Algo más, aparte de que era un lugar en el campo y junto al agua? Eso no es para lo que te mandé allí, pero es significativo, ¿no? Me ha hecho pensar...

Vera se calló. A Joe le recordó a una de esas ancianas de las residencias que divagan constantemente y pierden el hilo de lo que dicen. De pronto pensó que, si su jefa acababa así, él sería la única persona que la visitaría. Ella alzó la mirada y el sargento vio que no estaba senil en absoluto y que esperaba una respuesta.

—No —contestó él—. Creo que podría haber conseguido algo más, pero una mujer del ala hospitalaria se puso a chillar y Mattie se desconcentró. —Hizo una pausa y añadió, lanzándole una clara indirecta—: Habría sido útil saber qué era lo que usted buscaba.

—No —dijo Vera—, no habría sido útil en absoluto.

—¿Y qué vamos a hacer ahora? —Ashworth empezaba a perder la paciencia. Se sentiría mejor si supiera que Connie y la niña estaban a salvo. Tenía la sensación de que Vera se estaba jugando sus vidas.

Ella no respondió inmediatamente y volvió a sentirse en el ambiente esa indecisión tan poco característica en ella.

—Ese lugar junto al agua del que hablaba Mattie… —empezó a decir Joe, a quien se le estaba ocurriendo algo al observar los jardines empapados. No había razones para pensarlo, pero el instinto le decía que el asesinato tenía alguna relación con Barnard Bridge—. ¿Podría ser la casita de Connie Masters? Sabemos que ahora es una casa de alquiler para veraneantes, pero en algún momento debió de vivir alguien allí. ¿Una familia? ¿La madre de Mattie?

—No tiene sentido hacer elucubraciones, ¿no crees? —dijo Vera, descartando la idea sin considerarla siquiera—. Podría ser cualquier lugar. Necesito hacer alguna llamada más.

A él le parecía que ella ya había tomado una decisión. Había lanzado los dados. Esperó a que su jefa se explicara, pero ella se recostó en la butaca, con los ojos entrecerrados.

—¿Qué quiere que haga? —le preguntó Joe después de un rato. Le daban ganas de zarandearla y que volviera a desbordar energía, que fuera indomable otra vez y se comiera el mundo. Detestaba verla así de desvalida.

—Vete a Barnard Bridge —le dijo— y vigila a Hannah Lister.

—¿Cree que podría estar en peligro?

Vera no le dio una respuesta directa. Ashworth ni siquiera estaba convencido de haber oído la pregunta.

—Jenny Lister y Danny Shaw —dijo la jefa—. Alguien está cubriendo su rastro. —Levantó la vista hacia su sargento y esbozó una de sus habituales sonrisas maliciosas—. Creía que sabía lo que estaba pasando aquí. Pero ahora ya no lo tengo tan claro.

En BARNARD BRIDGE se respiraba un clima de comunidad bajo asedio. Había sacos de arena apilados a las puertas de todas las casas de la calle principal. El arroyo, que no solía ser más que un hilito a su paso por la casita de Connie, ya tenía más de treinta centímetros de profundidad, las aguas del Tyne bajaban revueltas y de color marrón oscuro, y se arremolinaban bajo el puente formando una capa de suciedad amarillenta. El pueblo estaba desierto. Ashworth volvió a marcar el número de Connie y dejó un mensaje:

—Si esta noche sigue lloviendo, el río se desbordará. Debería venir y llevarse sus pertenencias antes de que sea demasiado tarde.

Sin embargo, se acordó de que en la casita quedaban pocos efectos personales de Connie. Cuando Vera y él habían abierto su armario, no había ropa de ninguna de las dos. Y los muebles pertenecían al propietario de la vivienda, no a Connie. Al fin y al cabo, no tenía motivos para volver. El mensaje que le había dejado no surtiría efecto alguno aunque ella lo escuchara.

En casa de la familia Lister, Ashworth encontró a Hannah, Simon y un párroco que, por lo visto, había ido a hablar del funeral de Jenny. Habían dado permiso para que la funeraria se ocupara del cuerpo, así que ahora ya podían hacerse los preparativos necesarios. El párroco llevaba vaqueros y un chaquetón Barbour sobre el alzacuellos. Hannah le dijo a Ashworth que pasara y le ofreció un café, pero el detective pensó que no debía quedarse. No había duda de que Hannah estaría segura con los dos hombres. Además, los religiosos siempre lo incomodaban un poco. Era por culpa de un monitor demasiado severo que había tenido en la catequesis de la iglesia metodista a la que lo llevaba su madre de pequeño. Así que decidió hacer una visita a los vecinos.

Hilda estaba sola en casa. Había echado a Maurice a pesar del mal tiempo.

—No se preocupe por los chicos —dijo Hilda, cuando Ashworth hizo un comentario al respecto. Al sargento se le escapó una sonrisa al pensar en el marido de Hilda y su amigo como «los chicos»—. Tienen una cabaña digna de reyes en esa parcela suya. Se han pasado toda la mañana en casa, pero ha escampado un poco y les venía bien tomar el aire.

Aunque estaba preparando la merienda, lo invitó a entrar. Ashworth se sentó en un taburete de la cocina junto a la encimera, mientras ella añadía mantequilla a la harina para hacer un hojaldre.

—Esa casita junto al arroyo en la que vive Connie Masters —dijo—, ¿quién vivía allí antes de que empezaran a alquilarla?

Había estado dándole vueltas a aquello desde su conversación con Vera en el hotel, intentando imaginárselo. Quería demostrarle a Vera que él también tenía ideas. Veronica Eliot debía de haber ido de visita cuando se ahogó su hijo Patrick. No había otra explicación porque el único acceso al arroyo era por el jardín de la vivienda. Así que, claramente, por aquel entonces habría una mujer de una edad similar a la de Veronica viviendo allí y eran amigas que se visitaban mutuamente. Quizá una mujer con niños pequeños. Podría haber sido la madre de Mattie Jones, la que la entregó a los servicios sociales. Mattie sería un poco mayor que los hijos de Veronica, pero no demasiado. Si la joven había sido testigo de la muerte de Patrick en el agua, ¿se le habría quedado grabada la imagen? Eso podría explicar por qué había castigado así a su hijo y por qué, en última instancia, lo había matado en la bañera.

Se le ocurrió que ese vínculo era precisamente lo que había estado buscando Jenny Lister cuando le hacía preguntas a Mattie para su libro. Después de todo, esa sería una historia interesante, y a los trabajadores sociales les gustaban tanto los móviles claros y evidentes como a algunos detectives. Vera diría que Joe volvía a estar en el país de las maravillas y que debía dejar los cuentos para los niños, aunque ella siempre estaba dando saltos al vacío y parecía irle bien.

Esperó a que Hilda respondiera. La mujer acabó de mezclar la mantequilla y la harina, se lavó las manos bajo el grifo y después se las secó con un trapo.

—Mallow Cottage —dijo, por fin—. Ese nunca fue un hogar feliz. La gente nunca se quedaba allí. Cuando se mudaban, venían con un montón de planes para reformar la casita, pero todos la vendían antes de hacer las obras.

—Nunca la habría tomado por una mujer supersticiosa —dijo Ashworth.

—¡No tiene nada que ver con las supersticiones! —le espetó ella—. Húmedo, oscuro y demasiado caro de reformar. Era eso, más bien.

—Pero allí sucedió una tragedia —dijo Ashworth—. Murió un niño pequeño.

—Sí, Patrick Eliot. Eso sucedió hace veinte años, justo por estas fechas. Fuimos todos al funeral. Todo el pueblo, aunque por entonces no conocíamos bien a la familia. Después de aquello, Veronica se negó a hablar del chiquillo. —Se encogió de hombros—. A la gente le pareció raro, pero supongo que cada uno sobrelleva sus desgracias a su manera. —Hizo otra pausa—. Ahora tenemos otro funeral al que asistir. Ya he visto al párroco en la casa de al lado.

—¿Quién vivía en la casita cuando ocurrió el accidente? — Ashworth se dio cuenta de que estaba conteniendo el aliento.

La mujer estaba de pie junto al fregadero, añadiendo agua fría del grifo a la masa, que mezclaba con ayuda de un cuchillo. Se volvió para dirigirse a él.

—Nadie —dijo—. Estaba vacía. Me acuerdo: había un cartel de «Se vende» en el exterior. Salió en todos los periódicos. Por eso Veronica podía llevar a los niños allí para que curiosearan en el arroyo. Su casa no tenía un jardín de verdad entonces. Era más bien un solar en obras. Los Eliot acababan de trasladarse.

NO HABÍA NADIE en la casa de al lado cuando Ashworth regresó. Quizá el párroco hubiera llevado a la pareja al velatorio o puede que a la iglesia, para seguir hablando allí de los himnos y el panegírico. Ashworth llamó a Vera para ponerla al día, pero se dio cuenta de que estaba distraída. La jefa le dio una serie de instrucciones sin explicar sus motivos.

A media tarde dejó de llover y todos los vecinos se reían cuando se encontraban por la calle al ver los sacos de arena y comentaban que la Agencia Meteorológica esta vez había exagerado. Sin embargo, al anochecer, empezó a llover de nuevo, una llovizna ligera que la gente seguía sin tomarse en serio.

36

Vera se pasó el día entero en la cafetería del hotel Willows. La mayoría de los huéspedes se habían marchado, aunque Ryan Taylor les había asegurado que los sacos de arena impedirían una inundación. La estancia parecía de lo más lúgubre entre el silencio y la poca luz natural que entraba a pesar de los amplios ventanales. La inspectora le había gritado a Taylor que apagara la música de fondo al percatarse de que «Walking Back to Happiness» ya había sonado tres veces en el hilo musical. Sentía que esa canción sobre la felicidad era una burla a su incapacidad de solucionar el caso.

Decidió que no haría nada, al menos por un día. Para ella, esperar siempre era una tortura y, además, sabía que era arriesgado. Si Joe Ashworth supiera la idea que barajaba, se horrorizaría. Recomendaría arrestos, persecuciones dramáticas por el campo. Y era cierto que ella podía estar equivocada, claro. Se le había ocurrido allí sentada, escuchando al joven camarero contarle que Jenny Lister había estado en el mismo lugar la mañana de su muerte, esperando a alguien que nunca llegó. No bastaba para fundamentar un caso. Y, aunque estuviera en lo cierto, Vera pensó que la condena no estaría garantizada. Una declaración de culpabilidad sería mucho mejor para todos. Una vez tomada la decisión de esperar, era más oportuno que se quedara allí, donde no podía perjudicar a nadie. Si saliera, podría meter la pata hasta el fondo y alterar el delicado equilibrio que intuía que existía en ese momento. Siempre podía haber otro acto violento.

Así que se sentó en el sillón de flores grande que había junto a la ventana y, de vez en cuando, pedía a alguno de los miembros de su equipo que fuera a verla. Aunque la mayor parte del tiempo, habló por teléfono: a veces se mostró persuasiva; otras, soez. En una ocasión, tiró el móvil a la otra punta de la cafetería y tuvo que recogerlo de la *chaise longue* de seda sobre la que había aterrizado. Doreen, la camarera entrada en años, le llevó varias tazas de café, sándwiches de queso y bollitos escoceses con mantequilla. Más o menos cada hora, Vera se levantaba y se paseaba por la estancia con largas zancadas para que no se le durmieran las piernas. Se colocaba frente a la chimenea, que finalmente parecía dar algo de calor, o iba al aseo andando como un pato. Después, volvía a sentarse y continuaba garabateando notas sobre el caso.

Una vez, lo dejó todo durante diez minutos para quedarse mirando el arcoíris que se extendía por todo el valle. Pero el sol, que había salido momentáneamente, quedó otra vez oculto tras una nube. El arcoíris se difuminó y acabó por desaparecer.

La primera en visitar a Vera fue Holly. Llegó a primera hora de la tarde, muerta de hambre. Vera le dio unas patatas fritas de bolsa y bizcocho, y escuchó lo que tenía que decir la agente sobre Hannah y Danny. Holly había estado en el instituto hablando con un par de profesores y, gracias a ellos, había conseguido quedar con algunos de los chicos que habían sido amigos de Danny y Hannah. Se encontraron en el bar de Hexham en el que estaba trabajando uno de ellos a fin de ahorrar algo de dinero para viajar. Él había llamado a un par de colegas más.

—Aunque, en realidad, Danny no tenía muchos amigos íntimos —dijo Holly, con la boca aún llena de bizcocho—. Parece ser que era un chaval listo, pero chulo. Un tanto arrogante. Los profesores no lo admitieron, pero era obvio que no lo soportaban. Los jóvenes fueron un poco más comprensivos. Danny era como el líder del grupo. El fanfarrón. Pero, más que apreciarlo, sus amigos lo admiraban. Me dio la impresión de que lo consideraban muy guay, pero un poco egoísta. Genial para salir una noche a divertirse, pero no para una amistad duradera.

«Ahí estaba otra vez la palabra.»

—¿Y qué hay de su relación con Hannah? —Vera seguía tomando notas. Quería tenerlo todo claro.

—Ella no fue la primera novia de Danny. Todos estaban seguros de eso. Pero sí fue la primera chica a la que quiso de verdad. Y, al parecer, también la primera que lo dejó. A Danny le cayó como un jarro de agua fría. No se lo esperaba en absoluto.

—¿Culpaba de ello a Simon Eliot? —Vera pensó que eso podría ser importante. Miró a Holly y esperó que se tomara en serio la pregunta—. Parece ser que Hannah dejó a Danny por Simon.

—Es probable que Danny estuviera cabreado cuando ocurrió, pero da la sensación de que últimamente se llevaban bien. La gente los ha visto salir juntos durante las vacaciones. En realidad, a esa edad tampoco es para tanto, ¿no?

Lo mismo que había dicho Hannah.

—¿Así que nadie creía que Danny le guardara rencor al chico de los Eliot? Sí que me lo imagino rencoroso.

—¡Qué va! —dijo Holly—. No me dio la impresión de que hubiera nada así entre ellos.

Vera lanzó un suspiro que a Holly le recordó a cuando su abuela hacía solitarios. A veces, cuando se quedaba sin cartas, hacía un ruido exactamente igual al que acababa de hacer su jefa.

—¿Alguno de ellos había oído hablar de Michael Morgan? —preguntó Vera tras un breve silencio—. ¿Sabemos si Danny tuvo algún contacto con él antes de empezar a trabajar en el hotel?

—No les sonaba el nombre —Holly dejó el plato en el suelo, junto a ella—. Pero eso no quiere decir nada. Dijeron que a

Danny le gustaba ser misterioso sobre lo que hacía. Era parte de su imagen. A veces, desaparecía del mapa unos días y nadie sabía lo que había estado haciendo. —La agente miró a Vera—. No es muy útil, ya lo sé. Lo siento. Puedo seguir preguntando por ahí, si cree que es importante.

—¿Por qué no te vas pronto a casa? —le dijo Vera—. Las carreteras serán un infierno con toda esa agua estancada. Y mañana tendrás un día largo.

La jefa tuvo la satisfacción de ver que Holly se quedaba sin palabras. Por primera vez.

VERA NO HABÍA tenido noticias de Charlie en todo el día, así que le pidió que fuera al Willows cuando Holly se marchó. Lo vio salir del coche y subir las escaleras, encorvado, como siempre, con esa postura con la que parecía que estaba cerciorándose de que en la acera no hubiera caca de perro antes de pisar. El sol y el arcoíris ya habían desaparecido y estaba muy oscuro, aunque solo era media tarde. Doreen había recorrido la cafetería sin hacer ruido, encendiendo las lamparitas que había sobre las mesas. Charlie se quedó a la entrada de la estancia, escudriñando el interior en penumbra, hasta que Vera lo llamó. Siempre había tenido cierta debilidad por él. Quizá fuera por el hecho de que su vida personal era un fracaso aún mayor que la de ella. Charlie la hacía sentirse mejor.

—¿Un té? —le preguntó—. ¿O te vendría bien algo un poco más fuerte?

—¿Qué está tomando usted? —Charlie nunca había llegado a dominar el arte de la cortesía y sus palabras sonaron a gruñido agresivo.

—Bueno, para mí es un poco pronto —dijo Vera de manera virtuosa—, y me he llenado con tanto té. Pero te pediré algo.

—Entonces, té. —Charlie la miró con suspicacia.

—¿Ya has encontrado a Connie, la trabajadora social?

—He encontrado su coche. Bueno, lo he visto un par de veces en un circuito cerrado de televisión. Hay una cámara en Effingham, el pueblo que queda al este de Barnard Bridge. Una chica murió en un paso de cebra y el consejo del distrito financió su instalación.

Doreen le llevó a Charlie un plato de galletas con el té y mojó una antes de comérsela de un bocado.

—¿Y dónde estaba la otra cámara? —Vera pensó que, a veces, la única manera de tratar a Charlie era con paciencia.

—Solo había una, pero el coche salía dos veces.

La segunda galleta se le rompió y cayó al té antes de poder comérsela. Farfulló un improperio y la sacó con la cucharilla.

—¿Por qué no me lo explicas, Charlie? Con palabras sencillas. Estoy prácticamente como un vegetal después de haberme pasado aquí casi todo el día.

—Ayer, nueve en punto de la mañana, el coche va en dirección este.

—Hacia Newcastle entonces.

—Sí, pero si iba a Newcastle, ¿no habría tomado la A69, que es de dos carriles?

—Pues no lo sé, Charlie, ¡igual prefería el otro camino que es más pintoresco! —Pero Vera dudaba que Connie hubiera pensado tal cosa. Si estaba asustada y tenía decidido escapar, ¿no habría elegido la vía rápida sin más?

Charlie pasó por alto el comentario y continuó.

—Y, una hora y veinte después, volvió en dirección oeste y pasó por delante de la misma cámara.

—Entonces, ¿adónde iba? —Vera estaba hablando sola—. Definitivamente, no iba a Newcastle. Casi no habría tenido tiempo de llegar a la ciudad y volver, y mucho menos de hacer lo que tuviera planeado. A no ser que solo quisiera dejar a su hija en un lugar seguro. Pero, en tal caso, la habría llevado con su padre y él dice que no tiene noticias de Connie. ¿Y por qué iba a mentir? ¿Iría Connie a Hexham entonces? Igual para comprar un montón de víveres en el supermercado, si es que planeaba esconderse. Yo tenía una idea, pero parece que me equivocaba por completo.

—De seguir conduciendo, habría acabado en Carlisle —dijo Charlie—. De ahí, pudo haber ido a Escocia o a cualquier punto del noroeste de Inglaterra.

—¡Oye, que no necesito clases de geografía!

«Y tampoco que nadie me recuerde que encontrar algo en esta zona es como buscar una aguja en un pajar.»

Se quedaron un momento en silencio. Doreen echó un tronco al fuego, y debía de estar húmedo, porque crepitaba y rezumaba savia.

—Me ha dicho Holly que a lo mejor no hay inconveniente en acabar pronto hoy.

Charlie le dirigió una mirada esperanzada, casi suplicante. A Vera le recordó a uno de esos perros grandes de pelo suave y con la mandíbula caída. Los que siempre había odiado y a los que tenía ganas de dar una patada bajo la mesa cuando el dueño no miraba. Esos que babeaban continuamente.

—Tú no podrás, guapito. —La jefa esgrimió una sonrisa—. Tú aún tienes que encontrar ese coche. Sé que no eres de los que dejan las cosas a medias.

Ya casi había anochecido y, aunque Vera pensaba que había empezado a llover de nuevo porque las farolas que flanqueaban el camino estaban empañadas por la humedad, no se oía nada. Si aún quedaba algún huésped en el hotel, debía de estar encerrado en su habitación. No había coches que se acercaran a la mansión, pero sí que vio que Charlie se marchaba. Pensó que debía ser más amable con él. No es que disfrutara metiéndose con él, pero es que para ese tipo de trabajo era el mejor del equipo, y se lo había dicho antes de que él se encogiera de hombros y se fuera con el chubasquero lleno de lamparones.

Le pidió a Doreen con un grito que le llevara unas patatas fritas y una hamburguesa si era posible. Cuando llegó su comida, Vera tenía los ojos cerrados y estaba absorta en sus pensamientos. No estaba relajada ni mucho menos: las ideas se le atropellaban en la cabeza, imágenes aleatorias chocaban y se conectaban y prácticamente tenían sentido. Comió demasiado rápido porque no quería perder el hilo de sus deliberaciones y terminó con una indigestión que le duró toda la noche.

Más tarde, hizo una llamada a la prisión de Durham.

—Sí, ya sé qué hora es. Pero es urgente. Tengo que darle un recado a Mattie Jones. O, mejor aún, déjeme hablar con ella.

Pero el director de la prisión se mostró poco comprensivo. Le habían hecho ir la noche que libraba. Alguien se había suicidado y se habían producido disturbios en uno de los pabellones. Habían metido a las presas en sus celdas antes de la hora para ver si así se calmaba el ambiente. Insinuó que no pondría en peligro la seguridad de sus funcionarios y sus reclusas por capricho de una policía. Vera lo presionó, pero no sirvió de nada. Condescendiente e insensible, el hombre dijo que con toda certeza no había nada que no pudiera esperar hasta la mañana siguiente.

Nada más colgar, llamó Ashworth. Dijo que Hannah Lister había vuelto a casa. No sabía dónde había pasado la tarde, pero la había visto llegar. También estaba Simon. El sargento quería saber si Vera deseaba que fuera a hablar con ella.

—No —respondió Vera—. Será mejor dejar las cosas como están, por ahora.

Por última vez, se levantó y se detuvo frente a la chimenea. Tuvo la tentación de quedarse donde estaba, de acomodarse en el sillón grande y pasar allí la noche. Pero salió a la oscuridad de última hora de la tarde, con la intención de irse a casa.

A mitad de camino, la asaltó de pronto una idea, como esa bombilla encendida sobre la cabeza de las historietas que leía de niña. Las de los cómics que le compraba Hector porque a él también le encantaban. Dio la vuelta en el siguiente cambio de sentido que encontró y tomó dirección sureste, hacia la costa.

Tynemouth estaba oculto por la llovizna y se topó con él de repente. Las farolas de la ancha calle principal apenas iluminaban lo suficiente para aparcar. En el exterior, olía a sal y algas. Sonaba la sirena de niebla, igual que la primera vez que vino a interrogar a Morgan.

Las luces del piso del acupuntor estaban apagadas. Vera miró la hora. Las nueve. Sin duda, era demasiado pronto para que la pareja estuviera ya en la cama. De todas formas, llamó al timbre y golpeó la puerta. No hubo respuesta. Alguien apareció entre la niebla al fondo de la calle. Con la estatura de Morgan, un abrigo largo y un gorro que le confería la misma silueta que la de un hombre calvo. Pero, cuando se acercó, Vera comprobó que no era él. Ese hombre era más joven, un estudiante.

En cualquier caso, la inspectora se negó a tirar la toalla. Decidió recorrer el pueblo y entró en todos los bares y restaurantes en busca de Morgan o su chica. Se dio cuenta de que, a medida que aumentaba su desesperación, más pinta de loca debía de tener. Solo quería una confirmación: que Morgan rebuscara en su memoria, que rememorara sus conversaciones con Mattie Jones y Danny Shaw. Quería un par de palabras que la ayudaran a dar sentido a la historia. Pero no había rastro de Morgan ni de Freya y, finalmente, después de probar suerte en su piso por última vez, Vera volvió al coche. Cuando llegó a casa, vio que era medianoche.

37

EL AGUA SIGUIÓ subiendo silenciosamente por la noche. No hacía viento y la lluvia ya no era como el golpeteo de los guijarros contra las ventanas, sino más bien un aguacero constante y persistente. Cuando Vera se despertó, se encontró un paisaje bastante diferente: el campo estaba anegado. Desde su casa se veía que el lago al pie de la colina se había desbordado por algunas zonas, de manera que su contorno de encaje se desdibujaba. Las acequias se habían convertido en ríos, que después se habían filtrado en los prados y habían formado una serie de charcas. Pero el cielo ya estaba más claro y había dejado de llover.

Acababa de amanecer cuando la despertó el teléfono. Era Charlie. «¡Dios mío! Se ha pasado la noche en vela», pensó Vera.

—He encontrado el coche. —Estaba ronco, como si también se hubiera pasado la noche hablando, pero sonaba triunfal.

—¿Dónde?

—No muy lejos de donde lo pilló el circuito cerrado de televisión de Effingham. Hay un parque empresarial pequeño en la parte del pueblo más cercana a Barnard Bridge. Está aparcado allí.

—¡La madre que te parió, Charlie! ¿Cómo lo has encontrado?

—Lo he buscado.

Y Vera se lo imaginó dando vueltas con el coche, en plena noche y bajo la lluvia, mirando en todos los callejones y áreas de descanso del valle del Tyne.

—¿Sigues ahí?

—Sí, lo he encontrado hace como una hora, pero me imaginaba que usted necesitaba su cura de sueño.

—¡No deberías haberte preocupado por eso!

—Ya, bueno, estaba tan agotado que yo también he echado una cabezadita antes de llamarla.

Vera soltó una carcajada.

—Eres demasiado sincero y eso no es bueno. Nunca alcanzarás un rango importante. ¿Puedes decirme los nombres de las empresas?

Se hizo un silencio y Vera oyó que Charlie se movía en el asiento. Se lo imaginó mirando un cartel a la entrada del aparcamiento. Sabía exactamente el tipo de lugar que sería: media docena de locales en una serie de edificios homogéneos de ladrillo, compañías de seguros del hogar, empresas de informática, algún negocio local y alguno muy conocido. Después de todo, allí el alquiler sería más barato que en la ciudad.

Charlie le recitó los nombres del tirón:

—Swift Computing, Northumbrian Organic Foods, Fenham and Bright Communications, General…

—¡Para, Charlie, para! Christopher Eliot trabaja en Fenham and Bright. Considera el coche una escena del crimen y no dejes que se acerque nadie. Pero no avises a la Científica hasta que yo haya hablado con el señor Eliot. Vigílalo cuando llegue a trabajar y detenlo solo si intenta escaparse. —Entonces la jefa se acordó de que Charlie no había dormido en toda la noche—. Le pediré a Holly que te releve.

—Bah —dijo él—, no se preocupe. Puedo aguantar el tiempo que tarde usted en venir.

—Es que no voy directa al valle. Tengo que ver a Morgan primero. He de aclarar unas cuantas cosas antes de encararme con los Eliot.

Vera ya estaba vistiéndose, hurgando en los cajones en busca de ropa interior limpia y decidiendo que la falda que llevaba el día anterior le valdría. Menos mal que el poliéster no se arrugaba mucho. No le dio tiempo de ducharse. Fue hablando por el móvil todo el camino con el manos libres que había pasado al Land Rover de Hector, que le pareció una opción más útil en mitad de la inundación.

AL PRINCIPIO, VERA pensó que Michael Morgan se había largado. Las cortinas del piso seguían echadas y, aunque aún era demasiado pronto para que tuviera la consulta abierta, esperaba ver algún indicio de vida. Se había imaginado a Morgan y a Freya desayunando muesli orgánico con yogur después de hacer una hora de yoga. Con el canto de ballenas como sonido de fondo.

Llamó a la puerta, consciente de que al otro lado de la calle había vecinos observándola por la ventana. La recordarían de la noche anterior. En cualquier instante, llamarían a la policía. Seguro que en Tynemouth había patrullas de vigilancia vecinal. Era ese tipo de lugar. Justo cuando estaba pensando en darse por vencida e ir directamente a ver a Charlie, oyó pasos por las escaleras y se abrió la puerta.

Vera se percató inmediatamente de que Morgan había estado bebiendo. Posiblemente toda la noche, o quizá hubiera dormido un par de horas y se había despertado con una resaca que aún era leve porque seguía borracho. Ella era una experta. El acupuntor llevaba unos pantalones de correr anchos y una sudadera con capucha. Apestaba a alcohol y sudor.

—¡Por Dios, hombre! Creía que le iba la vida sana.

La inspectora empujó un poco más la puerta y él retrocedió torpemente antes de seguirla escaleras arriba. Vera descorrió las cortinas y abrió las ventanas de ambos extremos de la habitación. En el suelo había una botella de vodka vacía y, junto a ella, un vaso de whisky. Sin mediar palabra, la inspectora entró en la cocina y preparó dos tazas de café.

—¿Compró Freya esto? —Alzó el bote de café instantáneo de comercio justo y lo agitó frente a él—. Porque a usted le gusta el bueno, ¿no? Danny y usted eran sibaritas para el café.

—Freya se ha ido —dijo Morgan.

—¿Qué ha pasado? —Aunque internamente se alegró, consiguió parecer comprensiva. Podría haber pasado por trabajadora social.

—Se ha enamorado de otro. Uno de los estudiantes de Arte Dramático. Un actor fantástico, al parecer. Destinado a hacerse famoso.

Con cada frase, se amargaba más. Vera se preguntó en qué medida su reacción se debía a la pena por el hecho de que Freya lo hubiera dejado y en qué medida a la sorpresa de que su novia se hubiera atrevido a preferir a otra persona antes que a él. Igual que Danny cuando Hannah lo dejó. El orgullo era otra cosa que tenían en común los dos.

—Bueno, Freya es muy joven —dijo Vera—. Puede que demasiado para sentar la cabeza.

—¡Pero yo sí que quería sentar la cabeza! —Casi se le escapó en forma de grito—. Yo quería un hogar y una familia. Todas esas cosas que tienen los demás.

—Pero es que no se trata de lo que usted quiera, ¿no es cierto, cielo? —La inspectora pensó que era como uno de esos niños pequeños que veía de vez en cuando en el supermercado, tirados en el suelo en plena pataleta porque su mamá no les compraba un helado—. Además, tengo que hablar con usted de cosas más importantes que su vida amorosa. Bébase el café y recupere la compostura. Necesito que me conteste a unas preguntas y no tengo todo el día. —Se sentó en el futón del salón y esperó a que él hiciera lo mismo.

Más tarde, cuando el interrogatorio terminó y Vera consiguió levantarse para marcharse, Morgan dijo:

—Quería a Freya de verdad, ¿sabe? No se trataba solo de mí.

«Y Mattie Jones también lo quería a usted de verdad. Pero no se dedicó a emborracharse con vodka una noche entera: mató a su hijo.» Vera lo miró, pero no dijo nada. Quizá, después de todo, no podía culparlo por aquel suceso.

CHARLIE SEGUÍA EN el aparcamiento cuando llegó Vera. La jefa se metió en el coche, en el asiento del copiloto. Holly y Joe ya estaban en el trasero. El complejo empresarial era elegante y estaba ajardinado. El aparcamiento para las visitas estaba separado de los bloques de oficinas por una hilera de árboles y arbustos.

—Ese es el coche de Connie —Charlie señaló hacia una esquina alejada de allí, que aún estaba a la sombra—. Por poco no lo vi.

El agente no olía tan mal como Morgan, pero tampoco le iba muy a la zaga. Parecía que llevaba días sin afeitarse y tenía el cenicero plagado de colillas.

—¿Ha entrado ya Eliot?

—Bueno, no lo conozco, pero el coche que describió usted llegó a las ocho y media y aparcó en una plaza reservada cerca de la entrada. Un hombre alto de pelo canoso entró en el edificio.

—Sería él —Vera miró la hora. Poco después de las nueve—. Joe, vente conmigo. Holly, quédate aquí y pide a los de la Científica que se ocupen de ese coche a toda mecha. Charlie, tú vete a casa a ducharte.

Él empezó a discutirle la decisión a Vera.

—Eres el héroe del día —le dijo ella—, y no lo olvidaremos. Dúchate, aféitate, echa una siesta de una horita y luego puedes volver. No te perderás nada emocionante. Te mantendremos informado.

—¿Y qué es lo que hacen en Fenham and Bright? —preguntó Ashworth. La jefa andaba rápido en dirección al edificio de oficinas y él trotaba para no quedarse atrás, así que pronunció la pregunta a trompicones.

—Instalan servicios de telefonía e Internet, principalmente en países en desarrollo. Por eso Christopher Eliot viaja tanto. —Vera había buscado la empresa en Google tras conocer a Eliot en su casa.

—¿Cree que está involucrado en la desaparición de Connie?

—Pues no lo sabré —dijo ella— hasta que se lo pregunte.

Atravesaron una puerta batiente y llegaron a la recepción. Tras el mostrador había dos mujeres muy aparentes que comentaban las inundaciones, encantadas con el melodrama que no sufrían en primera persona.

—¿Viste las noticias en la tele? ¿Ese coche que se llevaba la corriente? En algunos sitios se han quedado sin electricidad.

En cada extremo del mostrador había una gran jardinera con plantas, que también eran muy aparentes.

—¿Puedo ayudarlos? —El acento era de Ashington, pero con un toque afectado.

—Espero que sí, cielo. Tengo que hablar con Christopher Eliot.

La respuesta fue inmediata y automática.

—Me temo que el señor Eliot está ocupado todo el día. Quizá su secretaria pueda ayudarlos.

Vera posó su credencial sobre el mostrador.

—Como le he dicho, tengo que hablar con el señor Eliot. Limítese a decirnos dónde está su despacho. No hace falta que lo avise de que nos dirigimos hacia allí.

Al cruzar la puerta que daba al pasillo, Vera se detuvo y se volvió para disfrutar de la mirada de indignación de la mujer.

—Pronto vendrán algunos de nuestros compañeros para trabajar en el aparcamiento. Preparen té y café para todos, por favor. Les estaremos enormemente agradecidos.

Al oír a Joe reírse a su lado, Vera se sintió eufórica.

El despacho de Eliot estaba en la primera planta y tenía vistas al bosque y las colinas que se elevaban a lo lejos. Vera pensó que se sentía más cómodo allí que en su propia casa. Decidió que aquel hombre podría haber sido soldado. O agente de policía, por supuesto. Era una de esas personas ordenadas que puede meter todos sus bienes materiales en una mochila y trabajar igual de bien en Afganistán que en Georgia del Sur. Su pasaporte luciría sellos de todo el mundo. Pero, de momento, su cuartel general era ese. En la pared había un mapa, con chinchetas rojas clavadas por todo el continente africano. En el escritorio, una fotografía de dos niños pequeños.

—¿Es este Patrick? —Vera señaló al más pequeño. Era delgado y rubio y se parecía más a su padre que a su madre.

Eliot seguía sentado tras el escritorio. Solo había amagado con levantarse al entrar Vera. «¿Inspectora Stanhope?», había dicho. A la vez un saludo y una pregunta cortante en referencia a la intrusión. Entonces miró la fotografía. Su cara no dejaba entrever en absoluto lo que pensaba.

—Sí, es Patrick. La tomaron el día que cumplió dos años. Murió una semana después.

—En casa no tienen fotos de él. —No era una pregunta.

—Cada uno pasa el duelo como puede, inspectora —dijo el hombre con el ceño fruncido.

—¿Nunca se plantearon tener otro hijo?

Vera pensó que Eliot le diría que se metiera en sus asuntos, que es lo que ella habría hecho en las mismas circunstancias, pero también podía ser que el hombre agradeciera la oportunidad de hablar del tema, aunque fuera con una desconocida como ella.

—A mí me habría gustado tener otro, pero Veronica no quiso ni oír hablar de ello. Dijo que no podía arriesgarse. ¿Y si pasaba algo, si algo salía mal? No podría soportar la pérdida de otro bebé. Eso habría acabado con ella.

—¿A usted le pareció una reacción exagerada? —Vera mantuvo un tono de voz bajo y agradable.

Eliot se encogió de hombros.

—Como le he dicho, inspectora, cada uno sufre el duelo a su manera.

—Por supuesto. —«Y su forma de hacerlo es manteniéndose en movimiento: horas de aeropuerto, viajes en camiones por caminos polvorientos, rostros nuevos, lugares nuevos... Sin ataduras», pensó Vera—. ¿Dónde conoció a Veronica?

Esa vez, el hombre sí que cuestionó el porqué de la pregunta.

—Conteste a mis preguntas, por favor —le pidió ella.

Y él lo hizo, tan acostumbrado, quizá, a acatar órdenes como a darlas.

—Fue en el hotel Willows. En una fiesta de compromiso. Nos presentaron unos amigos comunes. Creo que la conocía de la infancia. Ya sabe lo que es crecer en la misma región. Sus padres eran bastante más importantes que los míos, aunque no tenían dinero por un incidente muy triste relacionado con un incendio en una casa que no tenía seguro. Pero la fiesta en el Willows fue la primera vez que hablamos. Creo que ella había estado un tiempo fuera. Trabajando de *au pair* o algo así para unos amigos de sus padres en el sur de Escocia. Era encantadora. Todavía lo es, claro, pero por entonces su belleza era apabullante.

«Lealtad: otra de las virtudes de un soldado.»

Eliot sacó una foto de carné de la billetera. Era de Veronica con veintipocos años. Muy delgada y con la tez blanca. Tenía una larga melena de pelo oscuro, pero lo llevaba recogido. Estaba seria. Ni rastro de una sonrisa.

—¿Fue Simon el primer hijo de Veronica? —preguntó Vera.

—¡Por supuesto! —El hombre rio brevemente—. Fue un embarazo sin ninguna complicación. No había tenido problemas en el pasado, ningún aborto espontáneo. Nada. El parto se adelantó un poco y no pude estar presente. Llegué de Oriente Medio justo cuando había terminado todo lo desagradable. Pero fue bastante sencillo. Por eso pensé que podíamos animarnos a tener otro bebé después de la muerte de Patrick. —Levantó la vista—. ¿A qué viene todo esto, inspectora?

—El contexto —respondió ella, manteniendo un tono desenfadado—. Lo más probable es que no sea más que cotilleo. No es a eso a lo que he venido. Estoy aquí porque fuera hay un coche que pertenece a una mujer que ha desaparecido.

—¿Ah, sí?

—Connie Masters. Vive en Mallow Cottage, enfrente de su casa.

—He oído a mi mujer hablar de ella, pero no la conozco.

—Entonces, ¿no sabe qué hace su Nissan Micra en este aparcamiento?

—Lo siento, inspectora, ni idea.

Eliot levantó la vista y miró a Vera con sus ojos de color gris intenso y, por una vez en la vida, la inspectora no era capaz de discernir si le estaban diciendo la verdad. Se imaginó a ese hombre en una negociación comercial. O jugando al póquer. Sería muy bueno. Podría estar marcándose un farol y su cara no lo delataría.

La inspectora se puso en pie y observó que Ashworth estaba sorprendido de que estuviera dispuesta a dejarlo estar. Ya en la puerta, Vera se detuvo y se volvió para mirar a Eliot.

—¿Enterraron a Patrick? —preguntó—. ¿Hay tumba?

Si la pregunta lo sorprendió, el hombre no lo dejó ver.

—No. Lo incineraron. Por decisión de Veronica.

—Y esparcieron las cenizas en Greenhough, la casa familiar en la que ella había vivido. —Esa vez, la inspectora afirmó, no preguntó.

—Sí.

—Y por eso ese lugar es tan importante para ella, ¿no? —dijo Vera.

—Es importante para todos nosotros.

Entonces sí, Vera salió de la estancia y cerró la puerta cuidadosamente tras ella.

38

EN EL CORTO recorrido que separaba el parque empresarial del pueblo de Barnard Bridge, Vera no abrió la boca salvo para responder a una llamada. Joe pensó que se trataría del tipo de los servicios sociales porque la jefa lo llamó «Craig», pero no se enteró de la conversación. La llamada, que duró todo el camino, básicamente consistió en que Craig hablaba y Vera escuchaba. Todavía estaban usando el Land Rover de Vera, lo cual iba totalmente en contra de la normativa, porque tenía unos cien años y podía fallar en cualquier momento, pero ella había dicho que si se encontraban con la carretera inundada, al menos podrían vadearla. Las ventanas no cerraban bien y el motor hacía tanto ruido que parecía que iban en un tanque. Apestaba a los gases del motor diésel.

Cuando tomaron el camino de gravilla de la casa blanca, la inspectora habló por fin.

—No abras el pico mientras estemos ahí dentro, ¿vale? Y toma notas. Detalladas. Las necesitaremos ante el tribunal.

Veronica les abrió la puerta en cuanto empezaron a llamar. Estaba pálida y parecía tensa, y a Ashworth le recordó a la foto que Christopher Eliot les había enseñado en su despacho. La frialdad había desaparecido y volvía a ser una mujer joven y vulnerable. Llevaba un abrigo largo impermeable y botas de agua.

—Lo siento, inspectora, justo iba a salir.

—Tenemos que hablar. —Vera pasó por delante de la mujer y fue directa a la cocina como si estuviera en su casa, no en la de Veronica. Ashworth la siguió. Cuando la señora Eliot vaciló, la inspectora le espetó—: ¡Ahora mismo! Que tengo prisa.

Se sentaron a la mesa de la cocina: Vera enfrente de la mujer y Ashworth a la cabecera, con el cuaderno apoyado discretamente sobre las rodillas. Veronica dejó caer el abrigo por los hombros, pero no se quitó las botas.

—¿Dónde ha escondido a Connie Masters?

—No sé de qué me está hablando.

—No me haga perder el tiempo, señora. Encontraron el coche de Connie en el aparcamiento de la oficina de su marido. Tengo que saber dónde se encuentran. La pobre chiquilla estará aterrada a estas alturas.

Veronica no dijo nada. Contemplaba el jardín, altiva e impasible.

—Sé que fue usted quien dejó allí el Nissan y, si es necesario, lo demostraré. Con una llamada a todas las empresas de taxis del valle del Tyne, encontraremos a quien la recogió allí y la trajo de vuelta a Barnard Bridge. Porque no podía pedirle a su marido que la trajera, ¿verdad? Le habría hecho preguntas incómodas.

La mujer seguía en silencio. Pero Ashworth observó que la mano blanquecina que descansaba sobre la mesa estaba temblando. «Se desmoronará pronto», pensó.

Vera se inclinó hacia delante y, cuando habló, lo hizo con una voz diferente. Tan bajo que Ashworth, sentado a un extremo de la mesa, apenas oía las palabras.

—Hábleme de su bebé, Veronica. De su primer bebé. Hábleme de Matilda.

Veronica se quedó inmóvil, pero tenía los ojos llorosos. Pestañeó y las lágrimas le resbalaron por las mejillas. Ashworth se dio cuenta de que no llevaba maquillaje. Quizá por eso su aspecto era tan diferente.

—¿Qué edad tenía usted cuando nació la niña, Veronica? Está en los archivos. Los de los servicios sociales. Así que puedo comprobarlo.

«En realidad, ya lo ha comprobado —pensó Ashworth—. De eso iba la llamada.»

—Quince —dijo Veronica—. Tenía quince años.

—Los embarazos de adolescentes no eran lo mismo por aquel entonces, ¿verdad? Eran una lacra. Particularmente para una familia como la suya. Hábleme de eso.

—El padre de mi bebé era mayor que yo —dijo—. Mecánico. Tenía una moto grande y usaba ropa de cuero, y yo pensaba que era el hombre más seductor del mundo. Le había dicho que tenía diecisiete años y se horrorizó al enterarse de lo joven que era de verdad. —Se le escapó una risita crispada que a Ashworth le despertó las ganas de llorar—. Se ofreció a casarse conmigo en cuanto fuera mayor de edad. Pero, por supuesto, mi familia nunca lo habría aceptado. Imagínense qué escándalo.

—Bastante malo había sido ya perder todo el dinero —dijo Vera entre dientes—. ¡Como para perder también el buen nombre!

—En fin —dijo la mujer—, tampoco habría funcionado. En eso tenían razón.

Se quedaron un momento en silencio y Ashworth oyó el río crecido que se arremolinaba entre las rocas y debajo del puente. Veronica continuó, bastante sosegada ya.

—Para cuando me di cuenta de lo que pasaba y saqué fuerzas para decírselo a mis padres, era demasiado tarde para abortar. Ya solo podía tener el bebé. Todo el mundo fue muy amable. Mis padres culpaban al motorista y habrían pedido a la policía que tomara cartas en el asunto, pero entonces habría sido la comidilla del pueblo y no podían enfrentarse a eso. Me trataron como si fuera una inválida, demasiado enferma para tomar decisiones por mí misma.

—Así que la enviaron con unos amigos que vivían en el sur de Escocia.

La mujer levantó la vista.

—¿Cómo sabe eso?

—Christopher nos dijo que había trabajado allí de *au pair* durante una temporada.

Veronica estaba espantada.

—¡Christopher no sabe nada de todo esto!

—Quizá debería habérselo contado —dijo Vera—. Puede que no le hubiera importado.

La mujer negó con la cabeza.

—En fin —siguió Vera—. Y el plan era dar en adopción al bebé. ¿No es así?

—Todo el mundo me dijo que eso sería lo mejor.

—Pero usted no estaba de acuerdo.

—No pensaba dejar que se la llevaran nada más nacer. —Veronica sonrió fugazmente—. En aquella época ya era muy terca, así que me la quedé y la amamanté. Y no se me dio tan mal cuidar de ella.

—Pero, al final, sus padres la convencieron, ¿no?

—Dijeron que sería lo mejor para el bebé. Que había muchísimas familias a las que les gustaría adoptar una niña. Que mi bebé tendría un padre y una madre que la cuidarían adecuadamente. Y que yo recuperaría mi vida.

—Pero nunca la adoptaron, ¿verdad? La acogieron, pero nunca la adoptaron oficialmente. ¿Por qué no?

—Hay un proceso —dijo Veronica—. Se hace a través de los tribunales. Se nombra a un tutor *ad litem* que protege los intereses del niño. Una mera formalidad. Al menos, en la mayoría de los casos.

—Pero no en el suyo.

—La tutora vino a casa de mis padres. Matilda tenía casi dieciocho meses por entonces. Como yo no había querido renunciar a ella inmediatamente, era complicado y el proceso se había alargado. Un verdadero lío. Matilda estaba con una familia de acogida que había preguntado si podían adoptarla. Ella no era como yo me la esperaba. La tutora, quiero decir. Pensaba que sería mayor y severa. Pero era joven. De una edad más cercana a la mía que a la de mis padres. Llevaba el mismo tipo de ropa que yo. Fue la primera persona con la que realmente pude hablar sobre el bebé.

Ashworth pilló a Vera echando una mirada furtiva al reloj de la cocina. Ella estaba pensando en Connie Masters y su hija, en que el tiempo corría. Pero, escuchándola hablar con Veronica, parecía que tuvieran todo el tiempo del mundo.

—¿La tutora la llevó a pensar que usted podía cuidar por sí misma del bebé?

—Ni siquiera eso. Me preguntó si estaba preparada para firmar el impreso. El consentimiento para la adopción. Cuando vacilé, me explicó detalladamente todas las opciones. Si acogían a Matilda en lugar de adoptarla, dijo que cabía la posibilidad de que pudiera seguir en contacto con ella. Que incluso podría recuperarla en el futuro.

—Así que usted se negó a firmar el impreso. Me apuesto a que sus padres estaban encantados, ¿eh?

—Estaban horrorizados y dijeron que era lo más egoísta que había hecho en la vida. —Veronica miró a Vera fijamente—. Y, por supuesto, tenían razón. La familia que se hacía cargo de Matilda no pudo aguantar la inseguridad de no saber si podrían adoptarla o no, así que la trasladaron. Cuando la niña tenía tres años y medio, firmé el consentimiento, pero para entonces ya era tarde. Nunca llegaron a adoptarla. Su infancia había carecido de estabilidad. Y era todo culpa mía.

—Más bien culpa de esa maldita trabajadora social blandengue que la convenció para que no firmara el consentimiento.

Ashworth pensó que la jefa iba a empezar con su perorata habitual sobre los trabajadores sociales, pero Vera consiguió contenerse.

—Matilda vino de visita varias veces —dijo Vera—. Durante ese período en el que usted intentaba tomar una decisión. Ella lo recuerda.

—¿De verdad? —dijo Veronica. Ashworth no supo distinguir si la idea la aterraba o la alegraba—. Era tan pequeña que pensé que no se acordaría. Yo recuerdo cada detalle, claro. La ropa que llevaba, lo que decía. Era tan pequeña. Muy bonita. Y buena. Una pequeñaja muy obediente.

Ashworth pensó: «Tan obediente que acabó haciendo cualquier cosa que le pidiera un hombre».

—También le contó a Jenny Lister lo de las visitas —continuó Vera—. Pero Jenny tendría acceso a los archivos en cualquier caso. Debía de saber que usted era la madre biológica de Mattie.

—Detestaba pensar en eso —dijo Veronica—. Siempre temía que Jenny pudiera decir algo. Pensé que quizá se lo contara a Simon. Él nunca supo que tenía una hermana.

—¿Por qué habría hecho algo así? Para ella la confidencialidad era importante. —Vera calló un momento y se quedó mirando a la mujer. Parecía que le daba a la pregunta más relevancia de la que realmente tenía—. ¿Le contó Jenny que pensaba escribir un libro?

Se hizo el silencio.

—Simon me lo mencionó un día —dijo Veronica, por fin—. Hannah le había contado el sueño de su madre de escribir sobre algunos de sus casos. Como si hacer eso fuera algo noble.

—Habría cambiado los nombres, claro, si hubiera llegado a escribir el libro, pero las personas cercanas a usted podrían habérselo imaginado. —Vera miró a los ojos a la mujer que tenía enfrente—. ¿Era ese su motivo para oponerse tan obstinadamente a la relación entre Hannah y Simon? ¿Pensaba que Jenny podría contarle su secreto a Simon si llegaban a tener una relación demasiado estrecha?

—Elias Jones era mi nieto —dijo Veronica—. Esas mujeres lo dejaron morir.

—Usted dejó morir a Patrick —dijo Vera, con voz queda y natural.

Hubo un silencio de asombro. El sonido del río crecido volvió a colarse en la casa. Ashworth se imaginó a un niño pequeño arrastrado por la corriente, revolcado hasta acabar con la cara sumergida, flotando en dirección al mar.

—¡Pero eso fue un accidente! —gritó Veronica al cabo de un momento—. No tiene nada que ver.

—Una niña a la que renunció —dijo Vera, como si Veronica no hubiese hablado— y un niño al que perdió. Y el hijo que quedaba fue a enamorarse de la hija del enemigo. ¿Es así como la veía usted?

—Simon podría haber encontrado a alguien mejor —dijo Veronica de forma automática y anodina.

—¿Adónde llevó a Connie Masters? —le preguntó Vera.

Veronica hizo caso omiso de la pregunta. Era como si ninguna de las mujeres se diera cuenta de las palabras de la otra: cada una de ellas seguía su propia línea de pensamiento, un monólogo interrumpido de vez en cuando. A Ashworth le dio la sensación de que era como estar ante una de esas extrañas obras de teatro moderno que su mujer lo había llevado a ver al Live Theatre alguna vez. Dos personajes divagando continuamente sin llegar a conectar en ningún momento.

—¿Es cierto que Matilda se acordaba de esas visitas?

La pregunta de Veronica surgió repentinamente de la nada y Vera eligió contestarla.

—Sí, hablaba de ellas. Con Jenny y con Michael Morgan. Fui a verlo hoy por la mañana para comprobar que mi hipótesis era correcta. Esas visitas significaban mucho para ella.

—¿De cuánto se acuerda?

—De la trabajadora social que la llevaba en coche. También hablaba de una casa con las patas en el agua. Debe de ser el cobertizo junto al lago, ¿no? ¿El lugar de la foto que cuelga en el vestíbulo? El de Greenhough.

—Siempre la veía allí —dijo Veronica—. Mis padres no la querían en casa. Todavía era un secreto del que se avergonzaban. —Alzó la mirada e hizo la pregunta más importante de todas—: ¿Matilda se acordaba de mí?

Pero Vera ya se había puesto en pie, apresuradamente, con un pequeño traspié.

—Y es allí donde están Connie y su hija. ¡Dios mío, qué idiota he sido! Pero ¿por qué lo hizo? ¿No soportaba verlas juntas y felices? —Entonces se quedó quieta y callada, con el cuerpo girado hacia donde estaba la mujer, como una enorme escultura de granito. Y, cuando se decidió a hablar, lo hizo para sí—. No, claro, no era por eso en absoluto.

Ashworth también estaba de pie. No tenía claro qué esperaba Vera de él. ¿Que la siguiera? ¿Que arrestara a Veronica Eliot? Tras sus últimas palabras, la inspectora se movió con sorprendente rapidez. Para entonces estaba en el vestíbulo junto a la puerta principal, con las llaves del Land Rover en la mano.

—Nunca les haría daño —le gritó Veronica—. Nunca haría daño a un niño. —Pero su voz era débil y poco convincente.

Cuando Ashworth se marchó, la mujer seguía sentada donde la habían dejado.

39

CONNIE ESTUVO TODA la noche despierta, pensando que había sido una idiota. ¿Cómo se había dejado atrapar así? Al principio, pensó que había actuado con mucha inteligencia. Obviamente, se alarmó cuando recibió la llamada. Había sido a primera hora de la mañana: amenazadora, intimidante, exigente. Disimulando la voz, de eso estaba segura. Había recibido llamadas de amenaza después de que la muerte de Elias saliera en la prensa. Eran malintencionadas e irracionales, pero no como esa. No aterradoras. También había recibido cartas. Al final, las quemaba sin leerlas siquiera. La policía le había dicho que se las entregara, que quizá pudieran llevar a juicio a quienes las habían escrito. Pero Connie no había podido soportar la idea de que las leyeran unos desconocidos. podrían creerse esas acusaciones tan terribles. Pero esa llamada había sido mucho más horrible que las cartas, y Connie se la había tomado en serio. Había entendido que debía irse de Mallow Cottage. Tenía que escapar con Alice. No podían verla hablando con la policía.

Y entonces llegó Veronica. Connie no había sido capaz de contarle la verdad, claro. Eso habría sido impensable. Obviamente, no podía decirle a esa mujer respetable que estaba huyendo de la policía. Así que le había dicho que la prensa estaba encima de ella y quería desaparecer durante una temporada. Que la habían asociado con el asesinato de Jenny Lister y la habían localizado. Y Veronica, que antes se había mostrado tan hostil y había puesto en su contra a todas las mujeres del pueblo, de pronto se había vuelto amable. Había entendido la necesidad del secretismo absoluto. Sin duda, la prensa sensacionalista era retorcida y despiadada. Veronica había leído que buscaban en los cubos de basura y pinchaban los teléfonos móviles de la gente. Dijo que ella tenía una casa de veraneo, no muy lejos del pueblo y que podían quedarse allí una temporadita hasta que la policía encontrara al verdadero asesino. Era muy básica y había estado vacía todo el invierno, pero ella creía que les bastaría. Había una cocina de gas y podían comprar víveres. Ella misma había acampado allí de niña y le encantaba.

Habían ido al supermercado a comprar comida en el coche de Connie. No podían usar el de Veronica porque no tenía silla para Alice. Después, habían recorrido un sendero de hierba y habían llegado al cobertizo de los botes. A Alice le había chiflado. Cualquier niño habría sentido lo mismo.

—Tendrás que tener mucho cuidado si te acercas al agua, cariño —le había dicho Veronica a la pequeña, arrodillándose para que sus ojos quedaran a la altura de los de Alice—. Aquí es muy profundo, incluso cerca de la orilla.

Más tarde, habían entrado y habían abierto las ventanas de par en par para que corriera el aire. Aún no llovía. Veronica había encontrado ropa de cama en un armario pintado de blanco y habían colgado las sábanas en la barandilla del porche para que se aireasen.

Dentro había una habitación muy grande, con dos literas empotradas en la pared. En el extremo sin ventanas, había un cubículo de paneles de madera con un lavabo, un retrete y, en una estantería, una vela sobre un platillo. Veronica les había enseñado cómo funcionaba la cocina y habían hecho salchichas para comer. Había sido idea de Veronica llamar a Joe Ashworth, cuando Connie le enseñó cuántas llamadas suyas había recibido.

—¡No querrás que piensen que tienes algo que ocultar! En serio, yo lo llamaría, cariño, o se pondrán a buscarte por todo el condado.

Veronica se marchó después en el coche de Connie, y le dijo que lo dejaría donde no pudieran encontrarlo los periodistas. Volvería dos días después con más comida. Aunque, claro, para entonces quizá ya hubieran arrestado al asesino y fuera seguro que Connie volviera a su casa.

Esa primera tarde, después de ver cómo se alejaba Veronica, Connie y la niña habían dado un paseo por el bosque y a Alice le había encantado: se había subido a los troncos caídos y había recolectado flores que más tarde pondrían en una taza desportillada sobre el alféizar. Se habían topado con un mojón de piedrecitas blancas apiladas que parecía un sepulcro. Sobre él, yacía un ramillete de prímulas cuidadosamente colocado. Por la noche, Alice se había quedado dormida al instante en la litera inferior, mientras Connie leía a la luz de una lámpara de queroseno, oyendo la lluvia caer e imaginándose en la cabaña que tenía su padre en casa.

Al día siguiente, había llovido, y Alice había estado quisquillosa y de mal humor. No tenían televisión para distraerse. Connie habría llamado a Veronica, pero se había quedado sin batería en el móvil. Se había llevado el cargador, pero, claro, en un cobertizo para botes no había electricidad. Sobre la mesa encontraron una caja con juegos de mesa y se entretuvieron con juegos clásicos de avanzar por los casilleros del tablero, como la oca y serpientes y escaleras. La lluvia golpeaba con fuerza el tejado y Alice se cubrió las orejas con las manos.

—¡Quiero irme a casa! ¡Odio este lugar!

—Mañana —le había dicho Connie—. Mañana vendrá la tía Veronica y podremos irnos a casa. Y después quizá puedas ir a ver a papá unos días.

En el cobertizo no había nevera, y ya se habían comido todos los alimentos frescos. Connie hizo pasta y la mezcló con una lata de atún. Después, dejó que Alice se comiera una tableta de chocolate entera de postre. En cuanto la niña se durmió, Connie se subió a la litera y se tumbó boca arriba; apenas se movió en toda la noche. Pensó que así debía de ser como se sentían los presos. Aunque imaginaba que en prisión habría ruidos extraños y espantosos. Allí había un silencio absoluto. En algún momento de la noche, se durmió.

Al día siguiente, se despertó al amanecer, con los ojos secos y aún cansada. Las cortinas de las ventanas eran muy finas e, incluso ahí tumbada, le pareció que había algo raro en la luz del exterior. Era igual que cuando te despertabas y veías nieve: la luz era más intensa de lo normal. Se levantó sin hacer ruido, se echó sobre los hombros la manta de su cama y miró por la ventana. El nivel del agua del lago había crecido durante la noche y la casa estaba rodeada. Unas olitas chocaban contra la plataforma. Todo estaba en calma y los árboles de la orilla de enfrente se reflejaban fielmente en el agua.

Se dio cuenta enseguida de que no estaban en peligro inmediato de morir ahogadas, pero notó en la boca del estómago el aviso del miedo, a punto estuvo de soltar un grito. Podía apreciar la belleza del paisaje: la luz reflejada que le había hecho pensar en la nieve y la composición de los árboles y las colinas en el agua, pero eso no impidió que estuviera asustada. La idea de sentirse prisionera se había convertido en una realidad. Comprendió cómo la gente atrapada en un edificio en llamas podía llegar a estar tan desesperada como para saltar por la ventana hacia una muerte segura. Pensó que no era por el miedo a las llamas, sino a estar atrapado. Casi no sabía nadar, pero la tentación de abrir la puerta, salir y hundirse en el agua era casi irresistible.

Oyó un ruido a sus espaldas y entonces sí se le escapó un quejido de temor. Quizá fuera una rata. Decían que las ratas se sentían forzadas a salir de sus escondrijos durante las inundaciones. ¿Las ratas nadaban? Pero, por supuesto, era Alice, que había salido de la cama y estaba de pie a su lado, temblando. Y Connie no tuvo más remedio que convertir esa difícil situación en una aventura.

—¿No te parece divertido? Es como estar en un barco. Juguemos a imaginar adónde podríamos navegar hoy.

Incluso a ella misma le parecía que su voz sonaba desesperada. Alice le pidió que la tomara en brazos y comenzó a llorar.

Connie oyó el coche que bajaba por el sendero después de desayunar. Estaban tan alejadas de todo, protegidas por los árboles, que el sonido se le antojó muy alto. En otro momento podía haberle preocupado que fuera la policía. Esa inspectora gorda, con las manos enormes, los pies asquerosos y todas esas preguntas. Pero en ese instante se habría alegrado de ver incluso a Vera Stanhope. Aunque quizá fuera Veronica. Después de todo, ese era su territorio. Seguramente el cobertizo se habría inundado otras veces en el pasado. Ella sabría qué hacer. Connie se asomó por la ventana y alcanzó a ver fugazmente el coche entre las ramas. No era su coche: ni su Nissan era de ese color, ni sería capaz de vadear toda esa agua. Pero podría ser Veronica de todas formas.

Todavía no estaba muy entrado el año y el sol, que ya había salido, estaba bajo. La luz que arrojaba únicamente dejaba ver la silueta de la figura que estaba junto a la orilla. Había aparecido repentinamente de detrás del alto muro que rodeaba el antiguo jardín. Puede que el coche se hubiera quedado embarrancado o que el conductor hubiera decidido recorrer a pie el último tramo. Connie tuvo que entrecerrar los ojos para cerciorarse de que la figura era una persona. Era una sombra con impermeable y botas. No se distinguía nada más.

Un pequeño bote que solía estar en la orilla ahora flotaba sobre el lago, amarrado con una cuerda. El hombre tiró de ella y acercó la embarcación. Y es que Connie pensó que tenía que ser un hombre: esa acción le había parecido demasiado enérgica y contundente para una mujer.

La joven llamó a Alice.

—Mira, corazón, van a rescatarnos.

Y las dos se pusieron a hacer señas como locas. El hombre de la orilla solo levantó la mano a modo de saludo. Tras sacar el bote, había retirado un par de remos que debían de estar guardados bajo el asiento. Volvió a empujar la embarcación hacia la charca, caminó hasta que el agua le alcanzó las pantorrillas y después subió a bordo.

El hombre remó hacia donde ellas se encontraban, haciendo círculos en dirección al cobertizo. Ya no tenía la luz detrás, pero al acercarse estaba de espaldas y Connie seguía sin poder ver quién era. Incluso cuando llegó y amarró la cuerda a una de las tablas que formaban la barandilla, no lo reconoció. Connie centró su atención en otra cosa: en meter rápidamente todas sus pertenencias en una bolsa y asegurarse de que Alice estaba a su lado y no se acercaba demasiado al agua.

—¡Espere un momento! —gritó. Parte del pánico había regresado. Aunque eso era ridículo: su rescatador no daría la vuelta y volvería a remar a tierra firme sin ellas.

Connie lo oyó subir al porche del cobertizo. El crujido de las tablas, el chapoteo del agua al retirar su peso de la embarcación y, luego, los pasos. El hombre apareció en el umbral y ella lo vio bien por primera vez. Y lo reconoció. Ya había visto esa cara en el pasado.

40

VERA SE RECORDÓ a sí misma que no había prisa. La trabajadora
social y su hija estarían en el cobertizo. Para ellas no habría sido
más que una aventura, como irse de acampada. Era probable que
la niña hubiera disfrutado hasta el último instante. A ella tampoco le había parecido mal vivir alguna aventurilla cuando Hector había empezado a llevarla con él en sus expediciones. Hasta
que creció y se dio cuenta de lo que implicaban esas incursiones
nocturnas a las colinas. Entonces decidió que no le gustaban y,
al final, empezó a odiarlas. Quizá por eso conducía tan rápido,
porque no quería que la chiquilla tuviera el mismo tipo de me-
morias de la niñez que conservaba ella: el miedo en la boca del
estómago y el vivo deseo de sentirse segura en un lugar conocido. Siempre había habido gente que perseguía a Hector: la
policía, los guardabosques del Parque Nacional o la Real Socie-
dad para la Protección de las Aves. Absorto en su pasión, dis-
frutaba jugando al gato y al ratón, sin importarle que Vera
estuviera aterrorizada.

Mientras intentaba que el prehistórico Land Rover acelerase,
la inspectora sintió un nerviosismo que le produjo náuseas. Justo
antes de la salida que llevaba a los pilares de piedra con las cabezas talladas de los cormoranes, la carretera estaba cortada por
el agua. Había un cartel donde ponía «Vía cerrada por inundación». Un hombre mayor estaba intentando volver al pueblo
haciendo un cambio de sentido en tres maniobras en el estrecho

sendero. O más bien en cuarenta maniobras. Vera puso el Land Rover en el modo de tracción a las cuatro ruedas y lo condujo con dos ruedas dentro del empinado arcén, de manera que el vehículo formaba un ángulo de cuarenta y cinco grados. Con un chirrido, dejó atrás el Volvo del jubilado. Había tanta agua que se colaba por las puertas. No estaba segura de que el anciano se hubiera percatado de su presencia hasta que salpicaron su parabrisas con el agua que había levantado. Joe Ashworth, sentado junto a ella, soltó un improperio.

El sendero de hierba que atravesaba los jardines de la antigua casa estaba mucho más embarrado que cuando Vera lo había recorrido unos días atrás. Incluso con la tracción a las cuatro ruedas, notó que el vehículo patinaba. Redujo la velocidad. Ahora era más importante no quedarse atascado. Quería poner a salvo a madre e hija, y tenía que arrestar a una persona antes de que hiciera daño a alguien más.

La inspectora sabía que Ashworth tenía preguntas, pero no podía concentrarse en llegar de una pieza al cobertizo y en charlar con él.

—¿Qué es eso?

La pregunta de Ashworth molestó a Vera, que estaba intentando salvar un trecho especialmente difícil, pero ella miró de todas formas. Era un coche pequeño atascado. El agua llegaba hasta el parachoques y la puerta del conductor estaba abierta de par en par. Ashworth sintió esa indignación de superioridad que le confería su naturaleza de conductor precavido. Siempre había sido demasiado mayor para su edad.

—Hay que estar loco para intentar venir hasta aquí sin tracción a las cuatro ruedas.

Fue entonces cuando Vera se dio cuenta de que la pequeña estaba en peligro, pero no de tener pesadillas o malas reminiscencias de la niñez, sino de no llegar a ser adulta y conservar recuerdos.

—¡Sal! —exclamó—. ¡Rápido! No hay tiempo para esto.

Vera llevaba botas de agua, pero Ashworth seguía con los zapatos del trabajo, que lustraba cada mañana. Miró el barro que rodeaba el vehículo y vaciló. Ella ya había dado cuatro pasos sendero abajo, resbalando y maldiciendo continuamente. La jefa volvió la vista atrás en dirección a Joe, que seguía en el Land Rover.

—¿Quieres otro niño ahogado? ¡Ven ya, hombre! Y es una orden.

Según hablaba, Vera sabía que estaba siendo injusta. Si le hubiera contado sus miedos a su sargento, él habría llegado incluso antes que ella.

Pasaron corriendo por delante del jardín con las estatuas extrañas y el muro alto cubierto de hiedra y, al alcanzar el borde de la charca, Vera pensó que habían llegado demasiado tarde. Vio el bote y al hombre que lo dirigía, inclinado sobre los remos y tan resuelto a cruzar el lago que no divisó a los policías. También vio a la madre y a su hija, observando el avance del hombre.

—O sea, que están bien —dijo Joe. Se mostraba frío con su jefa y estaba en todo su derecho—. Ese hombre va a salvarlas. —Insinuaba que todo ese revuelo y los zapatos destrozados podían haberse evitado.

—No, cielo, eso es lo último que quiere hacer. Odia las familias felices.

Vera se quedó inmóvil observando. No podía hacer nada en absoluto. El cobertizo estaba al otro lado del lago, demasiado lejos para que la oyeran si gritaba, así que no tenía forma de avisar a Connie. Y aunque la oyera, ¿qué podía hacer ella? Estaba atrapada.

Vera pensó, además, que ahora sería imposible asustar al hombre del bote. Con el segundo asesinato, se había vuelto irracional. Era como una de esas pesadillas en las que gritas pero no te sale la voz; intentas correr, pero no puedes mover los pies.

—¡Era él! —dijo Ashworth—. ¿Desde el principio? Claro. No sé cómo no reconocí el coche.

Ella no respondió. Observaron cómo el hombre subía al porche del cobertizo. Pero no podían ver a Connie ni a la niña, que seguían en el interior. Ashworth se alejó silenciosamente de su jefa y avanzó entre la maleza, siguiendo el contorno de la crecida, hasta el punto en el que el cobertizo estaba más cerca de la orilla. Ya no pensaba en sus zapatos ni en su traje de Marks & Spencer.

«Le debo una disculpa o no querrá volver a trabajar conmigo», pensó Vera.

Se oyó un chillido agudo, tan alto que alcanzó a la inspectora a pesar de lo lejos que se encontraba. El hombre salió al porche con Alice en brazos. Connie iba detrás. Era ella la que gritaba. A Vera le dio la sensación de que la niña estaba callada, quizá paralizada por el miedo, bloqueando sus emociones como única táctica de supervivencia. Tan inmóvil como Vera un momento antes. Pero el grito había despertado a la inspectora. Enseguida estaba al teléfono, pidiendo refuerzos, una ambulancia, una lancha y un helicóptero. Ella también gritaba, al auricular: «¡Ya! ¡Los quiero aquí ya!».

El hombre alzaba a Alice sobre la cabeza. Vera pensó que los músculos de la parte superior de su cuerpo debían de ser muy fuertes para levantarla así. ¿Iría al gimnasio? Después se percató de que tenía cierto aire religioso. Parecía uno de esos curas importantes con sotana elegante que podían verse en las catedrales, alzando el cáliz ante la congregación mientras lo bendice durante el servicio de la comunión. ¿O lo llamaban «misa»? La inspectora nunca había pillado lo de las diferentes confesiones.

El hombre separó los brazos y dejó caer al lago a la niña, que desapareció sin salpicar.

Ashworth ya había llegado al punto más cercano al cobertizo y estaba adentrándose en el lago. Comenzó a nadar, con el pelo mojado y lacio como el de una nutria. En el porche, Connie forcejeaba con el hombre, intentando quitárselo de encima, gritando y arañándole la cara. Pero Vera no le quitaba ojo a Ashworth. Él se sumergió y reapareció, sacudiéndose el agua, con la niña en brazos. Nadó de espaldas, apretando el cuerpo de la niña contra su pecho, hasta que la profundidad del agua disminuyó y pudo hacer pie. Entonces se colocó a la niña sobre un hombro y la rodeó con los brazos. Vera pensó que nunca más volvería a ser maleducada ni desagradable con él. A trompicones, Joe llevó a la niña hasta la orilla.

41

Desde el cobertizo, Simon Eliot observaba impasible. Después, se giró con parsimonia, hizo un salto del ángel perfecto desde el porche y empezó a alejarse nadando hacia el extremo opuesto de la charca. Todo un espectáculo. Como esos socorristas tan en forma del Willows, cuando fanfarroneaban delante de las mamás de buen ver. Aunque seguro que sabía que no tenía escapatoria.

Vera decidió dejar a Joe Ashworth a cargo de la operación para apresar a Eliot. Le producía cierta satisfacción saber que había estado en lo cierto respecto al asesino. Se le había ocurrido de repente, pensando en la forma en que el camarero jovencito del Willows se había ruborizado al hablar de Jenny Lister. La trabajadora social había hablado de que su amante era alguien totalmente inapropiado. ¿Y quién podría ser más inapropiado que el prometido de su hija? ¿Y quién sería más probable que se enamorara de una mujer mayor que Simon Eliot, el chico con una madre consumida por el sufrimiento de haber perdido a sus otros dos hijos? De todas formas, Vera se sintió fatal cuando pensó que habían estado a punto de perder a la niña. Encontró su bolsa de deporte en el maletero del Land Rover. Allí tenía una toalla y un chándal nuevo, que había comprado nada más apuntarse al gimnasio del Willows y no se había puesto nunca.

—Ponte esto —le dijo a Ashworth— o pillarás una pulmonía.

—¡No puedo ponerme eso! —Siempre había sido un presumido.

—Peor para ti.

Al final, el frío lo convenció. Se ocultó detrás del muro alto y reapareció con el pelo alborotado como un chaval y el chándal puesto. Le quedaba un poco corto y algo raro combinado con los zapatos del trabajo empapados. Si no se hubiera comportado como un héroe, Vera le habría sacado una foto para enviársela al resto del equipo.

—Deberías alegrarte de que no sea muy femenina y no me vista de rosa —dijo. El alivio la estaba volviendo un tanto graciosilla y frívola—. ¿Te imaginas la pinta que habrías tenido entonces?

Connie y Alice estaban sentadas en el asiento del copiloto. Alice ya se había puesto ropa seca y estaba envuelta en el abrigo de Connie. Tras entregarle la niña a Vera, Ashworth había llevado a Connie a la orilla en el bote. La inspectora aún recordaba la sensación de arropar entre sus brazos a la niña empapada, sus huesos frágiles y el fuerte latido de su corazón. Pensó que era como sujetar uno de los pájaros de Hector. Un búho, quizá. Y lo más cerca que llegaría a estar nunca de abrazar a su propia pequeñaja.

—¿No quiere quedarse y ver cómo se desarrolla todo? —le preguntó Ashworth—. Podemos pedir un coche patrulla que lleve a Connie a casa. El nivel del agua ya ha empezado a descender.

—No —contestó ella—. Esto es más importante.

Sabía que sería cuestión de minutos que Ashworth localizara a Eliot. El joven no tenía coche, estaba calado hasta los huesos y un helicóptero sobrevolaba la zona. Joe se merecía los honores del arresto.

Vera dejó a Connie y Alice en Mallow Cottage.

—¿Está segura de que no quiere que las lleve a urgencias?

—Los sanitarios de la ambulancia ya la han examinado y han dicho que está bien.

—Vale, como quiera.

Vera pensó que era mejor así, pero no le habría importado retrasar un poco más el siguiente interrogatorio.

Aparcó en casa de los Lister. La vecina de al lado estaba observando entre los visillos y saludó a la inspectora cuando la reconoció. Era tranquilizador saber que alguien estaba pendiente de Hannah. Vera tocó el timbre y oyó unos pasos. Al abrirse la puerta, la chica ya estaba hablando.

—¿Dónde estabas? Creía que solo ibas al supermercado. —No era una crítica. Ella jamás sería la típica mujer criticona. Solo estaba preocupada. Entonces vio a Vera y fue como una repetición de la primera visita que la inspectora había hecho a la casa, cuando tuvo que decirle a Hannah que su madre había muerto.

—¡Ah! Es usted, inspectora. Pensé que era Simon. Se ha ido en el coche de mi madre a hacer la compra. Está tardando un montón, pero puede que se haya quedado atascado por las inundaciones. ¿Le pongo un café? —La chica fue a la cocina y Vera la siguió.

—Puede que más tarde, cielo. Antes tenemos que hablar.

La cara de Vera dejó entrever algo que hizo que la chica se parara en seco.

—Lo han encontrado, ¿verdad? Al hombre que mató a mi madre.

—Sí, ya sabemos quién fue. Aún no está detenido, pero es cuestión de tiempo.

—¿Lo conozco?

Hannah miró a Vera a los ojos, intuyendo que la inspectora no había ido a verla solo para notificarle de forma oficial que habían encontrado al asesino.

Vera callaba. ¡La chica ya había sufrido bastante! ¿Cómo iba a decirle que el hombre al que adoraba era un asesino?

—Es Simon.

—¡No! —dijo Hannah con una risa forzada—. Se trata de una broma pesada, ¿no?

Su rostro se había tornado ceniciento. Se acercó una silla y se dejó caer en ella.

—No es broma. ¿Quieres que te lo cuente? ¿Quieres que pida a alguien que venga a hacerte compañía? ¿Alguna amiga? ¿Uno de tus profesores?

Vera había hecho prácticamente la misma pregunta en aquella primera visita y Simon había llegado corriendo. El príncipe azul de Hannah. Su prometido.

—Cuéntemelo. No me lo creo, pero cuénteme su hipótesis.

—Se enamoró de él. Tu madre se enamoró de él.

Se hizo un silencio. Vera no se lo había esperado. Pensó que habría lágrimas, negación, rabia. Se le ocurrió incluso que Hannah la echaría de su casa.

—¿No te sorprende?

—A ella le gustaba —dijo Hannah con calma—. Era evidente. Simon y yo nos reíamos. ¿Y por qué no? ¿Por qué no iba a gustarle un joven en forma a una mujer de mediana edad? Pero ella no haría nada al respecto. Mi madre era una mujer buena.

«Y se estaba haciendo mayor, se le pasaba el arroz. La lujuria es una sensación muy poderosa. Es fácil autoconvencerse de que estás enamorado cuando las hormonas se alteran. El amor nos da carta blanca para hacer lo que queremos. Es algo honesto y valiente, aunque te estés tirando al prometido de tu hija. Una gilipollez, por supuesto, pero nos educan para creer eso. Y, después de haber sido buena durante tanto tiempo, la tentación de ser una chica mala debió de ser irresistible. Todo muy comprensible.»

—¿Qué hay de Simon? ¿Le atraía tu madre?

—A él le gustaba. La admiraba. No tenía una relación muy buena con su madre, y por eso a mí me gustaba que mamá y él se llevaran tan bien.

—Eran amantes —dijo Vera.

Era mejor que la chica se enterara por ella. Los detalles de la historia acabarían sabiéndose con el paso del tiempo, aunque convencieran a Eliot de que se declarara culpable.

—Llevaban meses juntos. Quedaban un día a la semana en Durham. Ella usaba la excusa de las visitas a Mattie Jones a la prisión, pero siempre se quedaba poco tiempo. Mattie se lo confirmó a mi sargento. Después se pasaban el resto de la tarde en el piso de Simon. Se lo habían comprado sus padres. Como inversión. Muy práctico. —Miró a Hannah—. Les enseñamos a los vecinos una foto de tu madre. Unos cuantos la reconocieron. Simon y ella fueron lo más discretos que pudieron, pero me temo que no hay duda. Una tarde se dejaron las cortinas abiertas y una viejecita cotilla los vio besándose.

Esa era otra de las operaciones que Vera había planeado sentada en el Willows el día anterior: una investigación de casa en casa en la calle donde vivía Simon. La inspectora tenía un par de amigos que trabajaban en la Policía del condado de Durham. Le debían algún favor y se lo habían devuelto.

—Los jueves —dijo Hannah lentamente—. Mamá siempre llegaba tarde a casa los jueves. Y Simon me había dicho que no lo llamara ese día porque iba al entrenamiento de remo. Y después se tomaba unas pintas con los chicos, claro.

—Más tarde, tu madre debió de empezar a sentirse culpable —siguió Vera—. Creo que no por la relación con Simon, sino por mentirte. Quería sacarlo todo a la luz. —«¡Qué estúpida! Hay cosas que es mejor guardarse»—. Simon detestaba la idea de que te enteraras. Si quería a alguien, era a ti.

—¿Así que mató a mamá solo para evitar que me lo contara? —Hannah se había quedado horrorizada.

—¡Ay, cariño! Nada es tan sencillo como eso, ¿no crees?

Porque Vera creía que no había duda de que Simon Eliot era un joven complicado. Era otra persona con recuerdos perturbadores de la niñez. Imágenes en la cabeza. De un hermano pequeño que primero había desaparecido en un río crecido para luego desaparecer por completo de la vida de la familia. No había juguetes, ropa ni fotografías. Simon debió de sentirse siempre muy confuso por el sentimiento de culpa que albergaba, pero que nadie mencionaba. ¿Había pensado que estaba loco? Probablemente hubiera veces en las que pensara que se había imaginado todo el incidente. Era posible que la atención de una trabajadora social compasiva fuera justo lo que necesitaba.

Hannah fijó la vista en Vera.

—Cuéntemelo —le dijo—. Quiero saberlo.

—Simon tenía una hermanastra —dijo Vera— que se llamaba Mattie Jones.

—¿Esa mujer que mató a su hijo?

—La misma. —Vera bajó la vista a los azulejos de la cocina y vio que sus botas mugrientas habían dejado un rastro de pisadas. Debería habérselas quitado al entrar—. Veronica tuvo una niña cuando estaba en la escuela.

—¡Pero mi madre no le habría contado eso a Simon! —exclamó Hannah con una voz tan aguda que parecía más un chillido—. Nunca hablaba del trabajo con nadie.

«Pero, con Simon, Jenny Lister se había saltado todas las reglas que se había autoimpuesto.»

—Puede que no se lo dijera —contestó Vera—. Puede que él encontrara las anotaciones de tu madre. El esquema del libro que pensaba escribir.

Ambas se quedaron en silencio.

—Simon y Danny eran amigos, ¿no?

Vera ya había hecho lo que tenía que hacer, pero Hannah estaba tan tranquila y sosegada que pensó que podría hacerle unas preguntas más.

—Sí, ya le dije que sí —contestó la chica.

—Pero ¿amigos íntimos?

—Sí, los tres estábamos en Folkworks, el programa para músicos jóvenes del Sage. Danny tocaba muy bien el violín. También la guitarra. No se llevaba bien con sus compañeros de la escuela; se sentía más cómodo con los chicos mayores con los que tocaba.

—¿Aunque te hubiera perdido por culpa de Simon?

—Ya se lo dije. Esas cosas pasan continuamente. No es para tanto. A Danny le gustaban los héroes, y Simon era mayor y más listo que él.

«Pero a mí me distrajo su relación. Consideré a esos jóvenes rivales, no aliados. Eso me confundió por completo.»

—¿Dónde está? —preguntó Hannah de pronto—. ¿Dónde está Simon?

—La última vez que lo vi estaba empapado. Acababa de cruzar a nado la charca de Greenhough, intentando escapar de nosotros.

—Ahí es donde hicimos el amor por primera vez —dijo Hannah—. En el cobertizo. Por esta época del año. Pero hacía sol. Los pájaros cantaban en el bosque. Me dio una vuelta en bote por el lago y bebimos champán.

Miró por la ventana hacia el jardín. En la casa de al lado, Hilda tendía las sábanas, pero Hannah estaba inmersa en sus pensamientos y no la vio.

—Siempre supe que era una persona herida. A veces, se quedaba taciturno o se enfadaba sin motivo aparente. Pero pensé que yo podría curarlo. Que podría darle lo que necesitaba.

—¡Ay, cariño! Nadie podía darle eso.

—Menos mi madre —dijo Hannah—. Al parecer, ella sí podía.

—¡No! ¡Ella iba a fastidiarlo todo!

La voz, alta y aguda, hizo que ambas se sobresaltaran. Como si alguien hubiese gritado en plena misa. Simon había usado su llave para entrar por la puerta principal. Vera estaba tan concentrada en la chica que no lo había oído. El joven aún tenía el pelo húmedo, pero se había puesto ropa seca.

—¿Cómo has venido? —le preguntó Vera, antes de añadir inmediatamente—: Tu madre, ¿verdad? Quiere proteger al único hijo que le queda. ¿La llamaste y salió en coche a rescatarte? ¿Te llevó a casa para que te cambiaras y luego te dejó marchar? ¡Vaya, vaya! Muy responsable eso de dejar a un asesino suelto por ahí.

—No puede culpar a mi madre —dijo el chico. Parecía cansado de repente—. Ella no sabe lo que ha pasado.

—Sabe lo suficiente —contestó Vera con brusquedad—. O, al menos, se lo imaginó. De lo contrario, ¿por qué habría sacado a Connie y a Alice de Mallow Cottage?

—Porque yo se lo pedí.

—¿Por qué haría algo así? ¿Qué peligro podía representar Connie Masters para ti?

—Jenny pensaba entrevistarla para ese maldito libro. Puede que ya lo hubiera hecho. ¿Y si le había contado que éramos amantes? No podía arriesgarme a que Connie Masters volviera a hablar con la policía. Eso podría haberme dado un móvil de asesinato.

Simon se iba por las ramas, con palabras incoherentes, y Vera pensó que se estaba engañando a sí mismo. Ese no era el verdadero motivo del secuestro. Desde la casa grande de color blanco, él había visto a Connie con Alice. Jugando como una familia feliz en el jardín en el que se había ahogado su hermano. Por el resentimiento de su voz, Vera supo que el chico las odiaba.

—Quiero hablar con Hannah —dijo—. Quiero explicarme.

—Ya, bueno, y yo quiero que me toque la lotería y no tener que aguantar a gente como tú nunca más. Pero eso no va a pasar.

—Por favor —dijo Hannah—, dele un par de minutos.

La chica se levantó y los dos jóvenes se quedaron uno frente al otro en lados opuestos de la habitación. Vera volvió a pensar que Hannah estaba muy tranquila. Había sido la incertidumbre que había rodeado la muerte de su madre lo que había debilitado su confianza y su personalidad. Pero la certeza la había ayudado a recomponerse.

—Vale, Simon, dime. ¿Por qué sentiste la necesidad de matar a la mujer que tan buena había sido contigo?

—¿Cómo puedes decir eso? —El chico gritaba—. ¿Cómo puedes decir eso cuando fue ella la que me sedujo, la que me separó de ti?

—Simon, yo diría que tuviste elección. Que fue tu responsabilidad. ¿Por qué tuvo que morir?

—Ella te lo iba a contar. Y todo habría terminado entre tú y yo. No lo habría podido soportar. —Se le caían las lágrimas.

—¡Por Dios, Simon! Eres un crío. Me haces sentir viejísima —dijo ella, y sus palabras fueron frías y comedidas. Hannah se acercó al chico y Vera pensó que haría algún gesto violento. Que lo abofetearía. Eso sería genial. Pero, en lugar de eso, la chica lo abrazó y permaneció así un momento. Él apoyó la cabeza en el hombro de la chica y ella le acarició el pelo. Después, apartó al joven de un empujón y se giró hacia Vera.

—Ya puede llevárselo. No quiero volver a verlo en la vida. Si se queda aquí un segundo más, puede que lo mate con el cuchillo del pan.

42

PARA CELEBRAR EL cierre de la investigación, Vera invitó al equipo a cenar al Willows. Aunque ella no lo consideraba una celebración —el recuerdo del encuentro entre Hannah y Simon seguía demasiado fresco—, y el hotel, con ese comedor tan grande que los sonidos reverberaban, era ideal para su estado de ánimo. Además, allí era donde había comenzado el caso.

Ryan Taylor les había dado la mejor mesa, junto a un gran ventanal que daba al jardín y al río. Aunque el nivel del agua había descendido, aún tenías la sensación de estar en una isla, sin comunicación con el resto del mundo. El comedor estaba prácticamente vacío. Al fondo, en una esquina, una pareja mayor tomaba café en silencio. En una mesa junto a la puerta, un hombre de negocios comía sopa mientras leía el *Telegraph*.

—Dime, Joe, ¿cómo dejaste que Simon Eliot se escapara?

Ya habían terminado de comer. Vera había insistido en que no hablaran hasta acabar la cena. Y habían bebido mucho vino. La jefa había dicho que ella les pagaría los taxis de vuelta a casa. O también podían pasar la noche en el hotel si querían, añadió, guiñándoles el ojo a Joe Ashworth y Holly, que esa noche parecían estar llevándose mejor que nunca. Charlie acababa de salir para fumar. Podían verlo bajo el foco de seguridad de la terraza, con la mano ahuecada en un intento de encender el cigarrillo. Él debió de percatarse de que lo miraban porque, desde el otro lado de la ventana, les indicó que lo esperaran para empezar a hablar.

Vera estaba tomándole el pelo a Joe. Era un hábito del que probablemente nunca se desprendería. Aunque llegara a ser el jefe, algo que no era del todo imposible, ella sabía que seguiría metiéndose con él. La determinación que había tomado junto al lago de no burlarse de él ya había quedado relegada al olvido.

—¡Vamos a ver! —continuó—. Con todos esos refuerzos, los coches y el helicóptero, y el chico solo tuvo que llamar a su mamá para que fuera a buscarlo en coche.

Joe, relajado por el merlot y el *brandy* que se había tomado con el café, no se dejó provocar.

—Usted nos dijo que se pasaba todos los veranos de acampada allí. Se conocía todos los lugares en los que podía esconderse.

—En cualquier caso, ya lo tenemos entre rejas —dijo Vera. Ella misma había llevado a Eliot a la comisaría, volviéndose a saltar todas las normas al dejar que se sentara junto a ella en el Land Rover, y había dejado a Hannah al cuidado de Hilda—. Se declarará culpable y no será necesario que la hija de Jenny comparezca ante los tribunales. Eso era lo que yo intentaba evitar. Por eso quería esperar.

Callaron un momento y Vera supo que todos estaban pensando en Connie y Alice, y en lo que podría haber pasado si Joe no hubiera llegado a tiempo. Charlie apareció en el umbral y cruzó la estancia caminando sobre el suelo de madera pulida para sentarse junto a los demás.

—Venga, explíquenoslo todo, jefa —le pidió. Aunque ya caminaba con paso inseguro, se sirvió otra copa de vino. Les había dicho que no tomaba bebidas fuertes, que eran su perdición—. Empiece por el principio.

Vera había estado esperando a que se lo pidieran. Se lo habría contado de todas formas, pero así era mucho más gratificante. Se reclinó en la silla, a la cabecera de la mesa, con un vaso en la mano, y comenzó. Habló despacio. No era un tema para acelerarse.

—El principio fue simple —dijo—. Una mujer de mediana edad frustrada a la que le gustaba un joven apuesto. Y un estudiante que elegía la experiencia frente a la inocencia. O que quería lo mejor de ambos mundos. Ocurrió una noche que Hannah no estaba. Simon fue a visitarla, pero ella se retrasaba y Jenny le dijo al chico que entrara en casa y la esperara. Le ofreció una copa de vino. —Vera se encogió de hombros y alzó su copa—. El alcohol hace mucho daño.

La inspectora echó un vistazo alrededor de la mesa y comprobó que todos estaban enganchados, como niños que escuchan un cuento antes de dormir.

—Simon la besó —continuó—. No pasó nada más y él se disculpó, pero ese fue el comienzo de todo. Jenny se obsesionó con él y surgió su aventura. Creo que a él lo halagaba recibir su atención. No podía ser de otra manera. Ella aún era preciosa. Se veían cada semana en Durham. Jenny quería visitar a Mattie de todas formas para sacarle información para el libro. Iba primero a hacer la visita, que siempre era corta. Lo hacía tanto para recabar datos para su gran obra de la literatura como para no sentirse tan mal por estar acostándose con el novio de su hija. Pero, en realidad, se moría por estar con el joven.

Vera hizo una pausa, se rellenó el vaso y se puso en la piel de Jenny Lister, contando las horas que le quedaban para estar con Simon Eliot en su pisito de estudiante.

—Entonces apareció la culpa, como suele ocurrir. —Miró de nuevo a Ashworth—. La culpa es algo terrible. No todo el mundo puede soportarla. —Esbozó otra sonrisa.

—¿Y por qué la mató Simon Eliot? —Vera pudo comprobar que Charlie entendía la parte sexual, era la violencia lo que no pillaba.

—Venga, Charlie, déjame contar la historia a mi ritmo.

Vera le había pedido a Taylor que dejara la botella de whisky sobre la mesa y se sirvió un poco más. ¡A la mierda los médicos y la vida sana! Esa noche necesitaba emborracharse un poco.

—Mientras Jenny Lister perdía la cabeza por su joven amante, Michael Morgan había empezado con Freya, tan menuda y mona. Entre ellos había más o menos la misma diferencia de edad que entre Jenny y Simon, pero no decimos que Jenny corrompiera a Simon, ¿verdad? En fin. Entonces Jenny se enteró por Mattie de que Freya estaba embarazada y volvió a implicarse en el caso de Morgan. Era una situación demasiado familiar, ¿no? Debió de darse cuenta súbitamente de que estaba acostándose con el hermanastro de Mattie…

Vera entrecerró los ojos y pensó en el azar y en la casualidad de que Jenny Lister y Veronica Eliot vivieran en el mismo pueblo. Pero Northumberland era el condado con menos población de Inglaterra y, en las comunidades pequeñas, siempre había conexiones.

—Jenny decidió que aquello debía acabar. Y, al ser tan honesta y extremadamente estúpida, concluyó que tenía que sincerarse con Hannah. Simon no podía tolerarlo. Hannah lo idolatraba. Después de todo, estaban comprometidos y ese es un paso muy importante para una pareja tan joven.

—¿Y cómo encaja Danny Shaw en todo esto?

De pronto, Ashworth empezaba a impacientarse. Puede que hubiera recibido un mensaje de su mujer, leído a escondidas bajo la mesa, en el que ella le preguntaba dónde diablos estaba.

Vera abrió los ojos y se inclinó hacia delante.

—¡Ay! Danny Shaw, un chico alocado y encantador. Un ladrón. Nunca se llevó bien con los de su edad, siempre quería salir con gente mayor. Si yo fuera trabajadora social de algún tipo, quizá diagnosticara un conflicto con su padre. Por suerte, no me van todas esas patrañas. —Hizo una pausa e intentó expresar la clase de amistad que mantenían Danny y Simon—.

Simon era todo lo que Danny anhelaba ser: iba a la escuela pija de la ciudad, su padre era un hombre de negocios próspero y salía con la chica de la que se había enamorado él. Aunque eso no hacía que Danny tuviera celos de Simon. Solo fue un motivo más para admirarlo. ¡Qué raro!

—¿Y qué? —preguntó Ashworth—. Yo sigo sin entender por qué tuvo que morir Danny.

Los viejecitos de la esquina se levantaron y, agarrados de la mano como unos adolescentes, salieron del comedor tranquilamente.

—Eso es porque no eres muy listo, cielo. No tienes una mente lógica.

—¿Danny ayudó a Simon con el asesinato? —preguntó Holly—. Trabajaba allí. Pudo pasar a Simon por el torniquete y darle acceso a la piscina. Sabía demasiado.

—¡Exacto! —Vera dedicó a Holly un breve aplauso aprobatorio porque sabía que eso molestaría a Ashworth.

—Pero ¿por qué haría tal cosa? —contraatacó Ashworth—. ¿Por qué accedería a ser cómplice en un asesinato?

—Porque era joven y tonto —dijo Vera—. Porque le gustaba asumir riesgos. Porque se lo había pedido su héroe.

«Y quizá porque seguía culpando a Jenny Lister de haber roto su relación con Hannah. O puede que en ese momento ni siquiera supiera que Simon tenía la intención de matar a la mujer. Igual pensaba que era una broma, un simple juego.»

—Explíquenos en detalle ese día —le pidió Charlie—. Cuéntenos lo que ocurrió realmente. No más rollos psicológicos. —Se desplomó sobre la mesa.

—Jenny venía aquí un par de veces a la semana para nadar antes de ir a trabajar. No venía prontísimo, pero sí antes de que empezaran las clases de la tarifa reducida. Simon quería asegurarse de que Jenny estuviera ahí aquel día, así que quedaron para tomar un café antes de que ella entrara en la piscina. Por supuesto, él no apareció. Ya había superado la etapa de las charlas profundas e importantes. Ella se cambió como era habitual, dejó la ropa y el bolso en la taquilla, y se fue a la sauna, como hacía siempre. Pero esta vez Simon la estaba esperando.

—Danny lo había ayudado a entrar —dijo Holly—. Sabemos que había pasado la noche aquí y por la mañana estaba en el hotel.

—Eso es, Danny le había dejado pasar. Otro nadador anónimo. ¿Quién iba a darse cuenta? Simon es un joven fuerte, hace remo. Podía estrangularla sin hacer ruido. Siempre acecharía el peligro de que alguien lo interrumpiera, pero me imagino que Danny estaría vigilando. Una vez más, ¿quién se fija en el personal de limpieza? Vemos la fregona, el cubo, incluso el uniforme, pero no a la persona. Nadie vio tampoco el cuerpo de Jenny hasta que la encontré yo, más de una hora después, lo que les dio a ambos suficiente tiempo para salir del hotel.

Vera se recostó en la silla. ¿Habrían considerado los dos jóvenes la atrocidad que habían planeado? ¿O habría sido un desafío intelectual para ellos? ¿Una especie de proyecto para la universidad?

—Simon entró en el vestuario de hombres para cambiarse, pero había un problema, claro. El bolso de Jenny estaba en su taquilla, en el vestuario de mujeres. Y el bolso contenía su agenda, sus anotaciones. Probablemente alguna referencia a su enamoramiento de Simon. La solución era fácil. —Vera levantó la vista, transformada de nuevo en mentora y profesora—. ¿A alguien se le ocurre?

—Danny —dijo Holly, adelantándose a Ashworth—. Tenía un dispositivo para acceder al hotel.

—¡Exacto! Simon se largó del hotel en cuanto pudo. Era demasiado listo para dejar que lo vieran merodeando por ahí. Danny le preocupaba bastante menos, como veis. Dejó que el chico buscara el bolso y se deshiciera de él. Y también le pidió que le llevara los documentos a Barnard Bridge. Pero Danny tenía curiosidad. ¿Quién no la habría tenido?

—O sea, que miró lo que había en el bolso antes de tirarlo.

—Por supuesto. Y, además, no era tan guay como intentaba parecer. No conocía Barnard Bridge y se perdió de camino a casa de Simon. Cuando Connie lo vio, ya había tirado el bolso entre la maleza de Mallow Cottage.

Ryan Taylor se acercó a retirar los platos de la mesa. Todos los camareros se habían ido ya y los policías eran los únicos comensales que quedaban.

—Lo siento, cielo —le dijo Vera—. Querrá irse a casa. Échenos cuando tenga que marcharse.

—No hay prisa —contestó él—. Esta noche me quedo aquí.

Taylor presionó un interruptor y atenuó el resto de las luces del comedor, dejando a Vera y a su equipo iluminados solo por una lámpara de araña polvorienta. La inspectora se sentía como una actriz. Siempre le había gustado actuar ante un público. Miró a su alrededor para asegurarse de que contaba con toda la atención de los agentes. Quizá, cuando se jubilara, podría hacer teatro para aficionados, aunque pensó que la ficción no sería ni la mitad de divertida.

Ya habían apagado el hilo musical. Vera pensó que aquello no se parecía mucho a un escenario, sino más bien a un gran estudio de filmación: uno de esos hangares enormes y sucios donde las fantasías se creaban con cartón piedra y retales de terciopelo y seda.

—¿Y lo de Danny Shaw? Si eran tan buenos amigos, ¿por qué lo mató Simon?

Ashworth alargó el brazo para alcanzar la botella de Vera y se sirvió un buen trago. «¡Ay, Joey, cariño! ¿Qué va a pensar la mujer perfecta cuando llegues a casa borracho? Vas a estar cambiando pañales sucios durante dos semanas», pensó su jefa.

—Danny empezó a sentir que se merecía más que un mero agradecimiento por ayudar a Simon a cometer el asesinato —dijo Vera—. Puede que ni siquiera recibiera eso. Si Simon no lo hubiera subestimado, creo que él no le habría exigido nada. Para Danny todo había sido una cuestión de amistad.

«Le habló a Michael Morgan de la amistad. Pero Michael estaba distraído y no lo escuchó atentamente y, con lo egocéntrico que es, pensó que Danny hablaba de él. Hasta que volví a preguntárselo esta mañana.»

—Entonces, ¿Danny empezó a chantajear a Simon? —preguntó Holly. Incluso después de una semana durmiendo poco y de haberse tomado un montón de copas, seguía pareciendo serena y encantadora. La vida era así de injusta.

—Probablemente fuera más sutil. Pero la Universidad de Bristol atrae a los hijos de muchas familias ricas. Los padres de su novia estaban forrados, y él quería suficiente dinero para sentirse a gusto allí. —Vera calló un instante—. Creo que Danny nunca habría contado lo de Simon. Probablemente ni siquiera lo amenazara, pero Simon no podía arriesgarse. Ese día, tomó prestado el coche de Jenny. Le dijo a Hannah que iba al supermercado y debió de hacer la compra de vuelta a casa. ¡Menuda sangre fría! Se parece más a su padre que a su madre. Me imagino que Christopher también podía ser bastante implacable y, al final, Veronica perdió el control. ¿Sospechaba ella que su hijo había matado a la trabajadora social? Puede que viera alguno de los documentos que guardaba en casa. O igual escuchó parte de una conversación con Danny. Esa era su peor pesadilla, que su hijo fuera un asesino. Por eso, de pronto, se hizo íntima de Connie Masters. Quería información, palabras que la tranquilizaran.

—¿Podríamos retomar lo de Danny Shaw? —A Charlie le costaba hablar sin arrastrar las palabras—. No sé vosotros, pero yo voy a tener que irme a la cama dentro de poco.

—Simon lo estranguló y encendió la hoguera con los archivos del bolso de Jenny. Aunque, claro, antes sacó cualquier cosa que pudiera incriminarlo. Quería implicar a Danny en el primer asesinato y enturbiar las aguas.

Vera sonrió, encantada consigo misma, y se dio cuenta de lo borracha que debía de parecer, pero no le importó en absoluto. «"Enturbiar las aguas", ¡qué imagen más lograda!»

—Entonces Simon comenzó a preocuparse y perdió la compostura. Empezó a imaginarse posibles escenarios y eso siempre es peligroso. ¿Y si Jenny realmente había ido a entrevistar a Connie para su libro? Simon ni siquiera sabía que Connie vivía en el pueblo hasta que yo se lo dije. Eso debió de asustarlo mucho. ¿Y si eran muy buenas amigas y Jenny le había confiado lo de su relación? La ansiedad lo corroía. Primero, amenazó a Connie por teléfono. Después, persuadió a su madre para que se llevara a Connie y a la niña al cobertizo. —Vera levantó la vista para mirar a su equipo—. Pero, en el fondo, solo estaba celoso del cariño que Connie le profesaba a su hija. Este caso siempre ha estado relacionado con los niños y sus padres. Simon Eliot era como un crío con una pataleta, que rompe lo que sabe que no puede tener.

—¿Eliot casi mata a una niña de cuatro años porque estaba celoso de ella? —Ashworth no podía creérselo.

Vera se encogió de hombros.

—Es probable que nunca sepamos exactamente por qué la tiró al agua. Su hermano se había ahogado, igual que el hijo de su hermana. Puede que en ese momento, en el porche del cobertizo, lo considerara una venganza.

—¿Cree que la cosa iba por ahí? —Charlie consiguió levantar la cabeza de la mesa lo suficiente para hablar.

—Lo que yo crea no importa, ¿no? La Fiscalía lo acusará de dos asesinatos que ha confesado. Probablemente no lo presionen con lo de la niña. Y Connie no querrá verse envuelta en otro juicio, así que me imagino que lo dejará estar.

—Otra niñita que tendrá pavor al agua toda la vida —dijo Holly.

—Sí, puede ser. —Pero Vera no tenía tan claro lo de las relaciones causa-efecto. La vida era menos previsible y más complicada que eso. Era mejor dejar las teorías a los loqueros y a los trabajadores sociales—. O puede que acabe siendo nadadora olímpica.

LA MUERTE NUNCA REVELA SUS MOTIVOS

Ann Cleeves

e recordará por qué
amas la novela negra

Un nuevo caso para

LA INSPECTORA
VERA STANHOPE

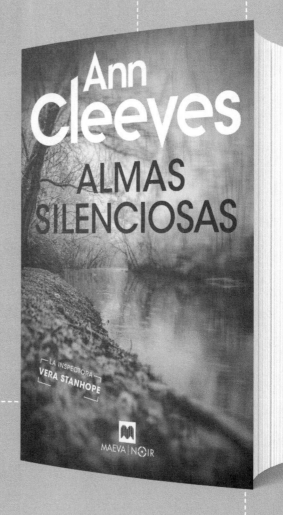

Ann Cleeves

ALMAS SILENCIOSAS

LA INSPECTORA
VERA STANHOPE

MAEVA | NOIR

Ann Cleeves

UNA TRAMPA PARA CUERVOS

Un paraje aislado, tres mujeres que conocen
la traición, una investigadora poco convencional.

Una poderosa novela de misterio llena de suspense
y tensión en una atmósfera rural.

La bióloga Rachel Lambert llega a los Peninos
del Norte, un fascinante paisaje entre Inglaterra
y Escocia, para liderar un proyecto medioambiental,
acompañada de una botánica local y de una
zoóloga. Al llegar a su refugio, Rachel se encuentra
el cadáver de una vieja amiga que, aparentemente,
se ha suicidado; pero enseguida empieza
a sospechar que alguien la ha matado.

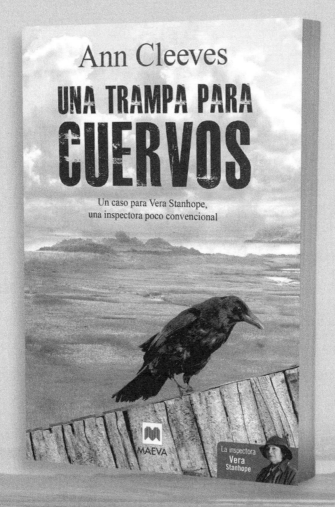

Esta historia consigue atraparnos en una compleja
red de secretos familiares, conspiraciones políticas
e intereses empresariales sobre los parajes naturales
escasamente protegidos de Gran Bretaña.

OcioZero

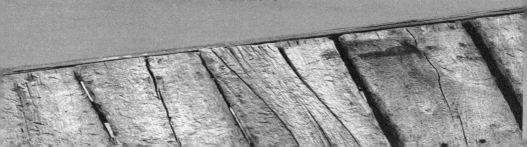

Ann Cleeves

UNA VERDAD OCULTA

Un asesino crea bellas tumbas de flores y agua.
¿Cómo será su próxima obra maestra?

Ann Cleeves muestra su gran conocimiento de la
psicología humana y se centra en las complejas
relaciones personales de una familia aparentemente
perfecta y su círculo de amigos.

Es verano en la costa de Northumberland.
En una noche calurosa, Julie Armstrong descubre
que alguien ha entrado en su casa y ha hecho
algo espeluznante.
La inspectora Vera Stanhope y su equipo se ocupan
del caso, que rápidamente se complica cuando
salen a la luz oscuros secretos, celos,
infidelidades y viejos rencores.

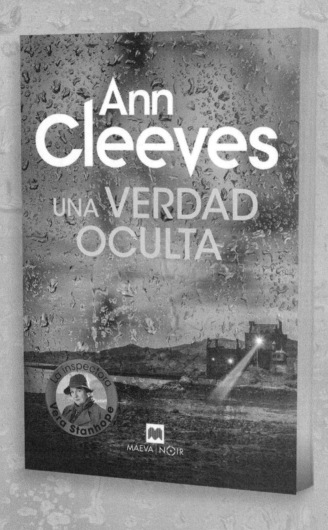

Un libro sutil y lleno de matices. La autora dibuja
a los personajes con delicadeza y compasión.
El paisaje rural de Northumberland se describe
vívidamente, y la inspectora Stanhope, con
sobrepeso, imperfecta y con sus propios demonios,
es una espléndida protagonista.

Tribune